Ueberreuter Großdruck

Robert Harris

Pompeji

Aus dem Englischen
von Christel Wiemken

UEBERREUTER

ISBN 978-3-8000-9254-3

Titel der Originalausgabe: Pompeji
Originalverlag: Hutchinson, London

Aus dem Englischen von Christel Wiemken

Umschlaggestaltung von Agentur C21 unter Verwendung eines Fotos von Mimmo Jodice/Corbis
Druck: Druckerei Theiss, A-9431 St. Stefan i. L.
Gedruckt auf Salzer EOS 1,3 x Vol., naturweiß, 80g
1 3 5 7 6 4 2

www.ueberreuter-grossdruck.com
www.ueberreuter.at

Für Gill

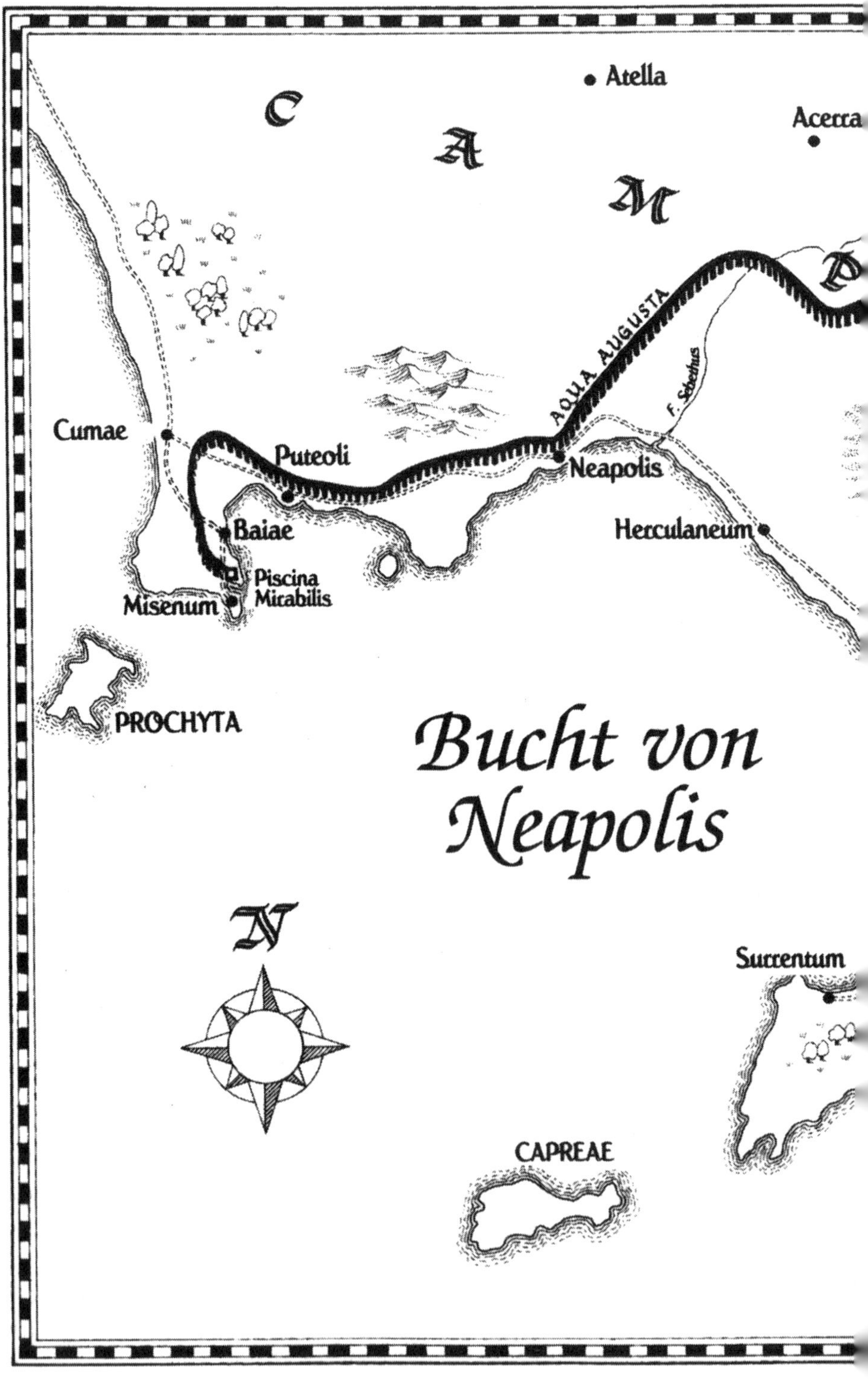
Atella
Acerra
C
A
M
P
AQUA AUGUSTA
F. Sebethus
Cumae
Puteoli
Neapolis
Baiae
Herculaneum
Piscina
Mirabilis
Misenum
PROCHYTA
Bucht von
Neapolis
N
Surrentum
CAPREAE

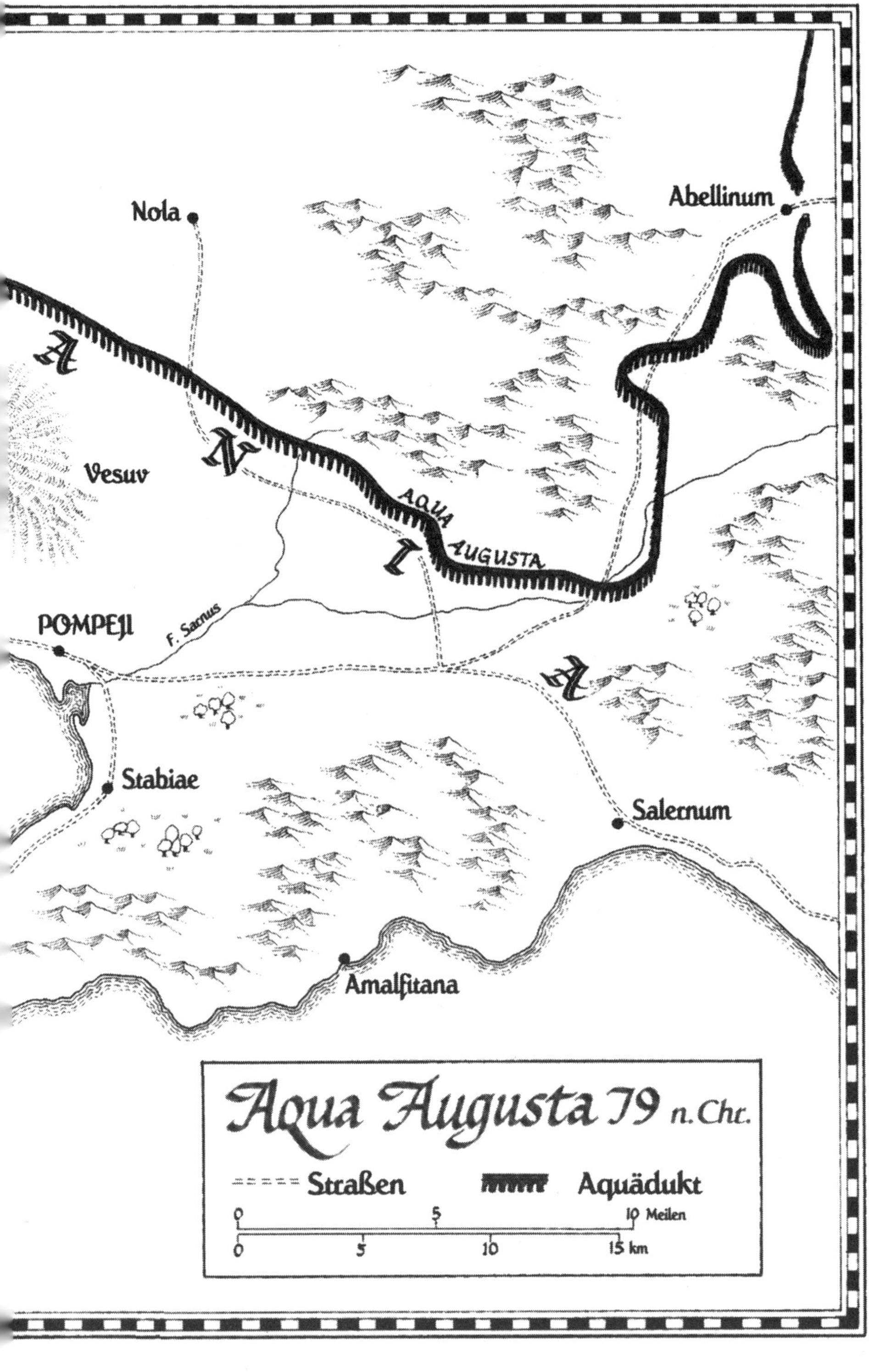

Nola
Abellinum
Vesuv
AQUA
AUGUSTA
POMPEJI
F. Sarnus
Stabiae
Salernum
Amalfitana
Aqua Augusta 79 n. Chr.
Straßen
Aquädukt
0
5
10 Meilen
0
5
10
15 km

Vorbemerkung des Autors

Die Römer unterteilten den Tag in zwölf Stunden. Die erste, *hora prima*, begann bei Sonnenaufgang. Die letzte, *hora duodecima*, endete bei Sonnenuntergang.

Die Nacht wurde in acht Wachen unterteilt – *Vespera*, *Prima fax*, *Concubia* und *Intempesta* vor Mitternacht und *Inclinatio*, *Gallicinium*, *Conticinium* und *Diluculum* danach.

Die Wochentage wurden nach Mond, Mars, Merkur, Jupiter, Venus, Saturn und Sonne benannt.

Pompeji umfasst einen Zeitraum von vier Tagen.

In der vierten Augustwoche des Jahres 79 n. Chr. ging die Sonne über dem Golf von Neapel um 6.20 Uhr auf.

»Die amerikanische Überlegenheit in allen Belangen der Naturwissenschaft, Wirtschaft, Industrie, Politik, des Handels, der Medizin, Technik, des gesellschaftlichen Lebens, der sozialen Gerechtigkeit und natürlich des Militärwesens war total und unzweifelhaft. Selbst Europäer, die noch unter den Qualen eines verletzten Chauvinismus litten, blickten ehrfurchtsvoll auf das glänzende Beispiel, das die Vereinigten Staaten der Welt gaben, als das dritte Jahrtausend anbrach.«

Tom Wolfe, *Hooking Up*

»Da ergibt sich denn, dass auf dem ganzen Erdkreise und so weit das Gewölbe des Himmels reicht, Italien das schönste und daher mit Recht den obersten Platz alles Erschaffenen behauptende Land ist. Es ist die zweite Regentin und Mutter der Welt durch seine Männer, Frauen, Feldherren, Soldaten, Sklaven, Vortrefflichkeit der Künste, ausgezeichneten Genies …«

Plinius, *Historia naturalis*

»Wie können wir unsere Hochachtung einem Wassersystem verweigern, das im 1. Jahrhundert n. Chr. die Stadt Rom mit erheblich mehr Wasser versorgte, als 1985 nach New York City gelangte?«

A. Trevor Hodge,
Roman Aqueducts & Water Supply

MARS

22. August

Zwei Tage vor dem Ausbruch

Conticinium

[04.21 Uhr]

»Es hat sich herausgestellt, dass zwischen der Gewalt eines Ausbruchs und der Länge der vorausgegangenen Ruhezeit ein enger Zusammenhang besteht. Fast alle großen Ausbrüche in geschichtlicher Zeit ereigneten sich bei Vulkanen, die jahrhundertelang geruht hatten.«

Jacques-Marie Bardintzeff,
Alexander R. McBirney
Volcanology

Sie verließen den Aquädukt zwei Stunden vor Sonnenaufgang und erklommen bei Mondschein die Berge oberhalb des Hafens – sechs Männer, einer hinter dem anderen, mit dem Wasserbaumeister an der Spitze. Er hatte sie selbst aus den Betten geworfen – mit noch steifen Gliedern und mürrischen, verschlafenen Gesichtern – und jetzt hörte er, wie sie sich hinter seinem Rücken beklagten. Ihre Stimmen trugen in der warmen, stillen Luft weiter, als ihnen bewusst war.

»Ein Hirngespinst«, murmelte jemand.

»Knaben sollten bei ihren Büchern bleiben«, sagte ein anderer.

Er ließ seine Schritte länger werden.

Lass sie schwatzen, dachte er.

Schon jetzt konnte er spüren, wie sich die Hitze des Morgens aufbaute, Vorbote eines weiteren Tages ohne Regen. Er war jünger als die meisten Männer seines Trupps und auch kleiner: gedrungen, muskulös, mit kurz geschnittenem braunem Haar. Die Stiele der Werkzeuge, die er auf der Schulter trug – eine schwere Bronzehacke und eine Holzschaufel – scheuerten an seinem von der Sonne verbrannten Hals. Trotzdem zwang er sich, mit seinen nackten Beinen so weit auszuholen, wie es ging. Er kletterte schnell von einem sicheren Punkt zum nächsten, und erst als er sich hoch über Misenum befand, an einer Stelle, an der sich der Pfad gabelte, entledigte er sich seiner Last und wartete darauf, dass die anderen ihn einholten.

Er wischte sich mit dem Ärmel seiner Tunika den Schweiß von den Augen. Was für einen flimmernden, fiebrigen Himmel die hier im Süden hatten! Selbst jetzt, kurz vor Tagesanbruch, wölbte sich eine gewaltige Halbkugel von Sternen bis zum Horizont hinab. Er konnte die Hörner des Stiers sehen und den Gürtel und das Schwert des Orion; da waren Saturn und der Große Bär und auch das Sternbild, das sie den Winzer nannten und das immer für Caesar am zweiundzwanzigsten Tag des August aufging, gleich nach dem Fest der Vinalia; Zeichen dafür, dass die Zeit für die Traubenernte gekommen war. Morgen Nacht würde der Mond voll sein. Er streckte die Hand himmelwärts, wobei sich seine plumpen Finger schwarz und scharf vor den funkelnden Sternbildern abzeichneten – er spreizte sie, ballte sie, spreizte sie abermals – und einen Augenblick lang hatte er das Gefühl, dass er der Schatten, das Nichts war; das Licht war die Substanz.

Vom Hafen unten kam das Klatschen der Ruder, die Nachtwache war zwischen den vertäuten Triremen unterwegs. Die gelben Laternen zweier Fischerboote funkelten auf dem Golf. Ein Hund bellte, ein anderer antwortete. Und dann die Stimmen der Arbeiter, die langsam den Pfad unterhalb von ihm heraufkamen: der grobe lokale Akzent des Aufsehers Corax – »Seht euch das an – unser neuer Aquarius winkt den Sternen zu!« – und das Schnaufen und Keuchen der Sklaven und freien

Männer, die in diesem Moment gleichrangig waren in ihrem Groll, wenn auch in nichts sonst.

Der Wasserbaumeister ließ die Hand sinken. »Bei so einem Himmel«, sagte er, »brauchen wir wenigstens keine Fackeln.« Plötzlich war er voll neuer Tatkraft, bückte sich nach seinem Werkzeug und packte es sich wieder auf die Schulter. »Wir müssen weiter.« Er schaute in die Dunkelheit hinein. Der eine Pfad würde sie nach Westen bringen, um den Rand des Kriegshafens herum. Der andere führte nach Norden, auf den Küstenort Baiae zu. »Ich denke, hier sollten wir abbiegen.«

»Er denkt«, höhnte Corax.

Der Wasserbaumeister war schon am Vortag zu dem Schluss gekommen, dass es am besten war, den Aufseher zu ignorieren. Wortlos kehrte er dem Meer und den Sternen den Rücken zu und begann, die schwarze Masse der Bergflanke hinaufzusteigen. Was war Führerschaft schließlich anderes als die blinde Wahl einer Route und die selbstsichere Behauptung, dass die Entscheidung auf Vernunft beruht hat?

Hier war der Pfad steiler. Er musste ihn seitwärts hinaufklettern, manchmal seine freie Hand benutzen, um sich hochzuziehen; wenn seine Füße abrutschten, prasselten Schauer von losen Steinen in die Dunkelheit. Die Leute hielten diese braunen, von sommerlichen Buschfeuern versengten Berge für trocken wie Wüsten, aber der Wasserbaumeister wusste es besser. Dennoch spürte er, wie seine frühere Gewissheit ins Wanken geriet, und er versuchte sich zu erinnern, wie der Pfad im Gleißen der gestrigen Nachmittagssonne ausgesehen hatte, als er ihn zum ersten Mal erkundet hatte. Der gewundene Pfad, kaum breit genug für ein Maultier. Die Streifen von versengtem Gras. Und dann, an einer Stelle, an der das Gelände ebener wurde, Flecken von blassem Grün in der Schwärze – Anzeichen von Leben, bei denen es sich, wie sich herausstellte, um Efeu handelte, der sich an einem Felsbrocken hinaufrankte.

Nachdem er eine Anhöhe halb hinaufgestiegen und wieder hinabgeklettert war, blieb er stehen und drehte sich langsam im Kreis herum. Entweder hatten sich seine Augen an die Dunkelheit gewöhnt oder der Tagesanbruch war jetzt nahe, was bedeutete, dass es fast zu spät geworden war. Die anderen waren hinter ihm stehen geblieben. Er hörte ihr schweres Atmen. Noch so eine Geschichte, die sie in Misenum erzählen konnten – wie ihr neuer, junger Aquarius sie aus den Betten geworfen und dann mitten in der Nacht in die Berge geführt hatte, und das alles nur wegen eines *Hirngespinstes*. In seinem Mund war ein Geschmack nach Asche.

»Haben wir uns verirrt, hübscher Knabe?«

Wieder die höhnische Stimme von Corax.

Er machte den Fehler, den Köder zu schlucken. »Ich suche nach einem Felsbrocken.«

Jetzt versuchten sie nicht einmal, ihr Gelächter zu unterdrücken.

»Er rennt herum wie eine Maus im Nachttopf.«

»Er muss hier irgendwo sein. Ich habe ihn mit Kreide markiert.«

Noch mehr Gelächter – und er wirbelte herum und musterte sie: den gedrungenen und breitschultrigen Corax; den langnasigen Becco, der Gipser war; den rundlichen Musa, dessen Spezialität das Verlegen von Ziegelsteinen war; und die beiden Sklaven Polites und Corvinus. Sogar ihre undeutlichen Gestalten schienen ihn zu verspotten.

»Lacht. Gut. Aber eines verspreche ich euch: Entweder wir finden ihn vor Tagesanbruch oder wir sind morgen Nacht wieder hier, dich eingeschlossen, Gavius Corax. Aber sieh zu, dass du dann nüchtern bist.«

Schweigen. Dann spuckte Corax aus und trat einen halben Schritt nach vorn. Der Wasserbaumeister machte sich auf einen Kampf gefasst. Seit er in Misenum angekommen war, schien es darauf hinauszulaufen. Keine Stunde war vergangen, in der Corax nicht versucht hatte, ihn vor den Männern herabzusetzen.

Und wenn wir kämpfen, dachte der Wasserbaumeister, wird er gewinnen – es steht fünf gegen einen – und sie werden meine Leiche über die Klippe werfen und sagen, ich wäre im Dunkeln ausgerutscht. Aber wie würde das in Rom aufgefasst werden – wenn nach weniger als vierzehn Tagen ein zweiter Aquarius der Aqua Augusta verschwand?

Einen langen Augenblick starrten sie sich an. Nicht mehr als ein Schritt war zwischen ihnen. Sie standen so nahe beieinander, dass der Wasserbaumeister den schalen Wein im Atem des Älteren riechen konnte. Plötzlich schrie einer der anderen – es war Becco – aufgeregt und zeigte mit der Hand.

Hinter der Schulter von Corax, kaum sichtbar, war ein Felsbrocken, in der Mitte deutlich mit einem dicken weißen Kreuz markiert.

Der Wasserbaumeister hieß Attilius – Marcus Attilius Primus, um seinen vollen Namen zu nennen, aber er hatte nichts dagegen, einfach Attilius genannt zu werden. Er war ein praktischer Mensch und hatte nie viel übrig gehabt für die Fantasienamen, die sich viele seiner Landsleute zulegten (»Lupus«, Panthera«, »Pulcher« – »Wolf«, »Leopard«, »Schöner« – wem zum Teufel wollten sie damit etwas vormachen?). Und außerdem – welcher Name war ehrenhafter in seinem Beruf als der der Attilier, ihres Zeichens Wasserbaumeister seit vier Generationen? Sein Urgroßvater war von Marcus Agrippa aus der Ballisten-Abteilung der Zwölften Legion »Fulminata« rekrutiert und zum Bau der Aqua Julia verpflichtet worden. Sein Großvater hatte den Anio Novus geplant. Sein Vater hatte die Aqua Claudia vollendet, sie über sieben Meilen hinweg in weiten Bögen auf den Esquilin geführt und am Tage ihrer Einweihung dem Kaiser wie einen silbernen Teppich vor die Füße gelegt. Und jetzt war er mit seinen siebenundzwanzig Jahren in den Süden, nach Campania, gesandt und mit der Befehlsgewalt über die Aqua Augusta betraut worden.

Eine Dynastie, auf Wasser gebaut.

Er schaute in die Dunkelheit. Oh, die Augusta war ein wahrlich grandioses Bauwerk – eine der größten Leistungen der Wasserbaukunst, die es je gegeben hatte. Es war eine Ehre, für sie verantwortlich zu sein. Irgendwo da draußen, an der gegenüberliegenden Seite des Golfs, hoch oben in den Kiefernwäldern auf den Bergen des Apennin, fing der Aquädukt die Quellen des Serinus ein und beförderte das Wasser westwärts – in gewundenen unterirdischen Leitungen, auf mehrgeschossigen Bogenarkaden über Schluchten, in breiten Kanälen durch Täler –, die ganze Strecke bis hinunter in die Ebenen von Campania, dann um die andere Seite des Vesuv herum, nach Süden zur Küste bei Neapolis und schließlich auf dem Rücken der Halbinsel Misenum zu der staubigen Hafenstadt, eine Entfernung von rund sechzig Meilen, mit einem ganz leichten Gefälle von nur etwa fünf Fingerbreit auf hundert Ellen. Sie war der längste Aquädukt der Welt, noch länger als die großen Aquädukte Roms, und viel komplizierter, denn während ihre Schwestern im Norden nur eine Stadt speisten, versorgte der gewundene Hauptstrang der Augusta, die so genannte Matrix, nicht weniger als neun Orte am Golf von Neapolis: zuerst Pompeji am Ende einer langen Abzweigung, dann Nola, Acerrae, Atella, Neapolis, Puteoli, Cumae, Baiae und schließlich Misenum.

Und genau das war das Problem, dachte der Wasserbaumeister. Sie musste zu viel leisten. Rom hatte mehr als ein halbes Dutzend Aquädukte, und wenn einer versiegte, konnten die anderen den

Mangel ausgleichen. Aber hier unten gab es keine Reserve, zumal während der jetzigen Dürre, die nun schon den dritten Monat andauerte. Brunnen, die Generationen mit Wasser versorgt hatten, waren zu Staubröhren geworden. Flussbetten hatten sich in Pfade verwandelt, auf denen die Bauern ihr Vieh zum Markt trieben. Selbst die Augusta wies Anzeichen von Erschöpfung auf. Der Wasserstand in ihrem riesigen Reservoir sank von Stunde zu Stunde und es war dieser Umstand, der ihn vor Sonnenaufgang in die Berge getrieben hatte, zu einer Zeit, in der er eigentlich im Bett liegen sollte.

Aus dem Lederbeutel an seinem Gürtel holte Attilius einen kleinen Block aus Zedernholz hervor, in den an einer Seite eine Kinnstütze eingeschnitzt war. Die Oberfläche des Holzes war von der Haut seiner Vorfahren geglättet und poliert. Angeblich hatte Vitruv, der Architekt des Göttlichen Augustus, seinem Urgroßvater das Stück Holz als Talisman geschenkt und der alte Mann hatte behauptet, dass der Geist Neptuns, des Wassergottes, in ihm lebte. Attilius hatte für Götter nichts übrig; Knaben mit Flügeln an den Füßen, Frauen, die auf Delfinen ritten, Graubärte, die in Wutanfällen Blitze von Bergesgipfeln herabschleuderten – das waren Geschichten für Kinder, nicht für Männer. Er glaubte stattdessen an Steine und

Wasser und an das tägliche Wunder, das sich ereignete, wenn man zwei Teile gelöschten Kalk mit fünf Teilen Puteolanum – dem roten Sand dieser Gegend – vermischte und so eine Substanz erhielt, die unter Wasser zu etwas abband, das härter war als Fels.

Und dennoch – nur ein Narr konnte leugnen, dass man auch Glück haben musste, und wenn dieses Erbstück es ihm bringen konnte … Er fuhr mit dem Finger an der Kante entlang. Einen Versuch war es allemal wert.

Seine Vitruv-Pergamente hatte er in Rom zurückgelassen. Nicht, dass das etwas ausmachte. Seit seiner Kindheit waren sie ihm eingehämmert worden, während andere Jungen sich mit Vergil beschäftigten. Noch immer wusste er ganze Passagen auswendig.

»Kennzeichen der Stelle aber, an welchen Bodenarten Wasser zum Vorschein kommt und gefunden werden kann, sind: zarte Binsen, wilde Weiden, Erlen, Keuschlamm, Schilf, Efeu und andere Gewächse der Art, welche ohne Feuchtigkeit nicht gedeihen können …«

»Corax, dort drüben hin«, befahl Attilius. »Corvinus hierher. Becco, nimm den Stab und markiere die Stelle, die ich dir zeige. Und ihr beiden anderen haltet die Augen offen.«

Corax warf ihm im Vorbeigehen einen bösen Blick zu.

»Später«, sagte Attilius. Der Aufseher stank ebenso stark nach Groll wie nach Wein, aber sie konnten ihren Streit austragen, wenn sie wieder in Misenum waren. Jetzt mussten sie sich beeilen.

Ein grauer Dunst hatte die Sterne ausgelöscht. Der Mond war untergegangen. Fünfzehn Meilen weiter östlich wurde, ungefähr in der Mitte des Golfs, die bewaldete Pyramide des Vesuv erkennbar. Hinter ihr würde die Sonne aufgehen.

»Man lege sich, noch ehe die Sonne aufgegangen ist, in der Gegend, in welcher man Wasser sucht, das Gesicht gegen die Erde gewendet, auf den Boden, und indem man das Kinn auf die Erde setzt und fest stützt, sehe man über jene Fläche hin. So wird nämlich, wenn das Kinn unbeweglich steht, das Auge nicht unstet höher streben …«

Attilius kniete sich auf das versengte Gras, beugte sich vor und richtete den Holzblock in einer Linie mit dem fünfzig Schritt entfernten Kreidekreuz aus. Dann bettete er das Kinn in die Einkerbung und breitete die Arme aus. Die Erde war noch warm von gestern. Als er sich ausstreckte, legten sich Ascheteilchen auf sein Gesicht. Kein Tau. Siebenundachtzig Tage ohne Regen. Am Rande seiner Sichtlinie sah er Corax eine obszöne

Geste machen. Er schob den Unterleib vor und zurück – »Unser Aquarius hat keine Frau, also versucht er es stattdessen mit Mutter Erde zu treiben!« – und dann verdunkelte sich rechts von ihm der Vesuv und ein Licht schoss aus seinem Rand hervor. Eine Hitzewelle traf Attilius' Wange. Als er über die Bergflanke schaute, musste er die Hand heben, um sein Gesicht gegen das gleißende Licht abzuschirmen.

»An der Stelle nun, an welcher man Dünste sich kräuselnd in die Luft erheben sieht, da schlage man einen Schacht hinab, denn an einem trockenen Ort kann sich dieses Anzeichen nicht finden …«

Man sieht es schnell, pflegte sein Vater ihm zu sagen, oder man sieht es überhaupt nicht. Er versuchte, den Boden rasch und methodisch abzusuchen, und ließ seinen Blick von einem Abschnitt zum nächsten wandern. Aber es schien alles miteinander zu verschwimmen – verdorrtes Braun und Grau und Streifen rötlicher Erde, die schon jetzt in der Sonne zu flimmern begannen. Seine Augen trübten sich. Er stützte sich auf die Ellbogen, wischte beide Augen mit dem Zeigefinger ab und ließ das Kinn wieder sinken.

Da!

Es war so dünn wie eine Angelschnur, nicht »sich kräuselnd« oder »sich erhebend«, wie Vitruv versprochen hatte, sondern dicht über dem Boden dahinzuckend, als wäre ein Haken an einem Felsbrocken hängen geblieben und jemand ruckte an der Schnur. Es kam im Zickzack auf ihn zu. Und verschwand. Er rief und zeigte – »Dort, Becco, dort!« – und der Maurer trabte auf die Stelle zu. »Etwas zurück. Ja. Da. Markiere die Stelle.«

Er rappelte sich hoch und eilte auf die Männer zu, wischte sich die rote Erde und die schwarze Asche vom Vorderteil seiner Tunika. Lächelnd hielt er den Zauberblock aus Zedernholz hoch über seinen Kopf. Die drei hatten sich um die Stelle versammelt und Becco versuchte, den Pfahl in die Erde zu rammen, aber der Boden war zu hart, um ihn weit genug hineinzutreiben.

Attilius war begeistert. »Habt ihr es gesehen? Ihr müsst es gesehen haben. Ihr wart näher daran als ich!«

Sie starrten ihn verständnislos an.

»Es war merkwürdig, ist euch das aufgefallen? Es ist so aufgestiegen.« Er machte in der Luft mit der flachen Hand eine Reihe von waagerechten Hackbewegungen. »Wie Dampf aus einem Kessel, an dem man rüttelt.«

Er schaute von einem zum anderen, mit einem Lächeln, das zuerst selbstsicher war und dann verschwand.

Corax schüttelte den Kopf. »Deine Augen spielen dir Streiche, hübscher Knabe. Hier oben gibt es keine Quelle. Das habe ich dir gesagt. Ich kenne diese Berge seit zwanzig Jahren.«

»Und ich sage dir, ich habe sie gesehen.«

»Rauch.« Corax stampfte mit dem Fuß auf die trockene Erde und eine Staubwolke stieg auf. »Ein Buschfeuer kann tagelang unter der Erde weiterbrennen.«

»Ich kenne Rauch. Ich kenne Wasserdampf. Das war Wasserdampf.«

Sie taten so, als hätten sie nichts gesehen. Anders konnte es nicht sein. Attilius ließ sich auf die Knie nieder und klopfte auf die trockene rote Erde. Dann fing er an, mit den bloßen Händen zu graben, schob seine Finger unter die Steinbrocken und warf sie beiseite, riss an einer langen, verkohlten Wurzel, die sich nicht lösen wollte. Etwas war hier zum Vorschein gekommen. Da war er ganz sicher. Weshalb war der Efeu so rasch wieder zum Leben erwacht, wenn es keine Quelle gab?

Ohne sich umzudrehen, sagte er: »Holt das Werkzeug.«

»Aquarius …«

»Holt das Werkzeug!«

Sie gruben den ganzen Vormittag, während die Sonne langsam über dem blauen Glutofen des

Golfs aufging und sich aus einer gelben Scheibe in einen weißen Gasstern verwandelte. Der Boden knarrte und straffte sich in der Hitze wie die Sehne von einer der riesigen Belagerungsmaschinen seines Urgroßvaters.

Einmal kam ein Junge vorbei, der eine ausgemergelte Ziege an einem Seilhalfter in Richtung Stadt führte. Er war der einzige Mensch, den sie sahen. Misenum selbst lag dem Blick verborgen direkt hinter dem Rand der Klippe. Gelegentlich drangen seine Geräusche zu ihnen herauf – Befehlsrufe von den Exerzierplätzen, Hämmern und Sägen aus den Werften.

Auf dem Kopf einen alten, tief ins Gesicht gezogenen Strohhut, arbeitete Attilius am härtesten von allen. Selbst wenn die anderen sich gelegentlich davonschlichen, um sich in jedem Fleckchen Schatten, das sie finden konnten, auszuruhen, fuhr er fort, seine Hacke zu schwingen. Der Stiel war glitschig von seinem Schweiß und schwer festzuhalten. An seinen Händen bildeten sich Blasen. Die Tunika klebte an ihm wie eine zweite Haut. Aber er wollte vor den Männern keine Schwäche zeigen. Sogar Corax hielt nach einer Weile den Mund.

Die Grube, die sie schließlich aushoben, war zwei Mann tief und so breit, dass zwei von ihnen darin arbeiten konnten. Und es war tatsächlich eine Quelle da, aber sie zog sich zurück, sobald sie in ihre Nähe kamen. Sie gruben. Zuerst wurde die rötliche Erde auf dem Grund der Grube feucht. Dann dörrte die Sonne sie wieder aus. Sie trugen eine weitere Schicht ab und es passierte wieder dasselbe.

Erst um die zehnte Stunde, als die Sonne bereits ihren Zenit überschritten hatte, gestand sich Attilius die Niederlage ein. Er beobachtete, wie ein letzter Wasserfleck schrumpfte und verdunstete, dann warf er seine Hacke über den Rand der Grube und kletterte selbst hinaus. Er nahm seinen Hut ab und fächelte sich das brennende Gesicht.

Corax saß auf einem Felsbrocken und beobachtete ihn. Erst jetzt fiel Attilius auf, dass er barhäuptig war.

»Bei dieser Hitze gerät dein Gehirn ins Kochen«, sagte der Wasserbaumeister. Er entkorkte seinen Schlauch, schüttete ein wenig Wasser in seine Hand und befeuchtete sich das Gesicht und den Nacken. Dann trank er. Das Wasser war heiß – so wenig erfrischend, als würde er Blut trinken.

»Ich bin hier geboren. Die Hitze macht mir nichts aus. In Campania nennen wir das kühl.« Corax räusperte sich und spuckte aus. Dann deutete er mit dem Kinn auf die Grube. »Was machen wir damit?«

Attilius warf einen Blick darauf – eine hässliche Wunde in der Bergflanke, umgeben von großen Haufen Erde. Sein Monument. Seine Torheit. »Wir lassen alles, wie es ist«, sagte er. »Sorg dafür, dass die Grube mit Planken abgedeckt wird. Wenn es regnet, wird die Quelle sprudeln. Du wirst es erleben.«

»Wenn es regnet, brauchen wir keine Quelle mehr.«

Ein logischer Standpunkt, musste Attilius zugeben.

»Wir können von hier aus eine Rohrleitung verlegen«, sagte er nachdenklich. Wenn es um Wasser ging, war er ein Romantiker. In seiner Fantasie nahm plötzlich eine ländliche Idylle Gestalt an. »Wir könnten diese ganze Bergflanke bewässern. Dann wäre es möglich, hier Zitronenbäume anzupflanzen. Oliven. Der Hang könnte terrassiert werden. Weinstöcke …«

»Weinstöcke!« Corax schüttelte den Kopf. »Also sind wir jetzt Bauern! Hör zu, junger Experte aus Rom. Lass dir eines sagen. Die Aqua Augusta ist seit mehr als einem Jahrhundert nicht versiegt. Und sie wird auch jetzt nicht versiegen. Nicht einmal unter deiner Verantwortlichkeit.«

»Hoffen wir's.« Der Wasserbaumeister leerte seinen Schlauch. Er spürte, wie die Demütigung ihn erröten ließ, aber die Hitze verbarg seine Scham. Er rammte den Strohhut fest auf seinen Kopf und bog die Krempe herunter, um sein Gesicht zu schützen. »Also gut, Corax, ruf die Männer zusammen. Für heute sind wir hier fertig.«

Er griff nach seinem Werkzeug und machte sich auf den Weg, ohne auf die anderen zu warten. Sie konnten sich ihren Rückweg selbst suchen.

Er musste aufpassen, wohin er die Füße setzte. Bei jedem Schritt huschten Echsen in das dürre Unterholz. Es ist hier eher wie in Afrika als wie in Italien, dachte er, und als er den Küstenpfad erreichte, tauchte unterhalb von ihm Misenum auf, im Hitzedunst flimmernd wie eine Oasenstadt und, so kam es ihm vor, im Takt mit den Zikaden pulsierend.

Das Hauptquartier der kaiserlichen Westflotte war ein Triumph des Menschen über die Natur, denn eigentlich hätte es hier überhaupt keine Stadt geben dürfen. Es gab keinen Fluss, der sie mit Wasser versorgen könnte, und nur wenige Brunnen oder Quellen. Dennoch hatte der Göttliche Augustus entschieden, dass das Reich einen Hafen brauchte, von dem aus das Mittelmeer kontrolliert werden konnte, und hier war sie, die Verkörperung römischer Macht: die silbrig glitzernden Scheiben des inneren und des äußeren Hafens, die goldenen

Rammsporne und die fächerförmigen Hecks von fünfzig Kampfschiffen im gleißenden Licht der Spätnachmittagssonne, der staubige braune Exerzierplatz des Ausbildungslagers, die roten Ziegeldächer und die weiß gekalkten Mauern der zivilen Stadt oberhalb des Mastenwalds der Werft.

Zehntausend Seesoldaten und weitere zehntausend Zivilisten lebten eng zusammengepfercht auf einem schmalen Streifen Land ohne nennenswerte Wasservorkommen. Erst der Aquädukt hatte Misenum möglich gemacht.

Wieder dachte er an die merkwürdigen Bewegungen des Wasserdampfs und daran, wie die Quelle im Gestein zu verschwinden schien. Wirklich ein seltsames Land. Er betrachtete seine mit Blasen bedeckten Hände.

»Ein Hirngespinst …«

Er schüttelte den Kopf, blinzelte, um seine Augen von Schweiß zu befreien, und setzte seinen mühsamen Weg in die Stadt hinunter fort.

Hora undecima

[17.42 Uhr]

»Für die Vorhersage von praktischer Bedeutung ist die Frage, wie viel Zeit vergeht zwischen dem Einschießen von neuem Magma und einer darauf folgenden Eruption. Bei vielen Vulkanen kann diese Zeitspanne Wochen oder Monate betragen, aber bei anderen scheint sie wesentlich kürzer zu sein, vielleicht nur Tage oder Stunden.«

Volcanology

In der Villa Hortensia, dem großen Landsitz an der Küste nördlich von Misenum, bereitete man sich darauf vor, einen Sklaven zu töten. Er sollte den Muränen vorgeworfen werden.

Das war kein ungewöhnliches Verfahren in diesem Teil Italiens, in dem viele der großen Landsitze am Rande des Golfs von Neapolis ihre eigenen ausgedehnten Fischfarmen hatten. Der neue Besitzer der Villa Hortensia, der Millionär Numerius Popidius Ampliatus, hatte die Geschichte vom Aristokraten Vedius Pollio, der zur Zeit des Augustus ungeschickte Dienstboten, die Geschirr zerbrochen hatten, zur Strafe in sein Muränenbecken zu werfen pflegte, zum ersten Mal als Junge gehört und er zitierte sie oft als perfekte Untermalung dafür, was es bedeutet, Macht zu haben. Macht, Fantasie, Verstand und einen gewissen Stil.

Als dann, viele Jahre später, auch Ampliatus in den Besitz einer großen Fischfarm gelangt war – nur ein paar Meilen entfernt von Vedius Pollios damaliger Villa in Pausilypon – und als einer seiner Sklaven gleichfalls etwas von großem Wert vernichtet hatte, fiel ihm natürlich die alte Geschichte wieder ein. Ampliatus war selbst als Sklave geboren; so, dachte er, musste ein Aristokrat sich verhalten.

Der arme Kerl war bis auf sein Lendentuch entkleidet worden und nun wurde er mit auf dem Rücken gefesselten Händen zur See hinuntergeführt. Mit einem Messer wurden seine Waden aufgeschlitzt, damit genügend Blut floss, und man übergoss ihn mit Essig, der, wie es hieß, die Muränen verrückt macht.

Es war Spätnachmittag und sehr heiß.

Die Muränen hatten ihr eigenes großes Becken, in einiger Entfernung von den anderen Fischen, und man erreichte es über einen schmalen Steg, der in den Golf hineinragte. Muränen waren berüchtigt für ihre Angriffslust, mit Körpern, so lang wie die von Männern und so dick wie ein Menschenrumpf, mit flachen Köpfen, breiten Mäulern und rasiermesserscharfen Zähnen. Die Fischfarm der Villa war hundertfünfzig Jahre alt und niemand wusste, wie viele Muränen in dem Labyrinth aus Tunneln und finsteren Nischen im Boden des Beckens lauerten, bestimmt dutzende, wahrscheinlich hunderte. Die älteren Muränen waren riesig und mehrere von ihnen trugen Schmuck. Eine, an deren Rückenflosse ein goldener Ohrring saß, war angeblich ein Liebling des Kaisers Nero gewesen.

Dem Sklaven, der bestraft werden sollte, flößten die Muränen ein ganz besonderes Entsetzen ein, denn – Ampliatus genoss die Ironie – es war seit langem seine Aufgabe gewesen, sie zu füttern, und er schrie und strampelte, noch bevor er auf den Laufsteg gezwungen wurde. Er hatte die Muränen jeden Morgen in Aktion gesehen, wenn er ihnen ihr Futter aus Fischköpfen und Hühner-Eingeweiden zuwarf – wie die Wasseroberfläche zuckte und brodelte, sobald die Tiere das Blut im Wasser schmeckten und wie sie dann aus ihren Verstecken hervorschossen, um ihr Futter kämpften und es in Stücke rissen.

Um die elfte Stunde kam Ampliatus trotz der drückenden Hitze aus der Villa, um zuzuschauen, begleitet von seinem halbwüchsigen Sohn Celsinus, seinem Hausverwalter Scutarius, ein paar Geschäftsfreunden (die ihm aus Pompeji gefolgt und seit Tagesanbruch in der Hoffnung auf ein Mahl geblieben waren) und einer Schar von fast hundert seiner anderen männlichen Sklaven, für die das Beobachten des Spektakels seiner Meinung nach eine heilsame Lehre sein würde. Seiner Frau und seiner Tochter hatte er befohlen, im Haus zu bleiben; das war kein Anblick für Frauen. Ein großer Stuhl wurde für ihn hingestellt und kleinere für seine Gäste. Er wusste nicht einmal den Namen des Missetäters. Der Mann gehörte zu einer ganzen Schar von Sklaven, die Ampliatus zusammen mit den Fischbecken übernommen hatte, als er, früher im Jahr, die Villa für eine knappe Million gekauft hatte.

Alle möglichen Arten von Fischen wurden – mit gewaltigem Kostenaufwand – an der Küste vor der Villa gehalten: Sägebarsche mit ihrem wollweißen Fleisch; Meeräschen, deren Becken hohe Wände haben mussten, damit sie nicht in die Freiheit sprangen; Plattfische und Seepapageien und Goldbrassen, Neunaugen und Meeraale und Seehechte.

Aber die bei weitem kostbarsten von Ampliatus' Wasserschätzen – er zitterte schon bei dem Gedanken, wie viel er für sie bezahlt hatte, und dabei mochte er nicht einmal Fisch – waren die delikaten Meerbarben, notorisch schwer zu halten, in Farben von Blassrosa bis Orange. Und genau die hatte der Sklave umgebracht – ob aus Bosheit oder Unfähigkeit, das wusste Ampliatus nicht und es kümmerte ihn auch nicht, denn ihr Anblick war schrecklich gewesen: Im Tod dicht zusammengedrängt, wie sie es im Leben gewesen waren, ein vielfarbiger Teppich auf der Oberfläche des Beckens, hatte man sie früher am Nachmittag entdeckt. Ein paar hatten noch gelebt, als Ampliatus der Schauplatz gezeigt wurde, aber sie waren gestorben, noch während er sie betrachtete, drehten sich in den Tiefen des Beckens wie Blätter, trieben nach oben und schaukelten neben den anderen tot im Wasser. Vergiftet, alle miteinander. Zum gegenwärtigen Marktpreis hätten sie sechstausend pro Stück gebracht – eine Meerbarbe war fünfmal so viel wert wie der elende Sklave, der für sie zu sorgen hatte – und jetzt konnte man sie nur noch verbrennen. Ampliatus hatte das Urteil selbst gesprochen: »Werft ihn den Muränen vor!«

Der Sklave schrie, als sie ihn zum Beckenrand zerrten und stießen. Es sei nicht seine Schuld, schrie er. Es sei nicht das Futter. Es sei das Wasser. Sie sollten den Aquarius holen.

Den Aquarius!

Ampliatus kniff die Augen zusammen, um sie vor dem Gleißen des Wassers zu schützen. Es war schwierig, die Gestalten des sich heftig wehrenden Sklaven und der beiden Männer auszumachen, die ihn festhielten; wie auch der Vierte, der einen Bootshaken wie eine Lanze hielt und ihn dem zum Tode Verurteilten in den Rücken stieß, waren sie kaum mehr als undeutliche Schemen im Hitzedunst und im Funkeln des Wassers. Ampliatus hob in der Art der Kaiser den Arm, mit geballter Faust und waagerecht ausgestrecktem Daumen. Er kam sich gottähnlich vor in seiner Macht, doch er empfand auch simple menschliche Neugierde. Einen Augenblick lang wartete er und genoss das Gefühl, dann drehte er abrupt das Handgelenk und reckte den Daumen erdwärts. Hinein mit ihm!

Die verzweifelten Schreie des Sklaven, der an den Rand des Fischbeckens getrieben wurde, hallten von der Küste über die Terrassen, über das Schwimmbecken und in das stille Haus, in dem sich die beiden Frauen versteckt hatten.

Corelia Ampliata war in ihr Schlafzimmer gelaufen, hatte sich auf ihr Lager geworfen und sich ein Kissen auf den Kopf gedrückt, aber auch so konnte sie den Schreien nicht entkommen. Im Gegensatz zu ihrem Vater kannte sie den Namen des Sklaven – Hipponax, ein Grieche – und auch den Namen seiner Mutter, Atia, die in der Küche arbeitete und deren Wehgeschrei, sobald man mit der Hinrichtung begonnen hatte, sogar noch schrecklicher war als das ihres Sohnes. Außerstande, die Schreie länger als ein paar Augenblicke zu ertragen, sprang Corelia wieder auf und rannte durch die verlassene Villa, um die verzweifelte Frau zu finden, die in dem von Arkaden umgebenen Garten an einer Säule zusammengesunken war.

Als sie Corelia vor sich sah, ergriff Atia den Saum des Gewandes ihrer jungen Herrin und sank schluchzend zu ihren beschuhten Füßen nieder, wieder und wieder sagte sie, dass ihr Sohn unschuldig sei und was er ihr zugerufen habe, als man ihn fortführte – es sei das Wasser, das Wasser, irgendetwas stimme nicht mit dem Wasser. Warum nur wolle ihm niemand zuhören?

Corelia strich Atia über die grauen Haare und versuchte, sie mit sanften Lauten zu beruhigen. Etwas anderes konnte sie kaum tun. Ihren Vater um Gnade zu bitten hatte keinen Sinn – das wusste sie. Er hörte auf niemanden, schon gar nicht auf eine Frau, und von allen Frauen am allerwenigsten auf seine Tochter, von der er bedingungslosen Gehorsam verlangte – eine Einmischung von ihr würde den Tod des Sklaven nur umso sicherer herbeiführen. Auf Atias Flehen konnte sie nur erwidern, dass es nichts gab, was sie tun könne.

Plötzlich riss sich die alte Frau – die in Wirklichkeit erst in den Vierzigern war, aber, Corelia wusste, dass Sklavenjahre doppelt zählten, mindestens wie sechzig aussah – los und wischte sich mit dem Arm die Tränen ab.

»Ich muss jemanden finden, der uns hilft.«

»Atia, Atia«, sagte Corelia sanft. »Wer sollte dir helfen?«

»Er hat nach dem Aquarius gerufen. Hast du es nicht gehört? Ich werde den Aquarius holen.«

»Und wo ist er?«

»Vielleicht unten beim Aquädukt, wo die Wasserleute arbeiten.«

Atia stand jetzt aufrecht da, zitternd, aber entschlossen, und sah sich hektisch um. Ihre Augen waren rot, ihre Kleidung und ihr Haar in Unordnung. Sie sah aus wie eine Wahnsinnige und Corelia erkannte sofort, dass niemand auf sie hören würde. Man würde sie auslachen oder sie mit Steinen vertreiben.

»Ich komme mit«, sagte sie, und als ein weiterer Entsetzensschrei von der Küste heraufdrang, raffte Corelia ihre Röcke mit einer Hand zusammen und ergriff mit der anderen das Handgelenk der alten Frau. Zusammen liefen sie durch den Garten, am leeren Pförtnerhocker vorbei und durch den Seiteneingang hinaus in die grelle Hitze der öffentlichen Straße.

Der Endpunkt der Aqua Augusta war ein riesiges unterirdisches Reservoir, ein paar hundert Schritte südlich der Villa Hortensia, in den Abhang oberhalb des Hafens hineingehauen und seit Menschengedenken Piscina mirabilis – Becken der Wunder – genannt.

Von außen betrachtet war nichts Wundervolles an der Piscina und die meisten Bewohner von Misenum gingen daran vorbei, ohne einen zweiten Blick auf sie zu werfen. Sie sahen nur ein niedriges Gebäude aus roten Ziegelsteinen mit einem flachen Dach, von blassgrünem Efeu überrankt, einen Häuserblock lang und einen halben breit, umgeben von Werkstätten und Speichern, Schenken und Wohngebäuden, versteckt in den staubigen Nebenstraßen oberhalb des Kriegshafens.

Erst nachts, wenn die Geräusche von der Straße und die Rufe der Händler verstummt waren, war das leise, unterirdische Donnern fallenden Wassers zu hören, und nur wer das Gelände betrat, die schmale Holztür aufschloss und ein paar Stufen in die eigentliche Piscina hinabstieg, konnte das Reservoir in seiner vollen Pracht würdigen. Die gewölbte Decke ruhte auf achtundvierzig Pfeilern, jeder mehr als fünfzig Fuß hoch – wenn auch der größte Teil von ihnen unter Wasser lag – und das Echo des einströmenden Wasser war so laut, dass es einem durch Mark und Bein ging.

Der Wasserbaumeister konnte stundenlang hier stehen, lauschend und in Gedanken versunken. Für ihn war der Widerhall der Aqua Augusta kein dumpfes, stetiges Dröhnen, sondern das Spiel einer riesigen Wasserorgel, die Musik der Zivilisation. Im Dach der Piscina gab es Luftschächte und nachmittags, wenn die schäumende Gischt ins Sonnenlicht emporschoss und zwischen den Pfeilern Regenbogen tanzten – oder abends, wenn er für die Nacht abschloss und das Licht seiner Fackel auf der glatten schwarzen Oberfläche aussah wie Gold auf Ebenholz –, in solchen Momenten hatte er das Gefühl, sich überhaupt nicht in einem Reservoir zu befinden, sondern in einem Tempel, geweiht dem einzigen Gott, an den zu glauben sich lohnte.

Als Attilius am Ende jenes Nachmittags von den

Bergen herunterkam und das Gelände erreichte, war sein erster Impuls, den Wasserstand im Reservoir zu überprüfen. Das war für ihn zu einer Besessenheit geworden. Doch als er die Tür öffnen wollte, stellte er fest, dass sie verschlossen war, und ihm fiel ein, dass Corax den Schlüssel an seinem Gürtel trug. Er war so erschöpft, dass er ausnahmsweise nicht weiter darüber nachdachte. Das ferne Plätschern der Aqua Augusta war deutlich zu hören – das Wasser lief noch, das war alles, was zählte –, und als er später dazu kam, sein Verhalten an jenem Nachmittag zu überdenken, gelangte er zu dem Schluss, dass er sich im Grunde keinerlei Vernachlässigung seiner Pflichten vorzuwerfen hatte. Es gab nichts, was er hätte tun können. Für ihn persönlich hätten die Dinge eine andere Wendung genommen, das stimmte – aber das spielte im größeren Zusammenhang der Ereignisse kaum eine Rolle.

So kam es, dass er der Piscina den Rücken kehrte und sich auf dem menschenleeren Gelände umsah. Am Vorabend hatte er Anweisung gegeben, es aufzuräumen und zu fegen, während er fort war, und er stellte befriedigt fest, dass das geschehen war. Für ihn hatte ein aufgeräumter Platz etwas Beruhigendes. Die ordentlichen Stapel von Bleiplatten, die Amphoren mit Kalk, die Säcke mit

Puteolanum, die Tonrohre – diese Anblicke waren ihm seit seiner Kindheit vertraut. Und ebenso die Gerüche – die Schärfe des Kalks, die Staubigkeit gebrannten Tons, der den ganzen Tag in der Sonne gelegen hatte.

Er ging in den Schuppen, ließ sein Werkzeug auf den Boden fallen und lockerte seine schmerzenden Schultern, dann wischte er sich das Gesicht mit dem Ärmel seiner Tunika ab und trat auf den Platz hinaus, als die anderen ankamen. Sie steuerten geradewegs auf den Trinkbrunnen zu, ohne ihn zu beachten, tranken nacheinander und spritzten sich Wasser auf ihre Köpfe und Körper – zuerst Corax, dann Musa, danach Becco. Die beiden Sklaven hockten geduldig im Schatten und warteten, bis die Freien fertig waren. Attilius wusste, dass er im Laufe des Tages an Ansehen verloren hatte. Aber noch konnte er mit der Feindseligkeit dieser Männer leben. Er hatte schon mit Schlimmerem gelebt.

Er rief Corax zu, dass die Männer für heute Feierabend machen konnten, und wurde mit einer höhnischen Verbeugung belohnt. Dann stieg er die schmale Holztreppe zu seinem Quartier hinauf.

Der Platz war rechteckig. An der Nordseite erhob sich die Mauer der Piscina mirabilis. Im Westen und Süden standen Schuppen und die Büros der Aquädukt-Verwaltung. Im Osten hatte man ein Wohnhaus errichtet; im Erdgeschoss befanden sich die Sklavenunterkünfte, die Wohnung des Aquarius lag darüber. Corax und die anderen Freien lebten in der Stadt bei ihren Familien.

Attilius, der Mutter und Schwester in Rom zurückgelassen hatte, hoffte, sie zu gegebener Zeit nach Misenum nachkommen zu lassen und ein Haus zu mieten, um das seine Mutter sich kümmern konnte. Fürs Erste jedoch schlief er in dem engen Junggesellenquartier seines Vorgängers Exomnius, dessen spärliche Besitztümer er in das kleine, unbenutzte Zimmer am Ende des Korridors gebracht hatte.

Was war mit Exomnius passiert? Natürlich war das Attilius' erste Frage gewesen, nachdem er in der Hafenstadt eingetroffen war. Aber niemand hatte eine Antwort gewusst, und wer eine wusste, dachte nicht daran, sie ihm zu liefern. Seine Fragen wurden mit mürrischem Schweigen beantwortet. Allem Anschein nach war Exomnius, ein Sizilier, der fast zwanzig Jahre lang für die Aqua Augusta verantwortlich gewesen war, an einem Morgen vor zwei Wochen einfach fortgegangen und seither hatte niemand wieder etwas von ihm gehört.

Normalerweise wäre die Behörde des Curator

Aquarum in Rom, die für die Aquädukte in den Regionen eins und zwei (Latium und Campania) zuständig war, willens gewesen, mit der Ernennung eines Nachfolgers eine Weile zu warten. Doch angesichts der Dürre und der strategischen Bedeutung der Aqua Augusta sowie der Tatsache, dass der Senat in der dritten Juliwoche die Sommerpause angetreten hatte und die Hälfte seiner Mitglieder in ihren Villen rund um den Golf herum Ferien machte, hatte der Curator es für angebracht gehalten, sofort für Ersatz zu sorgen. Die Vorladung hatte Attilius an den Iden des August erreicht, in der Abenddämmerung, als er gerade mit einer Routinearbeit am Anio Novus fertig geworden war. Acilius Aviola, der Curator Aquarum, hatte ihn in seiner offiziellen Residenz auf dem Palatin persönlich empfangen und ihm die Bestallung angeboten. Attilius sei intelligent, tatkräftig und pflichtbewusst – der Senator wusste, wie man einem Mann schmeichelte, wenn man etwas von ihm wollte – und habe weder Frau noch Kinder, die ihn in Rom festhielten. Könne er am nächsten Tag abreisen? Und natürlich hatte Attilius sofort angenommen, denn dies war eine großartige Gelegenheit, seine Karriere voranzutreiben. Er hatte sich von seinen Angehörigen verabschiedet und war in Ostia an Bord der Fähre gegangen, die täglich verkehrte.

Erst gestern hatte er begonnen, seiner Mutter und Schwester einen Brief zu schreiben. Er lag auf dem Nachttisch neben dem harten Holzbett. Attilius war kein großer Briefschreiber. Ein paar allgemeine Sätze – *Ich bin angekommen, die Reise war gut, das Wetter ist heiß* –, geschrieben in seiner Schuljungenschrift, mehr hatte er nicht zustande gebracht. Was er nicht erwähnte, war die Unruhe, die ihn plagte: das bedrückende Verantwortungsgefühl, seine Befürchtungen wegen der Wasserknappheit, die Einsamkeit seiner Stellung. Aber sie waren Frauen – was wussten sie schon davon? – und außerdem hatte man ihm beigebracht, nach den Grundsätzen der stoischen Philosophie zu leben: keine Zeit mit Unsinn zu vergeuden, seine Arbeit ohne Murren zu verrichten, sich selbst treu zu bleiben, unter allen Umständen, selbst bei starken Schmerzen, beim Tod eines Angehörigen, bei Krankheit, und ein einfaches Leben zu führen: Ein Feldbett und ein Umhang zum Zudecken mussten genügen.

Er setzte sich auf die Bettkante. Philo, sein Haussklave, hatte ihm einen Krug Wasser und eine Schüssel hingestellt, etwas Obst, einen Laib Brot, eine Karaffe Wein und eine Scheibe harten Weißkäse. Attilius wusch sich sorgfältig, verzehrte das Essen, mischte etwas Wein mit dem Wasser und trank. Dann streckte er sich auf dem Bett aus, zu erschöpft, um auch nur die Schuhe und seine Tunika auszuziehen, schloss die Augen und glitt schon im selben Augenblick in jenen Bereich zwischen Schlafen und Wachsein, in dem seine tote Frau immer gegenwärtig war und ihre Stimme ihn anrief – flehend, eindringlich: »Aquarius! Aquarius!«

Seine Frau war erst zweiundzwanzig Jahre alt gewesen, als er zugeschaut hatte, wie ihr Körper den Flammen des Scheiterhaufens übergeben wurde. Diese Frau war jünger – vielleicht achtzehn. Trotzdem steckte noch genug von dem Traum in seinem Bewusstsein und die junge Frau im Hof sah Sabina so ähnlich, dass sein Herz einen Sprung tat. Dasselbe dunkle Haar. Dieselbe weiße Haut. Dieselbe Üppigkeit der Figur. Sie stand unter dem Fenster.

»Aquarius!«

Ihr lautes Rufen hatte einige der Männer aus dem Schatten gelockt, und als Attilius am unteren Ende der Treppe angekommen war, hatte sich ein Halbkreis aus glotzenden Schaulustigen um die junge Frau gebildet. Sie trug eine lose weiße Tunika, am Hals und an den Ärmeln weit offen – ein Gewand, das man normalerweise nur in privaten Räumen trug und das etwas mehr von der milchweißen Rundlichkeit ihrer Arme und Brüste zeigte, als eine respektable Dame in der Öffentlichkeit zu zeigen gewagt hätte. Jetzt sah er, dass sie nicht allein war. Eine Sklavin begleitete sie – eine magere, zitternde ältere Frau, deren schütteres graues Haar zur Hälfte hochgesteckt war und ihr zur anderen über den Rücken fiel.

Die Jüngere war atemlos und plapperte etwas von einem Becken mit Meerbarben, die an diesem Nachmittag im Fischbecken ihres Vaters gestorben waren, und Gift im Wasser und einem Mann, der gerade den Muränen vorgeworfen wurde, und dass er sofort mitkommen müsse. Es war fast unmöglich, all ihre Worte zu verstehen.

Er hob die Hand, um sie zu unterbrechen, und fragte sie nach ihrem Namen.

»Ich bin Corelia Ampliata, die Tochter von Numerius Popidius Ampliatus, aus der Villa Hortensia.« Ihre Worte klangen ungeduldig und bei der Erwähnung ihres Vaters bemerkte Attilius, wie Corax und einige der Männer Blicke tauschten. »Bist du der Aquarius?«

Corax sagte: »Der Aquarius ist nicht hier.«

Der Wasserbaumeister ignorierte ihn. »Ja, ich bin für den Aquädukt verantwortlich.«

»Dann komm mit mir.«

Sie begann, auf das Tor zuzugehen, und schien

überrascht, als der Aquarius ihr nicht sofort folgte. Jetzt begannen die Männer über sie zu lachen. Musa äffte das Schwingen ihrer Hüften nach und warf geziert den Kopf zurück: »Oh, Aquarius, komm mit mir …!«

Sie drehte sich um, mit Tränen ohnmächtigen Zorns in den Augen.

»Corelia Ampliata«, sagte Attilius geduldig und nicht unfreundlich, »ich kann es mir vermutlich nicht leisten, Meerbarben zu essen, aber soweit ich weiß, sind es Meerestiere. Und für das Meer bin ich nicht zuständig.«

Corax grinste. »Hast du das gehört? Sie hält dich für Neptun!«

Es gab noch mehr Gelächter. Attilius befahl ihnen mit scharfer Stimme, still zu sein.

»Mein Vater lässt einen Sklaven töten. Der Sklave hat nach dem Aquarius geschrien. Mehr weiß ich nicht. Du bist seine einzige Hoffnung. Kommst du nun mit oder nicht?«

»Warte«, sagte Attilius. Er deutete mit einem Kopfnicken auf die ältere Frau, die die Hände vors Gesicht geschlagen hatte und gesenkten Hauptes weinte. »Wer ist das?«

»Das ist seine Mutter.«

Die Männer waren jetzt still.

»Verstehst du nun?« Corelia streckte die Hand

aus und berührte seinen Arm. »Komm mit«, sagte sie leise. »Bitte.«

»Weiß dein Vater, wo du bist?«

»Nein.«

»Misch dich nicht ein«, sagte Corax. »Das ist mein Rat.«

Und ein kluger Rat, dachte Attilius, denn wenn ein Mann jedes Mal eingreifen würde, wenn er davon hörte, dass ein Sklave grausam behandelt wurde, dann hätte er weder Zeit zum Essen noch zum Schlafen. Ein Seewasserbecken voll toter Meerbarben? Das ging ihn nichts an. Er musterte Corelia. Aber andererseits – wenn der arme Kerl tatsächlich nach ihm *verlangt* hatte.

Omen, Vorzeichen, Auspizien …

Wasserdampf, der zuckte wie eine Angelschnur. Quellen, die in die Erde zurückkehrten. Ein Aquarius, der sich in Luft aufgelöst hatte. Hirten, die behaupteten, auf den unteren Hängen des Vesuv Riesen gesehen zu haben. In Herculaneum hatte eine Frau angeblich ein Kind mit Flossen anstelle von Füßen zur Welt gebracht. Und jetzt war in Misenum ein ganzes Becken voller Meerbarben verendet, im Laufe eines einzigen Nachmittags und ohne ersichtlichen Grund.

Jemand musste endlich versuchen, eine Erklärung für diese Vorgänge zu finden.

Er kratzte sich am Ohr. »Wie weit ist diese Villa entfernt?«

»Bitte. Nur ein paar hundert Schritte. Gar nicht weit.« Sie ergriff seinen Arm und er ließ es zu, dass sie ihn mitzog. Diese Corelia Ampliata war keine Frau, der man sich leicht widersetzen konnte. Vielleicht sollte er sie wenigstens zu ihrer Familie zurückbegleiten. Für eine Frau ihres Alters und ihres Standes war es alles andere als sicher, auf den Straßen eines Kriegshafens unterwegs zu sein. Über die Schulter forderte er Corax auf, ihm zu folgen, aber Corax zuckte nur die Achseln. »Misch dich nicht ein!«, rief er – und dann war Attilius, bevor er recht wusste, was geschah, durch das Tor auf die Straße hinausgegangen und die anderen waren nicht mehr zu sehen.

Es war ein oder zwei Stunden vor Anbruch der Dämmerung, die Zeit, zu der die Menschen in diesem Teil des Mittelmeerraums langsam aus ihren Häusern herauskamen. Nicht, dass die Stadt viel von ihrer Hitze eingebüßt hatte. Die Steine glichen Ziegeln frisch aus dem Brennofen. Alte Frauen saßen auf Hockern neben ihren Haustüren und fächelten sich Luft zu, während die Männer trinkend und schwatzend an den Theken standen. Vollbärtige Thraker und Dalmatier, Ägypter mit goldenen Ringen in den Ohren, rothaarige Germanen, olivenhäutige Griechen und Kilikier, große, muskelbepackte Nubier, kohlschwarz und mit vom Wein blutunterlaufenen Augen – Männer aus allen Teilen des Imperiums, alle von ihnen verzweifelt genug oder ehrgeizig genug oder dumm genug, fünfundzwanzig Jahre ihres Lebens an den Riemen der Galeeren zu verbringen, um Bürger Roms zu werden. Von irgendwo in der Unterstadt, in der Nähe der Küste, drangen die Töne einer Wasserorgel herauf.

Corelia stieg die Stufen schnell hinauf. Sie raffte ihre Röcke mit beiden Händen; ihre weichen Hausschuhe machten keinerlei Geräusch auf den Steinen. Die Sklavin rannte voraus und Attilius lief hinterher. »›Nur ein paar hundert Schritte‹«, murmelte er. »›Gar nicht weit‹ – ja, aber die ganze Strecke bergauf!« Er schwitzte so sehr, dass ihm die Tunika am Rücken klebte.

Endlich gelangten sie auf ebenes Gelände und vor ihnen lag eine lange, hohe Mauer, rötlich gelb und mit einem eingelassenen Torbogen, über dem zwei schmiedeeiserne Delfine hochsprangen, um sich zu küssen. Die Frau eilte durch das unbewachte Tor und Attilius blickte sich kurz um und folgte ihr. Im selben Moment trat er aus der lauten, geschäftigen, staubigen Wirklichkeit in eine stille Welt aus Blautönen, die ihm den Atem raubte. Türkis, Lapislazuli, Indigo, Saphir – jedes Edelsteinblau, das Mutter Natur je erschaffen hatte, erhob sich in Schichten vor ihm, von kristallenen Untiefen über tiefes Wasser und einen scharf umrissenen Horizont bis zum Himmel. Die Villa selbst lag am unteren Ende einer Reihe von Terrassen, mit der Rückfront zur Bergflanke und der Fassade zum Golf, einzig und allein für dieses herrliche Panorama erbaut. An einer Mole war ein zwanzigrudriges Luxusboot vertäut, karminrot und goldfarben gestrichen und mit dazu passenden Teppichen auf dem Deck.

Ihm blieb kaum die Zeit, etwas außer diesem überwältigenden Blau wahrzunehmen, bevor sie wieder unterwegs waren und Corelia ihn die Treppe hinabführte, vorbei an Statuen, Springbrunnen, bewässerten Rasenflächen, über einen Fußboden mit einem Mosaik von Meeresgetier und hinaus auf eine Terrasse mit einem Schwimmbecken, gleichfalls blau, das sich in Richtung See erstreckte. Ein aufblasbarer Ball drehte sich langsam am gefliesten Beckenrand, wie mitten in einem Spiel vergessen. Plötzlich fiel ihm auf, wie verlassen das große Haus wirkte, und als Corelia auf die Balustrade deutete und er die Hände vorsichtig auf die Steinbrüstung legte und sich vorbeugte, sah er, weshalb. Der größte Teil des Haushalts hatte sich am Ufer versammelt.

Es dauerte eine Weile, bis er die ganze Szenerie in sich aufgenommen hatte. Wie erwartet war der Schauplatz eine Fischfarm, aber die Anlage war viel größer als vermutet – und alt, ihrem Aussehen nach zu schließen vermutlich in den dekadenten letzten Jahren der Republik angelegt, als das Halten von Fischen Mode geworden war –, eine Reihe von auf die Felsen gesetzten Mauern, die rechteckige Becken umschlossen. Tote Fische trieben auf der Oberfläche von einem der Bassins. Um das am weitesten entfernte Becken drängte sich eine Schar von Männern, die auf etwas im Wasser starrten, etwas, das einer von ihnen mit einem Bootshaken anstieß. Attilius musste die Augen abschirmen, um es erkennen zu können, und als er genauer hinschaute, spürte er, wie sich eine große Leere in seinem Magen ausbreitete. Die Szene erinnerte ihn an den Moment des Tötens im Amphitheater – die Stille, die erotische Komplizenschaft zwischen Menge und Opfer.

Hinter ihm gab die alte Frau ein Geräusch von sich – ein leises Aufheulen vor Kummer und Verzweiflung. Attilius trat einen Schritt zurück und wandte sich kopfschüttelnd zu Corelia um. Er wollte weg von diesem Ort, zurück zu den ordentlichen, simplen, praktischen Belangen seines Berufs. Hier gab es nichts, was er tun konnte.

Doch sie stand ihm im Wege, dicht vor ihm. »Bitte«, sagte sie. »Hilf ihr.«

Ihre Augen waren blau, sogar noch blauer, als die von Sabina es gewesen waren. Sie schienen das Blau des Golfs einzufangen und auf ihn zurückzuwerfen. Er zögerte, biss die Zähne zusammen, drehte sich um und schaute wieder aufs Meer hinaus.

Schließlich zwang er sich, den Blick vom Horizont zu lösen, wobei er das, was am Becken passierte, bewusst mied, ließ ihn zum Ufer zurückwandern und versuchte, die ganze Szenerie mit einem professionellen Auge zu betrachten. Er sah hölzerne Schleusentore. Eisengriffe, mit denen sie angehoben werden konnten. Metallgitter über einigen der Becken, die verhindern sollten, dass die Fische entkamen. Laufstege. Rohre. *Rohre.*

Einen Moment blieb er unbeweglich stehen, dann drehte er sich abermals um und betrachtete die Bergflanke. In ihrem Steigen und Fallen würden die Wellen durch die Metallgitter schwappen, welche unterhalb der Wasseroberfläche in die Betonmauern der Becken eingelassen waren, und verhindern, dass das Wasser stagnierte. So viel wusste er. Die Rohre jedoch – er legte den Kopf in den

Nacken, begann zu verstehen – mussten Süßwasser vom Land bringen, damit es sich mit dem Meerwasser mischte und es brackig werden ließ. Wie in einer Lagune. Einer künstlichen Lagune. Perfekt zum Halten von Fischen. Und die am schwierigsten zu haltenden Fische, eine den ganz Reichen vorbehaltene Delikatesse, waren Meerbarben.

Er fragte leise: »Wo ist der Aquädukt mit dem Haus verbunden?«

Corelia schüttelte den Kopf. »Das weiß ich nicht.«

Die Leitung muss gewaltig sein, dachte er. Bei einer Anlage dieser Größe …

Er kniete neben dem Schwimmbecken nieder, schöpfte eine Hand voll des warmen Wassers, kostete es, runzelte die Stirn, ließ es im Mund kreisen wie ein Weinkenner. Soweit er es beurteilen konnte, war es sauber. Aber das brauchte nichts zu bedeuten. Er versuchte sich zu erinnern, wann er zuletzt den Ausfluss des Aquädukts kontrolliert hatte. Nicht seit dem Vorabend, kurz bevor er sich schlafen legte.

»Wann sind die Fische gestorben?«

Corelia warf einen Blick auf die Sklavin, aber die war für die Welt verloren. »Ich weiß es nicht. Vielleicht vor ungefähr zwei Stunden.«

Zwei Stunden!

Er sprang über die Balustrade auf die darunter liegende Terrasse und machte sich auf den Weg zur Küste.

Unten am Wasser hatte das Spektakel nicht gehalten, was es versprochen hatte. Aber wovon konnte man das heutzutage schon behaupten? Ampliatus hatte in letzter Zeit immer öfter das Gefühl, einen Punkt erreicht zu haben – war es das Alter oder der Reichtum? –, an dem die Erregung der Vorfreude köstlicher war als die Leere der Erleichterung. Das Opfer schreit, das Blut spritzt und dann – was? Nur ein weiterer Tod.

Das Beste war der Anfang gewesen: die gemächliche Vorbereitung, gefolgt von der langen Zeit, in der der Sklave lediglich im Wasser trieb, das Gesicht dicht über der Oberfläche – sehr still, weil er bei dem, was unter ihm war, keinerlei Aufmerksamkeit erregen wollte –, mit sanften, konzentrierten Bewegungen unter Wasser. Amüsant. Trotzdem hatte sich die Geschichte bei der Hitze in die Länge gezogen und in Ampliatus kam der Gedanke auf, dass diese Sache mit den Muränen überschätzt wurde und Vedius Pollio doch nicht so modisch gewesen war, wie er geglaubt hatte. Aber nein: Auf die Aristokratie war immer Verlass! Gerade als er im Begriff war, dem Ort des Geschehens den Rücken zu kehren, hatte das Wasser angefangen zu zucken und dann war – plopp! – das Gesicht verschwunden wie der Senkschwimmer eines Fischers, nur um für eine Sekunde mit einem komischen Ausdruck der Überraschung wieder aufzutauchen und dann endgültig zu verschwinden. Im Rückblick war dieser Gesichtsausdruck der Höhepunkt gewesen. Danach war alles ziemlich langweilig und in der Hitze der untergehenden Sonne schwer zu ertragen gewesen.

Ampliatus nahm seinen Strohhut ab, fächelte sich das Gesicht und schaute seinen Sohn an. Anfangs hatte es so ausgesehen, als blickte Celsinus starr geradeaus, aber beim zweiten Hinschauen merkte man, dass seine Augen geschlossen waren, was typisch war für den Jungen. Zuerst schien er immer zu tun, was von ihm verlangt wurde. Aber dann begriff man, dass er nur mechanisch mit seinem Körper gehorchte; seine Aufmerksamkeit war woanders. Ampliatus stieß ihm den Finger in die Rippen und Celsinus' Augen öffneten sich ruckartig.

Woran dachte er? Vermutlich an irgendwelchen östlichen Unsinn. Ampliatus gab sich selbst die Schuld. Als der Junge sechs war – das war vor zwölf Jahren gewesen –, hatte sein Vater in Pompeji auf eigene Kosten einen Tempel bauen lassen, der der Isis geweiht war. Man hätte es nicht gern gesehen, wenn er, ein ehemaliger Sklave, einen Tempel für Jupiter, den Besten und Größten, oder Mutter Venus oder sonst einen der heiligen Schutzgötter gebaut hätte. Aber Isis war Ägypterin, eine Göttin für Frauen, Friseure, Schauspieler, Parfümmischer und dergleichen. Er hatte den Bau im Namen von Celsinus gestiftet mit dem Ziel, den Jungen einst in den Stadtrat von Pompeji zu befördern. Und es hatte funktioniert. Bloß hatte er nicht damit gerechnet, dass Celsinus die Sache ernst nehmen würde. Aber genau das tat er und zweifellos dachte er auch jetzt daran – an Osiris, den Sonnengott, Gemahl der Isis, der jeden Abend bei Sonnenuntergang von seinem tückischen Bruder Seth, dem Bringer der Dunkelheit, erschlagen wird. Und daran, wie alle Menschen, wenn sie sterben, vom Herrscher über das Reich der Toten beurteilt werden und, wenn sie für würdig befunden werden, ins ewige Leben eingehen und am Morgen wieder auferstehen gleich Horus, dem Erben des Osiris, der rächenden neuen Sonne, dem Bringer des Lichts. Glaubte Celsinus tatsächlich an diesen kindischen Blödsinn? Glaubte er wirklich, dass zum Beispiel dieser halb aufgefressene Sklave bei Sonnenuntergang aus dem Totenreich zurückkehren und bei Tagesanbruch Rache nehmen würde?

Ampliatus war im Begriff, ihn genau das zu fragen, als er von einem Ruf hinter ihren Rücken abgelenkt wurde. Die versammelten Sklaven wurden unruhig und Ampliatus drehte sich auf seinem Stuhl herum. Ein Mann, den er nicht kannte, kam die Stufen von der Villa herunter, schwenkte einen Arm über dem Kopf und rief etwas.

Die Prinzipien der Technik waren einfach, universal, unpersönlich – ob in Rom, in Gallien oder in Campania – und genau das gefiel Attilius daran. Noch während er die Treppe hinablief, stellte er sich das vor, was er nicht sehen konnte. Die Hauptleitung des Aquädukts verlief vermutlich in dieser Anhöhe hinter der Villa, ungefähr drei Fuß unter der Oberfläche, in nordsüdlicher Richtung, von Baiae hinunter zur Piscina mirabilis. Derjenige, der vor mehr als einem Jahrhundert, als die Aqua Augusta gebaut wurde, Besitzer der Villa gewesen war, hatte höchstwahrscheinlich zwei Abzweigungen legen lassen. Die eine speiste eine große Zisterne für das Wasser, das im Haus, für das Schwimmbecken und die Springbrunnen im Garten gebraucht wurde; wenn es im Hauptstrang zu einer Verunreinigung kam, würde es, je nach Fassungsvermögen der Zisterne, bis zu einem vollen Tag dauern, bevor sie hier angelangt war.

Die andere Abzweigung jedoch leitete vermutlich einen Teil des Wassers der Augusta direkt zu den Fischbecken; wenn es irgendein Problem mit dem Aquädukt gab, würde es sich hier sofort bemerkbar machen.

Direkt vor ihm nahm jetzt die Szenerie der Tötung Gestalt an: der Herr des Hauses – vermutlich Ampliatus –, der sich verwundert von seinem Stuhl erhob, die Zuschauer, die dem Becken den Rücken zugewandt hatten – alle Augen ruhten auf ihm, als er die letzten Stufen hinunterhetzte. Er rannte auf den Steg der Fischfarm, wurde langsamer, als er sich Ampliatus näherte, hielt aber nicht an.

»Zieht ihn heraus!«, schrie er, als er an ihm vorbeieilte.

Mit wütendem Gesicht rief Ampliatus ihm von hinten etwas zu und Attilius drehte sich, immer noch laufend, um, ging rückwärts weiter und hob die Hände. »Bitte. Zieht ihn schnell heraus!« Ampliatus stand mit offenem Mund da, aber dann hob er, immer noch Attilius anstarrend, langsam die Hand – eine vieldeutige Geste, die dennoch eine Kette von Handlungen in Gang setzte, als hätten alle nur auf ein solches Zeichen gewartet. Der Hausverwalter legte zwei Finger an den Mund, pfiff dem Sklaven mit dem Bootshaken zu und machte mit der Hand eine Aufwärtsbewegung. Der Sklave fuhr herum, stieß mit dem Ende seiner Stange in das Aalbecken, bekam etwas zu fassen und zog es heraus.

Attilius war fast bei den Rohren. Aus der Nähe betrachtet waren sie größer, als es von der Terrasse aus den Anschein gehabt hatte. Terrakotta. Ein Paar. Durchmesser mehr als ein Fuß. Sie kamen aus dem Abhang, überquerten die Rampe gemeinsam, trennten sich am Ufer und verliefen dann in entgegengesetzten Richtungen am Rande der Fischfarm entlang. In jedes der Rohre war eine primitive Kontrollplatte eingesetzt – ein loses, gut zwei Fuß langes, quer durchgeschnittenes Stück Terrakotta –, und als er die Platten erreicht hatte, konnte er sehen, dass eine davon bewegt und nicht wieder ordentlich eingesetzt worden war. Ein Meißel lag in der Nähe, als wäre derjenige, der ihn benutzt hatte, gestört worden.

Attilius kniete nieder und rammte den Meißel in den Spalt, bewegte ihn auf und nieder, bis er fast vollständig eingedrungen war, dann drehte er ihn, damit die flache Seite ihm genügend Raum bot, seine Finger unter die Abdeckung zu schieben und sie freizuhebeln. Er hob sie heraus und kippte sie um, ohne Rücksicht darauf, wie schwer sie fiel. Sein Gesicht war direkt über dem fließenden Wasser, und er roch es sofort. Aus dem beengten Raum des Rohrs entlassen, war der Geruch so stark, dass er sich fast übergeben hätte. Der unverwechselbare Gestank nach Fäulnis. Nach faulen Eiern.

Der Brodem des Hades.

Schwefel.

Der Sklave war tot. So viel war offensichtlich, sogar aus einiger Entfernung. Neben dem geöffneten Rohr hockend, sah Attilius, wie seine Überreste aus dem Becken geholt und mit einem Sack zugedeckt wurden. Er sah, wie sich das Publikum zerstreute und den Rückweg zur Villa antrat, während sich die grauhaarige Sklavin in der entgegengesetzten Richtung, hinab zum Ufer, zwischen den Menschen hindurchzwängte. Alle vermieden es, sie anzusehen, und wichen vor ihr zurück, als hätte sie eine ansteckende Krankheit. Als sie den toten Mann erreicht hatte, reckte sie die Hände himmelwärts und begann, stumm von einer Seite zur anderen zu schwanken. Ampliatus nahm sie nicht zur Kenntnis. Er ging zielstrebig auf Attilius zu, gefolgt von Corelia und einem jungen Mann, der ihr ähnelte – vermutlich ihr Bruder –, sowie ein paar anderen Leuten. Einige der Männer trugen ein Messer im Gürtel.

Attilius richtete seine Aufmerksamkeit wieder auf das Wasser. Bildete er es sich nur ein oder ließ der Druck nach? Jetzt, wo die Oberfläche der Luft ausgesetzt war, war der Gestank eindeutig weniger stark. Er steckte die Hände in das fließende Wasser, runzelte die Stirn, versuchte abzuschätzen, wie kraftvoll es floss, während es sich unter seinen Fingern drehte und zuckte wie ein Muskel, ein lebendiges Wesen. Einmal, als er noch ein Junge gewesen war, hatte er gesehen, wie in der Arena ein Elefant getötet worden war – gejagt von Bogenschützen und Männern mit Schwertern, die in Leopardenfell gekleidet waren. Aber woran er sich vor allem erinnerte, war nicht die Jagd, sondern das Bild, wie der Wärter des Elefanten, der das gewaltige Tier vermutlich auf seiner Reise von Afrika her begleitet hatte, neben seinem Ohr niederkniete, als es sterbend im Staub lag, und ihm etwas zuflüsterte. Genau so war ihm jetzt zumute. Der Aquädukt, die gewaltige Aqua Augusta, schien ihm unter den Händen wegzusterben.

Eine Stimme sagte: »Du bist auf meinem Besitz.«

Er schaute auf und sah Ampliatus, der auf ihn herabstarrte. Der Besitzer der Villa war Mitte fünfzig, recht klein, aber breitschultrig und kraftvoll. »Auf meinem Besitz«, wiederholte Ampliatus.

»Dein Besitz, ja. Aber das Wasser des Kaisers.« Attilius erhob sich und trocknete sich die Hände an seiner Tunika ab. Dass so viel von der kostbaren Flüssigkeit vergeudet wurde, nur um die Fische eines reichen Mannes aufzupäppeln, noch dazu in einer Dürreperiode, machte ihn wütend. »Du musst die Schleusen des Aquädukts schließen. In der Hauptleitung ist Schwefel und Meerbarben vertragen keine Verunreinigungen. *Daran*« – er betonte das Wort – »sind deine kostbaren Fische gestorben.«

Ampliatus bog den Kopf ein wenig zurück und rümpfte angesichts dieser Beleidigung die Nase. Er besaß ein gut geschnittenes, recht hübsches Gesicht. Seine Augen hatten den gleichen Blauton wie die seiner Tochter. »Und wer bist du?«

»Marcus Attilius. Aquarius der Aqua Augusta.«

»Attilius?« Der Millionär runzelte die Stirn. »Was ist mit Exomnius passiert?«

»Ich wollte, ich wüsste es.«

»Aber ist Exomnius nicht mehr der Aquarius?«

»Nein. Wie ich bereits sagte, bin ich jetzt der Aquarius.« Attilius war nicht in der Stimmung, dem Mann irgendwelchen Respekt zu erweisen. Verächtlich, dumm, grausam – bei einer anderen Gelegenheit würde er ihm vielleicht seine Meinung sagen, aber jetzt hatte er keine Zeit dafür.

»Ich muss zurück nach Misenum. Wir haben einen Notfall am Aquädukt.«

»Was für einen Notfall? Ist es ein Omen?«

»So könnte man es nennen.«

Er wollte gehen, aber Ampliatus trat rasch neben ihn und versperrte ihm den Weg. »Du beleidigst mich«, sagte er. »Auf meinem Besitz. Vor meiner Familie. Und jetzt willst du gehen, ohne dich zu entschuldigen?« Er hielt sein Gesicht so nahe an das von Attilius, dass dieser die Schweißperlen an seinem schütteren Haaransatz sehen konnte. Ampliatus roch süß nach Krokusöl, dem teuersten aller Parfüme. »Wer hat dir erlaubt, hierher zu kommen?«

»Wenn ich dich irgendwie beleidigt habe ...«, begann Attilius. Aber dann erinnerte er sich an das jämmerliche Bündel unter dem Sack und die Entschuldigung blieb ihm im Halse stecken. »Geh mir aus dem Weg.«

Er versuchte, an Ampliatus vorbeizukommen, doch der packte ihn am Arm und jemand zog ein Messer. Eine weitere Sekunde, erkannte Attilius – ein einziger Stoß –, und alles wäre vorbei.

»Er ist meinetwegen gekommen, Vater. Ich habe ihn geholt.«

»Was?«

Ampliatus fuhr zu Corelia herum. Was er getan

hätte, ob er sie geschlagen hätte, würde Attilius nie erfahren, denn in diesem Augenblick erhob sich ein fürchterliches Geschrei. Auf der Rampe kam die grauhaarige Frau auf sie zu. Sie hatte ihr Gesicht, ihre Arme, ihr Gewand mit dem Blut ihres Sohnes beschmiert. Ihre Hand zeigte starr nach vorn und der erste und der letzte ihrer knochigen braunen Finger waren steif ausgestreckt. Sie schrie etwas in einer Sprache, die Attilius nicht verstand. Aber das brauchte er auch nicht: Ein Fluch ist in jeder Sprache ein Fluch und dieser war gegen ihren Herrn gerichtet.

Ampliatus ließ den Arm des Wasserbaumeisters los, drehte sich zu ihr um und musterte sie mit gleichgültiger Miene. Und dann, als ihr Wortstrom langsam versiegte, lachte er. Einen Moment lang herrschte Stille, dann begannen auch die anderen zu lachen. Attilius warf einen Blick auf Corelia, die kaum merklich nickte und mit den Augen auf die Villa deutete – *mir wird nichts geschehen*, schien ihre Geste zu besagen, *geh* –, und das war das Letzte, was er sah oder hörte, als er der Szene den Rücken kehrte und begann, den Pfad zum Haus hinaufzueilen – zwei, drei Stufen auf einmal nehmend, auf Beinen aus Blei, wie ein Mann, der in einem Traum auf der Flucht ist.

Hora duodecima

[18.48 Uhr]

»Unmittelbar vor einem Ausbruch können sich die Verhältnisse von S/C, SO_2/CO_2 und S/Cl stark verändern; außerdem kann es zu einem Anstieg der Gesamtmenge von HCl kommen … Eine auffällige Veränderung in den Verhältnissen von Magmakomponenten ist häufig ein Anzeichen dafür, dass in einem ruhenden Vulkan Magma aufgestiegen und mit einem Ausbruch zu rechnen ist.«

Volcanology

Ein Aquädukt ist das Werk von Menschen, aber er gehorcht den Gesetzen der Natur. Die Wasserbaumeister mochten eine Quelle einfangen und sie von ihrem ursprünglichen Kurs ableiten, aber sobald das Wasser zu fließen begonnen hatte, nahm es unabwendbar und unerbittlich mit einer Geschwindigkeit von zweieinhalb Meilen pro Stunde seinen Lauf und Attilius konnte nichts gegen die Verunreinigung des Wassers von Misenum tun.

Dennoch hegte er eine schwache Hoffnung: dass der Schwefel auf die Villa Hortensia beschränkt war, dass sich das Leck in dem Rohrsystem unter dem Haus befand und dass Ampliatus' Besitz nur eine isolierte Nische der Fäulnis an der herrlichen Küste des Golfs war.

Die Hoffnung hielt so lange vor, wie er brauchte, den Abhang zur Piscina mirabilis hinabzustürmen, Corax aus der Unterkunft zu holen, in der er mit Musa und Becco würfelte, ihnen zu erklären, was passiert war, und ungeduldig zu warten, bis der Aufseher die Tür zum Reservoir aufgeschlossen hatte. In diesem Moment schwand sie vollständig, davongeweht von demselben üblen Geruch, den er in dem Rohr bei den Fischbecken wahrgenommen hatte.

»Hundegestank!« Corax blies angewidert die Backen auf. »Das muss sich seit Stunden aufgestaut haben.«

»Zwei Stunden.«

»Zwei Stunden?« Der Aufseher konnte seine Genugtuung nicht verhehlen. »Die Zeit, als du uns mit deinem Hirngespinst in den Bergen festgehalten hast?«

»Und wenn wir hier gewesen wären? Was hätte das geändert?«

Attilius stieg ein paar Stufen hinunter, wobei er sich mit dem Handrücken die Nase zuhielt. Das Licht begann zu schwinden. Außer Sichtweite, hinter den Pfeilern, konnte er hören, wie sich das Wasser in die Piscina ergoss, aber nicht mit seinem normalen Getöse. Es war, wie er bei den Fischbecken befürchtet hatte: Der Druck fiel ab, und zwar schnell.

Er rief Polites, dem griechischen Sklaven, der am oberen Ende der Treppe wartete, zu, dass er ein paar Dinge brauchte – eine Fackel, einen Plan des Hauptstrangs der Augusta und eine der verschließbaren Flaschen aus dem Lagerraum, die sie für die Entnahme von Wasserproben verwendeten. Polites trottete folgsam davon und Attilius schaute in die Düsternis, froh, dass der Aufseher in diesem Moment seine Miene nicht sehen konnte; denn ein Mann war sein Gesicht und das Gesicht der Mann.

»Wie lange arbeitest du schon an der Augusta, Corax?«

»Zwanzig Jahre.«

»Ist so etwas schon einmal vorgekommen?«

»Nie. Du hast uns Unglück gebracht.«

Mit einer Hand an der Wand stieg Attilius vorsichtig die Stufen zum Rand des Reservoirs hinab. Das aus der Einmündung der Augusta fallende Wasser, dazu der Gestank und das melancholische Licht der letzten Stunde des Tages: All das flößte ihm das Gefühl ein, er steige in die Hölle hinab. Es war sogar ein Ruderboot zu seinen Füßen vertäut – eine passende Fähre zur Überquerung des Styx.

Er versuchte, einen Scherz zu machen, um die Panik zu verbergen, die ihn langsam überkam. »Du kannst mein Charon sein«, sagte er zu Corax. »Aber ich habe keine Münze, um dich zu bezahlen.«

»Dann bist du dazu verdammt, für immer in der Hölle herumzuwandern.«

Das war amüsant. Attilius schlug sich mit der Faust auf die Brust – seine Angewohnheit, wenn er nachdachte –, dann rief er zum Platz hinauf: »Polites! Beeil dich!«

»Ich komme, Aquarius!«

Der schlanke Umriss des Sklaven erschien in der Türöffnung, mit einem Kienspan und einer Fackel in der Hand. Er kam zu ihnen herunter und reichte beides Attilius, der die glühende Spitze des Spans an die Masse aus Werg und Pech hielt. Mit einer Art Puffen und einem Schwall öliger Hitze entzündete sie sich. Die Schatten der Männer tanzten auf den Mauern.

Attilius stieg mit der Fackel in der Hand vorsichtig in das Boot, dann drehte er sich um und nahm die aufgerollten Pläne und die Glasflasche entgegen. Das Boot war leicht und hatte einen flachen Boden. Es wurde für Instandhaltungsarbeiten im Reservoir gebraucht, und als Corax einstieg, sank es tief ins Wasser.

Ich muss gegen meine Panik ankämpfen, dachte Atillius. Ich muss der Meister sein.

»Wenn das passiert wäre, als Exomnius noch hier war – was hätte er getan?«

»Ich weiß es nicht. Aber eines kann ich dir sagen. Er kannte dieses Wasser besser als jeder andere. Er hätte das hier kommen sehen.«

»Vielleicht hat er genau das getan und ist deshalb fortgelaufen.«

»Exomnius war kein Feigling. Er ist nirgendwohin gelaufen.«

»Aber wo steckt er dann?«

»Das habe ich dir schon hundertmal gesagt, hübscher Knabe: Ich weiß es nicht.«

Der Aufseher lehnte sich zur Seite, löste das Boot von dem Ring, an dem es vertäut war, und stieß es von den Stufen ab; dann ließ er sich mit dem

Gesicht zu Attilius nieder und ergriff die Riemen. Im Fackellicht war sein Gesicht dunkel, bösartig, älter als seine vierzig Jahre. Er hatte eine Frau und eine Horde Kinder in einer engen Wohnung, die in einer Straße gegenüber dem Reservoir lag. Attilius fragte sich, weshalb Corax ihn so hasste. Lag es lediglich daran, dass er gern selbst Aquarius geworden wäre und wegen der Ankunft eines jüngeren Mannes aus Rom verbittert war? Oder steckte etwas anderes dahinter?

Er wies Corax an, sie ins Zentrum der Piscina zu rudern, und als sie ihr Ziel erreicht hatten, übergab er ihm die Fackel, entkorkte die Flasche und krempelte die Ärmel seiner Tunika auf. Wie oft hatte er seinen Vater das tun sehen, im unterirdischen Reservoir der Claudia und des Anio Novus auf dem Esquilin? Der alte Mann hatte ihm gezeigt, dass jede der großen Wasserleitungen ihren eigenen Geschmack hatte, so deutlich voneinander verschieden wie Weinsorten. Die Aqua Marcia schmeckte am süßesten, weil sie von drei klaren Quellen des Flusses Anio gespeist wurde; die Aqua Alsietina war am widerwärtigsten, eine kiesige Brühe aus einem See, die nur zum Bewässern von Gärten taugte; weich und lauwarm war die Aqua Julia; und so weiter. Ein guter Aquarius, hatte sein Vater gesagt, sollte mehr kennen als nur die soliden Gesetze der Architektur und der Hydraulik – er sollte einen Geschmack, eine Nase, ein Gefühl für Wasser haben und für das Gestein und die Böden, die es auf seinem Weg an die Oberfläche durchlaufen hatte. Von seinen Fähigkeiten konnten Menschenleben abhängen.

Ein Bild seines Vaters schoss ihm durch den Kopf. Noch bevor er fünfzig war, hatte ihn das Blei umgebracht, mit dem er zeit seines Lebens gearbeitet hatte, und Attilius, ein halbes Kind, war unversehens zum Oberhaupt der Familie geworden. Zum Schluss war nicht mehr viel von seinem Vater übrig gewesen. Nur eine dünne Hülle aus weißer, über vorstehende Knochen gespannter Haut.

Sein Vater hätte gewusst, was jetzt zu tun war.

Attilius hielt die Flasche so, dass ihr Hals ins Wasser hineinragte. Dann beugte er sich vor und tauchte sie so tief wie möglich ein, drehte sie langsam unter Wasser und ließ die Luft in einem Strom von Blasen entweichen. Als sie voll war, verkorkte er sie und zog sie wieder heraus.

Zurück auf seinem Platz im Boot, öffnete er die Flasche noch einmal und bewegte sie unter seiner Nase hin und her. Er nahm einen Mund voll, gurgelte und schluckte. Bitter, aber trinkbar, gerade noch. Er reichte sie Corax, der die Flasche gegen die Fackel tauschte und das ganze Wasser auf einen Zug trank. Dann wischte er sich mit dem Handrücken den Mund ab. »Es geht«, sagte er, »wenn man es mit genügend Wein vermischt.«

Das Boot stieß gegen einen Pfeiler und Attilius bemerkte, wie weit die Linie zwischen dem trockenen und dem feuchten Beton hochgewandert war – scharf abgesetzt verlief sie schon jetzt einen Fußbreit über der Wasseroberfläche. Das Reservoir leerte sich schneller, als die Augusta es nachfüllen konnte.

Wieder Panik. *Kämpfe dagegen an.*

»Welches Fassungsvermögen hat die Piscina?«

»Zweihundertachtzig Quinariae.«

Attilius hob die Fackel in Richtung des Daches, das rund fünfzehn Fuß über ihnen in den Schatten verschwand. Das bedeutete, dass das Wasser ungefähr fünfunddreißig Fuß tief und das Reservoir zu zwei Dritteln gefüllt war. Angenommen, es fasste noch zweihundert Quinariae. In Rom gingen sie davon aus, dass eine Quinaria ungefähr den täglichen Bedarf von zweihundert Menschen deckte. Zum Kriegshafen von Misenum gehörten zehntausend Menschen; dazu kamen weitere zehntausend Zivilisten.

Die Rechnung war einfach genug.

Sie hatten Wasser für zwei Tage – vorausgesetzt, sie konnten die Versorgung auf vielleicht eine Stunde am Morgen und eine weitere am Abend beschränken. Und außerdem vorausgesetzt, dass der Schwefelgehalt auf dem Grund der Piscina ebenso gering war wie an der Oberfläche. Wenn Schwefel jedoch auf die Temperatur des ihn umgebenden Wasser abgekühlt wurde – was geschah dann? Verteilte er sich? Schwamm er an der Oberfläche? Oder sank er ab?

Attilius richtete den Blick auf das nördliche Ende des Reservoirs, wo die Augusta zum Vorschein kam. »Wir sollten den Druck überprüfen.«

Corax ruderte mit kräftigen Schlägen und steuerte das Boot geschickt zwischen dem Pfeilerlabyrinth hindurch auf das fallende Wasser zu. Attilius hielt die Fackel in einer Hand; mit der anderen entfaltete er die Pläne und breitete sie mit dem Unterarm auf seinen Knien aus.

Das ganze westliche Ende des Golfs, von Neapolis bis Cumae, war schwefelhaltig – so viel wusste er. Aus den Schächten in den Leucogaei-Bergen, zwei Meilen nördlich des Hauptstrangs der Augusta, wurden grüne, durchscheinende Schwefelklumpen gefördert. Dann gab es da die heißen Schwefelquellen in der Umgebung von Baiae, die von Genesenden aus dem ganzen Imperium aufgesucht wurden. Es gab den Posidian, einen nach einem Freigelassenen des Claudius benannten Teich, dessen Wasser so heiß war, dass man Fleisch darin garen konnte. Sogar das Meer bei Baiae stieß zuweilen Schwefeldämpfe aus und die Kranken badeten in der Hoffnung auf Heilung im seichten Wasser in Strandnähe. Irgendwo in dieser schwelenden Gegend – in der die Sibylle ihre Höhle hatte und die brennenden Löcher Zugänge zur Unterwelt waren – musste der Schwefel in die Augusta eingedrungen sein.

Sie hatten den Tunnel des Aquädukts erreicht. Corax ließ das Boot einen Moment gleiten, dann ruderte er ein paar kräftige Schläge in die entgegengesetzte Richtung und brachte es direkt neben einem Pfeiler zum Stehen. Attilius schob seine Pläne beiseite und hob die Fackel. Ihr Licht fiel auf einen smaragdgrünen Schimmelbelag, dann erhellte es den gewaltigen, in Stein gehauenen Neptunskopf, aus dessen Mund die Augusta normalerweise in einem kohlschwarzen Sturzbach herausschoss. Doch sogar in der Zeit, die sie gebraucht hatten, um von der Treppe hierher zu rudern, war die Wassermenge geschrumpft. Jetzt war sie kaum mehr als ein Rinnsal.

Corax stieß einen leisen Pfiff aus. »Ich hätte nie gedacht, dass ich die Augusta einmal trocken sehen würde. Du hattest Recht, dir Sorgen zu machen, hübscher Knabe.« Er sah Attilius an und zum ersten Mal flackerte Angst in seinen Augen. »Unter welchem Stern bist du geboren, dass du das über uns gebracht hast?«

Der Wasserbaumeister konnte kaum atmen. Er hielt sich wieder die Nase zu und bewegte die Fackel über die Oberfläche des Reservoirs. Der Widerschein des Lichtes auf dem stillen schwarzen Wasser ließ an ein Feuer denken, das in der Tiefe brannte.

Es ist unmöglich, dachte er. Aquädukte versiegten nicht einfach – nicht auf diese Weise, im Verlauf von ein paar Stunden. Die Leitungen bestanden aus mit wasserdichtem Zement verputzten Ziegelsteinen, ummantelt mit einer anderthalb Fuß dicken Betonschicht. Die üblichen Probleme – Bruchstellen, Lecks, Ablagerungen von Kalk, die die Leitungen verengten –, all das brauchte Monate oder sogar Jahre, um Wirkung zu zeigen. Bei der Claudia hatte es ein volles Jahrzehnt gedauert, bis sie versiegte.

Ein Ruf des Sklaven Polites ließ ihn hochschrecken. »Aquarius!«

Er wendete den Kopf. Wegen der Pfeiler, die wie versteinerte Eichen aus einem übel riechenden Sumpf aufzuragen schienen, konnte er die Treppe nicht sehen. »Was ist?«

»Ein Reiter ist gekommen, Aquarius! Er bringt die Botschaft, dass der Aquädukt versiegt ist.«

Corax murmelte: »Das sehen wir selbst, du griechischer Dummkopf.«

Attilius griff wieder nach den Plänen. »Aus welcher Stadt kommt er?« Er erwartete, dass der Sklave Baiae oder Cumae antworten würde. Schlimmstenfalls Puteoli. Neapolis wäre eine Katastrophe.

Aber die Antwort war wie ein Schlag in den Magen. »Nola!«

Der Bote war so staubverkrustet, dass er eher einem Gespenst als einem Menschen glich. Und noch während er seine Geschichte erzählte – wie das Wasser im Reservoir von Nola bei Tagesanbruch versiegt war und dem Versiegen ein starker Schwefelgeruch voranging, der mitten in der Nacht aufgetreten war –, hörten sie neue Hufschläge auf der Straße und eine Sekunde später trabte ein zweites Pferd auf den Platz.

Der Reiter stieg rasch ab und übergab Attilius eine Papyrusrolle. Eine Botschaft von den Stadtvätern von Neapolis. Dort war die Augusta am Mittag versiegt.

Attilius las sie sorgfältig und bemühte sich dabei um eine ausdruckslose Miene. Jetzt herrschte ein ziemliches Gedränge auf dem Hof. Zwei Pferde und zwei Reiter, umringt von einer Horde Aquädukt-Arbeitern, die ihr Abendessen im Stich gelassen hatten, um zu hören, was passiert war. Die Szene begann die Aufmerksamkeit von Passanten und auch einigen Ladenbesitzern zu erregen. »He, Wassermann«, rief der Besitzer eines Imbissstandes auf der anderen Straßenseite, »was ist los?«

Es würde nicht viel dazu gehören, dachte Attilius – nur der leiseste Windhauch –, dass sich Panik ausbreitete wie ein Lauffeuer. Auch in ihm selbst flammte ein Gefühl der Angst auf. Er befahl zwei Sklaven, die Tore zum Platz zu schließen, und wies Polites an, dafür zu sorgen, dass die Boten Essen und etwas zu trinken bekamen. »Musa, Becco – beschafft euch einen Karren und fangt an, ihn zu beladen. Ätzkalk, Puteolanum, Werkzeug – alles, was wir zur Reparatur des Hauptstrangs brauchen. So viel, wie zwei Ochsen ziehen können.«

Die beiden Männer sahen einander an. »Aber wir wissen nicht, was den Schaden verursacht hat«, wandte Musa ein. »Ein Karren voll reicht vielleicht nicht.«

»Dann beschaffen wir uns weiteres Material, wenn wir Nola erreicht haben.«

Er strebte auf das Büro des Aquädukts zu und der Bote von Nola folgte ihm.

»Aber was soll ich den Ädilen sagen?« Der Bote

war fast noch ein Kind. Die Augenhöhlen waren der einzige Teil seines Gesichts, der nicht staubverkrustet war, und die weichen rosa Lider ließen ihn noch verängstigter aussehen. »Die Priester wollen Neptun ein Opfer bringen. Sie sagen, der Schwefel ist ein furchtbares Omen.«

»Sag ihnen, wir kennen das Problem.« Attilius wedelte mit seinen Plänen. »Sag ihnen, wir kümmern uns um die Reparatur.«

Er duckte sich und trat durch den niedrigen Eingang in die kleine Kammer. Exomnius hatte die Unterlagen der Augusta in einem Chaos hinterlassen. Verkaufsurkunden, Rechnungen und Quittungen, Schuldscheine, juristische Gutachten, Arbeitsberichte und Lagerverzeichnisse, Schreiben von der Behörde des Curator Aquarum und Anweisungen vom Befehlshaber der Flotte in Misenum – einige davon zwanzig oder dreißig Jahre alt – quollen aus den Truhen, türmten sich auf einem Tisch und auf dem Steinfußboden. Attilius fegte die Papiere mit dem Ellbogen vom Tisch und breitete seine Pläne aus.

Nola. Wie war das möglich? Nola war eine große Stadt, dreißig Meilen östlich von Misenum und weit von den Schwefelfeldern entfernt. Er benutzte seinen Daumen, um die Entfernungen zu berechnen. Mit einem Ochsenkarren würden sie fast zwei Tage brauchen, um Nola auch nur zu erreichen. Die Karte zeigte ihm so deutlich wie ein Gemälde, wie sich die Katastrophe ausgebreitet haben musste und mit welch mathematischer Präzision sich der Hauptstrang entleert hatte. Er folgte ihm mit dem Finger, lautlos bewegten sich seine Lippen. Zweieinhalb Meilen pro Stunde. Wenn Nola seit Tagesanbruch kein Wasser mehr hatte, dann musste es in Acerrae und Atella im Laufe des Vormittags passiert sein. War die Wasserversorgung in Neapolis, an der Küste entlang zwölf Meilen von Misenum entfernt, am Mittag zusammengebrochen, dann musste es in Puteoli um die achte Stunde passiert sein, in Cumae um die neunte, in Baiae um die zehnte. Und jetzt schließlich, um die zwölfte, waren sie an der Reihe.

Acht Städte ohne Wasser. Nur aus Pompeji, ein paar Meilen flussaufwärts von Nola, war noch keine Nachricht gekommen. Aber auch so waren mehr als zweihunderttausend Menschen ohne Wasser.

Er bemerkte, dass sich der Eingang hinter ihm verdunkelte. Corax kam herein, lehnte sich gegen den Türrahmen und beobachtete ihn.

Attilius rollte die Karte zusammen und klemmte sie sich unter den Arm. »Gib mir den Schlüssel zur Schleuse.«

»Warum?«

»Liegt das nicht auf der Hand? Ich werde das Reservoir absperren.«

»Aber das ist das Wasser der Flotte. Das kannst du nicht tun. Nicht ohne Genehmigung des Befehlshabers.«

»Warum gehst du dann nicht los und holst seine Genehmigung ein? Ich mache die Schleuse dicht.« Zum zweiten Mal an diesem Tag waren ihre Gesichter kaum eine Handbreit voneinander entfernt. »Hör zu, Corax. Die Piscina mirabilis ist eine strategische Reserve. Verstehst du? Deshalb gibt es sie – damit sie im Notfall abgeriegelt werden kann – und in jedem Augenblick, den wir vergeuden, verlieren wir mehr Wasser. Jetzt gib mir den Schlüssel oder du wirst dich in Rom dafür rechtfertigen müssen.«

»Na schön. Du sollst deinen Willen haben, hübscher Knabe.« Ohne den Blick von Attilius' Gesicht abzuwenden, löste Corax den Schlüssel von dem Ring an seinem Gürtel. »Ich werde den Befehlshaber aufsuchen. Ich werde ihm berichten, was hier vorgeht. Und dann werden wir sehen, wer sich wofür rechtfertigen muss.«

Attilius ergriff den Schlüssel und schob sich seitwärts an ihm vorbei auf den Platz hinaus. Dem Sklaven, der am nächsten stand, rief er zu: »Schließ die Tore hinter mir ab, Polites. Niemand darf ohne meine Erlaubnis hereingelassen werden.«

»Ja, Aquarius.«

Auf der Straße drängte sich immer noch eine Schar Schaulustiger, aber sie machten eine Gasse für ihn frei. Ohne auf ihre Fragen zu reagieren, bog er nach links und dann ein zweites Mal nach links ab und stieg eine steile Treppe hinunter. Noch immer war die Wasserorgel in der Ferne zu hören. Zwischen den Mauern waren Leinen gespannt, Wäsche hing über seinem Kopf. Leute drehten sich um und starrten ihn an, als er sie aus dem Weg schob. Eine Prostituierte in safrangelbem Gewand, höchstens zehn Jahre alt, ergriff seinen Arm und wollte nicht loslassen, bevor er in seinen Beutel gegriffen und ihr ein paar Kupfermünzen gegeben hatte. Er sah, wie sie durch die Menge schoss und das Geld einem fetten Kappadokier aushändigte – offensichtlich ihrem Besitzer –, und verfluchte seine Torheit, während er weitereilte.

Das Gebäude, in dem sich das Schleusentor befand, war ein kleiner Würfel aus Ziegelsteinen, kaum mannshoch. Eine Statue der Wassernymphe Egeria stand in einer Nische neben der Tür. Zu ihren Füßen lagen ein paar verwelkte Blumen und etliche verschimmelte Klumpen Brot und Obst – Opfergaben von schwangeren Frauen, die glaubten, dass Egeria, die Gemahlin des Friedensfürsten Numa, zu gegebener Zeit ihre Niederkunft erleichtern würde. Noch so ein sinnloser Aberglaube. Und eine Verschwendung von Lebensmitteln.

Er drehte den Schlüssel im Schloss und zerrte wütend an der schweren Holztür.

Er befand sich jetzt auf gleicher Höhe mit dem Grund der Piscina mirabilis. Wasser aus dem Reservoir floss unter Druck durch ein Bronzegitter in einem Tunnel in der Mauer, ergoss sich strudelnd in den offenen Kanal zu seinen Füßen und wurde dann in drei Rohre geleitet, die sich auffächerten, unter den Steinplatten hinter ihm verschwanden und das Wasser in den Hafen und die Stadt Misenum leiteten. Der Fluss wurde mithilfe eines Schleusentors reguliert, das bündig in die Mauer eingelassen war und mit einem Eisenrad bedient wurde. Das Rad, das kaum jemals benutzt wurde, war eingerostet. Er musste mit dem Handballen gegen den Holzgriff schlagen, um es zu lockern; erst als er seine volle Kraft einsetzte, begann es sich zu bewegen. So schnell er konnte, drehte er den Griff. Das Tor senkte sich, rasselte wie ein Fallgitter und erstickte langsam den Fluss des Wassers, bis er schließlich völlig versiegte und es nur noch nach feuchtem Staub roch.

Bloß eine Pfütze blieb in dem steinernen Kanal zurück, die in der Hitze so schnell verdunstete, dass er sehen konnte, wie sie schrumpfte. Er bückte sich, steckte einen Finger in die nasse Stelle und berührte dann mit ihm seine Zunge. Kein Schwefelgeschmack.

Jetzt habe ich es getan, dachte er. Die Flotte ihres Wassers beraubt, in einer Dürre, ohne Genehmigung, drei Tage nach Antritt meines Amtes. Männer waren schon geringerer Vergehen wegen degradiert und in die Tretmühlen geschickt worden und der Gedanke schoss ihm durch den Kopf, dass er ein Narr gewesen war, Corax als Ersten mit dem Befehlshaber sprechen zu lassen. Es würde bestimmt eine Untersuchung geben. Gerade jetzt würde der Aufseher dafür sorgen, wem die Schuld gegeben wurde.

Nachdem er die Tür zur Schleusenkammer verschlossen hatte, trat er ins Freie und schaute sich auf der belebten Straße um. Niemand achtete auf ihn. Keiner von den Menschen hier wusste, was ihnen bevorstand. Er hatte das Gefühl, im Besitz eines Geheimnisses von großer Tragweite zu sein, und dieses Wissen ließ ihn auf der Hut sein. Während er durch eine enge Gasse zum Hafen hinuntereilte, hielt er sich dicht an den Mauern und schlug die Augen nieder, um den Blicken der Leute nicht zu begegnen.

Die Villa des Befehlshabers lag am entgegengesetzten Ende von Misenum, und um sie zu erreichen, musste der Wasserbaumeister eine Strecke von gut einer halben Meile zurücklegen. Zumeist in gemächlichem Tempo, aber gelegentlich auch, von Panik getrieben, im Laufschritt nahm er seinen Weg über den schmalen Damm und die drehbare Holzbrücke, die die beiden Becken des natürlichen Hafens voneinander trennte.

Man hatte ihn vor dem Befehlshaber gewarnt, bevor er Rom verließ. »Den Oberbefehl hat Gaius Plinius«, hatte der Curator Aquarum gesagt. »Früher oder später wirst du ihm begegnen. Er bildet sich ein, alles über alles zu wissen. Vielleicht ist das ja auch so. Aber du musst ihn mit Samthandschuhen anfassen. Wirf einmal einen Blick in sein neuestes Werk. Die *Historia naturalis*. Jede bekannte Tatsache über Mutter Erde in siebenunddreißig Büchern.«

In der öffentlichen Bibliothek am Porticus der Octavia hatte Attilius eine Kopie gefunden, aber keine Zeit gehabt, mehr als das Inhaltsverzeichnis zu lesen.

»Die Welt. Ihre Gestalt, ihre Bewegungen. Von den Mond- und Sonnenfinsternissen. Von Donner und Blitz. Musikalische Raumverhältnisse zwischen den Gestirnen. Wunderbare Erscheinungen am Him-

mel. Feurige Balken und vom geöffneten Himmel. Von den Farben des Himmels und dem flammenden Himmel. Von himmlischen Kränzen. Von plötzlich entstehenden Ringen. Von der Luft und woher der Steinregen kommt …«

In der Bibliothek hatte es noch andere Bücher von Plinius gegeben. Sechs Bücher über Rhetorik. Acht über Grammatik. Zwanzig Bücher über den Krieg in Germanien, wo er eine Einheit von Reitern befehligt hatte. Dreißig Bücher über die jüngste Geschichte des Imperiums, dem er als Statthalter in Hispania und Belgica gedient hatte. Attilius hatte den Curator gefragt, wie Plinius so viel schreiben und gleichzeitig so hohe Ämter bekleiden konnte. Der Curator hatte gesagt: »Weil er keine Frau hat« und über seinen eigenen Witz gelacht. »Und schlafen tut er auch nicht. Pass bloß auf, dass er dich nicht dabei ertappt.«

Die untergehende Sonne hatte den Himmel in ein rotes Licht getaucht und die große Laguna zu seiner Rechten, wo die Kampfschiffe gebaut und repariert wurden, lag bereits verlassen da; aus dem Schilf tönten die klagenden Rufe von Seevögeln. Zu seiner Linken, im Außenhafen, näherte sich eine Passagierfähre mit gerefften Segeln und einem Dutzend Rudern an jeder Seite, die langsam und im Einklang ins Wasser tauchten, während sich das Schiff seinen Weg zwischen den Triremen der kaiserlichen Flotte suchte, die im Hafen vor Anker lagen. Die Fähre war zu spät dran, um aus Ostia zu kommen, was bedeutete, dass sie wahrscheinlich nur im Golf verkehrte. Das Gewicht der Passagiere, die auf dem offenen Deck zusammengedrängt waren, drückte sie tief ins Wasser.

»Dass die Erde der Mittelpunkt der Welt ist. Von Erdbeben. Merkmale eines bevorstehenden Erdbebens. Vereinigte Wunder des Feuers und des Wassers. Von der Maltha. Von der Naphta. Welche Orte stets brennen. Harmonische Berechnung der ganzen Welt …«

Er bewegte sich offenbar schneller, als die Wasserrohre sich leerten, denn als er durch den Triumphbogen ging, der den Eingang zum Hafen markierte, konnte er sehen, dass der große Brunnen an der Straßenkreuzung noch funktionierte. Um ihn herum hatte sich die Menschenmenge versammelt, die sich jeden Tag zur Dämmerung hier einfand – Seesoldaten, die ihre weinschweren Köpfe begossen, zerlumpte Kinder, die kreischten und mit Wasser spritzten, Frauen und Sklaven mit Tonkrügen auf den Hüften und auf den Schultern, die darauf warteten, ihr Wasser für die Nacht schöpfen zu können. Eine Marmorstatue des Göttlichen Augustus erhob sich neben der belebten Kreuzung, um die Bürger daran zu erinnern, wem sie diesen Segen zu verdanken hatten. Kalt schaute sie über die Menschen hinweg, in ewiger Jugend erstarrt.

Die überladene Fähre war am Kai angelangt. Vorn und achtern wurden die Landungsstege ausgeklappt und die Planken bogen sich unter dem Gewicht der an Land eilenden Passagiere. Gepäck wurde von Hand zu Hand geworfen. Ein Mietsänftenbesitzer, vom Tempo des Exodus überrascht, rannte umher und versetzte seinen Trägern Tritte, um sie zur Arbeit anzutreiben. Attilius erkundigte sich über die Straße hinweg, woher die Fähre kam, und der Sänftenbesitzer rief über die Schulter zurück: »Neapolis, mein Freund – und davor Pompeji.«

Pompeji.

Attilius, der im Begriff gewesen war, seinen Weg fortzusetzen, blieb plötzlich stehen. Merkwürdig, dass sie noch keine Nachricht aus Pompeji erhalten hatten, der ersten Stadt am Hauptstrang. Er zögerte, machte dann kehrt und stellte sich der ankommenden Menge in den Weg. »Kommt einer von euch aus Pompeji?« Er schwenkte die zusammengerollten Pläne der Augusta, um Aufmerksamkeit zu erregen. »War jemand heute Morgen in Pompeji?« Aber niemand achtete auf ihn. Die

Menschen waren durstig nach der Reise – und, dachte er, das war nur natürlich, wenn sie aus Neapolis kamen, wo das Wasser bereits am Mittag versiegt war – und in ihrer Eile, den Brunnen zu erreichen, strömten sie an ihm vorbei, alle außer einem, einem älteren Priester mit dem spitzen Hut und dem Krummstab eines Auguren, der langsam ging und dabei den Himmel betrachtete.

»Ich war heute Nachmittag in Neapolis«, sagte er, als Attilius ihn anhielt, »aber am Morgen war ich in Pompeji. Warum? Gibt es etwas, wobei ich dir helfen kann, mein Sohn?« In seinen milchigen Augen erschien ein verschlagener Ausdruck und er senkte die Stimme. »Du brauchst nicht schüchtern zu sein. Ich bin geübt in der Deutung sämtlicher Phänomene – Blitze, Eingeweide, Vogelschau, unnatürliche Manifestationen. Meine Honorare sind bescheiden.«

»Darf ich fragen, heiliger Vater, wann du Pompeji verlassen hast?«

»Beim ersten Tageslicht.«

»Und waren die Springbrunnen in Betrieb? Gab es Wasser?«

Von der Antwort hing so viel ab, dass Attilius fast Angst hatte, sie zu hören.

»Ja, es gab Wasser.« Der Augur runzelte die Stirn und hob seinen Stab in das schwindende

Licht. »Aber als ich in Neapolis ankam, waren die Straßen trocken und in den Bädern habe ich Schwefel gerochen. Deshalb beschloss ich, wieder auf die Fähre zu gehen und hierher zu kommen.« Er schaute erneut zum Himmel empor und suchte ihn nach Vögeln ab. »Schwefel ist ein furchtbares Omen.«

»Das stimmt«, pflichtete Attilius ihm bei. »Aber bist du sicher? Bist du sicher, dass das Wasser noch lief?«

»Ja, mein Sohn. Ich bin sicher.«

Um den Brunnen herum geriet die Menge in Bewegung und beide Männer drehten sich um. Anfangs schien es nichts von Belang zu sein, nur etwas Gedränge und Geschiebe, aber kurz darauf hagelte es Faustschläge. Die Menge schien sich zusammenzuziehen und sich zu verdichten und aus dem Zentrum des Gedränges segelte ein großer Tonkrug durch die Luft, drehte sich langsam und landete auf dem Kai, wo er zerbrach. Eine Frau kreischte. Am Rande der Menge kam ein Mann in einer griechischen Tunika zum Vorschein, der einen gefüllten Wasserschlauch fest an seine Brust drückte und aus einer klaffenden Schläfenwunde blutete. Er stolperte, kam wieder hoch, stolperte weiter und verschwand in einer Gasse.

Und so fängt es an, dachte der Wasserbaumeister. Zuerst dieser Brunnen, dann all die anderen und das große Becken auf dem Forum. Dann die öffentlichen Bäder, die Zapfstellen im Ausbildungslager und in den großen Villen – und aus den leeren Rohren kommt nichts als das Knirschen von trockenem Blei und das Zischen ausströmender Luft.

Die ferne Wasserorgel war mitten in einem Ton stecken geblieben und erstarb mit einem lang gezogenen Stöhnen.

Jemand schrie, der Mistkerl aus Neapolis habe sich vorgedrängt und das letzte Wasser gestohlen, und wie ein riesiges Untier mit einem einzigen Gehirn machte die Menge kehrt, ergoss sich in die schmale Gasse und nahm die Verfolgung auf. Dann plötzlich, ebenso schnell, wie er begonnen hatte, war der Aufruhr vorüber und nur ein paar zerbrochene und im Stich gelassene Krüge blieben zurück. Zwei Frauen hockten dicht neben dem Rand des versiegten Brunnens im Staub und hielten sich schützend die Hände über den Kopf.

Vespera

[20.07 Uhr]

»Erdbeben können gehäuft in Gebieten auftreten, die unter starker Spannung stehen, zum Beispiel in der Nähe von Verwerfungen, sowie in der unmittelbaren Nachbarschaft von Magma, wenn es zu Druckveränderungen kommt.«

Haraldur Sigurdsson (Hrsg.)
Encyclopedia of Volcanoes

Die Amtsresidenz des Befehlshabers der Westflotte stand auf einer Anhöhe oberhalb des Hafens, und als Attilius sie erreicht hatte und auf die Terrasse geführt wurde, war die Dämmerung hereingebrochen. Überall am Golf wurden in den Strandvillen Fackeln, Öllampen und Kohlenpfannen angezündet, bis allmählich ein locker gesponnener Faden aus gelbem Licht zum Vorschein kam, der mit seinem Flackern Meile um Meile die Kurve des Golfs nachzeichnete, um schließlich im purpurnen Dunst in Richtung Capri zu verschwinden.

Ein Centurio in voller Uniform, mit Brustpanzer, Helm und Schwert, eilte davon, als der Wasserbaumeister eintraf; von einem Steintisch unter einer Pergola wurden gerade die Überreste einer großen Mahlzeit abgeräumt. Zuerst sah er den Befehlshaber nicht, aber als ein Sklave ihn anmeldete – »Marcus Attilius Primus, Aquarius der Aqua Augusta« –, drehte sich ein rundlicher Mann von Mitte fünfzig am hinteren Ende der Terrasse um und kam auf ihn zugewatschelt, gefolgt von den Leuten, die vermutlich Gäste bei seiner soeben beendeten Mahlzeit gewesen waren: vier in Togen schwitzende Männer, von denen zumindest einer, dem purpurnen Streifen an seinem Gewand nach zu urteilen, ein Senator war. Hinter ihnen – unterwürfig, böswillig, unvermeidbar – tauchte Corax auf.

Aus irgendeinem Grund hatte Attilius angenommen, der berühmte Gelehrte sei mager, doch Plinius war dick und hatte einen Bauch, der so scharf umrissen vorstand wie der Rammsporn eines seiner Schiffe. Er tupfte sich die Stirn mit seiner Serviette ab.

»Soll ich dich jetzt festnehmen lassen, Aquarius?

Ich könnte es, so viel steht schon jetzt fest.« Plinius hatte die Stimme eines dicken Mannes: ein hohes Schnaufen, das sogar noch heiserer wurde, als er die Anschuldigungen an seinen plumpen Fingern abzählte. »Zuerst einmal Inkompetenz – wer kann daran zweifeln? Nachlässigkeit – wo warst du, als der Schwefel das Wasser verseucht hat? Ungehorsam – wer hat dir gestattet, unser Wasser abzuschneiden? Verrat – ja, ich könnte auch Anklage wegen Verrats erheben. Und wie wär's mit Anstiftung zur Rebellion in der kaiserlichen Werft? Ich musste eine ganze Centurie Seesoldaten ausschicken – die eine Hälfte soll in der Stadt ein paar Köpfe einschlagen und die öffentliche Ordnung wiederherstellen, die anderen fünfzig sind zum Reservoir unterwegs, um das bisschen Wasser zu bewachen, das noch vorhanden ist. Verrat …«

Er brach ab, weil ihm die Luft ausgegangen war. Mit seinen aufgeblähten Wangen, den geschürzten Lippen und den spärlichen grauen, verschwitzt am Kopf klebenden Locken sah er aus wie ein ältlicher, wütender Cherub, heruntergefallen von einer abblätternden Deckenmalerei. Der jüngste seiner Gäste – ein pickliger, knapp zwanzig Jahre alter Jüngling – trat vor, um ihn zu stützen, aber Plinius schüttelte ihn mit einem Achselzucken ab. Im Hintergrund der Gruppe grinste Corax und ließ einen Mund voll schwarzer Zähne sehen. Er hatte sogar noch wirksamer sein Gift verspritzt, als Attilius befürchtet hatte. Wahrscheinlich der geborene Politiker. Vermutlich konnte er sogar dem Senator noch den einen oder anderen Trick beibringen.

Attilius fiel auf, dass über dem Vesuv ein Stern zum Vorschein gekommen war. Bisher hatte er den Berg noch nie richtig angesehen, und schon gar nicht aus diesem Blickwinkel. Der Himmel war dunkel, aber der Berg war noch dunkler, fast schwarz und ragte mit einem spitz zulaufenden Gipfel über dem Golf auf. Und dort liegt die Quelle des Problems, dachte er. Irgendwo dort drüben, am Berg. Nicht auf der Seite, die der See zugewandt war, sondern landeinwärts, an der Nordostflanke.

»Wer bist du überhaupt?«, krächzte Plinius schließlich. »Ich kenne dich nicht. Du bist viel zu jung. Was ist mit dem richtigen Aquarius passiert? Wie hieß er doch noch?«

»Exomnius«, sagte Corax.

»Exomnius, richtig. Wo ist er? Und was hat sich Acilius Aviola dabei gedacht, uns zur Erledigung von Männerarbeit einen Jüngling zu schicken? Also? Sprich! Was hast du zu deinen Gunsten vorzubringen?«

Hinter dem Befehlshaber bildete der Vesuv eine

perfekte natürliche Pyramide, um deren Fuß sich die kleine Lichterkette der Strandvillen herumzog. An zwei Stellen beulte sich die Linie leicht aus; das waren vermutlich Städte. Sie waren ihm von der Karte her geläufig. Die näher gelegene musste Herculaneum sein, die weiter entfernte Pompeji.

Attilius richtete sich auf. »Ich brauche«, sagte er, »ein Schiff.«

Er breitete seine Karte auf dem Tisch in Plinius' Bibliothek aus und beschwerte sie an den Kanten mit zwei Stücken Magnetit, die er aus einem Schaukasten holte. Ein älterer Sklave hantierte hinter dem Rücken des Befehlshabers und zündete einen kunstvoll geschmiedeten Bronze-Kandelaber an. An den Wänden standen Schränke aus Zedernholz, voll gepackt mit Papyrusrollen, die zu staubigen Waben gestapelt waren. Obwohl die Tür zur Terrasse weit offen stand, kam von der See kein Lüftchen, das die Hitze vertrieb. Der ölige schwarze Rauch der Kerzen stieg senkrecht auf. Attilius spürte, wie Schweiß an seinem Rückgrat hinunterrann. Es fühlte sich an wie ein kriechendes Insekt.

»Sag den Damen, dass wir bald zu ihnen kommen«, sagte Plinius. Er wandte sich von dem Sklaven ab und nickte Attilius zu. »Gut. Lass hören.«

Attilius betrachtete die vom Kerzenlicht beleuchteten Gesichter seines Publikums. Als man sich niederließ, hatte man ihm ihre Namen genannt, und er wollte sichergehen, dass er sie im Gedächtnis behielt: Pedius Cascus, ein Senator, der, wie er sich vage erinnerte, früher einmal Konsul gewesen war und an der Küste bei Herculaneum eine große Villa besaß; Pomponianus, ein alter Kampfgefährte des Plinius, der sich zum Abendessen von seiner Villa in Stabiae hatte herüberrudern lassen; und Antius, Kommandant des kaiserlichen Flaggschiffs *Victoria*. Der picklige Jüngling war Plinius' Neffe, Gaius Plinius Caecilius Secundus.

Attilius legte einen Finger auf die Karte und alle beugten sich vor, sogar Corax.

»Das ist die Stelle, an der ich das Leck anfangs vermutete, in der Nähe der brennenden Felder bei Cumae. Das würde den Schwefel erklären. Aber dann erfuhren wir, dass das Wasser auch in Nola versiegt ist – hier drüben, im Osten. Und zwar in der Morgendämmerung. Die Zeitfolge ist von größter Bedeutung, denn nach Aussage eines Zeugen, der bei Tagesanbruch in Pompeji war, waren die Brunnen dort heute Morgen noch in Ordnung. Wie ihr sehen könnt, liegt Pompeji ein ganzes Stück vom Hauptstrang bei Nola entfernt, also hätte die Augusta dort mitten in der Nacht versiegen müssen. Die Tatsache, dass sie das nicht getan hat, kann nur eines bedeuten: Das Leck muss hier sein« – er kreiste die Stelle ein –, »irgendwo hier, in diesem fünf Meilen langen Abschnitt, wo die Augusta dicht am Vesuv entlang verläuft.«

Plinius schaute mit einem Stirnrunzeln auf die Karte. »Und das Schiff? Wo kommt das ins Spiel?«

»Soweit ich das sehe, haben wir noch Wasser für zwei Tage. Wenn wir von Misenum aus über Land marschieren, um festzustellen, was passiert ist, brauchen wir mindestens so lange, um das Leck zu finden. Aber wenn wir auf dem Seeweg nach Pompeji fahren – wenn wir mit leichtem Gepäck reisen und uns dort beschaffen, was wir brauchen –, dann könnten wir schon morgen mit den Reparaturen anfangen.«

Es herrschte Schweigen. Attilius hörte das stete Tropfen der Wasseruhr neben der Tür. Einige der Mücken, die um die Kerzen herumschwirrten, steckten im Wachs fest.

Plinius sagte: »Wie viele Männer hast du?«

»Insgesamt fünfzig, aber die meisten davon sind über die gesamte Länge der Augusta verstreut und kümmern sich um die Klärbecken und die Brunnen in den Städten. In Misenum habe ich rund ein Dutzend. Die Hälfte davon würde ich mitnehmen. Wenn wir weitere Arbeitskräfte brauchen, kann ich sie in Pompeji anheuern.«

»Wir könnten ihm eine Liburne geben, Befehlshaber«, sagte Antius. »Wenn er bei Tagesanbruch aufbricht, kann er am späten Vormittag in Pompeji sein.«

Schon die Idee schien Corax in Panik zu versetzen. »Bei allem Respekt, Befehlshaber, das ist nur wieder eines seiner Hirngespinste. Ich würde seinem Gefasel keinerlei Beachtung schenken. So möchte ich zum Beispiel gern wissen, wie er erfahren hat, dass das Wasser in Pompeji noch läuft.«

»Ich habe auf dem Weg hierher am Kai einen Mann getroffen. Einen Auguren. Die Fähre hatte gerade angelegt. Er hat mir erzählt, dass er heute Morgen in Pompeji war.«

»Ein Augur!«, spottete Corax. »Was für ein Jammer, dass er diese ganze Geschichte nicht vorhergesagt hat! Aber schön – nehmen wir an, er hat die Wahrheit gesagt. Nehmen wir an, das ist die Stelle, an der sich das Leck befindet. Ich kenne diesen Abschnitt der Augusta besser als jeder andere – fünf Meilen lang und jede Elle davon unterirdisch. Wir werden mehr als nur einen Tag brauchen, nur um festzustellen, wo sich die Stelle befindet.«

»Das stimmt nicht«, widersprach Attilius. »Bei der Menge Wasser, das die Augusta verliert, könnte sogar ein Blinder das Leck finden.«

»Und bei all dem Wasser, das sich im Tunnel aufgestaut hat – wie wollen wir da hineinkommen und die Reparaturen vornehmen?«

»Sobald wir in Pompeji sind«, sagte der Wasserbaumeister, »bilden wir drei Gruppen.« Im Grunde hatte er das Ganze noch nicht durchdacht. Er musste improvisieren. Aber er spürte, dass Antius auf seiner Seite war und auch nicht mehr viel fehlte, um Plinius von der Karte aufblicken zu lassen. »Die erste Gruppe geht in Richtung Augusta – sie folgt der Abzweigung nach Pompeji bis zu der Stelle, an der sie auf den Hauptstrang trifft, und arbeitet sich dann westwärts vor. Ich versichere euch, das Auffinden des Lecks wird kein großes Problem sein. Die zweite Gruppe bleibt in Pompeji und besorgt genügend Männer und Material für die Reparaturen. Eine dritte Gruppe reitet in die Berge, zu den Quellen bei Abellinum, mit dem Auftrag, dort die Augusta abzusperren.«

Der Senator schaute auf. »Ist das möglich? Wenn in Rom ein Aquädukt für Reparaturarbeiten geschlossen werden muss, dann bleibt er wochenlang abgesperrt.«

»Der Karte zufolge, ja, Senator – es ist möglich.« Attilius hatte es gerade erst selbst bemerkt, aber jetzt sah er alles deutlich vor sich. Noch während er sie beschrieb, nahm die ganze Operation in seinem Kopf Gestalt an. »Ich habe die Quellen des Serinus nie mit eigenen Augen gesehen, aber auf dieser Karte sieht es so aus, als flössen sie in ein Becken mit zwei Kanälen. Der größte Teil des Wassers fließt westwärts, zu uns. Aber ein kleinerer Kanal verläuft in nördlicher Richtung und versorgt Beneventum. Wenn wir das ganze Wasser nach Norden leiten und damit erreichen, dass sich der westliche Kanal entleert, können wir hineinsteigen und ihn reparieren. Der entscheidende Punkt ist, dass wir keinen Damm bauen und das Wasser vorübergehend ableiten müssen, was wir bei den Aquädukten in Rom tun müssen, bevor wir überhaupt mit der Arbeit beginnen können. Hier können wir wesentlich schneller arbeiten.«

Der Senator richtete seine schlaffen Augen auf Corax. »Stimmt das, Aufseher?«

»Kann sein«, gab Corax widerwillig zu. Er schien zu spüren, dass er geschlagen war, aber er dachte nicht daran, kampflos aufzugeben. »Aber ich behaupte immer noch, dass er Unsinn redet, wenn er glaubt, wir könnten das in einem oder zwei Tagen bewerkstelligen. Wie ich bereits sagte – ich kenne diesen Abschnitt. Hier hat es schon vor fast zwanzig Jahren Probleme gegeben, nach dem großen Erdbeben. Exomnius, der damalige Aquarius, war seinerzeit noch neu in seinem Amt. Er war gerade erst aus Rom eingetroffen, es war seine erste Amtshandlung, und wir haben gemeinsam an dem Problem gearbeitet. Zugegeben, damals war die Augusta nicht völlig blockiert, aber wir brauchten trotzdem Wochen, um alle Risse im Tunnel abzudichten.«

»Welches große Erdbeben?« Attilius hatte noch nie davon gehört.

»Es war vor genau siebzehn Jahren«, meldete sich Plinius' Neffe erstmals zu Wort. »Das Erdbeben ereignete sich an den Nonen des Februar, während des Konsulats von Regulus und Verginius. Kaiser Nero war gerade in Neapolis und trat im Theater auf. Seneca beschreibt das Ereignis. Hast du es gelesen, Onkel? Die entsprechende Passage steht in sechsten Buch der *Fragen zur Natur.*«

»Ja, Gaius, vielen Dank«, sagte Plinius scharf. »Ich habe es gelesen, aber ich bin dir natürlich sehr dankbar für den Hinweis.« Er schaute auf die Karte und blies die Backen auf. »Ich wüsste zu gern …«, murmelte er. Er drehte sich auf seinem Stuhl um und rief dem Sklaven zu. »Dromo! Bring mir mein Weinglas. Schnell!«

»Bist du krank, Onkel?«

»Nein, nein.« Plinius stützte das Kinn auf die Fäuste und wandte seine Aufmerksamkeit wieder der Karte zu.

»Also ist es das, was die Augusta beschädigt hat? Ein Erdbeben?«

»Das hätten wir doch bestimmt gemerkt«, warf Antius ein. »Beim letzten Beben wurde ein Großteil von Pompeji zerstört. Es wird immer noch wiederaufgebaut. Die halbe Stadt ist eine Baustelle. Wir haben keinerlei Berichte über ein Ereignis dieses Ausmaßes.«

»Und trotzdem«, fuhr Plinius, fast wie im Selbstgespräch, fort, »ist das eindeutig Erdbebenwetter. Eine glatte See. Ein Himmel, der so atemlos ist, dass die Vögel kaum fliegen können. In normalen Zeiten würden wir mit einem Gewitter rechnen. Aber wenn Saturn, Jupiter und Mars in Konjunktion mit der Sonne stehen, dann wird ein Gewitter von der Natur anstatt in der Luft manchmal unterirdisch ausgelöst. Das ist meiner Meinung nach die Definition eines Erdbebens – ein aus dem Erdinnern herausgeschleuderter Blitz.«

Der Sklave war neben ihm erschienen, mit einem Tablett, in dessen Mitte ein großer Pokal aus klarem Glas stand, zu drei Vierteln gefüllt. Plinius grunzte und hob den Wein ins Kerzenlicht.

»Ein Cäcuber«, flüsterte Pomponianus ehrfürchtig. »Vierzig Jahre alt und noch immer hervorragend.« Er fuhr sich mit der Zunge über die dicken Lippen. »Ich hätte auch nichts gegen ein weiteres Glas einzuwenden, Plinius.«

»Gleich. Seht her.« Plinius schwenkte den Wein vor ihren Augen. Er war dickflüssig und sirupartig und hatte die Farbe von Honig. Als er unter seiner Nase angekommen war, roch Attilius die süße Muffigkeit seines Duftes. »Und jetzt passt genau auf.« Plinius stellte den Pokal behutsam auf den Tisch.

Anfangs begriff Attilius nicht, was er zu demonstrieren versuchte, aber als er das Glas genauer betrachtete, sah er, dass die Oberfläche des Weins leicht vibrierte. Winzige Wellen strahlten vom Zentrum aus, wie das Beben einer gezupften Saite. Plinius hob das Glas hoch und die Bewegung kam zum Stillstand; er stellte es wieder hin und die Erschütterung war wieder sichtbar.

»Es ist mir beim Essen aufgefallen. Ich bin gewohnt, Dinge in der Natur zu beobachten, die anderen vielleicht entgehen. Die Erschütterung ist nicht kontinuierlich. Jetzt ist der Wein vollkommen still.«

»Das ist wirklich bemerkenswert, Plinius«, sagte Pomponianus. »Ich gratuliere dir. Aber ich fürchte, sobald ich ein Glas in der Hand halte, werde ich es nicht absetzen, bevor es leer ist.«

Der Senator war weniger beeindruckt. Er verschränkte die Arme und lehnte sich auf seinem Stuhl zurück, als hätte er sich selbst zum Narren gemacht, indem er diesen kindischen Trick beobachtete. »Ich weiß nicht, was daran bedeutsam sein soll. Der Wein bebt also? Das könnte viele Gründe haben. Der Wind …«

»Es weht kein Wind.«

»… schwere Schritte irgendwo. Oder vielleicht hat Pomponianus eine der Damen unter dem Tisch gestreichelt.«

Lachen löste die Anspannung. Nur Plinius lächelte nicht. »Wir wissen, dass die Welt, auf der wir stehen und die uns so still vorkommt, in Wirklichkeit unablässig herumwirbelt, und zwar mit unbeschreiblicher Geschwindigkeit. Und es kann sein, dass diese durch den Raum wirbelnde Masse ein so lautes Geräusch erzeugt, dass unser menschliches Ohr es nicht wahrnehmen kann. Es könnte zum Beispiel sein, dass die Sterne dort draußen läuten wie ein Glockenspiel, wenn wir nur in der Lage wären, sie zu hören. Könnte es sein, dass die Muster in diesem Weinglas die physikalische Manifestation dieser himmlischen Harmonie darstellen?«

»Weshalb sind sie dann manchmal da und manchmal nicht?«

»Das weiß ich nicht, Cascus. Es kann sein, dass

die Erde in einem Moment sanft dahingleitet und im nächsten auf Widerstand stößt. Es gibt eine Schule, die behauptet, für die Winde sei der Umstand verantwortlich, dass sich die Erde in einer Richtung bewegt und die Sterne in der entgegengesetzten. Aquarius – was meinst du?«

»Ich bin Baumeister, Befehlshaber«, sagte Attilius taktvoll, »kein Philosoph.« Seiner Ansicht nach vergeudeten sie nur Zeit. Einen Moment lang erwog er, das seltsame Verhalten des Wasserdampfes am Morgen in den Bergen zu erwähnen, entschied sich aber dagegen. Läutende Sterne! Sein Fuß klopfte vor Ungeduld auf den Boden. »Ich kann dir nur sagen, dass der Hauptstrang eines Aquädukts so gebaut ist, dass er selbst den extremsten Kräften standhält. Wo die Augusta unterirdisch verläuft, was auf dem größten Teil der Strecke der Fall ist, ist sie sechs Fuß hoch und drei Fuß breit, sie ruht auf einem anderthalb Fuß dicken Fundament und die Wände sind ebenso dick. Welche Kraft sie auch immer beschädigt haben mag, sie muss sehr stark gewesen sein.«

»Stärker als die Kraft, die meinen Wein erschüttert?« Plinius richtete den Blick auf den Senator. »Es sei denn, wir haben es überhaupt nicht mit einem natürlichen Phänomen zu tun. Aber was ist es dann? Ein Sabotageakt, vielleicht gegen die

Flotte gerichtet? Aber wer würde das wagen? In diesen Teil von Italien ist seit Hannibal kein äußerer Feind mehr eingedrungen.«

»Und Sabotage würde kaum das Auftreten von Schwefel erklären.«

»Schwefel«, sagte Pomponianus plötzlich. »Das ist das Zeug in Blitzen, stimmt's? Und wer schleudert Blitze?« Er sah sich aufgeregt um. »Jupiter! Wir sollten Jupiter als Gott der oberen Lüfte einen weißen Stier opfern und seine Eingeweide von den Haruspices beschauen lassen. Sie werden uns sagen, was wir tun sollen.«

Attilius lachte.

»Was ist daran so komisch?«, wollte Pomponianus wissen. »Es ist nicht so komisch wie die Idee, dass die Erde durch den Raum fliegt – was, wenn ich das sagen darf, Plinius, die Frage aufwirft, warum wir dann nicht herunterfallen.«

»Es ist ein exzellenter Vorschlag, mein Freund«, sagte Plinius beschwichtigend. »Und als Befehlshaber bin ich gleichzeitig der oberste Priester von Misenum. Ich versichere dir, wenn ich einen weißen Stier hätte, würde ich ihn auf der Stelle töten lassen. Aber fürs Erste dürfte eine praktischere Lösung erforderlich sein.« Er lehnte sich zurück, wischte sich mit der Serviette übers Gesicht und betrachtete sie dann, als könnte sie einen wichtigen Hinweis enthalten. »Also gut, Aquarius, ich gebe dir dein Schiff.« Er wandte sich an den Kommandanten. »Antius – welche ist die schnellste Liburne in der Flotte?«

»Die *Minerva*, Befehlshaber. Torquatus' Schiff. Gerade aus Ravenna zurückgekehrt.«

»Sorge dafür, dass sie bei Tagesanbruch auslaufen kann.«

»Ja, Befehlshaber.«

»Und ich will, dass an jedem Brunnen ein Hinweis angebracht wird, der den Bürgern klar macht, dass das Wasser jetzt rationiert ist. Es wird nur zweimal am Tag fließen, und zwar jeweils genau eine Stunde lang, bei Tagesanbruch und in der Abenddämmerung.«

Antius stöhnte leise. »Vergisst du dabei nicht, dass wir morgen einen Feiertag haben? Es ist Vulcanalia.«

»Ich bin mir durchaus bewusst, dass morgen Vulcanalia ist.«

Ja, das stimmte, dachte Attilius. In der Eile seiner Abreise von Rom und über all den Sorgen wegen des Aquädukts hatte er den Kalender völlig aus den Augen verloren. Der dreiundzwanzigste August. Der Tag des Vulkan, an dem lebende Fische auf Freudenfeuer geworfen wurden, als Opfer zur Besänftigung des Feuergottes.

»Aber was ist mit den öffentlichen Bädern?«, beharrte Antius.

»Bis auf weiteres geschlossen.«

»Das wird den Leuten nicht gefallen.«

»Daran lässt sich nichts ändern. Wir sind ohnehin alle zu verweichlicht.« Er warf einen kurzen Blick auf Pomponianus. »Das Imperium wurde nicht von Männern erbaut, die den ganzen Tag in den Bädern faulenzen. Es wird den Leuten gut tun, einen Geschmack davon zu bekommen, wie das Leben früher einmal war. Gaius – setz einen Brief an die Ädilen von Pompeji auf, den ich unterschreiben werde. Fordere sie auf, alles zur Verfügung zu stellen, was für die Reparatur des Aquädukts erforderlich ist. Du weißt, wie das geht. ›Im Namen des Kaisers Titus Caesar Vespasianus Augustus und gemäß der Macht, die mir vom Senat und dem Volk Roms verliehen wurde, und so weiter‹ – etwas, das sie auf Trab bringt. Corax – offensichtlich kennst du das Terrain um den Vesuv herum besser als jeder andere. Du solltest derjenige sein, der losreitet und die Schadensstelle findet, während der Aquarius in Pompeji die Reparaturmannschaft zusammenstellt.«

Der Kiefer des Aufsehers klappte herunter. Seine Bestürzung war ihm deutlich anzusehen.

»Was ist? Hast du etwas einzuwenden?«

»Nein, Befehlshaber.« Corax hatte sein Unbehagen rasch unterdrückt, nur Attilius war es aufgefallen. »Ich habe nichts dagegen, nach dem Leck zu suchen. Aber wäre es nicht sinnvoller, wenn einer von uns beim Reservoir bleibt und die Rationierung überwacht?«

Plinius unterbrach ihn ungeduldig. »Für die Rationierung ist die Flotte zuständig. Das ist in erster Linie ein Problem der öffentlichen Ordnung.«

Einen Augenblick lang sah es so aus, als wollte Corax widersprechen, aber dann nickte er mit finsterer Miene.

Von der Terrasse drangen Frauenstimmen und ein helles Auflachen herein.

Er will nicht, dass ich nach Pompeji gehe, dachte Attilius plötzlich. Dieses ganze Theater heute Abend – sein Sinn war, mich von Pompeji fern zu halten.

Der kunstvoll frisierte Kopf einer Frau tauchte an der offenen Tür auf. Sie musste an die sechzig sein. Die Perlen an ihrem Hals waren die größten, die Attilius je gesehen hatte. Sie reckte dem Senator einen gekrümmten Finger entgegen. »Cascus, Liebling, wie lange wollt ihr uns noch warten lassen?«

»Verzeih uns, Rectina«, sagte Plinius. »Wir sind fast fertig. Hat noch jemand etwas zu sagen?« Er blickte in die Runde. »Nein? In diesem Fall habe ich die Absicht, mein Mahl zu beenden.«

Er schob seinen Stuhl zurück und alle erhoben sich. Der Ballast seines Bauches machte ihm das Aufstehen schwer. Gaius bot ihm seinen Arm an, aber Plinius winkte ab. Er musste ein paarmal auf dem Stuhl vorwärts rucken, um sich auf die Füße hochzustemmen, und als er endlich stand, war er atemlos. Mit einer Hand klammerte er sich am Tisch fest, mit der anderen griff er nach seinem Glas, doch plötzlich ließ er die Hand mitten in der Luft verweilen.

Das kaum wahrnehmbare Beben des Weins hatte wieder eingesetzt.

Plinius blies die Wangen auf. »Ich glaube, ich werde diesen weißen Stier doch opfern, Pomponianus. Und du«, sagte er zu Attilius, »wirst mir binnen zweier Tage mein Wasser zurückgeben.« Er hob das Glas und trank einen Schluck. »Sonst – ob du es glaubst oder nicht – sind wir alle auf Jupiters Schutz angewiesen.«

Nocte intempesta

[23.22 Uhr]

»Magmabewegungen können sich auch auf den Grundwasserspiegel auswirken und es kann zu Veränderungen in Menge und Temperatur des Grundwassers kommen.«

Encyclopedia of Volcanoes

Zwei Stunden später wartete Attilius – schlaflos, nackt auf seinem schmalen Holzbett ausgestreckt – auf den Tagesanbruch. Das vertraute, hämmernde Wiegenlied des Aquädukts war verstummt und an seine Stelle waren die kleinen Geräusche der Nacht getreten: das Knarren der Stiefel eines Wachtpostens draußen auf der Straße, das Rascheln von Mäusen in den Dachsparren, der trockene Husten von einem der Sklaven in ihrer Unterkunft. Er schloss die Augen, nur um sie sofort wieder zu öffnen. In der Aufregung des vergangenen Tages war es ihm gelungen, den Anblick des Leichnams zu vergessen, der aus dem Muränenbecken herausgezogen worden war, aber jetzt, wo es um ihn herum fast dunkel war, stand ihm die ganze Szene wieder deutlich vor Augen – die konzentrierte Stille am Ufer, der Tote, der mit einem Haken herausgeholt und an Land gezerrt wurde, das Blut, die Schreie der Frau; das bestürzte Gesicht und die weißen Gliedmaßen des jungen Mädchens.

Zu erschöpft, um Ruhe zu finden, schwang er seine nackten Füße auf den warmen Fußboden. Auf dem Nachttisch flackerte eine kleine Öllampe. Neben ihr lag sein unvollendeter Brief nach Hause. Jetzt, dachte er, hat es keinen Sinn, ihn fertig zu schreiben. Entweder würde er die Augusta reparieren und dann würden seine Mutter und seine Schwester bei seiner Rückkehr alles von ihm selbst hören. Oder sie würden *über ihn* hören, wenn er in Ungnade nach Rom zurückgebracht wurde und sich vor einem Gericht zu verantworten hatte – eine Schande für den Namen seiner Familie.

Er nahm die Lampe, trug sie zu dem Bord am Fußende des Bettes und setzte sie dort in dem kleinen Schrein mit Figuren ab, die die Geister seiner Vorfahren verkörperten. Kniend streckte er den Arm aus und holte das Abbild seines Urgroßvaters heraus. Konnte es sein, dass der alte Mann nicht nur an der Errichtung der Augusta beteiligt, sondern einer ihrer Baumeister gewesen war? Ausgeschlossen war es nicht. Aus den Aufzeichnungen des Curator Aquarum ging hervor, dass Agrippa vierzigtausend Mann, Sklaven und Legionäre, für den Bau abbeordert hatte und die Augusta in achtzehn Monaten fertig stellen ließ. Das war sechs Jahre nach dem Bau der Aqua Julia in Rom gewesen und sieben Jahre, bevor die Virgo gebaut wurde, und an diesen beiden hatte sein Urgroßvater nachweislich mitgewirkt. Es machte Attilius Freude, sich vorzustellen, wie ein früheres Mitglied seiner Familie in dieses glutheiße Land gekommen war und womöglich sogar genau an dieser Stelle gesessen hatte, während die Sklaven die Piscina mirabilis ausschachteten. Er spürte, wie sein Mut zurückkehrte. Menschen hatten die Augusta gebaut; Menschen würden sie instand setzen. *Er* würde sie instand setzen.

Und dann sein Vater.

Er setzte die eine Figur ab, griff nach einer anderen und strich mit dem Finger zärtlich über den glatten Kopf.

Dein Vater war ein tapferer Mann; sieh zu, dass du auch einer bist.

Er war noch ein Säugling gewesen, als sein Vater die Aqua Claudia fertig gestellt hatte, aber man hatte ihm die Geschichte vom Tag ihrer Einweihung so oft erzählt – wie er, vier Monate alt, in der Menschenmenge auf dem Esquilin über die Schultern der Baumeister weitergereicht worden war –, dass er manchmal das Gefühl hatte, sich an alles aus eigener Anschauung erinnern zu können: der ältliche Claudius, der zitternd und stotternd Neptun ein Opfer darbrachte, und dann das Wasser, das wie von Zauberhand im Kanal erschien, genau in dem Augenblick, in dem er seine Hände zum Himmel emporstreckte. Aber das hatte, bei allem ehrfürchtigen Staunen der Zuschauer, nichts mit dem Eingreifen der Götter zu tun. Es war geschehen, weil sein Vater die Gesetze der Wasserbaukunst kannte und die Schleusen am Ursprung des Aquädukts, genau achtzehn Stunden bevor die Zeremonie auf ihrem Höhepunkt anlangte, geöffnet hatte und schneller in die Stadt zurückgeritten war, als das Wasser ihm folgen konnte.

Attilius betrachtete die Tonfigur in seiner Hand.

Und du, Vater? Warst du je in Misenum? Hast du Exomnius gekannt? Die römischen Aquarii waren immer eine Familie gewesen – eine Kohorte, wie du zu sagen pflegtest. War Exomnius am Tag deines Triumphes einer der Wasserbaumeister auf dem Esquilin? Hat er mich zusammen mit den anderen über die Menge geschwungen?

Er lehnte sich in der Hocke zurück.

Zuerst verschwindet der Aquarius und dann das Wasser. Je länger er darüber nachdachte, desto mehr war er davon überzeugt, dass da ein Zusammenhang bestehen musste. Aber welcher? Er betrachtete die grob verputzten Wände.

Hier gab es keinerlei Hinweis. In dieser simplen Kammer war keine Spur vom Charakter eines Menschen zu finden. Und dennoch war Exomnius, Corax zufolge, zwanzig Jahre lang für die Augusta zuständig gewesen.

Er griff nach der Lampe und trat, die Flamme mit der Hand abschirmend, auf den Flur hinaus. Nachdem er den Vorhang auf der anderen Seite zurückgezogen hatte, ließ er das Licht in die Kammer fallen, in der Exomnius' Besitztümer lagerten. Zwei Holztruhen, ein Paar Bronze-Kandelaber, ein Umhang, Sandalen, ein Nachttopf. Nicht viel für ein ganzes Leben. Ihm fiel auf, dass keine der Truhen verschlossen war.

Er warf einen Blick auf die Treppe, aber das einzige Geräusch, das von unten heraufdrang, war Schnarchen. Immer noch die Lampe haltend, hob er den Deckel der vordersten Truhe und begann, sie mit seiner freien Hand zu durchsuchen.

Kleidungsstücke – überwiegend alte –, die, als er sie anhob, einen starken Geruch nach schalem Schweiß verströmten. Zwei Tuniken, Lendentücher, eine ordentlich zusammengefaltete Toga. Er schloss den Deckel leise und öffnete die andere Truhe. Auch sie enthielt nicht viel. Ein Schaber zum Abstreifen von Öl in den Bädern. Eine Scherzfigur des Priapus mit einem übergroßen Penis. Ein tönerner Würfelbecher mit weiteren Penissen um den Rand herum. Die Würfel selbst. Ein paar Glasgefäße mit verschiedenen Kräutern und Salben. Zwei Teller. Ein kleiner Bronze-Pokal, stark angelaufen.

Er rollte die Würfel so leise er konnte in dem Becher und warf sie. Er hatte Glück. Vier Sechsen – der Venus-Wurf. Er versuchte es abermals und warf eine weitere Venus. Die dritte Venus machte die Sache klar. Gezinkte Würfel.

Er legte die Würfel beiseite und griff nach dem Pokal. War das wirklich Bronze? Als er ihn genauer betrachtete, war er nicht mehr sicher. Er wog ihn in der Hand, drehte ihn um, hauchte ihn an und rieb mit dem Daumen auf dem Boden herum. Ein Goldschimmer kam zum Vorschein und ein Teil des eingravierten Buchstabens P. Er rieb weiter, vergrößerte allmählich den Radius des funkelnden Metalls, bis er alle Buchstaben lesen konnte.

N. P. N. L. A. Das L stand für *libertus* und bewies, dass es sich um das Eigentum eines Freigelassenen handelte.

Eines Sklaven, freigelassen von einem Besitzer, dessen Familienname mit einem P begann und der reich und vulgär genug war, seinen Wein aus einem goldenen Becher zu trinken.

Ihre Stimme klang plötzlich so laut in seinen Ohren, als stünde sie neben ihm.

»Mein Name ist Corelia Ampliata, Tochter von Numerius Popidius Ampliatus, Besitzer der Villa Hortensia …«

Das Licht des Mondes beleuchtete die glatten schwarzen Steine der schmalen Straße und ließ die Silhouetten der flachen Dächer deutlich vor dem dunklen Himmel hervortreten. Es schien noch fast ebenso heiß zu sein, wie es am Nachmittag gewesen war. Als er die Stufen zwischen den stillen, mit Läden verschlossenen Häusern hinaufstieg, konnte er sich vorstellen, wie sie vor ihm hereilte – die Bewegung ihrer Hüften unter dem schlichten weißen Kleid.

»Ein paar hundert Schritte – ja, aber die ganze Strecke bergauf!«

Er erreichte das ebene Gelände und die hohe Mauer der großen Villa. Eine graue Katze lief auf ihr entlang und verschwand auf der anderen Seite. Über dem mit einer Kette verschlossenen Tor sprangen die metallenen Delfine hoch und küssten sich. Er hörte die See, die gegen die Küste anbrandete, und das Zirpen der Zikaden im Garten. Er rüttelte an dem Eisengitter und drückte sein Gesicht gegen das warme Metall. Die Pförtnerloge war verschlossen und verriegelt. Nirgendwo war ein Licht zu sehen.

Ampliatus' Reaktion, als er am Ufer aufgetaucht war, kam ihm in den Sinn. *»Was ist mit Exomnius passiert? Aber ist Exomnius nicht mehr der Aquarius?«* In seiner Stimme hatte Überraschung gelegen und, wenn er jetzt darüber nachdachte, möglicherweise noch etwas anderes: Bestürzung.

»Corelia!« Er rief leise ihren Namen. »Corelia Ampliata!«

Keine Antwort. Dann ein Flüstern im Dunkeln, so leise, dass er es fast überhört hätte. »Weg.«

Die Stimme einer Frau. Sie kam von irgendwo links von ihm. Er trat vom Tor zurück und spähte in die Schatten. Außer einem Bündel Lumpen an der Mauer konnte er nichts entdecken. Er trat näher heran und sah, dass sich das Lumpenbündel ein wenig bewegte. Ein magerer Fuß ragte wie ein Knochen daraus hervor. Es war die Mutter des toten Sklaven. Er ließ sich auf ein Knie nieder und berührte vorsichtig das grobe Gewebe ihres Gewandes. Sie zitterte, dann stöhnte sie und murmelte etwas. Er zog seine Hand zurück. An seinen Fingern klebte Blut.

»Kannst du aufstehen?«

»Weg«, sagte sie noch einmal.

Er hob sie behutsam an, bis sie saß, an die Mauer gelehnt. Ihr Kopf sackte nach vorn und er sah, dass ihr blutverklebtes Haar einen feuchten Fleck auf dem Stein hinterlassen hatte. Sie war ausgepeitscht und heftig geschlagen worden und dann hatte man sie zum Sterben aus dem Haus geworfen.

N. P. N. L. A. Numerius Popidius Numerii libertus Ampliatus. Freigelassen von der Familie der Popidii. Es war ein Faktum des Lebens, dass es keinen grausameren Herrn gab als einen ehemaligen Sklaven.

Er drückte seine Finger sanft gegen ihren Hals, um sich zu vergewissern, dass sie noch lebte. Dann schob er einen Arm unter die Beugen ihrer Knie und mit dem anderen umfasste er ihre Schultern. Das Aufstehen bereitete ihm keinerlei Mühe. Sie war nichts als Lumpen und Knochen. Irgendwo, in einer der Straßen in Hafennähe, verkündete der Nachtwächter den fünften Teil der Dunkelheit: *Media noctis inclinatio* – Mitternacht.

Der Wasserbaumeister richtete sich auf und machte sich auf den Weg bergab, während der Tag des Mars in den Tag des Merkur überging.

MERKUR

23. August

Der Tag vor dem Ausbruch

Diluculum

[06.00 Uhr]

»Irgendwann vor 79 n. Chr. hatte sich unter dem Vulkan eine Magmakammer gebildet. Wann das geschah, wissen wir nicht, aber die Kammer hatte ein Volumen von mindestens 3,6 Kubikkilometern, befand sich etwa drei Kilometer unter der Oberfläche und war kompositionell geschichtet – gasblasenreiches alkalisches Magma (55 Prozent SiO_2 und fast 10 Prozent K_2O) überlagerte etwas dichteres, stärker mafisches Magma.«

Peter Francis,
Volcanoes: A Planetary Perspective

Auf dem großen steinernen Leuchtturm, der hinter dem Kamm des Vorgebirges verborgen war, löschten die Sklaven zum Zeichen des Tagesanbruchs die Feuer. Diese Stelle galt als heiliger Ort.

Vergil zufolge wurde hier der Troer Misenos, der Herold des Aeneas, vom Meeresgott Triton getötet und mit seinen Rudern und seiner Trompete begraben.

Attilius beobachtete, wie die rote Glut hinter dem mit Bäumen bestandenen Vorgebirge erlosch, während im Hafen die Umrisse der Kampfschiffe vor dem perlgrauen Himmel Gestalt annahmen.

Er wandte sich ab und ging den Kai entlang zu der Stelle, an der seine Leute warteten. Jetzt endlich konnte er ihre Gesichter erkennen – Musa, Becco, Corvinus, Polites; inzwischen waren sie ihm so vertraut wie Familienangehörige. Noch keine Spur von Corax.

»Neun Bordelle!«, sagte Musa gerade. »Glaubt mir, wenn ihr mit jemandem ins Bett wollt, ist Pompeji der richtige Ort. Sogar Becco kann seiner Hand eine Weile Ruhe gönnen. He, Aquarius!«, rief er, als Attilius näher kam. »Sag Becco hier, dass er dort so viele Weiber haben kann, wie er will!«

Der Kai stank nach Kot und Fischabfällen. Unter ihnen, zwischen den Pfeilern des Piers, schwappten eine verfaulte Melone und der weiße, aufgedunsene Kadaver einer Ratte im Wasser. Ein Thema für Poeten! Plötzlich sehnte sich Attilius nach einem dieser kalten, nördlichen Gewässer, von denen er gehört hatte – dem Atlantik vielleicht oder dem Mare Germanicum, wo die Gezeiten täglich Sand und Felsen sauber spülten; einem Ort, der gesünder war als dieser lauwarme römische Teich.

Er sagte: »Wenn wir die Augusta in Ordnung gebracht haben, kann Becco meinetwegen jede Frau in ganz Italien vögeln.«

»Hast du das gehört, Becco? Dein Schwanz wird bald so lang sein wie deine Nase …«

Das Schiff, das Plinius ihm versprochen hatte, war vor ihnen vertäut: die *Minerva*, benannt nach der Göttin der Weisheit; in ihren Bug war eine Eule, das Symbol der Gottheit, eingeschnitzt. Eine Liburne. Kleiner als die großen Triremen. Für Schnelligkeit gebaut. Ihr hoher Achtersteven ragte weit vor und krümmte sich dann über dem Unterdeck wie der Stachel eines angriffsbereiten Skorpions. Das Schiff war menschenleer.

»… Cuculla und Smyrina. Und dann ist da die rothaarige Jüdin Martha. Und ein kleines griechisches Mädchen, wenn du auf so etwas stehst – seine Mutter ist kaum zwanzig …«

»Was nützt mir ein Schiff ohne Besatzung?«, murmelte Attilius. Schon jetzt war er nervös. Er konnte es sich nicht leisten, auch nur eine Stunde zu vergeuden. »Polites, lauf ins Lager und finde heraus, was los ist.«

»… Aegle und Maria …«

Der junge Sklave stand auf.

»Nicht nötig«, sagte Corvinus und deutete mit dem Kopf auf den Zugang zum Hafen. »Sie kommen.«

Attilius sagte: »Deine Ohren müssen besser sein als meine …« – aber dann hörte er sie auch. Hundert Paar Füße, die die Straße vom Ausbildungslager entlangliefen. Als die Leute die Holzbrücke des Damms überquerten, wurde der scharfe Rhythmus zu einem kontinuierlichen Donnern von Leder auf Holz, dann waren zwei Fackeln zu sehen und die Abteilung schwenkte in die zum Kai führende Straße ein. In Fünferreihen kamen sie näher, angeführt von drei gepanzerten und behelmten Offizieren. Auf einen ersten Befehl hin hielt die Säule an; ein zweiter und sie löste sich auf und die Truppe bewegte sich auf das Schiff zu. Niemand sprach. Attilius wich zurück, damit sie passieren konnten. In den ärmellosen Tuniken wirkten die gewaltigen, muskelbepackten Arme und Schultern der Ruderer riesengroß und schienen in einem grotesken Verhältnis zu ihren Unterkörpern zu stehen.

»Schau sie dir an«, sagte der größte der Offiziere. »Die Elite der Flotte: menschliche Ochsen.« Dann hob er vor Attilius salutierend die Hand. »Torquatus, Kapitän der *Minerva*.«

»Marcus Attilius, Aquarius. Wir müssen los.«

Das Beladen des Schiffes dauerte nicht lange. Attilius hatte keinen Sinn darin gesehen, schwere Amphoren mit Ätzkalk und Säcke mit Puteolanum vom Reservoir herschleppen und über den Golf befördern zu lassen. Wenn es in Pompeji tatsächlich von Bauleuten wimmelte, dann würde er von Plinius' Brief Gebrauch machen und alles beschlagnahmen, was er brauchte. Bei Werkzeug jedoch lagen die Dinge anders. Ein Mann sollte immer sein eigenes Werkzeug benutzen.

Um die Gerätschaften an Bord zu befördern, ließ er eine Kette bilden und reichte ein Stück nach dem anderen zu Musa hinauf, der es dann Corvinus zuwarf – Äxte, Vorschlaghämmer, Sägen, Pickel und Schaufeln, Holzpfannen für den frischen Zement, Hacken, um ihn anzumischen, und die schweren Flacheisen, die sie benutzen, um ihn festzuklopfen –, bis schließlich alles Becco erreicht hatte, der auf dem Deck der *Minerva* stand. Sie arbeiteten schnell und wortlos, und als sie fertig waren, war es hell geworden und das Schiff machte sich zum Auslaufen bereit.

Attilius überquerte die Laufplanke und sprang

aufs Deck hinunter. Eine Reihe von Seesoldaten mit Bootshaken wartete darauf, sie vom Kai abzustoßen. Von der Plattform unterhalb des Achterstevens, neben dem Steuermann, rief Torquatus hinunter: »Bist du fertig, Aquarius?« und Attilius bejahte. Je früher sie aufbrachen, desto besser.

»Aber Corax ist noch nicht da«, wandte Becco ein.

Zum Teufel mit ihm, dachte Attilius. Es war fast eine Erleichterung. Er würde die Arbeit auch allein erledigen. »Das ist Corax' Problem.«

Die Leinen wurden losgemacht. Die Bootshaken senkten sich wie Lanzen und trafen auf den Kai. Attilius spürte, wie das Deck unter seinen Füßen vibrierte, als die Riemen eingelegt wurden und die *Minerva* sich zu bewegen begann. Er warf einen Blick zurück an Land. Um einen der öffentlichen Brunnen hatte sich eine Menge versammelt, die darauf wartete, dass Wasser kam. Einen Moment lang fragte er sich, ob er nicht besser lange genug beim Reservoir geblieben wäre, um das Öffnen der Schleuse zu überwachen. Aber er hatte sechs Sklaven zurückgelassen, die sich um die Piscina kümmerten, und das Gebäude war von Plinius' Seesoldaten umstellt.

»Da ist er!«, rief Becco. »Da ist Corax!« Er schwenkte die Arme über dem Kopf. »Corax! Hier sind wir!« Er warf Attilius einen vorwurfsvollen Blick zu. »Siehst du? Du hättest warten müssen!«

Der Aufseher war mit einem Sack auf der Schulter und anscheinend tief in Gedanken versunken am Brunnen vorbeigeschlendert. Aber jetzt schaute er auf, entdeckte sie und begann zu rennen. Für einen Mann in den Vierzigern bewegte er sich schnell. Der Abstand zwischen dem Schiff und dem Kai wurde rasch größer – er betrug jetzt schon mehr als drei Fuß – und Attilius schien es unmöglich, dass er es schaffen würde, doch dann hatte Corax die Kante erreicht, warf seinen Sack aufs Schiff und sprang dann hinterher; zwei der Seesoldaten beugten sich vor, ergriffen seine Arme und zogen ihn an Bord. Er landete aufrecht, dicht am Heck, funkelte Attilius böse an und reckte ihm den Mittelfinger entgegen. Der Wasserbaumeister drehte ihm den Rücken zu.

Die *Minerva* schwenkte mit dem Bug voran aus dem Hafen heraus und an jeder Seite ihres schmalen Rumpfes kamen zwei Dutzend Ruder zum Vorschein. Unter Deck wurde eine Trommel geschlagen und die Blätter senkten sich. Sie erklang abermals und die Ruder tauchten ins Wasser, geführt von zwei Männern an jedem Riemen. Das Schiff glitt vorwärts – anfangs kaum merklich, aber in dem Maße schneller werdend, wie sich das

Tempo der Trommelschläge erhöhte. Den Blick voraus, zeigte der Lotse, der oberhalb des Rammsporns stand, nach rechts. Torquatus gab einen Befehl, der Steuermann schwang das schwere Blatt, das als Steuerruder diente, herum und manövrierte das Schiff zwischen zwei vor Anker liegenden Triremen hindurch. Zum ersten Mal seit vier Tagen spürte Attilius eine leichte Brise auf seinem Gesicht.

»Du hast Publikum, Aquarius!«, rief Torquatus und deutete auf die Anhöhe oberhalb des Hafens. Attilius erkannte die lange weiße Terrasse der von Myrtenhainen umgebenen Villa des Befehlshabers und, an die Balustrade gelehnt, die korpulente Gestalt von Plinius selbst. Er fragte sich, was dem alten Mann durch den Kopf ging. Er hob den Arm. Einen Augenblick später tat Plinius dasselbe. Dann glitt die *Minerva* zwischen den beiden großen Kampfschiffen, der *Concordia* und der *Neptun*, hindurch, und als er noch einmal hinschaute, war die Terrasse leer.

In der Ferne, hinter dem Vesuv, ging die Sonne auf.

Plinius beobachtete, wie die Liburne schneller wurde, als sie das offene Wasser erreichte. Weiße Gischt spritzte vor dem grauen Hintergrund von den Rudern auf und beschwor längst vergessene Erinnerungen an den bleiernen Rhein bei Tagesanbruch herauf – das musste bei Vetera gewesen sein, vor dreißig Jahren – und an die Fähre der Fünften Legion »Die Lerchen«, die seine Reiter ans andere Ufer beförderte. Das waren Zeiten gewesen! Was würde er nicht dafür geben, noch einmal im Frühlicht an Bord gehen zu können oder, noch besser, die Flotte im Kampf zu befehligen, etwas, was er in seinen zwei Jahren als ihr Befehlshaber nie getan hatte. Aber schon die Anstrengung, seine Bibliothek zu verlassen, auf die Terrasse hinauszugehen, um das Auslaufen der *Minerva* zu beobachten – von seinem Stuhl aufzustehen und ein paar kurze Schritte zu tun –, hatte ihm den Atem genommen, und als er den Arm hob, um den Gruß des Aquarius zu erwidern, hatte er das Gefühl gehabt, ein Gewicht stemmen zu müssen.

»Die Natur hat dem Menschen kein größeres Geschenk gemacht als die Kürze seines Lebens. Die Sinne stumpfen ab, die Glieder erlahmen, Augen, Ohren und sogar die Zähne und die Verdauungsorgane sterben, bevor wir es tun, und dennoch gilt diese Periode als Abschnitt des Lebens.«

Tapfere Worte. Leicht zu schreiben, wenn man noch jung war und der Tod irgendwo hinter einem fernen Hügel lauerte; weniger leicht, wenn man sechsundfünfzig war und der Feind ungetarnt auf offenem Feld vorrückte.

Er lehnte seinen fetten Bauch gegen die Balustrade und hoffte, dass keinem seiner Sekretäre seine Schwäche aufgefallen war; dann stieß er sich ab und schlurfte wieder ins Haus.

Für junge Männer wie Attilius hatte er schon immer eine Schwäche gehabt. Natürlich nicht auf die schmutzige griechische Art – für derartigen Unsinn hatte er nie die Zeit gehabt, obwohl er im Heer genug davon gesehen hatte –, sondern vielmehr in spiritueller Hinsicht, als Verkörperung römischer Tatkraft. Senatoren mochten von Imperien träumen, Soldaten mochten sie erobern; aber es waren die Baumeister, die Männer, die die Straßen planten und die Aquädukte anlegten, die sie buchstäblich *bauten* und Rom seine globale Reichweite verliehen. Er nahm sich vor, den Aquarius, wenn er zurückkehrte, zum Essen einzuladen, um herauszufinden, was mit der Augusta passiert war. Dann würden sie gemeinsam einige der Texte in seiner Bibliothek zurate ziehen und er würde ihn mit ein paar Geheimnissen der Natur vertraut machen, die immer wieder für Überraschungen gut war. Diese zeitweiligen, harmonischen Beben – wie entstanden sie? Er sollte das Phänomen aufzeichnen und in die nächste Ausgabe der *Histo-*

ria naturalis aufnehmen. Jeden Monat entdeckte er etwas Neues, das der Erklärung bedurfte.

Seine beiden griechischen Sklaven warteten geduldig neben dem Tisch – Alcman zum Vorlesen, Alexion zum Niederschreiben von Diktaten. Sie taten seit kurz nach Mitternacht Dienst, denn Plinius hatte sich schon lange darauf eingestellt, mit wenig Schlaf auszukommen. »Wach sein heißt leben«, das war sein Motto. Der einzige ihm bekannte Mensch, der mit noch weniger Schlaf auskam, war Kaiser Vespasian gewesen. Mitten in der Nacht pflegten sie damals in Rom zusammenzukommen, um ihre amtlichen Geschäfte zu erledigen. Plinius' geringes Schlafbedürfnis war der Grund dafür gewesen, dass Vespasian ihm den Oberbefehl über die Flotte übertragen hatte. »Mein immer wacher Plinius« hatte er ihn mit seinem bäuerlichen Akzent genannt und ihn dann in die Wange gezwickt.

Er sah sich in der Bibliothek um und betrachtete die Schätze, die sich während seiner Reisen in die Regionen des Imperiums angesammelt hatten. Hundertsechzig Bücher mit Notizen über alle interessanten Fakten, von denen er je gelesen oder gehört hatte. (Larcius Licinius, der Statthalter von Hispania Tarraconensis, hatte ihm vierhunderttausend Sesterzen für sie geboten, aber er hatte sich nicht in Versuchung führen lassen.) Zwei Stücke Magnetit, in Dacia zutage gefördert und von ihrer unerklärlichen Magie zusammengehalten. Ein Brocken glänzend grauen Gesteins aus Macedonia, der angeblich von den Sternen herabgefallen war. Ein Stück Bernstein aus Germanien mit einer darin eingeschlossenen uralten Mücke. Ein Stück konvexes Glas, gefunden in Afrika, das die Strahlen der Sonne sammelte und sie zu einem Punkt von so konzentrierter Hitze bündelte, dass selbst das härteste Holz sich verdunkelte und zu glimmen begann. Und seine Wasseruhr, die genaueste in Rom, gebaut nach den Angaben von Ktesibios von Alexandria, dem Erfinder der Wasserorgel; ihre Öffnungen waren durch Gold und Edelsteine gebohrt worden, damit sie nicht verrosteten und verstopften.

Die Uhr war das, was er brauchte. Es hieß, Uhren wären wie Philosophen – man könnte keine zwei finden, die übereinstimmten. Aber eine Uhr von Ktesibios war der Platon der Zeitmesser.

»Alcman, hol mir einen Krug Wasser.« Aber als der Sklave bereits auf dem Weg zur Tür war, änderte Plinius seine Meinung, denn hatte nicht der Geograf Strabon den Golf von Neapolis »eine Weinschale« genannt? »Ich glaube, Wein wäre angemessener. Aber etwas Billiges. Einen Surrentumer vielleicht.« Er ließ sich mühsam nieder. »Also, Alexion, wo waren wir stehen geblieben?«

»Beim Aufsetzen eines Signals an den Kaiser, Herr.«

»Ach ja. Richtig.«

Jetzt, da es hell war, musste er Titus, dem neuen Kaiser, eine Licht-Botschaft zukommen lassen und ihn über das Problem mit dem Aquädukt informieren. Die Nachricht würde von einem Signalturm zum nächsten weitergeleitet werden, den ganzen Weg bis nach Rom, und gegen Mittag in den Händen des Kaisers sein. Und wie würde der neue Herr der Welt darauf reagieren?

»Wir bringen das Signal an den Kaiser auf den Weg und danach sollten wir vielleicht ein neues Buch beginnen und einige wissenschaftliche Beobachtungen festhalten. Würde dich das interessieren?«

»Ja, Herr.« Der Sklave nahm seinen Griffel und eine Wachstafel auf und bemühte sich, ein Gähnen zu unterdrücken. Plinius tat so, als bemerkte er es nicht. Er tippte sich mit einem Finger gegen die Lippen. Er kannte Titus gut. Sie hatten zusammen in Germanien Dienst getan. Charmant, kultiviert, intelligent – und völlig skrupellos. Die Nachricht, dass eine Viertelmillion Menschen ohne Wasser war, konnte ohne weiteres einen seiner tödlichen Wutanfälle auslösen. Deshalb musste er seine Worte vorsichtig wählen.

»Gaius Plinius, Befehlshaber der Flotte in Misenum, an Kaiser Titus mit Grüßen!«

Die *Minerva* fuhr zwischen den beiden großen Molen hindurch, die den Hafeneingang schützten, und erreichte das offene Wasser des Golfs. Das zitronenfarbene Licht des frühen Morgens funkelte auf dem Wasser. Hinter dem Dickicht aus Pfählen, das die Austernbänke markierte und über dem die Möwen kreisten und schrien, konnte Attilius die Fischbecken der Villa Hortensia sehen. Er stand auf, um einen besseren Blick zu haben, und versteifte sich gegen das Schwanken des Schiffes. Die Terrassen, die Gartenwege, der Abhang, an dem Ampliatus seinen Stuhl aufgestellt hatte, um der Hinrichtung zuzusehen, die Rampen am Ufer, die Krangerüste zwischen den Fischbecken, das ein ganzes Stück von ihnen entfernte große Muränenbecken – alles verlassen. Das karmin- und goldfarbene Schiff lag nicht mehr am Anleger der Villa.

Es war genau so, wie Atia gesagt hatte: Sie waren weg.

Als er das Reservoir bei Tagesanbruch verlassen hatte, war die alte Frau noch nicht wieder bei Bewusstsein gewesen. Er hatte sie in einer der Kammern neben der Küche auf eine Strohmatratze gelegt und seinem Haussklaven Philo befohlen, einen Arzt zu holen und dafür zu sorgen, dass sie gepflegt wurde. Philo hatte gemurrt, aber Attilius hatte ihn barsch angewiesen, zu tun, was er ihm befohlen hatte. Wenn sie starb – nun, das mochte eine Erlösung für sie sein. Wenn sie sich jedoch erholte, dann konnte sie seinetwegen bleiben. Er würde ohnehin einen weiteren Sklaven kaufen müssen, der sich um sein Essen und seine Kleidung kümmerte. Er stellte keine hohen Ansprüche; die Arbeit würde leicht sein. Auf solche Dinge hatte er nie viele Gedanken verschwendet. Als er verheiratet gewesen war, kümmerte sich Sabina um den Haushalt; nach ihrem Tod hatte seine Mutter diese Aufgabe übernommen.

Die große Villa wirkte dunkel und verschlossen, wie für ein Begräbnis; die Möwenschreie glichen den Klagen der Trauergäste.

Musa sagte: »Ich habe gehört, er hätte zehn Millionen dafür bezahlt.«

Attilius reagierte mit einem Grunzen, ohne den Blick von dem Haus abzuwenden. »Jetzt ist er jedenfalls nicht dort.«

»Ampliatus? Natürlich nicht. Er ist nie lange dort. Er hat überall Häuser. Meistens ist er in Pompeji.«

»In Pompeji?«

Jetzt schaute Attilius sich um. Musa saß mit übereinander geschlagenen Beinen da, den Rücken an das Werkzeug gelehnt, und aß eine Feige. Er schien ständig zu essen. Seine Frau schickte ihn jeden Tag mit so viel Essen zur Arbeit, dass es für ein halbes Dutzend Männer gereicht hätte. Er stopfte sich den Rest der Feige in den Mund und leckte sich die Finger. »Dort stammt er her. In Pompeji hat er sein Geld gemacht.«

»Obwohl er als Sklave geboren wurde.«

»So läuft das heutzutage«, sagte Musa bitter. »Ein Sklave speist von silbernen Tellern, während ein ehrlicher, frei geborener Bürger für einen Hungerlohn schuftet.«

Die anderen Männer saßen in der Nähe des Hecks, um Corax geschart, der den Kopf vorgestreckt hatte und leise erzählte; es schien eine Geschichte zu sein, die eine Menge nachdrücklicher Handbewegungen und häufiges Kopfschütteln erforderte. Attilius vermutete, dass er das Treffen mit Plinius am Vorabend beschrieb.

Musa entkorkte seinen Wasserschlauch und trank einen Schluck, dann wischte er die Öffnung ab und bot ihn Attilius an, der ihn nahm und sich neben ihm niederließ. Das Wasser hatte einen vage bitteren Geschmack. Schwefel. Er schluckte ein wenig davon, mehr aus Höflichkeit denn aus Durst, wischte die Öffnung des Schlauchs gleichfalls ab und gab ihn Musa zurück.

»Du hast Recht, Musa«, sagte er vorsichtig. »Wie alt ist Ampliatus? Noch nicht einmal fünfzig. Und dennoch hat er es vom Sklaven zum Besitzer der Villa Hortensia gebracht, und das in einer Zeit, die du oder ich brauchen würden, um genug Geld für eine verwanzte Wohnung zusammenzukratzen. Wie kann ein Mann das auf ehrlichem Wege bloß schaffen?«

»Ein ehrlicher Millionär? So selten wie Hühner mit Zähnen! Nach allem, was ich gehört habe«, sagte Musa, schaute über seine Schulter und senkte die Stimme, »hat er direkt nach dem Erdbeben angefangen, Geld zu scheffeln. Der alte Popidius hatte ihm in seinem Testament die Freiheit vermacht. Ampliatus war ein gut aussehender Bursche und es gab nichts, was er für seinen Herrn nicht getan hätte. Der alte Mann war ein Wüstling – ich glaube, der hat nicht einmal den Hund ausgelassen. Und Ampliatus hat sich auch um seine Frau gekümmert, wenn du verstehst, was ich meine.« Musa zwinkerte. »Jedenfalls erhielt Ampliatus seine Freiheit und von irgendwoher auch etwas Geld und dann beschloss Jupiter, die Dinge ein wenig in Unordnung zu bringen. Das war zu Neros Zeit.

Es war ein sehr schlimmes Erdbeben – das stärkste seit Menschengedenken. Ich war gerade in Nola und ich glaubte, mein Ende wäre gekommen, das kann ich dir versichern.« Er küsste sein Amulett – einen Penis und Hoden aus Bronze –, das an einem Lederband um seinen Hals hing. »Aber du kennst ja das Sprichwort: Der Verlust eines Mannes ist der Gewinn eines anderen. Pompeji hat das meiste abbekommen. Aber während alle anderen fortzogen, davon redeten, dass die Stadt am Ende wäre, lief Ampliatus herum und kaufte die Ruinen auf. Brachte für praktisch nichts einige der großen Villen in seinen Besitz, reparierte sie, teilte sie in drei oder vier auf und verkaufte sie dann für ein Vermögen.«

»Aber daran ist ja wohl nichts Illegales.«

»Vielleicht nicht. Aber gehörten sie ihm wirklich, als er sie verkaufte? Das ist die große Frage.« Musa tippte sich an die Seite seiner Nase. »Besitzer tot. Besitzer verschwunden. Rechtmäßige Erben am anderen Ende des Imperiums. Vergiss nicht, die halbe Stadt lag in Trümmern. Der Kaiser schickte einen hohen Beamten aus Rom, der herausfinden sollte, wem was gehörte. Suedius Clemens hieß er.«

»Und Ampliatus hat ihn bestochen?«

»Sagen wir nur, dass Suedius bei seiner Abreise

erheblich reicher war als bei seiner Ankunft. So erzählt man sich jedenfalls.«

»Und was ist mit Exomnius? Zur Zeit des Erdbebens war er der Aquarius – er muss Ampliatus gekannt haben.«

Attilius erkannte sofort, dass er einen Fehler gemacht hatte. Die Lust am Klatschen war auf der Stelle in Musas Augen erloschen. »Darüber weiß ich nichts«, murmelte er und beschäftigte sich mit seinem Essenssack. »Exomnius war ein prächtiger Mann. Für ihn war gut arbeiten.«

War, dachte Atillius. *War* ein prächtiger Mann. *War* gut arbeiten. Er versuchte, einen Scherz daraus zu machen. »Du meinst, er hat euch nicht vor Tagesanbruch aus dem Bett geholt?«

»Nein. Ich meine, er war geradeheraus und hätte nie versucht, einen ehrlichen Mann dazu zu verleiten, dass er mehr sagt, als er sollte.«

»He, Musa«, rief Corax. »Was redest du da drüben? Du schwatzt wie ein Weib! Komm herüber und trink einen Schluck!«

Musa sprang sofort auf und schwankte über das Deck zu den anderen. Als Corax ihm den Weinschlauch zuwarf, sprang Torquatus vom Heck herunter und eilte zu der Stelle in der Mitte des Decks, an der die Masten und Segel lagerten.

»Die werden wir leider nicht brauchen.« Er war

ein massiger Mann. Die Hände in die Hüften gestemmt musterte er den Himmel. Die junge Sonne ließ seinen Brustpanzer funkeln; schon jetzt war es sehr heiß. »Also gut, Aquarius. Wollen wir sehen, was meine Ochsen tun können.« Er schwang die Füße auf die Leiter und stieg durch die Luke ins Unterdeck hinab. Einen Augenblick später steigerte sich das Tempo der Trommelschläge und Attilius spürte, wie das Schiff leicht schlingerte. Die Ruder blitzten auf. In der Ferne hinter ihnen wurde die stumme Villa Hortensia immer kleiner.

Während sich die morgendliche Hitze über den Golf senkte, schob sich die *Minerva* stetig voran. Zwei Stunden behielten die Ruderer ihr mörderisches Tempo bei. Von den Terrassen der Freiluftbäder in Baiae stiegen Dampfwolken auf und in den Bergen oberhalb von Puteoli brannten blassgrün die Feuer der Schwefelminen.

Attilius saß für sich allein und hatte die Hände um die Knie geschlungen. Um seine Augen abzuschirmen, zog er den Hut tief ins Gesicht. Er schaute zu, wie die Küste vorbeiglitt, und suchte in der Landschaft nach einem Hinweis darauf, was mit der Augusta passiert war.

Alles an diesem Teil Italiens ist seltsam, dachte er. Sogar die rostrote Erde in der Umgebung von

Puteoli hatte etwas Magisches; wenn man sie mit Kalk vermischte und ins Meer warf, verwandelte sie sich in Stein. Dieses Puteolanum, wie es zu Ehren seines Herkunftsorts genannt wurde, war die Entdeckung, die Rom verwandelt hatte. Außerdem hatte es seiner Familie ihren Beruf ermöglicht, denn was früher mühsam aus Steinen und Ziegeln konstruiert werden musste, konnte jetzt über Nacht gebaut werden. Mit Verschalungen und Puteolanum hatte Agrippa die großen Kais von Misenum im Wasser verankert und das Imperium mit Aquädukten bewässert – der Augusta hier in Campania, der Julia und der Virgo in Rom, dem Nemausus im Süden von Gallien. Die Welt war neu erschaffen worden.

Aber nirgendwo war dieser hydraulische Zement vielfältiger verwendet worden als in der Region, in der man ihn entdeckt hatte. Kais und Bootsanleger, Terrassen und Uferbefestigungen, Wellenbrecher und Fischfarmen hatten den Golf von Neapolis verwandelt. Ganze Villen schienen aus den Wellen emporzusteigen und vor der Küste zu schwimmen. Die Gegend, in der einst die Superreichen – Caesar, Crassus, Pompeius – residierten, war jetzt von einer neuen Klasse von Millionären, Leuten wie Ampliatus, überschwemmt worden. Attilius fragte sich, wie viele der Villenbesitzer –

in ihrer fast trägen Entspanntheit ähnlich diesem glutheißen August, der sich in die Länge zog und jetzt in die vierte Woche ging – inzwischen wussten, dass der Aquädukt versagt hatte. Nicht viele vermutlich. Wasser war etwas, das Sklaven herbeischafften oder das auf wundersame Weise aus den Düsen von Sergius Oratas Duschbädern kam. Aber sie würden es bald genug erfahren. Sie würden es wissen, sobald sie gezwungen waren, das Wasser aus ihren Schwimmbecken zu trinken.

Je weiter sie nach Osten vorankamen, desto stärker beherrschte der Vesuv den Golf. Der untere Teil seiner Hänge war ein Mosaik aus bestellten Feldern und Villen, aber etwa ab halber Höhe bedeckte ihn dunkelgrüner, unberührter Wald. Über seinem spitz zulaufenden Gipfel hingen regungslos ein paar Wolkenfetzen. Torquatus erzählte ihm, dass man da oben sehr gut jagen konnte – Wildschweine, Hirsche, Hasen. Er sei viele Male dort oben gewesen, mit seinen Hunden und einem Netz und auch mit seinem Bogen. Aber man müsse sich vor Wölfen hüten. Im Winter war der Gipfel mit Schnee bedeckt.

Er hockte neben Attilius. Jetzt nahm er den Helm ab und wischte sich die Stirn. »Schnee in dieser Hitze«, sagte er, »kaum vorstellbar.«

»Ist der Vulkan schwer zu besteigen?«

»Nicht sonderlich. Leichter, als es den Anschein hat. Der Gipfel ist ziemlich eben. Spartacus hatte dort oben das Lager für sein Rebellenheer aufgeschlagen. Das muss eine Art natürliche Festung gewesen sein. Kein Wunder, dass dieser Abschaum die Legionen so lange abwehren konnte. Bei klarem Himmel kann man fünfzig Meilen weit sehen.«

Sie hatten die Stadt Neapolis passiert und befanden sich jetzt querab von einem kleineren Ort, von dem Torquatus sagte, es sei Herculaneum, obwohl die Küste einem derart kontinuierlichen Band aus Baulichkeiten glich – ockerfarbene Mauern und rote Dächer, hier und dort unterbrochen von dunkelgrünen, wie Speere aufragenden Zypressen –, dass man nicht immer sagen konnte, wo eine Stadt endete und die nächste begann. Am Fuße des üppigen Berges wirkte Herculaneum würdevoll und selbstzufrieden. Seine Fenster gingen auf die See hinaus. Im seichten Wasser am Ufer lagen leuchtend bunte Vergnügungsboote, von denen einige wie Meeresgetier geformt waren. Attilius sah Sonnenschirme am Strand und Leute, die von den Anlegern aus angelten. Musik und die Rufe Ball spielender Kinder wehten über das stille Wasser.

»Das da drüben ist die größte Villa am Golf«,

sagte Torquatus. Er deutete mit dem Kopf auf einen riesigen, mit Kolonnaden geschmückten Besitz, der sich an der Küste entlang erstreckte und sich in Terrassen über die See erhob. »Das ist die Villa Calpurnia. Letzten Monat hatte ich die Ehre, den neuen Kaiser für einen Besuch bei dem früheren Konsul Pedius Cascus dorthin zu bringen.«

»Cascus?« Attilius versuchte, sich das Bild des echsenartigen, in seine purpurgestreifte Toga gehüllten Senators ins Gedächtnis zu rufen, den er am Vorabend kennen gelernt hatte. »Ich hatte keine Ahnung, dass er so reich ist.«

»Das Geld stammt von seiner Frau Rectina. Sie ist irgendwie mit der Familie Piso verwandt. Der Befehlshaber kommt oft hierher, um die Bibliothek zu benutzen. Siehst du diese Leute, die im Schatten neben dem Schwimmbecken lesen? Das sind Philosophen.« Torquatus fand das sehr komisch. »Manche Männer züchten zum Zeitvertreib Vögel, andere haben Hunde. Der Senator hält sich Philosophen.«

»Und von welcher Art sind diese Philosophen?«

»Anhänger des Epikur. Cascus zufolge sind sie der Ansicht, dass der Mensch sterblich, den Göttern sein Geschick gleichgültig und es deshalb das einzig Vernünftige ist, das Leben zu genießen.«

»Das hätte ich ihm auch sagen können.«

Torquatus lachte abermals, dann setzte er seinen Helm wieder auf und zog die Kinnkette straff. »Jetzt ist es nicht mehr weit bis Pompeji. In einer halben Stunde müssten wir dort sein.«

Er wanderte zum Heck zurück.

Attilius schirmte seine Augen ab und betrachtete die Villa. Mit Philosophie hatte er nie viel im Sinn gehabt. Weshalb ein menschliches Wesen einen solchen Palast erbte, ein anderer von Muränen zerrissen wurde und ein dritter sich beim Rudern einer Liburne in erstickender Dunkelheit das Kreuz brach – man konnte verrückt werden, wenn man herauszufinden versuchte, warum die Welt so beschaffen war. Warum hatte er zuschauen müssen, wie seine junge Frau vor seinen Augen starb? Man zeige ihm die Philosophen, die darauf eine Antwort wussten – erst dann würde er anfangen, einen Sinn in ihren Worten zu finden.

Sabina hatte sich immer gewünscht, am Golf von Neapolis Ferien zu machen, und er hatte sie stets vertröstet und gesagt, er hätte zu viel zu tun. Und jetzt war es zu spät. Kummer über seinen Verlust und Bedauern über das, was er unterlassen hatte, diese beiden Quälgeister fielen plötzlich wieder über ihn her und höhlten ihn aus, wie sie es immer taten. Er spürte eine Leere in der Magengrube, die fast körperlich war. Während er die Küste betrachtete, fiel ihm wieder ein Brief ein, den ihm ein Freund am Tag von Sabinas Bestattung gezeigt hatte; er kannte ihn auswendig. Der Jurist Servius Sulpicus war vor mehr als einem Jahrhundert gramgebeugt von Asien nach Rom zurückgekehrt und an der Küste des Mittelmeers entlanggesegelt. Hinterher beschrieb er Cicero, der gerade gleichfalls seine Tochter verloren hatte, seine Gefühle: »Hinter mir Aegina, vor mir Megara, rechts Piraeus, links Corinthus, einst blühende Städte, die jetzt vor unseren Augen in Trümmern liegen, und ich dachte: ›Wie können wir uns beklagen, wenn einer von uns stirbt oder getötet wird, kurzlebige Geschöpfe, die wir sind, während sich dort drüben die Leichname so vieler Städte türmen? Nimm dich zusammen, Servius, und bedenke, dass du als Sterblicher geboren wurdest. Kann dich der Verlust der schwachen Seele einer einzigen armen, kleinen Frau so stark berühren?‹«

Mehr als zwei Jahre später lautete für Attilius die Antwort auf diese Frage immer noch: Ja.

Er ließ zu, dass die Wärme eine Zeit lang in seinen Körper und in sein Gesicht eindrang, und musste wider Willen eingeschlafen sein, denn als er die Augen wieder aufschlug, war die Stadt verschwunden und eine weitere riesige Villa schlummerte im Schatten ihrer weit ausladenden Pinien; Sklaven bewässerten den Rasen und schöpften Blätter von der Oberfläche des Schwimmbeckens ab. Er schüttelte den Kopf, um ihn wieder klar zu bekommen, und griff nach dem Ledersack, der alles enthielt, was er brauchte – Plinius' Brief an die Ädilen von Pompeji, einen kleinen Beutel mit Goldmünzen und die Karte der Augusta.

Arbeit war immer ein Trost. Er entrollte die Karte und breitete sie über seine Knie. Plötzlich war ihm sehr unwohl zumute. Die Proportionen der Karte stimmten, wie ihm jetzt bewusst wurde, ganz und gar nicht mit der Wirklichkeit überein. Sie vermittelte keinen Eindruck von den gewaltigen Ausmaßen des Vesuv, den die *Minerva* noch nicht passiert hatte und der, wie jetzt der Augenschein ergab, einen Durchmesser von sieben oder acht Meilen haben musste. Was auf der Karte wie eine bloße Daumenbreite aussah, war in Wirklichkeit ein mehrstündiger Marsch in der staubigen Gluthitze der Sonne. Er machte sich Vorwürfe wegen seiner Naivität – dass er sich in der behaglichen Atmosphäre von Plinius' Bibliothek damit gebrüstet hatte, was er tun könne, ohne sich zuvor mit den tatsächlichen Gegebenheiten vertraut zu machen. Der typische Fehler eines Anfängers.

Er stand auf und wanderte hinüber zu den Männern, die im Kreis hockten und würfelten. Corax hatte den Becher mit der Hand abgedeckt und schüttelte ihn heftig. Er schaute nicht auf, als Attilius' Schatten auf ihn fiel. »Los, Fortuna, du alte Hure«, murmelte er und ließ die Würfel rollen. Er warf nur Einsen – einen Hund – und stöhnte. Becco stieß einen Freudenschrei aus und strich das Häufchen Kupfermünzen ein.

»Mein Glück war gut«, sagte Corax, »bis er aufgetaucht ist.« Er zeigte mit dem Finger auf Attilius. »Der ist schlimmer als ein Rabe, Leute. Ich sage euch – der bringt uns allen den Tod.«

»Nicht wie Exomnius«, sagte Attilius, nachdem er sich neben ihnen niedergelassen hatte. »Der hat bestimmt immer gewonnen.« Er nahm die Würfel in die Hand. »Wem gehören die?«

»Mir«, sagte Musa.

»Wisst ihr, was? Lasst uns ein anderes Spiel spielen. Wenn wir in Pompeji sind, muss Corax sofort zur entgegengesetzten Seite des Vesuv aufbrechen und nach dem Leck in der Augusta suchen. Jemand muss ihn begleiten. Wie wär's, wenn ihr um dieses Privileg würfeln würdet?«

»Wer gewinnt, geht mit Corax!«, rief Musa.

»Nein«, sagte Attilius. »Derjenige, der verliert.«

Alle lachten, nur Corax nicht.

»Derjenige, der verliert«, wiederholte Becco. »Das ist gut!«

Einer nach dem anderen schüttelte, mit der Hand den Becher abdeckend, die Würfel und flüsterte dabei sein jeweiliges Glücksgebet.

Musa kam als Letzter an die Reihe und warf einen Hund.

»Du hast verloren!«, rief Becco. »Musa der Verlierer!«

»Die Würfel haben entschieden«, sagte Attilius. »Corax und Musa finden heraus, wo sich die Schadstelle befindet.«

»Und was ist mit den anderen?«, murrte Musa.

»Becco und Corvinus reiten nach Abellinum und schließen die Schleuse.«

»Ich sehe nicht ein, warum zwei Leute nach Abellinum reiten müssen. Und was tut Polites inzwischen?«

»Polites bleibt bei mir in Pompeji und kümmert sich um das Werkzeug und ein Fuhrwerk.«

»Das ist wirklich fair!«, sagte Musa bitter. »Die freien Männer schwitzen sich auf dem Berg die Seele aus dem Leib, während der Sklave Zeit hat, sich mit den Huren Pompejis zu vergnügen!« Er griff nach seinen Würfeln und warf sie in die See. »Da seht ihr, was ich von meinem Glück halte!«

Vom Lotsen am Bug kam ein Warnruf – »Pompeji voraus!« – und sechs Köpfe fuhren gleichzeitig herum.

Die Stadt kam allmählich hinter einer Landzunge in Sicht und war durchaus nicht das, was der Wasserbaumeister erwartet hatte – kein lang auseinander gezogener Badeort wie Baiae oder das sich an der Küste des Golfs entlang erstreckende Neapolis, sondern eine Festungsstadt, gebaut, um einer Belagerung zu widerstehen, ein paar Hundert Schritte vom Wasser entfernt auf einer Anhöhe oberhalb des Hafens.

Erst als sie näher herangekommen waren, sah Attilius, dass die Mauern Lücken aufwiesen – die langen Jahre der Pax Romana hatten die Stadtväter zur Sorglosigkeit verleitet. Sie hatten zugelassen, dass Häuser die Mauerkrone überragten und sich auf breiten, von Palmen überschatteten Terrassen in Richtung Hafen ergossen. Ein seewärts ausgerichteter Tempel erhob sich über die Linie der flachen Dächer. Oberhalb der funkelnden Marmorsäulen befand sich etwas, das auf den ersten Blick aussah wie ein Fries aus Ebenholzfiguren. Aber dann sah er, dass der Fries lebendig war. Handwerker, fast nackt und von der Sonne geschwärzt, bewegten sich vor dem weißen Stein – sie arbeiteten trotz des Feiertags. Das Klirren der

Meißel auf Stein und das Raspeln der Sägen war in der warmen Luft deutlich zu hören.

Überall reges Treiben. Leute, die auf der Mauerkrone entlangwanderten und in den Gärten arbeiteten, die auf die See hinausgingen. Leute auf der Straße vor der Stadt – zu Fuß, zu Pferd, in Kutschen und auf der Ladefläche von Karren –, die einen Staubschleier aufwarfen und die steilen Pfade verstopften, welche vom Hafen zu den großen Stadttoren führten. Als die *Minerva* in die schmale Hafeneinfahrt einschwenkte, wurde der Lärm der Menge lauter – allem Anschein nach feiertäglich gestimmte Menschen, die vom Land in die Stadt kamen, um das Fest Vulkans zu feiern. Attilius suchte das Dock nach Brunnen ab, konnte aber keinen sehen.

Die Männer standen stumm in einer Reihe, jeder von ihnen in seine Gedanken versunken.

Er wendete sich an Corax. »Wo kommt das Wasser in die Stadt?«

»An der anderen Seite«, sagte Corax, unverwandt auf die Stadt starrend. »Neben dem Vesuvius-Tor. *Falls*« – er betonte das Wort übertrieben stark – »es noch läuft.«

Das wäre wirklich ein Witz, dachte Attilius, wenn sich herausstellen würde, dass das Wasser doch nicht lief und er sie nur auf das Wort irgendeines alten Narren hin hierher gebracht hatte.

»Wer arbeitet hier?«

»Nur irgendein Sklave. Du wirst feststellen, dass er keine große Hilfe ist.«

»Warum nicht?«

Corax grinste und schüttelte den Kopf. Er gedachte nicht, mehr zu sagen. Ein privater Scherz.

»Also gut. Dann machen wir uns zuerst auf den Weg zum Vesuvius-Tor.« Attilius klatschte in die Hände. »Los, Leute. Das ist nicht die erste Stadt, die ihr seht. Die Schiffsreise ist beendet.«

Sie befanden sich jetzt innerhalb des Hafens. Speicher und Kräne drängten sich am Ufer. Dahinter befand sich ein Fluss – der Sarnus, Attilius' Karte zufolge –, völlig verstopft mit Schuten, die darauf warteten, entladen zu werden. Torquatus schritt, Befehle rufend, über die ganze Länge des Schiffes. Die Trommelschläge wurden langsamer und verstummten dann ganz. Die Riemen wurden eingezogen. Der Steuermann drehte sein Ruder leicht und sie glitten im Schritttempo am Kai entlang, mit nur einem Fußbreit Wasser zwischen dem Deck und dem Anleger. Zwei Gruppen von Seesoldaten sprangen mit Tauen an Land und schlangen sie rasch um die Steinpoller. Einen Augenblick später strafften sich die Taue und mit einem Ruck, der Attilius fast von den Füßen riss, kam die *Minerva* zum Halten.

Er sah es, sobald er sein Gleichgewicht wiedergefunden hatte: einen großen, schlichten Steinsockel mit einem Neptunskopf, aus dessen Mund sich Wasser in ein Becken ergoss, das die Form einer Austernschale hatte. Das Becken floss über – er würde das Bild nie vergessen – und das Wasser rann über die Pflastersteine in die See. Niemand stand Schlange, um zu trinken. Niemand schenkte dem Brunnen irgendwelche Beachtung. Weshalb auch? Es war nur ein alltägliches Wunder. Er sprang über die tiefe Seite des Kampfschiffes an Land und schwankte auf den Brunnen zu; nach der Fahrt über den Golf fühlte sich der Boden seltsam fest an. Er ließ seinen Sack fallen und streckte die Hände in den klaren Wasserstrahl, legte sie becherförmig zusammen, hob sie an die Lippen. Es schmeckte süß und sauber und er hätte vor Freude und Erleichterung am liebsten laut gelacht. Dann hielt er den Kopf unter das Rohr und ließ das Wasser überallhin strömen – in seinen Mund, in seine Nase, in seine Ohren, über seinen Nacken –, ohne Rücksicht auf die Leute, die ihn anstarrten, als hätte er den Verstand verloren.

Hora quarta

[09.48 Uhr]

»Die Untersuchung von Isotopen neapolitanischen Vulkanmagmas hat Hinweise darauf geliefert, dass es sich mit dem umliegenden Gestein vermischt hat, was die Vermutung nahe legt, dass die Kammer keine einheitliche geschmolzene Masse enthält. Man könnte die Kammer vielleicht mit einem Schwamm vergleichen, bei dem das Magma durch zahlreiche Risse im Gestein sickert. Die massive Magmaschicht könnte sich in verschiedene kleinere Kammern ausbreiten, die sich näher an der Oberfläche befinden und zu klein sind, als dass man sie mit seismischen Techniken identifizieren könnte …«

Zeitschrift der American Association for the Advancement of Science, »Massive Magmaschicht breitet sich im Vesuv aus«
16. November 2001

Im Hafen von Pompeji konnte ein Mensch alles kaufen, was er brauchte. Gemüse, Obst und Getreide, Amphoren mit Wein und Kisten mit Gebrauchsgeschirr kamen auf Schuten aus dem Hinterland den Fluss herab und vermischten sich mit der Flut von Luxusartikeln, die auf dem großen imperialen Handelsweg aus Alexandria eintrafen. Ein indischer Papagei, ein nubischer Sklave, Salpeter aus den Teichen in der Nähe von Kairo, chinesischer Zimt, ein afrikanischer Affe, asiatische Sklavenmädchen, die berühmt waren für ihre sexuellen Tricks … Pferde waren so zahlreich wie die Fliegen. Ein halbes Dutzend Händler lungerte vor dem Zollschuppen herum. Gleich vorne saß einer auf einem Schemel unter einem Schild mit dem unbeholfen gemalten Bild des geflügelten Pegasus und der Aufschrift »Baculus: Pferde, schnell genug für die Götter«.

»Ich brauche fünf«, erklärte Attilius dem Händler. »Aber keine von deinen halbtoten Kleppern. Ich will gute, starke Tiere, die imstande sind, den ganzen Tag zu arbeiten. Und ich brauche sie sofort.«

»Das ist kein Problem, Bürger.« Baculus war ein kleiner, kahlköpfiger Mann mit dem ziegelroten Gesicht und den glasigen Augen eines Trinkers. Er trug einen Eisenring, der für seinen Finger zu groß war und an dem er nervös herumspielte. »In Pompeji ist nichts ein Problem, vorausgesetzt, du hast genügend Geld. Aber ich verlange ein Pfand. Erst vorige Woche wurde eines meiner Pferde gestohlen.«

»Außerdem brauche ich Ochsen. Zwei Gespanne und zwei Karren.«

»An einem Feiertag?« Er schnalzte mit der Zunge. »Das dürfte etwas länger dauern.«

»Wie lange?«

»Lass mich überlegen.« Baculus blinzelte in die Sonne. Je schwieriger er es klingen ließ, desto mehr konnte er verlangen. »Zwei Stunden. Vielleicht auch drei.«

»Einverstanden.«

Sie feilschten um den Preis, wobei der Händler eine unverschämte Summe verlangte, die Attilius sofort durch zehn teilte. Trotzdem war er, als sie sich endlich die Hand darauf gaben, sicher, dass er übers Ohr gehauen worden war, was ihn ärgerte, so wie ihn jede Art von Verschwendung ärgerte. Aber er hatte keine Zeit, auf die Suche nach einem besseren Geschäft zu gehen. Er wies den Händler an, vier der Pferde sofort zum Vesuvius-Tor zu bringen, dann bahnte er sich zwischen den Kaufleuten hindurch seinen Weg zurück zur *Minerva*.

Inzwischen war der Besatzung erlaubt worden, an Deck zu kommen. Die meisten hatten ihre durchnässten Tuniken ausgezogen und der von den hingestreckten Leibern ausgehende Schweißgestank war stark genug, um mit dem Geruch von der nahen Fischsoßen-Fabrik zu wetteifern, wo sich verflüssigte Abfälle in Fässern in der Sonne zersetzten. Corvinus und Becco schlängelten sich zwischen den Ruderern hindurch, mit dem Werkzeug beladen, das sie Musa und Polites zuwarfen. Corax hatte dem Schiff den Rücken zugekehrt und schaute zur Stadt hinauf; von Zeit zu Zeit stellte er sich auf die Zehenspitzen, um über die Köpfe der Menge hinwegsehen zu können.

Er bemerkte Attilius. »Das Wasser läuft also«, sagte er und verschränkte die Arme. Seine Dickköpfigkeit, sein Widerstreben zuzugeben, dass er sich geirrt hatte, hatte etwas fast Heroisches. In diesem Augenblick war Attilius ohne eine Spur von Zweifel klar, dass er ihn loswerden musste, sobald diese Sache erledigt war.

»Ja, es läuft«, pflichtete er ihm bei. Er bedeutete den anderen, ihre Arbeit zu unterbrechen und zu ihm zu kommen. Man einigte sich darauf, dass Polites das Ausladen beenden und das Werkzeug auf dem Kai bewachen sollte; Attilius würde ihn wissen lassen, wo er später zu ihm stoßen sollte. Die anderen fünf machten sich auf den Weg zum nächsten Tor. Corax folgte ihnen in einigem Abstand und jedes Mal, wenn Attilius zurückschaute, hatte es den Anschein, als suchte er nach jemandem und reckte den Kopf von einer Seite zur anderen.

Der Wasserbaumeister führte sie die Rampe hinauf, die vom Hafen zur Stadtmauer verlief, an dem halbfertigen Venus-Tempel vorbei und in den dunklen Tunnel des Tors. Ein Zollbeamter überzeugte sich mit einem flüchtigen Blick, dass sie nichts bei sich trugen, was sich verkaufen ließ, dann winkte er sie in die Stadt hinein.

Die Straße hinter dem Tor war nicht so steil wie die Rampe draußen und auch nicht so glitschig, aber wesentlich schmaler, sodass sie fast vom Gewicht der in die Stadt strömenden Leute zerquetscht wurden. Attilius ließ sich von der Menge treiben, an Läden und an einem anderen großen Tempel vorbei – der hier war Apoll geweiht –, und stand schließlich in der blendenden Helle und dem Menschengewimmel des Forums.

Für eine Provinzstadt war es ein imposanter Anblick: eine Basilica, ein überdachter Markt, weitere Tempel, eine öffentliche Bibliothek – alles in leuchtenden Farben gestrichen und im Sonnenlicht schimmernd; drei oder vier Dutzend Statuen von Kaisern und Lokalgrößen standen auf hohen Sockeln. Nicht alles war vollendet; einige der großen Gebäude waren mit einem Netz aus Holzgerüsten überzogen. Die hohen Mauern fingen das Lärmen der Menge ein und warfen es wie ein Echo zurück – die Flöten und Trommeln der Straßenmusikanten, die Rufe der Bettler und Hausierer, das Brutzeln von bratendem Essen. Obstverkäufer boten grüne Feigen und rosa Melonenscheiben feil. Weinverkäufer hockten neben Reihen von roten Amphoren in Nestern aus gelbem Stroh. Am Fuße einer nahen Statue saß mit untergeschlagenen Beinen ein Schlangenbeschwörer; er spielte auf einer Flöte, eine graue Schlange erhob sich träge von der Matte vor ihm, eine andere hing um seinen Hals. Kleine Stücke Fisch brieten auf einem offenen Herd. Sklaven wankten, unter der Last von Holzbündeln gebeugt, zum Zentrum des Forums, wo sie das Holz in einer Stafette auf den großen Haufen türmten, der am Abend für das Opfer an Vulkan angezündet werden sollte. Ein Barbier pries sich als Fachmann fürs Zähneziehen an; zum Beweis lag ein ungefähr fußhoher Haufen von grauen und schwarzen Stümpfen vor ihm.

Attilius nahm den Hut ab und wischte sich die Stirn. Schon jetzt hatte die Stadt in seinen Augen etwas an sich, das ihm nicht sonderlich gefiel. Eine hektische Stadt, dachte er. Voller profitgieriger Menschen. Hier würde man einen Besucher genau so lange willkommen heißen, wie man brauchte, um ihn auszunehmen. Er winkte Corax heran, um ihn zu fragen, wo er die Ädilen finden könnte – er musste die Hand an das Ohr des Mannes halten, um sich verständlich zu machen –, und der Aufseher zeigte auf eine Reihe von drei kleinen Amtsgebäuden am Südende des Platzes, alle des Feiertags wegen geschlossen. Eine lange Tafel war mit Bekanntmachungen bedeckt, Beweis für eine blühende Bürokratie. Attilius fluchte leise. Nichts war jemals einfach.

»Du kennst den Weg zum Vesuvius-Tor«, rief er Corax zu. »Du gehst voraus.«

Wasser strömte durch die Stadt. Als sie sich ihren Weg zum entgegengesetzten Ende des Forums bahnten, konnte er hören, wie es die öffentliche Latrine neben dem Jupiter-Tempel sauber wusch und in die dahinter liegenden Straßen plätscherte. Er hielt sich dicht hinter Corax und ein oder zwei Mal musste er durch kleine Rinnsale in der Gosse stapfen, die den Staub und die Abfälle den Abhang hinunter in Richtung See spülten. Er zählte sieben Brunnen, alle überfließend. Der Verlust der Augusta kam Pompeji ganz offensichtlich zugute. Die ganze Kraft des Aquädukts konnte sich nirgendwo anders entladen als hier. Und während die anderen Städte am Golf in der Hitze ausdörrten, plantschten die Kinder von Pompeji auf den Straßen.

Ihr Weg den Hügel hinauf war Schwerarbeit. Die meisten Menschen bewegten sich in der entgegengesetzten Richtung, hinab zu den Attraktionen des Forums, und als sie das große Nordtor erreichten, wartete Baculus bereits mit ihren Pferden auf sie. Er hatte sie an einem Pfosten neben einem kleinen Gebäude angebunden, das an die Stadtmauer grenzte.

Attilius fragte: »Ist das das Castellum aquae?« und Corax nickte. Der Baumeister erfasste es mit einem Blick – wie die Piscina mirabilis aus roten Ziegelsteinen gebaut, dasselbe gedämpfte Rauschen von fließendem Wasser. Das Gebäude schien am höchsten Punkt der Stadt zu stehen und das war logisch: Ein Aquädukt unterquerte eine Stadtmauer stets dort, wo sie am höchsten lag. Als er hügelabwärts zurückschaute, konnte er die Wassertürme sehen, die den Strömungsdruck regulierten. Er schickte Musa in das Castellum, um den Wassersklaven zu holen, während er seine Aufmerksamkeit den Pferden zuwandte. Sie machten keinen allzu schlechten Eindruck. Für ein Rennen im Circus Maximus waren sie nicht geeignet, aber sie würden ihre Aufgabe erfüllen. Er zählte ein paar

Goldmünzen ab und gab sie Baculus, der sie mit den Zähnen prüfte. »Und die Ochsen?«

Die Ochsen, versprach Baculus, die Hand aufs Herz drückend und die Augen himmelwärts verdrehend, würden um die siebente Stunde bereitstehen. Er würde sich selbst sofort darum kümmern. Mit diesen Worten wünschte er ihnen den Segen Merkurs für ihren Ritt und entfernte sich – aber, wie Attilius bemerkte, nur bis zu der Schenke auf der anderen Straßenseite.

Er wies die Pferde anhand ihrer Stärke zu. Die besten gab er Becco und Corvinus, weil sie den weitesten Ritt vor sich hatten, und er war noch immer dabei, dem verbitterten Corax seine Gründe zu erläutern, als Musa zurückkehrte und ihm mitteilte, dass das Castellum aquae verlassen war.

»Wie?« Attilius fuhr herum. »Überhaupt niemand da?«

»Es ist Vulcanalia, hast du das vergessen?«

Corax sagte: »Ich habe es dir ja gesagt, der ist zu nichts nutze.«

»Öffentliche Feiertage!« Attilius hätte vor Wut am liebsten mit den Fäusten auf die Ziegelmauer eingeschlagen. »Irgendwo in dieser Stadt muss es doch Leute geben, die arbeitswillig sind.« Er musterte seine schwächliche Truppe mit Unbehagen und dachte abermals, wie unklug es in Plinius' Bibliothek von ihm gewesen war, das, was theoretisch möglich war, mit dem zu verwechseln, was er tatsächlich bewerkstelligen konnte. Aber daran ließ sich jetzt nichts mehr ändern. Er räusperte sich. »Ihr wisst alle, was ihr zu tun habt? Becco, Corvinus – ist einer von euch schon einmal oben in Abellinum gewesen?«

»Ja, ich«, sagte Becco.

»Wie sieht es dort aus?«

»Die Quelle entspringt unter einem Tempel, der den Wassergöttinnen geweiht ist, und fließt in ein Becken innerhalb des Nymphaeums. Der Aquarius dort heißt Probus und ist gleichzeitig der Priester.«

»Ein Aquarius als Priester!« Attilius lachte bitter und schüttelte den Kopf. »Also, ihr könnt diesem priesterlichen Baumeister, wer immer er sein mag, sagen, dass die Göttinnen in ihrer himmlischen Weisheit von ihm verlangen, dass er seine Hauptschleuse schließt und sein ganzes Wasser nach Beneventum ableitet. Sorgt dafür, dass das geschieht, sobald ihr angekommen seid. Becco – du bleibst in Abellinum und achtest darauf, dass die Schleuse zwölf Stunden lang geschlossen bleibt. Dann öffnest du sie wieder. Zwölf Stunden – so exakt wie möglich. Hast du verstanden?«

Becco nickte.

»Und falls wir, was natürlich fast ausgeschlossen ist, die Reparaturen nicht in zwölf Stunden ausführen können«, sagte Corax sarkastisch, »was dann?«

»Auch daran habe ich gedacht. Sobald die Schleuse zu ist, lässt Corvinus Becco in Abellinum allein und folgt dem Verlauf der Augusta die Berge hinunter, bis er nordöstlich des Vesuv auf uns andere trifft. Bis dahin dürfte sich herausgestellt haben, wie viel Arbeit zu tun ist. Wenn wir das Problem nicht in zwölf Stunden beseitigen können, kann er zu Becco zurückreiten und ihm sagen, dass die Schleuse geschlossen bleiben muss, bis wir fertig sind. Das ist eine Menge Reiterei, Corvinus. Schaffst du das?«

»Ja, Aquarius.«

»Guter Mann.«

»Zwölf Stunden!«, wiederholte Corax kopfschüttelnd. »Das bedeutet, dass wir die Nacht durcharbeiten müssen.«

»Was ist los, Corax? Fürchtest du dich im Dunkeln?« Wieder gelang es Attilius, die anderen Männer zum Lachen zu bringen. »Wenn du die Stelle gefunden hast, musst du abschätzen, wie viel Material wir für die Reparatur brauchen und wie viele Männer. Du bleibst dort und schickst Musa mit einem Bericht zurück. Ich werde dafür sorgen, dass wir zusätzlich zu allem anderen, was wir von den Ädilen brauchen, auch genügend Fackeln bekommen. Sobald die Karren beladen sind, warte ich hier beim Castellum, bis ich von dir gehört habe.«

»Und was ist, wenn ich die Stelle nicht finde?«

Attilius schoss der Gedanke durch den Kopf, dass der Aufseher in seiner Verbitterung vielleicht sogar versuchen könnte, das ganze Projekt zu sabotieren. »Dann brechen wir trotzdem auf und erreichen dich vor Anbruch der Nacht.« Er lächelte. »Und versuche nicht, mich aufs Kreuz zu legen.«

»Ich bin sicher, es gibt viele, die dich aufs Kreuz legen möchten, hübscher Knabe, aber zu denen gehöre ich nicht.« Corax warf ihm einen tückischen Blick zu. »Du bist weit fort von zu Hause, junger Marcus Attilius. Hör auf meinen Rat. Sei auf der Hut in dieser Stadt. Wenn du weißt, was ich meine.«

Und er schob seinen Unterkörper vor und zurück in derselben obszönen Geste, die er auch am Vortag gemacht hatte, als Attilius nach der Quelle suchte.

Beim Pomerium, dem heiligen Maueranger hinter dem Vesuvius-Tor, der zu Ehren der Schutzgötter der Stadt unbebaut geblieben war, verabschiedete er sich von ihnen.

Die Straße führte wie eine Rennstrecke um die Stadt herum, an einer Bronzehütte vorbei und durch einen großen Friedhof. Als die Männer aufsaßen, hatte Attilius das Gefühl, etwas sagen zu müssen – eine Rede halten wie Caesar am Vorabend einer Schlacht –, aber derartige Worte hatte er noch nie finden können. »Wenn das erledigt ist, kaufe ich Wein für euch alle. In der besten Schenke von Pompeji«, setzte er lahm hinzu.

»Und eine Frau«, sagte Musa, mit dem Finger auf ihn zeigend. »Vergiss die Frau nicht, Aquarius!«

»Für die Frau kannst du selbst bezahlen.«

»Wenn er es schafft, eine Hure zu finden, die ihn haben will!«

»Du kannst mich mal, Becco. Bis später, ihr Schwanzlutscher!«

Und bevor Attilius einfiel, was er noch sagen könnte, rammten sie bereits die Hacken in die Flanken der Pferde und bahnten sich ihren Weg durch die in die Stadt drängende Menge – Corax und Musa nach links, um auf die Straße nach Nola zu gelangen, Becco und Corvinus nach rechts in Richtung Nuceria und Abellinum. Als sie durch die Nekropole ritten, schaute nur Corax zurück – nicht auf Attilius, sondern über seinen Kopf hinweg zur Stadtmauer. Sein Blick schweifte ein letztes Mal über die Mauerkrone und die Wachtürme, dann setzte er sich tiefer in den Sattel und schlug die Richtung zum Vesuv ein.

Attilius folgte den Reitern mit den Augen, bis sie hinter den Grabmälern verschwanden und nur eine braune Staubwolke über den weißen Sarkophagen erkennen ließ, wo sie entlanggeritten waren. Er blieb ein paar Augenblicke still stehen – er kannte sie kaum, aber so viele seiner Hoffnungen, so viel von seiner Zukunft hing von ihnen ab! –, dann machte er sich auf den Rückweg zum Stadttor.

Erst als er sich in die Schlange der Fußgänger einreihte, die vor dem Tor warteten, fiel ihm eine leichte Bodenerhebung auf. Das war die Stelle, an der der Aquädukt die Mauer unterquerte. Er blieb stehen und ließ seinen Blick wandern, folgte seinem Verlauf bis zum nächsten Einstiegloch und stellte zu seiner Überraschung fest, dass der Aquädukt direkt auf den Gipfel des Vesuv zulief. Im Dunst und Hitzestaub ragte der Berg noch massiver über dem Land auf, als er es von der See aus getan hatte, aber undeutlicher; mehr bläulich grau als grün. Es war unmöglich, dass die Abzweigung tatsächlich bis zum Vesuv selbst verlief. Er vermutete, dass sie an seinem Fuß nach Osten abbog und irgendwo landeinwärts auf den Hauptstrang der Augusta traf. Attilius fragte sich, wo genau das sein mochte, und wünschte, er wüsste mehr über das Land und die Beschaffenheit von Gestein und Erde. Aber Campania war ihm völlig unbekannt.

Er ging durch das schattige Tor, trat hinaus in das Gleißen des kleinen Platzes und plötzlich überfiel ihn der Gedanke, dass er in einer fremden Stadt völlig allein war. Was kümmerte Pompeji die Krise außerhalb seiner Mauern? Das hektische Treiben auf dem Platz schien es darauf anzulegen, ihn zu verspotten. Er ging an der Seite des Castellum aquae entlang und durch die kurze Gasse, die zu seinem Eingang führte. »Ist jemand da?«

Keine Antwort. Jetzt konnte er das Brausen des Aquädukts wesentlich deutlicher hören, und als er die niedrige Holztür aufstieß, überfielen ihn die durchnässende Gischt und dieser intensive, raue, süße Geruch, der ihm seit seiner Kindheit vertraut war – der Geruch von frischem Wasser auf warmem Stein.

Er ging hinein. Lichtfinger von zwei kleinen, hoch über seinem Kopf eingelassenen Fenstern durchschnitten die kühle Dunkelheit. Aber er brauchte kein Licht, um zu wissen, wie das Castellum gebaut war, denn im Laufe der Jahre hatte er Dutzende gesehen – alle identisch, alle nach den Prinzipien des Vitruv gebaut. Der Tunnel der Abzweigung nach Pompeji war enger als der des Hauptstrangs der Augusta, aber immer noch weit genug, dass sich ein Mann hindurchzwängen und Reparaturen vornehmen konnte. Das Wasser schoss durch ein Bronzegitter in ein flaches, durch Holztore unterteiltes Becken, von dem drei große Bleirohre abgingen. Das mittlere Rohr würde die Trinkbrunnen speisen, das linke die Privathäuser und das rechte die öffentlichen Bäder und Theater. Das einzig Ungewöhnliche war die Stärke, mit der das Wasser hereinströmte. Es durchnässte nicht nur die Mauern, sondern hatte auch einen Haufen Abfälle durch den Tunnel gespült, die jetzt hinter dem Metallgitter festsaßen. Er konnte Blätter und Zweige erkennen und sogar ein paar kleine Felsbrocken. Schlampige Wartung. Kein Wunder, dass Corax gesagt hatte, der Wassersklave sei nutzlos.

Er schwang erst ein Bein über die Mauer des Reservoirs und dann das andere, dann ließ er sich in das strudelnde Becken hineingleiten. Das Wasser reichte ihm fast bis zur Taille. Es fühlte sich an, als stünde man in warmer Seide. Er watete die paar Schritte bis zu dem Gitter und tastete auf der Suche nach seinen Befestigungen unter Wasser den Rand des Gitterrahmens ab. Als er die Schrauben gefunden hatte, drehte er zwei von ihnen heraus. Zwei weitere befanden sich am oberen Ende. Er löste auch sie, hob das Gitter heraus und trat beiseite, damit der Unrat an ihm vorbeirauschen konnte.

»Ist da jemand?«

Die Stimme kam völlig unerwartet. Ein junger Mann stand im Eingang. »Natürlich ist hier jemand, du Dummkopf. Siehst du das nicht?«

»Was tust du hier?«

»Bist du der Wassersklave? Dann tue ich hier, was eigentlich deine Arbeit gewesen wäre. Warte auf mich.« Attilius setzte das Gitter wieder ein, befestigte es, watete an den Rand des Reservoirs und kletterte heraus. »Ich bin Marcus Attilius, der neue Aquarius der Augusta. Und wie nennt man dich außer fauler Dummkopf?«

»Tiro, Aquarius.« Die Augen des Jungen waren vor Angst weit aufgerissen und seine Pupillen zuckten von einer Seite zur anderen. »Verzeih mir.« Er fiel auf die Knie. »Der Feiertag, Aquarius – ich habe länger geschlafen – ich …«

»Schon gut. Lassen wir das.« Der Junge war nur etwa sechzehn Jahre alt – ein kleines Kerlchen, so mager wie ein streunender Hund – und Attilius bedauerte seine Grobheit. »Steh auf. Du musst mich zu den Magistraten bringen.« Er streckte ihm die Hand entgegen, aber der Junge ignorierte sie und seine Augen flackerten immer noch wild hin und her. Attilius schwenkte die Hand vor Tiros Gesicht. »Du bist blind?«

»Ja, Aquarius.«

Ein blinder Führer. Kein Wunder, dass Corax gelächelt hatte, als Attilius sich nach ihm erkundigte. Ein blinder Führer in einer feindseligen Stadt! »Aber wie kommst du deinen Pflichten nach, wenn du nicht sehen kannst?«

»Ich kann besser hören als andere Leute.« Trotz seiner Angst sprach Tiro mit einem Anflug von Stolz. »Ich kann am Rauschen des Wassers hören, wie gut es fließt und ob es blockiert ist. Ich kann es riechen. Ich kann Verunreinigungen schmecken.« Er hob den Kopf und roch die Luft. »Heute brauche ich die Tore nicht zu verstellen. Ich habe das Wasser noch nie so stark fließen hören.«

»Das stimmt.« Attilius nickte; er hatte den Jungen unterschätzt. »Der Hauptstrang ist irgendwo zwischen hier und Nola blockiert. Deshalb bin ich hier. Ich brauche Hilfe für die Reparatur. Du gehörst der Stadt?« Tiro nickte. »Wer sind die Magistrate?«

»Marcus Holconius und Quintus Brittius«, sagte Tiro. »Die Ädilen sind Lucius Popidius und Gaius Cuspius.«

»Wer ist für die Wasserversorgung zuständig?«

»Popidius.«

»Wo finde ich ihn?«

»Heute ist Feiertag …«

»Und wo wohnt er?«

»Geradeaus den Berg hinunter, Aquarius, in Richtung Stabiae-Tor. Auf der linken Seite. Direkt hinter der großen Straßenkreuzung.« Tiro kam eifrig auf die Füße. »Ich kann dich hinführen, du wirst es sehen.«

Sie gingen gemeinsam in die Stadt hinunter. Pompeji breitete sich unter ihnen aus, ein Gewirr von Ziegeldächern, das sich bis ans Ufer der funkelnden See hinzog. Links wurde die Sicht vom blauen Kamm der Halbinsel Surrentum begrenzt, rechts von der baumbestandenen Flanke des Vesuv. Attilius fiel es schwer, sich einen idealeren Ort für eine Stadt vorzustellen, hoch genug über dem Golf, um von einer gelegentlichen Brise durchweht zu werden, nahe genug an der Küste, um vom Mittelmeerhandel zu profitieren. Es war kein Wunder, dass sie sich von dem Erdbeben so schnell erholt hatte.

Die Straße war mit Häusern gesäumt, nicht ausufernden Wohnblocks wie in Rom, sondern schmalen, fensterlosen Behausungen, die dem hektischen Verkehr dem Rücken zuwandten und sich von innen zu betrachten schienen. Durch offen stehende Türen konnte man gelegentlich einen Blick auf das erhaschen, was dahinter lag – kühle Dielen mit Mosaikfußböden, ein sonniger Garten, ein Springbrunnen –, aber davon abgesehen waren das Einzige, was die Monotonie der kahlen Mauern unterbrach, mit roter Farbe aufgemalte Wahlaufrufe.

»DIE GESAMTE BEVÖLKERUNG IST MIT DER KANDIDATUR VON CUSPIUS FÜR DAS AMT DES ÄDILEN EINVERSTANDEN.«

»DIE OBSTHÄNDLER ZUSAMMEN MIT HELVIUS VESTALIS BEFÜRWORTEN EINMÜTIG DIE WAHL VON MARCUS HOLCONIUS PRISCUS ZUM MAGISTRAT MIT RICHTERLICHEN BEFUGNISSEN.«

»DIE ANBETER DER ISIS EMPFEHLEN EINSTIMMIG DIE WAHL VON LUCIUS POPIDIUS SECUNDUS ZUM ÄDILEN.«

»Deine ganze Stadt scheint nichts anderes im Kopf zu haben als Wahlen. Das ist ja schlimmer als in Rom.«

»Die freien Männer stimmen immer im März über die neuen Magistrate ab, Aquarius.«

Sie gingen rasch, Tiro immer ein paar Schritte vor Attilius. Sie bahnten sich ihren Weg auf dem überfüllten Gehsteig und hin und wieder wichen sie in die Gosse aus und wateten durch das dort fließende Wasser. Attilius musste Tiro bitten, etwas langsamer zu gehen. Tiro entschuldigte sich. Er sei von Geburt an blind, erzählte er heiter; auf der Müllkippe außerhalb der Stadtmauer war er ausgesetzt worden, aber jemand hatte ihn gefunden und seit seinem sechsten Lebensjahr hatte er davon gelebt, Botengänge für die Stadt zu erledigen. Er fand seinen Weg instinktiv.

»Dieser Ädil, Popidius«, sagte Attilius, als sie zum dritten Mal auf seinen Namen stießen. »Er muss zu der Familie gehören, die einst Ampliatus als Sklaven besaß.«

Aber trotz der Schärfe seines Gehörs schien Tiro diese Bemerkung nicht gehört zu haben.

Sie kamen zu einer großen Straßenkreuzung mit einem riesigen, auf vier Marmorsäulen ruhenden Triumphbogen. Ein Gespann von vier in Stein erstarrten, vorwärts stürmenden Pferden, die die Statue der Victoria in ihrem goldenen Wagen zogen, zeichnete sich vor dem strahlend blauen Himmel ab. Das Monument war einem weiteren Holconius gewidmet – Marcus Holconius Rufus, seit sechzig Jahren tot – und Attilius blieb lange genug stehen, um die Inschrift zu lesen: Heerestribun, Augustus-Priester, fünfmal Magistrat, Schutzherr der Stadt.

Immer dieselben paar Namen, dachte er, Holconius, Popidius, Cuspius … Die gewöhnlichen Bürger mochten jedes Frühjahr ihre Togen anlegen, hinausgehen und sich die Reden anhören, ihre Täfelchen in die Urnen werfen und eine neue Gruppe Magistrate wählen. Trotzdem tauchten die vertrauten Gesichter immer und immer wieder auf. Attilius hatte für Politiker genauso wenig übrig wie für Götter.

Er war gerade im Begriff, seinen Fuß abzusetzen, um die Straße zu überqueren, zog ihn aber plötzlich zurück. Er hatte das Gefühl, dass die großen Trittsteine leicht wogten. Eine starke Trockenwelle wanderte durch die Stadt. Eine Sekunde später taumelte er, wie zuvor, als die *Minerva* anlegte, und musste nach Tiros Arm greifen, um nicht zu fallen. Ein paar Leute schrien, ein Pferd scheute. An der anderen Ecke der Straßenkreuzung glitt ein Ziegel von einem steilen Dach und zerschellte auf der Straße. Ein paar Momente lang herrschte im Zentrum von Pompeji fast absolute Stille. Dann setzte allmählich das Treiben wieder ein. Angehaltener Atem wurde ausgestoßen. Unterhaltungen wurden wieder aufgenommen. Der Fahrer ließ seine Peitsche über dem Rücken des verängstigten Pferdes knallen und der Karren rumpelte vorwärts.

Tiro nutzte die kurze Ruhe im Verkehr, lief auf die andere Straßenseite und nach kurzem Zögern folgte Attilius. Er rechnete jeden Moment damit, dass die großen, erhabenen Trittsteine unter seinen Sohlen nachgaben. Dieses Gefühl machte ihn nervöser, als er sich einzugestehen wagte. Wenn man nicht einmal dem Grund trauen konnte, auf dem man stand, wem oder was konnte man dann trauen?

Der Sklave wartete auf ihn. Seine toten Augen, ununterbrochen auf der Suche nach dem, was er nicht sehen konnte, verliehen ihm einen Ausdruck ständigen Unbehagens. »Keine Angst, Aquarius. Das passiert diesen Sommer ständig. Fünf- oder sogar zehnmal an den letzten beiden Tagen. Die Erde beschwert sich über die Hitze!«

Er bot ihm die Hand, aber Attilius ignorierte sie – er fand es entwürdigend, dass der Blinde dem Sehenden Mut zusprach – und erklomm ohne Hilfe den hohen Gehsteig. Gereizt sagte er: »Wo ist denn nun dieses verdammte Haus?« und Tiro deutete vage auf einen Eingang einige Schritte weiter unten auf der anderen Straßenseite.

Das Haus sah nicht sehr beeindruckend aus. Die üblichen kahlen Wände. Eine Bäckerei auf einer Seite und eine Schlange von Leuten, die darauf warteten, einen Süßwarenladen betreten zu können. Der Gestank nach Urin von der Wäscherei gegenüber, wo Töpfe zum Hineinpinkeln auf dem Gehsteig standen (nichts reinigte Kleidungsstücke gründlicher als menschlicher Urin). Neben der Wäscherei ein Theater. Über der großen Tür des Hauses sah er eine weitere der allgegenwärtigen roten Wahlproklamationen: »SEINE NACHBARN EMPFEHLEN DIE WAHL VON LUCIUS POPIDIUS SECUNDUS ZUM ÄDILEN: ER WIRD SICH ALS WÜRDIG ERWEISEN.« Allein hätte er das Haus nie gefunden.

»Aquarius, darf ich dich etwas fragen?«

»Was?«

»Wo ist Exomnius?«

»Das weiß niemand, Tiro. Er ist verschwunden.«

Der Sklave nahm das Gesagte in sich auf, dann nickte er langsam. »Exomnius war wie du. Er konnte sich auch nicht an das Wackeln gewöhnen. Er sagte, es erinnerte ihn an die Zeit vor dem großen Erdbeben vor vielen Jahren. In dem Jahr, in dem ich geboren bin.«

Tiro schien den Tränen nahe. Attilius legte ihm eine Hand auf die Schulter und musterte ihn. Der Junge wusste etwas. »Exomnius war kürzlich in Pompeji?«

»Natürlich. Er hat hier gewohnt.«

Attilius packte fester zu. »Er hat *hier* gewohnt? In Pompeji?«

Er war verblüfft und begriff trotzdem sofort, dass das stimmen musste. Es erklärte, warum er in Exomnius' Quartier in Misenum so wenige persönliche Besitztümer gefunden hatte, warum Corax nicht gewollt hatte, dass er hierher kam, und warum sich der Aufseher in Pompeji so seltsam benommen hatte – all dieses Umschauen und Absuchen der Menge nach einem vertrauten Gesicht.

»Er hatte Zimmer in Africanus' Haus«, sagte Tiro. »Er war nicht immer hier. Aber oft.«

»Und wann hast du das letzte Mal mit ihm gesprochen?«

»Ich kann mich nicht erinnern.« Jetzt machte der Junge tatsächlich einen verängstigten Eindruck. Er drehte den Kopf, als versuchte er, Attilius' Hand auf seiner Schulter zu sehen. Attilius gab ihn rasch frei und klopfte ihm beruhigend auf den Arm.

»Versuch dich zu erinnern, Tiro. Es könnte wichtig sein.«

»Ich weiß es nicht.«

»War es nach dem Neptun-Fest oder vorher?« Die Neptunalia wurden am dreiundzwanzigsten Tag des Juli gefeiert, für die Männer der Aquädukte der heiligste Tag des Jahres.

»Danach. Bestimmt. Vor vielleicht zwei Wochen.«

»Zwei Wochen? Dann musst du einer der Letzten gewesen sein, die mit ihm gesprochen haben. Und er machte sich Sorgen wegen der Erschütterungen?« Tiro nickte wieder. »Und Ampliatus? Er war ein enger Freund von Ampliatus, stimmt's? Waren die beiden oft zusammen?«

Der Sklave deutete auf seine Augen. »Ich kann nicht sehen …«

Nein, dachte Attilius, aber ich wette, du hast sie gehört; deinen Ohren entgeht nicht viel. Er blickte über die Straße auf das Haus des Popidius. »Also gut, Tiro. Du kannst jetzt zum Castellum zurückkehren. Tu deine übliche Arbeit. Du hast mir sehr geholfen.«

»Danke, Aquarius.« Tiro verbeugte sich leicht, ergriff Attilius' Hand und küsste sie. Dann machte er kehrt und bahnte sich seinen Weg durch die Feiertagsmenge, hinauf zum Vesuvius-Tor.

Hora quinta

[11.07 Uhr]

»Das Einschießen von neuem Magma kann Eruptionen auch dann auslösen, wenn es das thermale, chemische oder mechanische Gleichgewicht älteren Magmas in einer flachen Kammer stört. Aus tieferen, heißeren Regionen aufgestiegenes neues Magma kann bewirken, dass die Temperatur des bereits vorhandenen, kühleren Magmas plötzlich ansteigt und sich Konvektionsströme und Bläschen bilden.«

Volcanology

Das Haus hatte eine Doppeltür: schwer beschlagen, mit bronzenen Angeln und fest verschlossen. Attilius hämmerte mehrmals mit der Faust dagegen. Er hatte das Gefühl, dass das Geräusch zu schwach war, um bei dem Lärm auf der Straße hörbar zu sein.

Aber fast im selben Moment wurde die Tür einen Spaltbreit geöffnet und der Pförtner erschien – ein Nubier, ungeheuer groß und breit in einer ärmellosen karminroten Tunika. Seine dicken schwarzen Arme, so massig wie Baumstämme, und sein Hals waren eingeölt und glänzten wie poliertes afrikanisches Hartholz.

Attilius sagte leichthin: »Ein seines Tores würdiger Hüter, wie ich sehe.«

Der Pförtner lächelte nicht. »Nenne dein Geschäft.«

»Marcus Attilius, Aquarius der Aqua Augusta, wünscht Lucius Popidius zu sprechen.«

»Heute ist Feiertag. Er ist nicht zu Hause.«

Attilius schob seinen Fuß in die Tür. »Jetzt ist er es.« Er öffnete seinen Beutel und holte Plinius' Brief heraus. »Erkennst du dieses Siegel? Sage ihm, dass dieses Schreiben vom Befehlshaber der Flotte in Misenum kommt. Sage ihm, dass ich ihn in Geschäften des Kaisers sehen muss.«

Der Pförtner schaute auf Attilius' Fuß. Wenn er die Tür zugeschlagen hätte, wäre er wie ein dürrer Ast gebrochen. Hinter ihm ertönte die Stimme eines Mannes: »Hat er gerade gesagt, er käme in Geschäften des Kaisers, Massavo? Dann solltest du ihn lieber hereinlassen.« Der Nubier zögerte – Massavo ist ein passender Name für ihn, dachte Attilius –, dann wich er zurück und der Wasserbaumeister trat rasch durch die Öffnung. Hinter ihm wurde die Tür wieder verriegelt; die Geräusche der Stadt waren verstummt.

Der Mann, der gesprochen hatte, trug dieselbe karminrote Livree wie der Pförtner. Er hatte ein Bund Schlüssel an seinem Gürtel – der Hausverwalter vermutlich. Er nahm den Brief entgegen und fuhr mit dem Daumen über das Siegel, um sich zu vergewissern, dass es nicht gebrochen war. Er musterte Attilius. »Lucius Popidius bewirtet Gäste anlässlich der Vulcanalia. Aber ich werde dafür sorgen, dass er ihn erhält.«

»Nein«, sagte Attilius. »Ich werde ihm den Brief selbst geben. Und zwar sofort.«

Er streckte die Hand aus. Der Hausverwalter schlug mit der Papyrusrolle gegen seine Zähne und überlegte, was er tun sollte. »Also gut.« Er gab Attilius den Brief zurück. »Folge mir.«

Der Hausverwalter führte ihn durch den schmalen Korridor der Vorhalle in ein sonnenbeschienenes Atrium und zum ersten Mal wurde Attilius bewusst, wie riesig das Haus war. Die schmale Fassade täuschte. Über die Schulter des Mannes hatte er einen ungehinderten Blick auf das Innere, hundertfünfzig Fuß oder mehr aneinander gereihte Ausblicke in Licht und Farben – der schattige

Korridor mit seinem schwarz-weißen Mosaikfußboden; die blendende Helle des Atriums, in der Mitte ein Marmor-Springbrunnen; ein Tablinum, in dem man Besucher empfing, bewacht von zwei Bronzebüsten; und dann ein Schwimmbecken mit einer Kolonnade, deren Säulen von Kletterpflanzen überwuchert waren. Er hörte Finken, die irgendwo in einem Vogelhaus sangen, und lachende Frauenstimmen.

Sie erreichten das Atrium und der Hausverwalter sagte barsch: »Warte hier«, bevor er hinter einem Vorhang verschwand, der einen schmalen Korridor abschloss. Attilius schaute sich um. Wer hier wohnte, hatte Geld, altes Geld, und er hatte es dazu verwendet, sich inmitten der lärmenden Stadt Abgeschiedenheit zu kaufen. Die Sonne stand jetzt fast genau über seinem Kopf; ihr Licht fiel durch die quadratische Öffnung im Dach des Atriums und die Luft war warm und duftete nach Rosen. Von dieser Stelle aus konnte er den größten Teil des Schwimmbeckens überblicken. Kunstvolle Bronzestatuen schmückten die Stufen an dem ihm zugewandten Ende – ein Wildschwein, ein Löwe, eine sich emporreckende Schlange und ein auf der Kithara spielender Apoll. Am entgegengesetzten Ende lagen vier Frauen auf Ruhebänken und fächelten sich Luft zu und hinter jeder stand eine Sklavin. Als sie Attilius' Blick bemerkten, drang von hinter ihren Fächern leises Lachen zu ihm. Er spürte, wie er vor Verlegenheit rot wurde, und kehrte ihnen schnell den Rücken zu, genau in dem Augenblick, in dem sich der Vorhang teilte und der Hausverwalter zurückkehrte und ihm bedeutete, er möge ihm folgen.

Die Feuchtigkeit und der Duft von Salböl verrieten Attilius sofort, dass er in die privaten Bäder des Hauses geführt wurde. Und natürlich, dachte er, war zu erwarten gewesen, dass man hier zum Baden seine eigene Anlage hatte, denn weshalb sollte sich jemand, der so viel Geld hatte, unter das gewöhnliche Volk mengen? Der Hausverwalter führte ihn in den Umkleideraum und forderte ihn auf, die Schuhe auszuziehen, dann kehrten sie in den Gang zurück und betraten das Tepidarium, in dem ein ungeheuer fetter alter Mann nackt und mit dem Gesicht nach unten auf einem Tisch lag und von einem jungen Masseur behandelt wurde. Seine weißen Hinterbacken vibrierten, während der Masseur mit hackenden Bewegungen sein Rückgrat bearbeitete. Er wandte leicht den Kopf, als Attilius an ihm vorüberging, und musterte ihn mit einem blutunterlaufenen grauen Auge, das er gleich wieder schloss.

Der Hausverwalter schob eine Tür auf, ließ einen Schwall wohlriechenden Dampf entweichen und trat dann beiseite, um den Wasserbaumeister durchzulassen.

Anfangs war es schwer, im Caldarium überhaupt etwas zu sehen. Das einzige Licht kam von zwei an der Wand befestigten Fackeln und von den glühenden Kohlen einer Pfanne, der Quelle des Dampfes, der den Raum erfüllte. Allmählich konnte Attilius ein großes, in den Boden eingelassenes Becken erkennen, in dem drei Köpfe mit dunklen Haaren scheinbar körperlos in der Düsternis trieben. Das Wasser kräuselte sich, als einer der Köpfe sich bewegte, und spritzte auf, als eine Hand erhoben und leicht geschwenkt wurde.

»Hierher, Aquarius«, sagte eine träge Stimme. »Ich habe gehört, du hast eine Botschaft für mich, vom Kaiser? Ich kenne diese Flavier nicht. Soweit ich weiß, stammen sie von einem Steuereinnehmer ab. Aber Nero war ein enger Freund von mir.«

Ein weiterer Kopf bewegte sich. »Hol uns eine Fackel!«, befahl er. »Wir wollen wenigstens sehen können, wer uns an einem Feiertag stört.«

Ein Sklave, den Attilius bisher noch nicht bemerkt hatte, trat aus einer Ecke des Raums, holte eine der Fackeln von der Wand, hielt sie dicht vor das Gesicht des Wasserbaumeisters und gab ihn so der Musterung preis. Jetzt hatten sich ihm alle drei Köpfe zugewandt. Attilius spürte, wie sich die Poren seiner Haut öffneten und der Schweiß über seinen Körper rann. Der Mosaikfußboden unter seinen bloßen Füßen war kochend heiß – vermutlich ein Hypocaustum. Im Haus der Popidii traf man auf einen Luxus nach dem anderen. Er fragte sich, ob Ampliatus, als er hier als Sklave gelebt hatte, jemals in der Hitze des Sommers über dem Heizofen hatte schwitzen müssen.

Die Wärme der Fackel neben seiner Wange war unerträglich. »Dies ist nicht der rechte Ort für die Geschäfte des Kaisers«, sagte er steif und schob den Arm des Sklaven beiseite. »Mit wem spreche ich?«

»Er ist offensichtlich ein ungehobelter Klotz«, verkündete die dritte Stimme.

»Ich bin Lucius Popidius«, sagte die träge Stimme, »und diese Herren sind Gaius Cuspius und Marcus Holconius. Und unser teurer Freund im Tepidarium ist Quintus Brittius. Weißt du jetzt, wer wir sind?«

»Ihr seid die vier gewählten Magistrate von Pompeji.«

»Richtig«, sagte Popidius. »Und das ist unsere Stadt, Aquarius, also hüte deine Zunge.«

Attilius wusste, wie das System funktionierte. Als Ädile erteilten Popidius und Cuspius die Konzessionen für sämtliche Geschäfte, von den Bordellen bis zu den Bädern; sie waren dafür verantwortlich, dass die Straßen sauber waren, das Wasser floss und die Tempel offen standen. Holconius und Brittius waren die Duumviri – die beiden Männer, die in der Basilica zu Gericht saßen und das Recht des Kaisers sprachen; eine Auspeitschung hier, eine Kreuzigung dort und zweifellos, wann immer es möglich war, eine Geldstrafe zum Füllen der Schatztruhen der Stadt. Ohne sie würde er nicht viel erreichen können; deshalb zwang er sich, still stehen zu bleiben und darauf zu warten, dass einer von ihnen sprach. Zeit, dachte er, ich verliere so viel Zeit.

»Also«, sagte Popidius nach einer Weile, »was mich betrifft, so habe ich lange genug geschmort.« Er seufzte und stand auf, im Dampf eine geisterhafte Gestalt, und streckte die Hand nach einem Handtuch aus. Der Sklave schob die Fackel wieder in ihre Halterung, kniete vor seinem Herrn nieder und schlang ihm ein Handtuch um die Hüfte. »So, und wo ist nun dieser Brief?« Er nahm ihn und tappte in den angrenzenden Raum. Attilius folgte ihm.

Brittius lag jetzt auf dem Rücken und der junge Sklave hatte ihm offenbar mehr gegeben als nur eine Massage, denn sein Penis war rot und angeschwollen und zeigte auf die fette Rundung seines Bauches. Der alte Mann schlug die Hände des Sklaven beiseite und griff nach einem Handtuch. Sein Gesicht war scharlachrot. »Und wer ist das, Popi?«

»Der neue Aquarius der Augusta. Exomnius' Nachfolger. Er kommt aus Misenum.« Popidius brach das Siegel auf und entrollte den Brief. Er war Anfang vierzig und sah recht gut aus. Das dunkle, über seine kleinen Ohren zurückgestrichene Haar betonte sein habichtartiges Profil, als er sich zum Lesen vorbeugte; die Haut an seinem Körper war weiß, glatt und haarlos. Er hat sich die Haare auszupfen lassen, dachte Attilius angewidert.

Jetzt kamen auch die anderen aus dem Caldarium, begierig zu erfahren, was da vor sich ging. Wasser tropfte auf den schwarz-weißen Fußboden. Um die Wände zog sich das Fresko eines Gartens, der von einem Holzzaun umschlossen war. In einem Alkoven stand auf einem Sockel in Form einer Wassernymphe ein rundes Marmorbecken.

Brittius stützte sich auf einen Ellbogen. »Lies vor, Popi. Was steht darin?«

Ein Runzeln furchte Popidius' glatte Haut. »Er ist von Plinius. ›Im Namen der Kaisers Titus Caesar Vespasianus Augustus und gemäß der Macht, die mir vom Senat und dem Volk Roms verliehen wurde ...‹«

»Überspring das Geschwätz«, sagte Brittius. »Komm zur Sache.« Er rieb in einer Geste des Geldzählens Daumen und Mittelfinger aneinander. »Was will er?«

»Offensichtlich ist der Aquädukt irgendwo in der Nähe des Vesuv versiegt. Alle Städte westlich von Nola sind trocken. Er sagt, er will von uns – er ›befiehlt‹ uns –, dass wir ›sofort genügend Männer und Material aus der Kolonie Pompeji zur Verfügung stellen, damit die Aqua Augusta repariert werden kann, und zwar unter der Leitung von Marcus Attilius Primus, Aquarius im Dienst der Behörde des Curator Aquarum in Rom.‹«

»Ach, wirklich? Und wer kommt für die Kosten auf?«

»Das sagt er nicht.«

Attilius warf ein: »Geld ist kein Thema. Ich kann den Honoratioren versichern, dass der Curator Aquarum alle Auslagen ersetzen wird.«

»Wirklich? Bist du überhaupt befugt, ein solches Versprechen abzugeben?«

Attilius zögerte. »Ihr habt mein Wort.«

»Dein Wort? Dein Wort bringt kein Gold in unseren Stadtsäckel zurück, nachdem es einmal ausgegeben worden ist.«

»Und seht euch das an«, sagte einer der anderen Männer. Er war Mitte zwanzig, gut bemuskelt, aber mit einem kleinen Kopf; Attilius vermutete, dass das der Ädil Cuspius war. Er drehte den Hahn über dem runden Becken auf und Wasser schoss heraus. »Seht ihr – hier herrscht keine Trockenheit. Also frage ich: Was geht uns das an? Du willst Männer und Material? Dann begib dich in eine der Städte, die kein Wasser haben. Geh nach Nola. Wir schwimmen darin! Schau her!« Und um seine Worte zu unterstreichen, öffnete er den Hahn weiter und ließ das Wasser laufen.

»Außerdem«, sagte Brittius listig, »ist es gut fürs Geschäft. Jeder am Golf, der baden oder auch nur trinken möchte, muss nach Pompeji kommen. Und noch dazu an einem Feiertag. Was meinst du dazu, Holconius?«

Der ältere Magistrat rückte das Handtuch um seine Taille zurecht wie eine Toga. »Es missfällt den Priestern, wenn Männer an einem heiligen Tag arbeiten«, verkündete er salbungsvoll. »Die Leute sollten tun, was wir auch tun – sie sollten sich zur Befolgung der heiligen Riten mit ihren Freunden und Familien treffen. Ich bin dafür, dass wir diesem jungen Mann, mit allem schuldigen Respekt vor Befehlshaber Plinius, sagen, er soll sich zum Teufel scheren.«

Brittius brüllte vor Lachen und hieb zustimmend auf die Tischkante. Popidius lächelte und rollte den Papyrus zusammen. »Ich denke, damit hast du deine Antwort, Aquarius. Warum kommst du nicht morgen wieder? Dann werden wir sehen, was wir tun können.«

Er versuchte, Attilius den Brief zurückzugeben, aber Attilius langte an ihm vorbei und drehte den Hahn fest zu. Was für ein Bild sie boten, die drei, von Wasser tropfend – seinem Wasser – und Brittius mit seinem erbärmlichen Ständer, der jetzt in den schlaffen Falten seines Bauchs verschwunden war. Die widerlich aromatisierte Hitze war unerträglich. Er wischte sich das Gesicht mit dem Ärmel seiner Tunika ab.

»Lasst euch eines gesagt sein, Honoratioren. Von Mitternacht an wird auch Pompeji sein Wasser verlieren. Es wird nach Beneventum abgeleitet, damit wir den Tunnel des Aquädukts betreten und ihn reparieren können. Ich habe meine Leute bereits zum Schließen der Schleusen in die Berge geschickt.« Seine Worte ernteten zorniges Gemurmel. Er hob die Hand. »Schließlich geht es um die Interessen aller Bürger am Golf.« Er sah Cuspius an. »Gewiss, ich könnte Nola um Hilfe bitten. Aber das würde mindestens einen Tag kosten. Und das bedeutet für sie ebenso wie für euch einen zusätzlichen Tag ohne Wasser.«

»Ja, aber mit einem Unterschied«, sagte Cuspius. »Wir sind vorgewarnt. Was hältst du davon, Popidius? Wir könnten eine Proklamation veröffentlichen, mit der wir unsere Bürger auffordern, sämtliche Behälter zu füllen, die sie besitzen. Damit wäre unsere Stadt die einzige am Golf, die noch genügend Wasser hat.«

»Wir könnten es sogar verkaufen«, sagte Brittius. »Und je länger die Trockenheit andauert, desto höher ist der Preis, den wir dafür erzielen können.«

»Ihr habt kein Recht, es zu verkaufen!« Attilius versuchte, nicht die Beherrschung zu verlieren. »Wenn ihr euch weigert, mir zu helfen, werde ich, sobald der Hauptstrang repariert ist, dafür sorgen, dass die Abzweigung nach Pompeji geschlossen wird.« Er verfügte nicht über die Autorität für eine solche Drohung, aber er fuhr trotzdem fort und stieß Cuspius mit einem Finger gegen die Brust. »Und ich werde aus Rom einen Beamten kommen lassen, damit er den Missbrauch des kaiserlichen Aquädukts untersucht. Ihr werdet für jeden Becher Wasser bezahlen müssen, den ihr über den euch zustehenden Anteil hinaus entnommen habt!«

»So eine Unverschämtheit!«, rief Brittius.

»Er hat mich berührt!«, sagte Cuspius empört. »Habt ihr das gesehen? Dieses Stückchen Abschaum hat mich mit seiner schmutzigen Hand berührt!« Er schob das Kinn vor und trat dicht an Attilius heran, zu einem Kampf bereit. Der Wasserbaumeister hätte vielleicht zurückgeschlagen, was katastrophal gewesen wäre – für ihn, für seine Mission –, wenn sich nicht der Vorhang geöffnet hätte und ein anderer Mann zum Vorschein gekommen wäre, der offensichtlich auf dem Korridor gestanden und das Gespräch mitgehört hatte.

Attilius war ihm bisher nur einmal begegnet, aber er hätte ihn trotzdem nicht rasch wieder vergessen: Numerius Popidius Ampliatus.

Was Attilius am meisten verblüffte, nachdem er sich von dem Schock der Wiederbegegnung erholt hatte, war die Tatsache, wie unterwürfig sie sich alle gaben. Sogar Brittius schwang seine fetten Beine über die Tischkante, als gehörte es sich nicht, in Gegenwart dieses einstigen Sklaven zu liegen. Ampliatus legte Cuspius beschwichtigend die Hand auf die Schulter, flüsterte ihm ein paar Worte ins Ohr, zwinkerte und fuhr ihm durchs Haar, ohne dabei die Augen von Attilius abzuwenden.

Der Wasserbaumeister erinnerte sich an die verstümmelten Überreste des Sklaven beim Muränenbecken, an den zerfetzten Rücken der Mutter.

»Also, was soll das Ganze, meine Herren?« Ampliatus lächelte plötzlich und zeigte auf Attilius. »Streit im Bad? An einem religiösen Feiertag? Das gehört sich nicht. Hat man euch das nicht beigebracht?«

Popidius sagte: »Das ist der neue Aquarius des Aquädukts.«

»Ich kenne Marcus Attilius. Wir sind uns bereits begegnet, nicht wahr, Aquarius? Darf ich das sehen?« Er nahm Popidius Plinius' Brief aus der Hand, überflog ihn rasch und warf dann einen Blick auf Attilius. Ampliatus trug eine goldgesäumte Tunika, sein Haar glänzte und er verströmte den Duft desselben teuren Parfüms, das Attilius bereits am Vortag aufgefallen war.

»Wie sieht dein Plan aus?«

»Der Leitung von Pompeji aus bis zu der Stelle folgen, wo sie von der Augusta abzweigt, und dann den Hauptstrang in Richtung Nola untersuchen, bis das Leck gefunden ist.«

»Und was brauchst du dazu?«

»Das weiß ich noch nicht genau.« Attilius zögerte. Das Auftauchen von Ampliatus hatte ihn ein wenig aus der Fassung gebracht. »Ätzkalk. Puteolanum. Ziegelsteine. Holz. Fackeln. Männer.«

»Wie viel von jedem?«

»Zuerst einmal sechs Amphoren Kalk. Ein Dutzend Körbe Puteolanum. Fünfzig Längen Holz und fünfhundert Ziegelsteine. So viele Fackeln, wie du entbehren kannst. Zehn Paar kräftige Hände. Vielleicht brauche ich weniger, vielleicht auch mehr. Das hängt davon ab, wie groß der Schaden an der Augusta ist.«

»Wann wirst du das wissen?«

»Einer meiner Männer wird mir am Nachmittag Bericht erstatten.«

Ampliatus nickte. »Ich finde, meine Herren, wir sollten alles tun, was in unserer Macht steht, um ihm zu helfen. Niemand soll sagen können, dass die alte Kolonie Pompeji sich geweigert hätte, eine Bitte des Kaisers zu erfüllen. Außerdem habe ich eine Fischfarm in Misenum, die Wasser trinkt wie unser Brittius hier Wein. Ich möchte, dass dieser Aquädukt so schnell wie möglich wieder funktioniert. Was meint ihr dazu?«

Die Magistrate tauschten unbehagliche Blicke. Schließlich sagte Popidius: »Vielleicht waren wir zu voreilig.«

Nur Cuspius wagte einen Einspruch. »Ich finde immer noch, dass es Sache von Nola wäre …«

Ampliatus unterbrach ihn. »Das wäre also erledigt. Du sollst von mir alles bekommen, was du brauchst, Marcus Attilius. Aber sei so gut, draußen zu warten.« Er rief über die Schulter dem

Hausverwalter zu: »Scutarius! Gib dem Aquarius seine Schuhe!«

Keiner der anderen richtete ein Wort an Attilius oder schaute ihn an. Sie glichen ungezogenen Schuljungen, die von ihrem Lehrer bei einer Prügelei ertappt worden waren.

Attilius nahm seine Schuhe entgegen, verließ das Tepidarium und trat hinaus in den düsteren Gang. Hinter ihm wurde der Vorhang rasch zugezogen. Er lehnte sich an die Wand, um seine Schuhe wieder anzuziehen, und versuchte zu hören, was gesprochen wurde, konnte aber nichts verstehen. Aus der Richtung des Atriums hörte er ein Platschen, als jemand in das Schwimmbecken sprang. Dieser Hinweis darauf, dass im Haus Feiertagstrubel herrschte, gab den Ausschlag. Er durfte es nicht riskieren, beim Lauschen ertappt zu werden. Er öffnete den zweiten Vorhang und kehrte in das gleißende Sonnenlicht zurück. Auf der anderen Seite des Atriums, hinter dem Tablinum, hatte der Sprung ins Wasser die Oberfläche des Beckens zum Schaukeln gebracht. Die Frauen der Honoratioren plauderten nach wie vor am anderen Ende; zu ihnen hatte sich eine unansehnliche Frau in mittleren Jahren gesellt, die ein Stück von ihnen entfernt dasaß, die Hände im Schoß gefaltet. Hinter ihnen gingen zwei Sklaven vorbei, die mit Speisen beladene Tabletts trugen. Von irgendwo kamen Kochgerüche. Offensichtlich wurde ein großes Festmahl vorbereitet.

Sein Blick fiel auf etwas Dunkles in dem glitzernden Wasser und eine Sekunde später durchbrach die Schwimmerin die Oberfläche.

»Corelia Ampliata!«

Unwillkürlich sprach er ihren Namen laut aus. Corelia hörte ihn nicht. Sie schüttelte den Kopf, strich das schwarze Haar von den geschlossenen Augen zurück und raffte es mit beiden Händen im Nacken zusammen. Ihre Ellbogen waren weit gespreizt und ihr blasses Gesicht der Sonne zugewandt; sie ahnte nicht, dass er sie beobachtete.

»Corelia!« Jetzt flüsterte er, weil er nicht die Aufmerksamkeit der anderen Frauen erregen wollte, und diesmal drehte sie sich um. Es dauerte einen Moment, bis sie ihn vor der Helle des Atriums ausgemacht hatte, aber als sie ihn sah, begann sie, auf ihn zuzuwaten. Sie trug ein Hemd aus dünnem Stoff, das ihr bis fast zu den Knien reichte, und als sie aus dem Wasser stieg, legte sie wie eine den Wellen entsteigende sittsame Venus einen tropfenden Arm über die Brust und bedeckte mit der anderen Hand ihre Scham. Er trat in das Tablinum und ging auf das Schwimmbecken zu, vorbei an den Totenmasken der Popidii. Rote Bänder verbanden die Abbilder der Toten, zeigten, wer mit wem verwandt gewesen war – ein sich überkreuzendes Muster der Macht, die Generationen weit zurückreichte.

»Aquarius!«, zischte sie. »Du musst sofort von hier verschwinden!« Sie stand auf den halbrunden Stufen, die aus dem Becken herausführten. »Geh! Schnell! Mein Vater ist hier, und wenn er dich sieht …«

»Dazu ist es zu spät. Wir sind uns bereits begegnet.« Aber er wich ein Stückchen zurück, sodass ihn die anderen Frauen am Becken nicht mehr sehen konnten. Ich sollte sie nicht ansehen, dachte er. Das gebot der Anstand. Aber er konnte den Blick nicht von ihr abwenden. »Was tust du hier?«

»Was ich hier tue?« Sie betrachtete ihn, als wäre er ein Schwachkopf, dann beugte sie sich vor. »Wo sollte ich sonst sein? Dieses Haus gehört meinem Vater.«

Anfangs war ihm nicht ganz klar, was sie gesagt hatte. »Aber man sagte mir, dass Popidius hier wohnt …«

»Das tut er.«

Er war immer noch verwirrt. »Und …?«

»Wir werden heiraten.« Sie sagte es fast tonlos und zuckte die Achseln und in dieser Geste lag etwas Schreckliches, eine vollständige Hoffnungslosigkeit, und plötzlich wurde ihm alles klar – der Grund für Ampliatus' unangemeldetes Erscheinen, Popidius' Unterwürfigkeit, die Art, wie die anderen seinem Beispiel gefolgt waren. Irgendwie war es Ampliatus gelungen, Popidius das Dach über dem Kopf wegzukaufen, und jetzt wollte er das Maß seines Besitzertums voll machen, indem er seine Tochter mit seinem früheren Herrn verheiratete. Der Gedanke, dass dieser alternde Geck mit seinem gezupften und vollständig enthaarten Körper mit Corelia ein Bett teilen sollte, erfüllte Attilius mit unvermutetem Zorn, obwohl er sich sagte, dass ihn das nichts anging.

»Aber ein Mann in Popidius' Alter ist doch bestimmt schon verheiratet.«

»Er war es. Er wurde gezwungen, sich scheiden zu lassen.«

»Und was hält Popidius von einem solchen Arrangement?«

»Er empfindet es natürlich als Schande, so tief unter seiner Würde heiraten zu müssen – genau wie du offenbar.«

»Keineswegs, Corelia«, sagte er schnell. Er sah, dass ihr Tränen in den Augen standen. »Ganz im Gegenteil. Meiner Meinung nach bist du hundert Popidii wert. Sogar tausend.«

»Ich hasse ihn«, sagte sie, aber er wusste nicht, ob sie Popidius meinte oder ihren Vater.

Aus dem Gang kamen das Geräusch rascher Fußtritte und Ampliatus' Ruf: »Aquarius!«

Sie schauderte. »Ich bitte dich, geh. Du warst ein guter Mann, als du gestern versucht hast, mir zu helfen. Aber lass nicht zu, dass er dich einfängt, wie er uns alle eingefangen hat.«

Attilius sagte steif: »Ich bin ein frei geborener römischer Bürger, Mitarbeiter des Curator Aquarum, im Dienste des Kaisers und mit dem amtlichen Auftrag, den kaiserlichen Aquädukt zu reparieren – kein Sklave, den er seinen Muränen vorwerfen kann. Oder, was das betrifft, eine alte Frau, die halb totgeschlagen wurde.«

Jetzt war sie es, die bestürzt war. Sie schlug die Hände vor den Mund. »Atia?«

»Atia, ja – ist das ihr Name? Gestern Abend habe ich sie auf der Straße gefunden und in meine Unterkunft gebracht. Man hatte sie bewusstlos geprügelt und wie einen alten Hund zum Sterben vor die Tür gesetzt.«

»Dieses Ungeheuer!« Corelia trat, die Hände immer noch auf dem Mund, einen Schritt zurück und sank ins Wasser.

»Du nutzt meine Gutmütigkeit aus, Aquarius!«, sagte Ampliatus. Er kam durch das Tablinum auf ihn zu. »Ich habe dir nur gesagt, du solltest auf mich warten.« Er warf einen Blick auf Corelia – »Du solltest es besser wissen, nach dem, was ich dir gestern gesagt habe!« –, dann rief er über das Becken hinweg – »Celsia!« – und die unansehnliche Frau, die Attilius schon früher bemerkt hatte, sprang von ihrem Stuhl auf. »Hol deine Tochter aus dem Becken! Es gehört sich nicht, dass sie ihre Titten in aller Öffentlichkeit sehen lässt!« Er wandte sich wieder an Attilius. »Sieh sie dir an – wie ein Haufen fetter Hennen auf ihren Nestern!« Er flatterte mit den Armen und stieß eine Reihe von Lauten aus – *gluuuuuck, gluck-gluck-gluck* – und die Frauen hoben angewidert die Fächer. »Aber sie fliegen nicht. O nein. Eines habe ich über unsere römischen Aristokraten gelernt – sie tun alles für eine kostenlose Mahlzeit. Und ihre Frauen erst recht.« Er rief: »Ich bin in einer Stunde wieder da! Tischt nicht ohne mich auf!« Und mit einer Geste, die Attilius bedeutete, dass er ihm folgen sollte, machte der Herr des Hauses der Popidii auf dem Absatz kehrt und strebte auf die Tür zu.

Als sie das Atrium durchquerten, warf Attilius einen Blick zurück zu dem Becken, in dem Corelia noch immer tief im Wasser stand, als glaubte sie, durch vollständiges Eintauchen alles abspülen zu können, was um sie herum vorging.

Hora sexta

[12.00 Uhr]

»Wenn Magma aus der Tiefe aufsteigt, kommt es zu einem starken Druckabfall. So beträgt der Druck beispielsweise in zehn Meter Tiefe 300 Megapascal (MPa) oder das 300fache des atmosphärischen Drucks. Eine derart starke Druckveränderung hat zahlreiche Auswirkungen auf die physikalische Beschaffenheit und die Fließeigenschaften des Magmas.«

Encyclopedia of Volcanoes

Draußen auf dem Gehsteig warteten eine Sänfte und acht Sklaven auf Ampliatus; sie trugen dieselbe karminrote Livree wie der Pförtner und der Hausverwalter. Sie sprangen auf, als ihr Herr erschien, aber er ging geradewegs an ihnen vorbei und beachtete sie ebenso wenig wie die kleine Schar von

Bittstellern, die trotz des Feiertags im Schatten der Mauer auf der anderen Straßenseite hockte und in einem rauen Chor seinen Namen rief.

»Wir gehen zu Fuß«, sagte er und begann, zu der Straßenkreuzung hinaufzueilen, in demselben schnellen Tempo, das er auch im Haus angeschlagen hatte. Attilius folgte ihm. Es war Mittag, die Luft glühend heiß, die Straßen leer. Die meisten der wenigen Fußgänger, die unterwegs waren, wichen vor Ampliatus in die Gosse aus oder zogen sich in Hauseingänge zurück. Er summte vor sich hin, nickte gelegentlich grüßend, und als Attilius zurückschaute, sah er, dass sie ein Gefolge hatten, das eines Senators würdig gewesen wäre – zuerst, in diskretem Abstand, die Sklaven mit der Sänfte und hinter ihnen die kleine Schar der Bittsteller: Männer mit mutlosen, erschöpften Mienen, die seit der Morgendämmerung auf einen großen Mann gewartet hatten, wohl wissend, dass sie enttäuscht werden würden.

Auf ungefähr halber Höhe des Weges zum Vesuvius-Tor – der Wasserbaumeister zählte drei Wohnblocks – bog Ampliatus nach rechts ab, überquerte die Straße und öffnete eine kleine, in eine Mauer eingelassene Holztür. Er legte die Hand auf Attilius' Schulter, um ihn zum Eintreten zu bewegen. Attilius' Fleisch schauderte unter der Berührung des Millionärs und er erinnerte sich an Corelias eindringliche Warnung: *»Lass nicht zu, dass er dich einfängt, wie er uns alle eingefangen hat.«*

Er befreite sich unauffällig von den greifenden Fingern. Ampliatus schloss die Tür hinter ihnen und er stand auf einer großen, menschenleeren Fläche, einem Bauplatz von der Größe fast des ganzen Blocks. Links sah er eine Ziegelmauer, überragt von einem abfallenden, mit roten Ziegeln gedeckten Dach – die Rückseite einer Reihe von Läden –, und zwei hohe, in ihrer Mitte eingelassene Holztore; rechts einen Komplex aus neuen Gebäuden, fast fertig gestellt, mit großen, modernen Fenstern, die auf das Gelände voller Gestrüpp und Geröll hinausgingen. Direkt unter den Fenstern wurde eine große rechteckige Zisterne ausgeschachtet.

Ampliatus hatte die Hände auf die Hüften gestemmt und beobachtete die Reaktion des Wasserbaumeisters. »Was meinst du, was ich hier baue? Einmal darfst du raten.«

»Bäder.«

»Stimmt. Was hältst du davon?«

»Es ist beeindruckend«, sagte Attilius. Und das ist es tatsächlich, dachte er. Zumindest ebenso gut wie alles, was er in den letzten zehn Jahren in Rom im Bau gesehen hatte. Schon allein das Mauerwerk und die Säulen waren eine Augenweide. Der Bau strahlte eine Atmosphäre von Ruhe aus – von Weiträumigkeit, Frieden und Licht. Die hohen Fenster gingen nach Südwesten hinaus, damit sie die Nachmittagssonne einfangen konnten, die gerade jetzt in das Innere zu fluten begann. »Ich beglückwünsche dich.«

»Wir mussten fast den ganzen Block abreißen, um Platz hierfür zu schaffen«, sagte Ampliatus, »und damit habe ich mich ziemlich unbeliebt gemacht. Aber es wird sich lohnen. Das werden die schönsten Bäder außerhalb von Rom. Und moderner als alles, was ihr dort habt.« Er sah sich stolz um. »Wenn wir uns eine Sache in den Kopf gesetzt haben, können wir Leute in der Provinz euch Männern aus dem großen Rom noch das eine oder andere beibringen.« Er legte die Hände an den Mund und bellte: »Januarius!«

Von der anderen Seite des Platzes antwortete jemand und am oberen Ende einer Treppe erschien ein hoch gewachsener Mann. Als er seinen Herrn erkannte, eilte er die Treppe hinunter und über den Hof, wobei er sich die Hände an seiner Tunika abwischte und sich im Näherkommen kopfnickend verneigte.

»Januarius – das ist mein Freund, der Aquarius der Aqua Augusta. Er arbeitet für den Kaiser!«

»Geehrt«, sagte Januarius und verneigte sich auch vor Attilius.

»Januarius ist einer meiner Vorarbeiter. Wo sind die Leute?«

»In ihren Unterkünften, Herr.« Er wirkte verängstigt, als hätte man ihn beim Faulenzen ertappt. »Heute ist Feiertag …«

»Vergiss den Feiertag! Wir brauchen sie jetzt hier. Du hast gesagt, du brauchtest zehn, Aquarius? Machen wir ein Dutzend daraus. Januarius, schicke nach einem Dutzend unserer kräftigsten Männer. Brebix' Trupp. Sag ihnen, sie sollen Essen und Trinken für einen Tag mitbringen. Was war es, was du sonst noch brauchst?«

»Ätzkalk«, begann Attilius, »Puteolanum …«

»Richtig. Den ganzen Kram. Holz. Ziegelsteine. Fackeln – vergiss die Fackeln nicht. Er bekommt alles, was er verlangt. Und außerdem wirst du Karren brauchen, nicht wahr? Zwei Ochsengespanne?«

»Die habe ich schon gemietet.«

»Aber du wirst meine nehmen – ich bestehe darauf.«

»Nein.« Ampliatus' Großzügigkeit begann, in dem Wasserbaumeister ein ungutes Gefühl auszulösen. Zuerst würde das Geschenk kommen, dann würde sich das Geschenk als Leihgabe erweisen und schließlich die Leihgabe als Schuld, die zu begleichen unmöglich war. Auf diese Weise hatte Popidius zweifellos sein Haus verloren. *Eine hektische Stadt.* Er schaute zum Himmel empor. »Es ist Mittag. Inzwischen dürften die Ochsen unten am Hafen eingetroffen sein. Einer meiner Sklaven wartet dort mit unserem Werkzeug.«

»Bei wem hast du sie gemietet?«

»Bei Baculus.«

»Baculus! Dieser betrunkene Dieb! Meine Ochsen wären besser. Lass mich wenigstens ein Wörtchen mit ihm reden. Ich werde dafür sorgen, dass du einen kräftigen Preisnachlass bekommst.«

Attilius zuckte die Achseln. »Wenn du darauf bestehst.«

»Das tue ich. Hol die Leute aus den Unterkünften, Januarius, und schick einen Jungen zu den Kais, damit die Karren des Aquarius zum Beladen hierher gebracht werden. Und während wir warten, werde ich dich herumführen, Aquarius.« Wieder legte er dem Aquarius die Hand auf die Schulter. »Komm mit.«

Bäder waren kein Luxus. Bäder waren das Fundament der Zivilisation. Bäder waren das, was selbst den geringsten Bürger Roms über das Niveau der reichsten Barbaren mit ihren haarigen Hinterteilen erhob. Bäder förderten die drei Disziplinen

Sauberkeit, Gesundheit und strenge Routine. Waren die Aquädukte nicht ursprünglich zum Speisen der Bäder erfunden worden? Hatten die Bäder nicht die römische Lebensart über ganz Europa, Afrika und Asien verbreitet, und zwar nicht minder effektvoll als die Legionen, sodass ein Mann, in welche Stadt dieses weltweiten Imperiums es auch immer ihn verschlagen haben mochte, zumindest sicher sein konnte, dieses kostbare Stückchen Heimat vorzufinden?

Das war die Quintessenz von Ampliatus' Vortrag, während er Attilius durch die leere Hülse seines Traums führte. Die Räume waren noch unmöbliert und rochen stark nach frischer Farbe und Gips und ihre Schritte hallten wider, als sie durch die Kabinen und Trainingsräume in den Hauptteil des Bauwerks schritten. Hier waren die Fresken bereits fertig gestellt. Ansichten des grünen Nils mit in der Sonne badenden Krokodilen gingen über in Szenen aus dem Leben der Götter. Triton schwamm neben den Argonauten und geleitete sie zurück in die Sicherheit. Neptun verwandelte seinen Sohn in einen Schwan. Perseus rettete Andromeda vor den Seeungeheuern, die ausgeschickt worden waren, um die Äthiopier anzugreifen. Das Becken im Caldarium war so groß, dass es achtundzwanzig zahlenden Kunden gleichzeitig

Platz bot, und wenn die Badenden auf dem Rücken lagen, würden sie zu einer saphirblauen Decke emporschauen, erhellt von fünfhundert Lampen und wimmelnd von allen Arten von Meeresgetier, und glauben, sie schwämmen in einer unterseeischen Grotte.

Um den Luxus zu gewährleisten, den er sich in den Kopf gesetzt hatte, bediente sich Ampliatus der modernsten Techniken, der besten Materialien, der geschicktesten Handwerker Italiens. In der Kuppel des Laconiums – des Schwitzbades – gab es Fenster aus neapolitanischem Glas von der Dicke eines Fingers. Fußböden, Wände und Decken waren hohl und der Kessel, der die Hohlräume beheizte, so leistungsfähig, dass die Luft im Innern, selbst wenn draußen Schnee lag, so heiß sein würde, dass einem Mann das Fleisch schmolz. Die Anlage war so gebaut, dass sie einem Erdbeben widerstand. Alle wichtigen Armaturen – Rohre, Abflüsse, Gitter, Entlüftungsöffnungen, Zapf- und Absperrhähne, Duschköpfe, sogar die Griffe der Wasserspülung der Latrinen – waren aus Messing. Die Toilettensitze bestanden aus phrygischem Marmor und hatten Ellbogenstützen in der Form von Delphinen und Chimären. Überall fließendes warmes und kaltes Wasser. *Zivilisation*.

Attilius musste die Vision des Mannes bewundern. Ampliatus legte so viel Stolz an den Tag, während er ihm alles zeigte, dass es fast den Anschein hatte, als wollte er einen Geldgeber gewinnen. Und wenn der Wasserbaumeister Geld gehabt hätte – wenn er nicht den größten Teil seines Gehalts bereits nach Hause zu seiner Mutter und seiner Schwester geschickt hätte –, dann wäre es durchaus möglich gewesen, dass er ihm auch die letzte Münze gegeben hätte, denn ihm war noch nie ein überzeugenderer Verkäufer begegnet.

»Wann soll das Ganze fertig sein?«

»Wahrscheinlich in einem Monat. Mir fehlen noch die Tischler. Ich will ein paar Regale, ein paar Schränke. Ich habe daran gedacht, in den Umkleideräumen Holzfußböden verlegen zu lassen. Ich dachte an Pinienholz.«

»Nein«, sagte Attilius. »Nimm Erle.«

»Erle? Warum?«

»Erle verrottet nicht, wenn sie mit Wasser in Berührung kommt. Für die Läden würde ich Pinie – oder vielleicht eine Zypresse – verwenden. Aber es muss etwas aus dem Tiefland sein, wo die Sonne scheint. Lass die Hände von Pinien aus den Bergen. Jedenfalls bei einem Bau dieser Qualität.«

»Noch weitere Ratschläge?«

»Benutze immer Holz, das im Herbst geschlagen wurde, nicht im Frühjahr. Im Frühjahr sind die Bäume schwanger und das Holz ist schwächer. Für die Klammern nimm angesengtes Olivenholz – das hält hundert Jahre. Aber das alles weißt du vermutlich.«

»Keineswegs. Ich habe eine Menge gebaut, das stimmt, aber von Holz und Stein habe ich nie viel verstanden. Wovon ich etwas verstehe, ist Geld. Und das Großartige an Geld ist, dass es keine Rolle spielt, wann man es erntet. Es ist das ganze Jahr über verfügbar.« Ampliatus lachte über seinen eigenen Witz, dann drehte er sich um und schaute den Wasserbaumeister an. Es lag etwas Verstörendes in der Intensität seines Blicks, der nicht stetig war, sondern wanderte, als schätzte er ununterbrochen verschiedene Aspekte desjenigen ab, mit dem er sprach, und Attilius dachte, nein, es ist nicht Geld, von dem du etwas verstehst, es sind Menschen – ihre Stärken und Schwächen; wann du schmeicheln musst und wann einschüchtern.

»Und du, Aquarius«, sagte er leise. »Wovon verstehst du etwas?«

»Von Wasser.«

»Davon etwas zu verstehen, ist wichtig. Wasser ist mindestens so wertvoll wie Geld.«

»Tatsächlich? Weshalb bin ich dann kein reicher Mann?«

»Vielleicht könntest du einer sein.« Ampliatus machte die Bemerkung leichthin, ließ sie einen Augenblick unter der hohen Kuppel schweben und fuhr dann fort: »Hast du je darüber nachgedacht, Aquarius, wie seltsam es in der Welt zugeht? Wenn dieser Bau in Betrieb ist, werde ich ein weiteres Vermögen machen. Und dann werde ich dieses Vermögen dazu benutzen, noch eins zu machen und dann noch eins. Aber ohne deinen Aquädukt könnte ich meine Bäder nicht bauen. Das ist doch einen Gedanken wert, oder? Ohne Attilius kein Ampliatus.«

»Nur, dass es nicht mein Aquädukt ist. Ich habe ihn nicht gebaut – das hat der Kaiser getan.«

»Stimmt. Und zum Preis von zwei Millionen pro Meile! ›Der allseits betrauerte Augustus‹ – hat es je einen Mann gegeben, der mit mehr Recht zum Gott erhoben wurde? Ich jedenfalls ziehe den Göttlichen Augustus dem Jupiter vor und bete jeden Tag zu ihm.« Er schnupperte. »Von dieser frischen Farbe bekomme ich Kopfschmerzen. Lass mich dir meine Pläne für das Gelände zeigen.«

Er führte Attilius den Weg zurück, auf dem sie hereingekommen waren. Jetzt fiel die Sonne voll durch die großen Fenster. Die Götter an der gegenüberliegenden Wand schienen zu farbigem Leben erwacht zu sein. Dennoch hatten die leeren Räume etwas Gespenstisches an sich – die schläfrige Stille, der in den Lichtbahnen schwebende Staub, das Gurren der Tauben draußen auf dem Bauplatz. Offenbar hatte sich ein Vogel ins Laconium verirrt. Das plötzliche Flügelschlagen unter der Kuppel ließ Attilius zusammenfahren.

Draußen fühlte sich die flirrende Luft vor Hitze beinahe fest an, wie geschmolzenes Glas, aber Ampliatus schien es nichts auszumachen. Er stieg mühelos die offene Treppe hinauf und trat auf das schmale Sonnendeck. Von hier aus hatte er einen umfassenden Blick über sein kleines Königreich. Das hier würde der Sportplatz werden, sagte er. Um ihn herum würde er Schatten spendende Platanen anpflanzen. Er experimentiere mit einer Methode, das Wasser im Außenbecken zu beheizen. Begeistert schlug er auf die Steinbrüstung. »Hier hat einmal mein erster Besitz gestanden. Vor siebzehn Jahren habe ich ihn gekauft. Wenn ich dir sagen würde, wie wenig ich dafür bezahlt habe – du würdest es nicht glauben. Allerdings war nach dem Erdbeben nicht mehr viel davon übrig. Kein Dach, nur die Mauern. Ich war achtundzwanzig. Niemals davor oder danach war ich so glücklich. Ich habe das Haus repariert und vermietet, ein weiteres gekauft und auch das vermietet. Einige dieser alten Häuser aus den Zeiten der Republik waren riesig. Ich habe sie aufgeteilt und zehn Familien in ihnen untergebracht. Und so habe ich bis heute weitergemacht. Hier ist ein guter Rat für dich, mein Freund: Es gibt keine sicherere Geldanlage als Grundbesitz in Pompeji.«

Ampliatus erschlug eine Fliege, die in seinem Genick saß und betrachtete das zerquetschte Insekt zwischen seinen Fingern. Dann schnippte er es von sich. Attilius fiel es nicht schwer, ihn sich als jungen Mann vorzustellen – brutal, tatkräftig, unbarmherzig. »Du warst damals von den Popidii bereits freigelassen worden?«

Ampliatus warf ihm einen Blick zu. Sosehr er sich auch bemühte, sich freundlich zu geben, dachte Attilius – diese Augen werden ihn immer verraten.

»Wenn das als Beleidigung gedacht war, Aquarius, dann vergiss es. Jeder weiß, dass Numerius Popidius Ampliatus als Sklave geboren wurde und sich dessen nicht schämt. Ja, ich war frei. Mein Herr hat mir in seinem Testament die Freiheit geschenkt, als ich zwanzig war. Lucius, sein Sohn – derjenige, den du gerade kennen gelernt hast –, machte mich zu seinem Hausverwalter. Dann habe ich eine Weile als Schuldeneintreiber für einen alten Geldverleiher namens Jucundus gearbeitet, der mir eine Menge beigebracht hat. Aber ohne das Erdbeben wäre ich nie reich geworden.« Er warf einen liebevollen Blick auf den Vesuv. Seine Stimme wurde sanfter. »Eines Morgens im Februar kam es vom Berg herab wie ein Wind unter der Erde. Ich sah es kommen, sah, wie sich die Bäume auf seinem Weg bogen, und als alles vorüber war, lag diese Stadt in Trümmern. Da spielte es keine Rolle mehr, wer als freier Mann geboren war und wer als Sklave. Die Stadt war leer. Man konnte eine Stunde durch die Straßen wandern, ohne jemandem zu begegnen außer den Toten.«

»Wer war für den Wiederaufbau der Stadt verantwortlich?«

»Niemand! Das war die eigentliche Schande. All die reichen Leute flüchteten auf ihre Landsitze. Sie waren alle überzeugt, dass es noch ein weiteres Erdbeben geben würde.«

»Auch Popidius?«

»Ganz besonders Popidius!« Ampliatus rang die Hände und winselte: »›O Ampliatus, die Götter haben uns im Stich gelassen! O Ampliatus, die Götter strafen uns!‹ Die Götter! Wie findest du das? Als ob es den Göttern nicht völlig gleichgültig wäre, wen oder was wir vögeln oder wie wir leben. Als ob Erdbeben nicht genauso sehr ein Teil des Lebens in Campania wären wie heiße Quellen und sommerliche Dürre! Natürlich kamen sie wieder angeschlichen, sobald sie sahen, dass es sicher war, aber da hatten sich die Dinge bereits geändert. *Salve lucrum!* ›Gepriesen sei der Gewinn!‹ Das ist das Motto des neuen Pompeji. Du kannst es überall in der Stadt sehen. *Lucrum gaudium!* ›Gewinn macht Freude!‹ Nicht Geld, verstehst du, jeder Narr kann Geld erben. Gewinn! Dazu braucht man Geschick.« Er spuckte über die Mauer auf die Straße unter ihnen. »Lucius Popidius! Über welches Geschick verfügt der? Er kann kaltes Wasser trinken und es heiß wieder auspissen und damit hat es sich. Während du« – und wieder hatte Atilius das Gefühl, abgeschätzt zu werden –, »du bist, glaube ich, ein Mann mit einigem Talent. Du bist so, wie ich in deinem Alter war. Einen Mann wie dich könnte ich brauchen.«

»Mich brauchen?«

»Hier, für den Anfang. Diese Bäder könnten einen Mann brauchen, der etwas von Wasser versteht. Als Gegenleistung für deine Ratschläge könnte ich dich beteiligen. Ein Anteil vom Gewinn.«

Attilius schüttelte lächelnd den Kopf. »Das glaube ich nicht.«

Ampliatus erwiderte das Lächeln. »Ah, du willst handeln! Das bewundere ich bei einem Mann. Also gut – dann also außerdem einen Anteil am Besitz.«

»Nein. Vielen Dank. Ich fühle mich geschmeichelt. Aber meine Familie hat seit einem Jahrhundert an den kaiserlichen Aquädukten gearbeitet. Ich bin in meine Profession hineingeboren und werde auch als Wasserbaumeister sterben.«

»Warum nicht beides tun?«

»Wie bitte?«

»Kümmere dich um den Aquädukt und berate mich nebenbei. Niemand braucht es je zu erfahren.«

Attilius musterte ihn, sein schlaues, gieriges Gesicht. Bei all seinem Geld, seiner Gewalttätigkeit und dem Streben nach Macht war der Mann im Grunde nicht mehr als ein Kleinstadtganove. »Nein«, sagte er, »das wäre unmöglich.«

Die Verachtung musste seinem Gesicht deutlich abzulesen gewesen sein, denn Ampliatus machte sofort einen Rückzieher. »Du hast Recht«, sagte er und nickte. »Vergiss, dass ich es erwähnt habe. Ich bin manchmal ein rauer Bursche. Manchmal kommt mir eine Idee, die ich nicht vorher durchdacht habe.«

»Wie das Hinrichten eines Sklaven, bevor du herausgefunden hast, ob er die Wahrheit sagt?«

Ampliatus grinste und zeigte auf Attilius. »Sehr gut! Das stimmt. Aber wie kannst du von einem Mann wie mir erwarten, dass er weiß, wie er sich benehmen muss? Du kannst alles Geld im Imperium besitzen, doch das macht dich noch nicht zu einem Herrn, richtig? Du kannst dir einbilden, du imitierst die Aristokraten, beweist ein bisschen Klasse, aber dann stellt sich heraus, dass du ein Ungeheuer bist. War es nicht das, was Corelia mich genannt hat? Ein Ungeheuer!«

»Und Exomnius?« Die Frage rutschte Attilius heraus. »Hattest du mit ihm eine Vereinbarung, von der nie jemand etwas wusste?«

Ampliatus' Lächeln geriet nicht ins Wanken. Von der Straße unten kam das Rumpeln schwerer Holzräder auf Stein.

»Ich glaube, ich höre deine Karren kommen. Wir sollten hinuntergehen und sie einlassen.«

Es war, als hätte die Unterhaltung nie stattgefunden. Wieder mit einem Summen überquerte Ampliatus den mit Geröll übersäten Hof. Er öffnete die schweren Tore, und als Polites das erste Ochsengespann hereinführte, verbeugte er sich. Ein Mann, den Attilius nicht kannte, führte das zweite Gespann; zwei weitere saßen auf der Ladefläche des leeren Karrens und ließen die Beine über den Rand baumeln. Als sie Ampliatus bemerkten, sprangen sie sofort herunter und schauten respektvoll auf die Erde.

»Gut gemacht, Leute«, sagte Ampliatus. »Ich

werde veranlassen, dass ihr für die Arbeit an einem Feiertag belohnt werdet. Aber es handelt sich um einen Notfall und wir müssen alle zupacken und beim Reparieren des Aquädukts helfen. Für das Gemeinwohl – ist es nicht so, Aquarius?« Er kniff den ihm am nächsten stehenden Mann in die Wange. »Ihr untersteht jetzt seinem Befehl. Dient ihm gut. Aquarius: Nimm dir, was du brauchst. Es liegt alles auf dem Hof. Fackeln findest du drinnen im Lagerraum. Kann ich sonst noch etwas für dich tun?« Er wollte offensichtlich schnell verschwinden.

»Ich werde eine Liste von dem machen, was wir verbrauchen«, sagte Attilius förmlich. »Du wirst dafür entschädigt.«

»Das ist nicht nötig. Aber wie du willst. Ich möchte mir nicht vorwerfen lassen, ich hätte versucht, dich zu bestechen!« Er lachte. »Ich würde bleiben und dir beim Beladen helfen – niemand hat je gesagt, dass Numerius Popidius Ampliatus Angst davor hatte, sich die Hände schmutzig zu machen! –, aber du weißt, wie es ist. Wegen des Feiertags speisen wir heute früh und ich darf meine niedere Geburt nicht beweisen, indem ich all diese großen Herren und ihre Damen warten lasse.« Er streckte die Hand aus. »Ich wünsche dir Glück, Aquarius.«

Attilius ergriff die Hand. Ihr Griff war fest und

trocken, die Handflächen und die Finger, wie seine eigenen, schwielig von harter Arbeit. Er nickte. »Ich danke dir.«

Ampliatus grunzte und ging davon. Draußen auf der stillen Straße wartete seine Sänfte auf ihn und jetzt stieg er sofort hinein. Die Sklaven beeilten sich, ihre Positionen einzunehmen, vier Mann an jeder Seite, und auf eine Geste von Ampliatus hoben sie die bronzebeschlagenen Traghölzer an – zuerst auf Bauchhöhe und dann, mit vor Anstrengung verzerrten Gesichtern, auf ihre Schultern. Ihr Herr lehnte sich in seine Kissen zurück und starrte geradeaus – mit leerem Blick und in Gedanken versunken. Er griff hinter seine Schulter, löste den Vorhang und ließ ihn fallen. Attilius stand am Tor und schaute ihm nach. Der karminrote Baldachin schwankte, als sich die Sänfte die Anhöhe hinabbewegte, gefolgt von der kleinen Schar mutloser Bittsteller.

Er kehrte auf den Platz zurück.

Es war alles da, wie Ampliatus versprochen hatte, und eine Zeit lang konnte sich Attilius in der simplen Anstrengung körperlicher Arbeit verlieren. Es war tröstlich, wieder mit den Materialien seines Gewerbes umgehen zu können: die schweren, scharfkantigen Ziegelsteine, gerade so groß, dass ein Mann sie greifen konnte, und ihr vertrautes, sprödes Klirren, als sie am hinteren Ende des Karrens gestapelt wurden; die Körbe mit dem pulvrigen roten Puteolanum, immer schwerer und dichter, als man erwartete, die über die rauen Planken des Karrens glitten; das Holz, das sich an seiner Wange warm und glatt anfühlte, als er es über den Hof trug; und schließlich der Ätzkalk in bauchigen Ton-Amphoren – schwer zu greifen und auf den Karren zu hieven.

Er arbeitete stetig mit den anderen Männern und hatte endlich das Gefühl, dass es voranging. Zweifellos war Ampliatus grausam und skrupellos und die Götter mochten wissen, was sonst noch, aber sein Material war gut und würde in ehrlichen Händen besseren Zwecken dienen. Attilius hatte um sechs Amphoren Kalk gebeten, aber als es so weit war, beschloss er, ein Dutzend zu nehmen und die Menge des Puteolanums dementsprechend auf zwanzig Körbe zu erhöhen. Er wollte nicht zu Ampliatus zurückgehen und um mehr bitten müssen; was er nicht brauchte, konnte er zurückgeben.

Er ging in den Bau hinein, um nach den Fackeln zu suchen, und fand sie im größten Lagerraum. Sogar die Fackeln waren erstklassig – dicht gepresstes und mit Teer getränktes Werg und Harz, solide, mit Tau umwickelte Holzgriffe. Neben ihnen standen offene Kisten mit Öllampen, überwiegend aus Terrakotta, aber auch einige aus Messing und genügend Kerzen zum Beleuchten eines großen Tempels. Alles von allerbester Qualität, wie Ampliatus gesagt hatte.

Das werden die schönsten Bäder außerhalb von Rom.

Plötzlich war er neugierig und schaute, die Arme voller Fackeln, in einige der anderen Lagerräume. Stapel von Handtüchern in einem, Krüge mit parfümiertem Massageöl in einem anderen, Bleihanteln, Taurollen und Lederbälle in einem dritten. Alles bereit zum Gebrauch; alles war vorhanden außer den plaudernden, schwitzenden Leuten, die das alles zum Leben erwecken sollten. Und Wasser natürlich. Er blickte durch die offene Tür in die angrenzenden Räume. Dieser Ort würde eine Menge Wasser verbrauchen. Vier oder fünf Schwimmbecken, Duschen, Latrinen mit Spülung, ein Schwitzbad … Nur öffentliche Einrichtungen wie die Brunnen waren kostenlos mit dem Aquädukt verbunden, als Geschenk des Kaisers. Private Bäder wie dieses dagegen würden ein Vermögen an Wassersteuer kosten. Und wenn Ampliatus sein Geld damit gemacht hatte, dass er große Besitze aufkaufte, unterteilte und vermietete, dann musste sein Wasserverbrauch riesig sein. Attilius fragte sich, wie viel er dafür bezahlte. Wahrscheinlich würde er es herausfinden können, sobald er wieder in Misenum war und versuchte, ein bisschen Ordnung in das Chaos zu bringen, in dem Exomnius die Unterlagen der Augusta hinterlassen hatte.

Vielleicht hat er überhaupt nichts bezahlt.

Er stand da im Sonnenlicht, in dem hallenden Badehaus, lauschte dem Gurren der Tauben und ließ sich die Möglichkeit durch den Kopf gehen. Die Aquädukte hatten der Korruption schon immer Tür und Tor geöffnet. Bauern zapften die Leitungen an, wo sie über ihr Land verliefen. Bürger verlegten ein oder zwei zusätzliche Rohre und bezahlten die Wasserinspektoren dafür, dass sie ein Auge zudrückten. Öffentliche Aufträge wurden an private Firmen vergeben und Rechnungen für Arbeiten ausgestellt, die nie geleistet worden waren. Materialien verschwanden. Attilius argwöhnte, dass die Verderbtheit bis nach ganz oben reichte – sogar von Acilius Aviola, dem Curator Aquarum, hieß es, dass er einen Anteil an den Schiebungen verlangte. Der Wasserbaumeister hatte nie etwas mit diesen Dingen zu tun gehabt. Aber ehrliche Männer waren in Rom dünn gesät; ehrliche Männer waren Narren.

Seine Arme schmerzten vom Gewicht der Fackeln. Er ging hinaus und lud sie auf einem der Karren ab, dann lehnte er sich nachdenklich gegen ihn. Weitere von Ampliatus' Leuten waren eingetroffen. Das Beladen war beendet und sie lagen im Schatten und warteten auf Befehle. Die Ochsen standen ruhig da, mit zuckenden Schwänzen und von Fliegen umschwirrten Köpfen.

Wenn in den Unterlagen bei der Piscina mirabilis ein solches Chaos herrschte, konnte das daran liegen, dass sie manipuliert worden waren?

Er schaute zum wolkenlosen Himmel empor. Die Sonne hatte ihren Zenit überschritten. Inzwischen mussten Becco und Corvinus Abellinum erreicht haben. Vielleicht waren die Schleusentore bereits geschlossen. Wieder hatte er das Gefühl, dass ihm die Zeit davonlief. Trotzdem entschied er sich dafür, Polites heranzuwinken. »Geh in das Bad«, befahl er, »und hole ein weiteres Dutzend Fackeln und einen Krug Olivenöl. Und eine Rolle Tau. Aber nicht mehr, verstanden? Wenn du damit fertig bist, bringst du die Karren und die Männer hinauf zum Vesuvius-Tor und wartest dort auf mich. Corax müsste eigentlich bald zurückkehren. Und während du unterwegs bist, sieh zu, ob du etwas zu essen für uns kaufen kannst.« Er gab dem Sklaven seinen Beutel. »Hier ist Geld. Hüte es für mich. Ich komme bald nach.«

Er wischte die Reste von Ziegelstaub und Puteolanum von seiner Tunika und ging durch das offene Tor hinaus.

Hora septima

[14.10 Uhr]

»Wenn Magma in einer hoch gelegenen Kammer abzapfbereit ist, reicht schon eine kleine Veränderung der regionalen Spannungsverhältnisse aus, in der Regel infolge eines Erdbebens, um die Stabilität des Systems zu stören und eine Eruption auszulösen.«

Volcanology

Ampliatus' Gastmahl ging in die zweite Stunde, doch von den zwölf um den Tisch gelagerten Gästen sah nur einer so aus, als genösse er es, und das war Ampliatus selbst.

Zum einen war es erstickend heiß, obwohl eine Wand des Speisezimmers geöffnet worden war und drei Sklaven in ihrer karminroten Livree um den Tisch standen und Fächer aus Pfauenfedern schwangen. Am Schwimmbecken spielte ein Harfenist irgendeine formlose Melodie.

Und vier Gäste auf jeder Liege! Das war mindestens einer zu viel, jedenfalls nach Ansicht von Lucius Popidius, der leise stöhnte, wenn ein weiterer Gang serviert wurde. Er war ein Anhänger der Regel des Varro, der zufolge die Zahl der Gäste bei einem Festmahl nicht weniger als die der Grazien (drei) und nicht mehr als die der Musen (neun) betragen sollte. Das hier dagegen bedeutete, dass man seinen Mitspeisenden entschieden zu nahe war. Popidius zum Beispiel lag neben Ampliatus' unscheinbarer Frau Celsia und seiner Mutter Taedia – nahe genug, um die Hitze ihrer Körper zu spüren. Widerlich. Wenn er sich auf den linken Ellbogen stützte und die rechte Hand ausstreckte, um etwas vom Tisch zu holen, dann berührte sein Hinterkopf Celsias flachen Busen und – was noch schlimmer war – sein Ring verhakte sich gelegentlich in der blonden Perücke der Mutter, Haare, die vom Kopf irgendeiner germanischen Sklavin abgeschoren worden waren und jetzt die dünnen grauen Locken der alten Dame verbargen.

Und das Essen! Begriff Ampliatus nicht, dass dieses heiße Wetter nach einfachen, kalten Speisen verlangte und dass all diese Soßen, all diese Spitzfindigkeiten schon seit der Zeit des Claudius nicht mehr Mode waren? Die ersten Vorspeisen waren nicht allzu schlecht gewesen – Austern, in Brundisium gezüchtet und dann zweihundert Meilen weit an der Küste entlang zum Mästen im Lucriner See verschifft, sodass sie den Geschmack beider Orte in sich vereinten. Oliven und Sardinen und mit gehackten Anchovis gewürzte Eier – durchaus annehmbar. Aber dann waren Hummer und Seeigel gekommen und danach in Honig und Mohnsamen panierte Mäuse. Popidius hatte sich gezwungen gefühlt, mindestens eine Maus zu verspeisen, um seinem Gastgeber zu gefallen, und beim Knacken der winzigen Knochen war ihm vor Übelkeit der Schweiß ausgebrochen.

Mit Nieren gefüllte Schweine-Euter und als Beilage dazu die Schamlippen des Schweins, die die Speisenden angrinsten wie ein zahnloser Mund. Ein gebratenes Wildschwein, gefüllt mit lebenden Drosseln, die, als der Bauch aufgeschlitzt wurde, hilflos um den Tisch herumflatterten und dabei auf ihn schissen. (Woraufhin Ampliatus in die Hände geklatscht hatte und in brüllendes Gelächter ausgebrochen war). Dann die Delikatessen: Die Zungen von Störchen und Flamingos waren gar nicht schlecht gewesen, die Zunge eines sprechenden Papageis jedoch sah nach Popidius' Ansicht aus wie eine Made und hatte auch so geschmeckt, wie er sich das Aroma einer Made vorstellte, auch wenn sie in Essig eingelegt worden war. Und dann geschmorte Nachtigallen-Lebern …

Popidius betrachtete die geröteten Gesichter seiner Mit-Gäste. Sogar der fette Brittius, der sich einmal gerühmt hatte, einen ganzen Elefantenrüssel verspeist zu haben, und dessen Motto das von Seneca war – »Iss, um zu erbrechen, erbrich, um zu essen« –, begann grün auszusehen. Er erhaschte Popidius' Blick und flüsterte etwas, das Popidius nicht verstehen konnte. Er hielt die Hand ans Ohr und Brittius wiederholte es, wobei er mit der Serviette seinen Mund gegen Ampliatus abschirmte und jede Silbe betonte. »Tri-mal-chi-o.«

Popidius hätte beinahe laut aufgelacht. Trimalchio! Sehr gut! Der freigelassene, unermesslich reich gewordene Sklave in der Satire des Titus Petronius, der seinen Gästen ein solches Mahl vorsetzt und nicht begreift, wie vulgär und lächerlich er dabei wirkt. Haha! Trimalchio! Einen Augenblick glitt Popidius zurück in seine Zeit als junger Aristokrat am Hofe Neros, wo Petronius, dieser Schiedsrichter des guten Geschmacks, die Gäste stundenlang mit seiner gnadenlosen Verspottung der Neureichen unterhielt.

Plötzlich überkam ihn Rührung. Armer alter Petronius. Er war komischer und eleganter gewesen, als es gut für ihn war. Am Ende hatte ihn Nero, argwöhnend, dass auch seine Kaiserliche Majestät eine heimliche Zielscheibe seines Spottes war, ein letztes Mal durch sein Smaragdglas hindurch gemustert und ihm befohlen, Selbstmord zu begehen. Aber Petronius war es gelungen, sogar daraus einen Witz zu machen – er hatte sich zu Beginn eines Gastmahls in seinem Haus in Cumae die Pulsadern aufgeschnitten und sie dann wieder verbunden, um mit seinen Gästen zu speisen und zu plaudern, sie dann wieder geöffnet und erneut verbunden und so weiter, wobei er allmählich dahinsiechte. Seine letzte bewusste Handlung hatte darin bestanden, dass er eine Weinkelle aus Flussspat zerbrach, die dreihunderttausend Sesterzen wert war und die der Kaiser zu erben gehofft hatte. Das war Stil. *Das* war Geschmack.

Und was hätte er von mir gehalten?, fragte sich Popidius bitter. Dass es mit mir – einem Popidius, der einst mit dem Herrn der Welt sang und spielte – so weit gekommen ist, dass ich jetzt mit fünfundvierzig Jahren der Gefangene eines Trimalchio bin!

Er warf einen Blick auf seinen ehemaligen Sklaven, der am Kopf der Tafel präsidierte. Er wusste immer noch nicht so recht, wie es passiert war. Da war natürlich das Erdbeben gewesen. Und dann, ein paar Jahre später, der Tod Neros. Danach Bürgerkrieg, ein Maultierhändler als Kaiser und Popidius' Welt wurde auf den Kopf gestellt. Plötzlich war Ampliatus überall – er baute die Stadt wieder auf, stiftete einen Tempel, manövrierte seinen kleinen Sohn in den Stadtrat, kontrollierte die Wahlen und kaufte sogar das Haus neben dem seinen. Popidius hatte nie einen Sinn für Zahlen gehabt, und als Ampliatus ihm erklärte, auch er könnte einiges Geld verdienen, hatte er Verträge unterschrieben, ohne sie vorher zu lesen. Irgendwie war das Geld dann verloren gegangen, es stellte sich heraus, dass der Familiensitz als Sicherheit diente, und der einzige Ausweg, der Demütigung der Ausweisung zu entgehen, würde darin bestehen, dass er Ampliatus' Tochter heiratete. Man stelle sich das vor: ein ehemaliger Sklave als sein Schwiegervater! Popidius war sicher, dass die Schande seine Mutter umbringen würde. Sie hatte seither kaum noch ein Wort gesprochen und ihr Gesicht war von Sorgen und Schlaflosigkeit verhärmt.

Nicht, dass er etwas dagegen hätte, ein Bett mit Corelia zu teilen. Er betrachtete sie hungrig. Sie lag mit dem Rücken zu Cuspius und flüsterte mit ihrem Bruder. Er hätte nichts dagegen, auch den Jungen im Bett zu haben. Er spürte, wie sich sein Penis zu versteifen begann. Ob er einen Dreier vorschlagen sollte? Nein – das würde sie nie mitmachen. Sie war eiskalt. Aber er würde sie bald aufwärmen. Wieder traf sich sein Blick mit dem von Brittius. Was für ein witziger Bursche. Er zwinkerte, rollte mit den Augen und flüsterte, Ampliatus anschauend, noch einmal: »Trimalchio.«

»Was sagtest du eben, Popidius?«

Ampliatus' Stimme fuhr über den Tisch wie ein Peitschenknall. Popidius zuckte zusammen.

»Er hat gesagt: ›Was für ein Mahl!‹« Brittius hob sein Glas. »Das finden wir alle, Ampliatus. Was für ein grandioses Mahl.« Ein beifälliges Murmeln machte die Runde um den Tisch.

»Und das Beste kommt erst noch«, sagte Ampliatus. Er schnippte mit den Fingern und einer der Sklaven eilte aus dem Speisezimmer in Richtung Küche.

Popidius zwang sich zu einem Lächeln. »Was mich betrifft, so habe ich gerade noch Raum für den Nachtisch, Ampliatus.« In Wirklichkeit war ihm, als müsste er sich übergeben, und um das zu tun, wäre er nicht auf den üblichen Becher mit warmer Salzlake und Senf angewiesen. »Was ist es? Pflaumen vom Berg Damascus? Oder hat dein Koch eine Pastete aus attischem Honig gemacht?« Ampliatus' Koch war der große Gargilius, eingekauft für eine Viertelmillion, einschließlich seiner

Rezeptbücher. So ging es heutzutage zu am Golf von Neapolis. Die Köche waren berühmter als die Gäste, die sie fütterten. Die Preise waren ins Unermessliche gestiegen. Es war die falsche Art von Leuten, die heutzutage das Geld hatte.

»Oh, die Zeit für den Nachtisch ist noch nicht gekommen, mein lieber Popidius. Oder darf ich dich – wenn das nicht voreilig ist – ›Sohn‹ nennen?« Ampliatus grinste und zeigte mit dem Finger auf ihn und Popidius gelang es mit einer geradezu übermenschlichen Anstrengung, seinen Abscheu zu verbergen. O Trimalchio, dachte er. Trimalchio …

Dann kam das Geräusch von schlurfenden Schritten und vier Sklaven erschienen. Auf ihren Schultern trugen sie das Modell einer Trireme, so lang wie ein Mann und in Silber gegossen, die auf einem Meer aus inkrustierten Saphiren schwamm. Die Gäste applaudierten. Die Sklaven näherten sich dem Tisch auf Knien und schoben die Trireme mit dem Bug voran über den Tisch. Sie wurde vollständig von einer riesigen Muräne ausgefüllt. Ihre Augen waren entfernt und durch Rubine ersetzt worden. Ihre Kiefer waren aufgesperrt und das Maul mit Elfenbein gefüllt. An ihrer Rückenflosse funkelte ein Diamantring.

Popidius war der Erste, der die Sprache wiederfand. »Ich muss schon sagen, Ampliatus – das ist ein Prachtexemplar.«

»Aus meinen eigenen Becken in Misenum«, sagte Ampliatus stolz. »Sie dürfte mindestens dreißig Jahre alt sein. Ich habe sie gestern Abend fangen lassen. Siehst du den Ring? Ich bin mir ziemlich sicher, Popidius, dass es sich um dasselbe Geschöpf handelt, dem dein Freund Nero vorzusingen pflegte.« Er griff nach einem großen silbernen Messer. »Nun, wer will das erste Stück? Du, Corelia – ich finde, du solltest als Erste kosten.«

Das ist wirklich eine nette Geste, dachte Popidius. Bis jetzt hatte Ampliatus das Mädchen auffallend ignoriert und Popidius hatte begonnen, eine Verstimmung zwischen ihnen zu argwöhnen, aber das hier war ein Gunstbeweis. Deshalb war er verblüfft, als er sah, wie Corelia ihrem Vater einen hasserfüllten Blick zuwarf, die Serviette hinschleuderte, sich vom Lager erhob und schluchzend hinausrannte.

Die ersten beiden Fußgänger, die Attilius befragte, schworen, noch nie etwas vom Haus des Africanus gehört zu haben. Erst in der überfüllten Hercules-Schenke, ein Stück weiter die Straße hinunter, bedachte ihn der Mann hinter dem Tresen mit einem verschlagenen Blick und erklärte ihm dann mit leiser Stimme den Weg – einen Block weit den Hügel hinunter, dann nach rechts abbiegen, dann die erste Gasse links. Dort sollte Attilius noch einmal fragen. »Aber pass auf, mit wem du redest, Bürger.«

Attilius konnte sich denken, was er meinte, und tatsächlich, sobald er die Hauptstraße verlassen hatte, wurde die Straße schmaler und die Häuser schäbiger und überfüllter. Neben mehreren der halb verfallenen Eingänge war das Symbol von Penis und Hoden in den Stein gemeißelt. Die bunten Kleider der Prostituierten leuchteten in der Düsternis wie blaue und gelbe Blumen. Also an diesem Ort hatte Exomnius seine Zeit verbracht! Attilius' Schritte verlangsamten sich und er überlegte, ob er umkehren sollte. Nichts durfte sein wichtiges Vorhaben gefährden. Aber dann dachte er wieder an seinen Vater, der auf seiner Matratze in einer Ecke ihres kleinen Hauses gestorben war – noch so ein ehrlicher Narr, dessen beharrliche Rechtschaffenheit seine Witwe arm zurückgelassen hatte –, und er ging weiter, jetzt jedoch schneller und zorniger.

Am Ende der Straße ragte im ersten Stock eines Hauses ein schwerer Balkon weit über den Gehsteig und verengte sie zu kaum mehr als einem Korridor. Er bahnte sich seinen Weg vorbei an einer Gruppe herumlungernder Männer, deren Gesichter von der Hitze und vom Wein gerötet waren, und trat durch die nächste offene Tür. In der Vorhalle herrschte ein scharfer, fast tierhafter Gestank nach Schweiß und Sperma. Lupanare wurden diese Häuser genannt, nach Lupa, der läufigen Wölfin. Und Lupa war auf den Straßen auch die Bezeichnung für eine Hure – eine Meretrix. Das Geschäft widerte ihn an. Von oben kamen der Klang einer Flöte, ein Schlag auf den Fußboden, Männergelächter. Aus mit Vorhängen verschlossenen Kabinen an beiden Seiten waren Nachtgeräusche zu hören – Grunzlaute, Geflüster, das Wimmern eines Kindes.

Im Halbdunkel saß eine Frau in einem kurzen grünen Kleid mit weit gespreizten Beinen auf einem Schemel. Als sie ihn hörte, stand sie auf und kam ihm eifrig entgegen, die Arme zum Willkommen ausgestreckt, die zinnoberroten Lippen zu einem Lächeln verzogen. Sie hatte ihre Augenbrauen mit Antimon geschwärzt und dabei die Linien so weit nach innen verlängert, dass sie über dem Nasenrücken zusammenstießen; manche Männer fanden das schön, aber Attilius erinnerte es an die Totenmasken der Popidii. Die Frau war alterslos; in dem schwachen Licht konnte er nicht sehen, ob sie fünfzehn oder fünfzig war.

Er fragte: »Africanus?«

»Wer?« Sie hatte einen starken Akzent. Vielleicht war sie Kilikierin. »Nicht hier«, sagte sie rasch.

»Und was ist mit Exomnius?« Bei der Erwähnung dieses Namens klappte der geschminkte Mund weit auf. Die Hure versuchte, ihm den Weg zu versperren, aber er schob sie sanft beiseite, indem er die Hände auf ihre bloßen Schultern legte, und zog den Vorhang hinter ihr zurück. Ein nackter Mann hockte über einer offenen Latrine, seine knochigen Schenkel leuchteten in der Dunkelheit bläulich weiß. Er schaute erschrocken auf. »Africanus?«, fragte Attilius. Die Miene des Mannes war verständnislos. »Entschuldige, Bürger.« Attilius ließ den Vorhang fallen und bewegte sich auf eine der Kabinen an der anderen Seite der Vorhalle zu, aber die Hure kam ihm zuvor und versperrte ihm mit den Armen den Weg.

»Nein«, sagte sie. »Kein Ärger. Er nicht hier.«

»Wo dann?«

Sie zögerte. »Oben.« Sie deutete mit dem Kinn zur Decke.

Attilius schaute sich um. Er konnte keine Treppe entdecken.

»Wie komme ich dort hin? Zeig es mir.«

Weil sie sich nicht bewegte, stürmte er auf einen weiteren Vorhang zu, aber auch diesmal kam sie ihm zuvor. »Ich zeige«, sagte sie rasch. »Hier lang.«

Sie führte ihn zu einer zweiten Tür. In der Kabine neben ihr schrie ein Mann vor Ekstase auf. Attilius trat auf die Straße hinaus. Sie folgte ihm. Im Tageslicht konnte er graue Strähnen in ihrem kunstvoll aufgetürmten Haar sehen. Rinnsale von Schweiß hatten Furchen durch die Schminke auf ihrem eingefallenen Gesicht gezogen. Sie musste schon viel Glück haben, wenn sie sich hier ihren Lebensunterhalt noch länger verdienen wollte. Ihr Besitzer würde sie hinauswerfen und dann musste sie in der Nekropole außerhalb des Vesuvius-Tors leben und hinter den Grabmälern die Beine für die Bettler breit machen.

Als ahnte sie, was ihm durch den Kopf ging, legte sie die Hand auf ihren Truthahnhals, zeigte auf die ein paar Schritte entfernte Treppe und kehrte ins Haus zurück. Als er die Steinstufen emporzusteigen begann, hörte er, wie sie einen leisen Pfiff ausstieß. Ich komme mir vor wie Theseus im Labyrinth, dachte er, aber ohne den Faden der Ariadne, der mir den Rückweg in die Sicherheit weist. Wenn jetzt ein Angreifer über ihm erscheinen und ein anderer ihm den Weg in die Freiheit versperren würde, hätte er keine Chance. Als er am oberen Ende der Treppe angekommen war, machte er sich nicht die Mühe, erst anzuklopfen, sondern riss die Tür auf.

Der Gesuchte war bereits halb zum Fenster hinausgeklettert, vermutlich vom Pfiff der alten Hure gewarnt. Aber Attilius hatte das Zimmer durchquert und ihn beim Gürtel gepackt, bevor er auf das Flachdach unter ihm hinunterspringen konnte. Der Mann war leicht und dürr und Attilius holte ihn so mühelos wieder herein, wie man einen Hund an seinem Halsband mitzerrt. Er ließ ihn auf den Teppich fallen.

Attilius war in eine Orgie geplatzt. Zwei Männer hatten sich auf Liegen ausgestreckt. Ein Negerjunge drückte eine Flöte an seine nackte Brust. Ein Mädchen mit olivfarbener Haut, nicht älter als zwölf oder dreizehn, gleichfalls nackt und mit silbern bemalten Brustwarzen, stand, mitten in einem Tanz erstarrt, auf dem Tisch. Einen Moment lang bewegte sich niemand. Öllampen flackerten vor unbeholfen gemalten erotischen Szenen – eine Frau auf einem Mann, ein Mann, der eine Frau von hinten nahm, zwei liegende Männer mit den Fingern auf dem Schwanz des anderen. Einer der hingestreckten Männer ließ die Hand langsam sinken und tastete nach einem Messer, das neben einem Teller mit geschälten Früchten lag. Attilius setzte seinen Fuß fest auf Africanus' Rücken. Africanus stöhnte und der Mann zog seine Hand rasch zurück.

»Gut.« Attilius nickte, lächelte. Er bückte sich, packte Africanus wieder beim Gürtel und zerrte ihn zur Tür hinaus.

»Junge Mädchen!«, sagte Ampliatus, als das Geräusch von Corelias Schritten verklungen war. »Das sind nur die Nerven vor der Hochzeit. Ich werde froh sein, Popidius, wenn du für sie sorgen musst und nicht ich.« Er sah, dass seine Frau ihr folgen wollte. »Nein, Frau! Du bleibst hier!« Celsia legte sich demütig wieder hin und lächelte die anderen Gäste entschuldigend an. Ampliatus runzelte die Stirn. Er wünschte, sie würde das nicht tun. Weshalb sollte sie sich diesen so genannten feinen Leuten unterwerfen? Er konnte sie alle kaufen und wieder verkaufen!

Er drückte sein Messer in die Seite der Muräne, drehte es und wies dann mit einer gereizten Geste den Sklaven, der ihm am nächsten stand, an, das Tranchieren zu übernehmen. Der Fisch starrte ihn mit leeren roten Augen an. Der Liebling des Kaisers, dachte er, ein Fürst in seinem eigenen kleinen Teich. Jetzt nicht mehr.

Ampliatus tunkte sein Brot in eine Schüssel

mit Essig und saugte daran, während er zuschaute, wie die geschickten Hände des Sklaven Brocken von knochig-grauem Fleisch auf die Teller häuften. Niemand wollte es essen, trotzdem wollte niemand der Erste sein, der sich weigerte. Eine Atmosphäre lähmender Furcht breitete sich aus, so bedrückend wie die Luft über dem Tisch, heiß und schal vom Geruch der Speisen. Ampliatus tat nichts, um das Schweigen zu beenden. Weshalb sollte er sie erlösen? Als er ein Sklave bei Tisch gewesen war, war es ihm verboten gewesen, in Gegenwart von Gästen zu sprechen.

Er wurde zuerst bedient, aber er wartete, bis vor jedem einer der goldenen Teller stand; erst dann streckte er die Hand aus und brach ein Stückchen Fisch ab. Er hob es an die Lippen, hielt inne und schaute um den Tisch herum, bis, mit Popidius beginnend, einer nach dem anderen widerstrebend seinem Beispiel gefolgt war.

Auf diesen Moment hatte er sich den ganzen Tag gefreut. Vedius Pollio hatte seine Sklaven nicht nur deshalb den Muränen vorgeworfen, um zu erleben, wie ein Mann unter Wasser zerrissen wurde anstatt von den wilden Tieren in der Arena, sondern auch, weil er, ein Gourmet, behauptete, Menschenfleisch verleihe den Fischen einen pikanteren Geschmack. Ampliatus kaute sorgfältig, schmeckte aber nichts. Das Fleisch war fade und lederig – und er verspürte die gleiche Enttäuschung, die er auch am vorangegangenen Nachmittag an der Küste gefühlt hatte. Wieder hatte er die Hände nach einer grandiosen Erfahrung ausgestreckt und wieder hatte er ins Leere gegriffen.

Er holte mit den Fingern den Fisch aus dem Mund und warf ihn angewidert auf seinen Teller zurück. Er versuchte, es mit einem Scherz abzutun – »Offenbar schmecken Muränen wie Frauen am besten, wenn sie jung sind!« – und griff nach seinem Wein, um den Geschmack fortzuspülen. Aber die Tatsache, dass aus diesem Nachmittag das Vergnügen verschwunden war, ließ sich nicht verheimlichen. Seine Gäste husteten höflich in ihre Servietten oder stocherten die winzigen Gräten aus ihren Zähnen heraus und er wusste, dass sie noch tagelang über ihn lachen würden, sobald sie sich davonmachen konnten, vor allem Holconius und dieser fette Päderast Brittius.

»Mein lieber Freund, hast du schon das Neueste über Ampliatus gehört? Er glaubt, dass Fisch wie Wein mit dem Alter besser wird!«

Er trank noch mehr Wein, ließ ihn in seinem Mund kreisen und dachte gerade daran, einen Trinkspruch auszubringen – Auf den Kaiser! Auf das Heer! –, als er sah, dass sich sein Hausverwalter mit einem kleinen Kasten dem Speisezimmer näherte. Scutarius zögerte. Offensichtlich wollte er seinen Herrn bei einem Festmahl nicht mit geschäftlichen Dingen stören und Ampliatus hätte ihm in der Tat gesagt, er solle sich zum Teufel scheren, aber etwas in der Miene des Mannes …

Er knüllte seine Serviette zusammen, stand auf, nickte seinen Gästen kurz zu und bedeutete Scutarius, ihm ins Tablinum zu folgen. Sobald sie außer Sicht waren, spreizte er die Finger.

»Was ist das? Gib her.«

Es war eine Capsa, ein billiger, mit ungegerbter Haut überzogener Kasten, ähnlich denen, die Schuljungen zum Tragen ihrer Bücher benutzten. Das Schloss war aufgebrochen. Ampliatus klappte den Deckel auf. Drinnen lag ein halbes Dutzend kleine Papyrusrollen. Er zog auf gut Glück eine heraus. Sie war mit Zahlenkolonnen bedeckt und einen Augenblick starrte Ampliatus verständnislos darauf, aber dann nahmen die Zahlen Gestalt an – er hatte immer einen Kopf für Zahlen gehabt – und er verstand. »Wo ist der Mann, der das gebracht hat?«

»Er wartet in der Vorhalle, Herr.«

»Führe ihn in den alten Garten. Sorge dafür, dass die Küche den Nachtisch serviert, und sage meinen Gästen, dass ich bald wiederkomme.«

Ampliatus schlug den Weg ein, der hinter dem Speisezimmer vorbei und über die breite Treppe in den großen Hof seines alten Hauses führte. Er hatte es vor zehn Jahren gekauft und sich ganz bewusst direkt neben dem Familiensitz der Popidii niedergelassen. Was für ein Vergnügen war es gewesen, auf gleichem Niveau wie seine früheren Herren zu leben und einfach abzuwarten, bereits damals wissend, dass er eines Tages irgendwie eine Bresche in die dicke Gartenmauer schlagen und auf die andere Seite vordringen würde wie ein rächendes Heer, das eine feindliche Stadt erobert.

Er ließ sich auf der runden Steinbank in der Mitte des Gartens nieder, im Schatten einer von Rosen überwachsenen Pergola. Hier erledigte er seine privatesten Geschäfte. Hier konnte er immer ungestört reden. Niemand konnte sich nähern, ohne gesehen zu werden. Er öffnete den Kasten erneut, holte sämtliche Papyri heraus und schaute hinauf zum wolkenlosen Himmel. Er hörte Corelias Distelfinken, die in dem Vogelhaus auf dem Dach zwitscherten, und auch das Summen der Stadt, die nach der langen Siesta wieder zum Leben erwachte. Die Schenken und Speisehäuser würden gute Geschäfte machen, weil immer mehr Leute auf die Straßen strömten, um Vulkan ihr Opfer darzubringen

Salve lucrum!
Lucrum gaudium!

Er schaute nicht auf, als er seinen Besucher herankommen hörte.

»Es sieht also so aus«, sagte er, »als hätten wir ein Problem.«

Corelia hatte die Finken bekommen, kurz nachdem sie in das Haus eingezogen waren, zu ihrem zehnten Geburtstag. Sie fütterte sie gewissenhaft, pflegte sie, wenn sie krank waren, schaute zu, wie sie schlüpften, sich paarten, gediehen und starben und jetzt flüchtete sie immer zu ihrem Vogelhaus, wenn sie allein sein wollte. Es nahm ungefähr die Hälfte des kleinen Balkons vor ihrem Zimmer ein, das oberhalb des verschwiegenen Gartens lag. Das Dach des Vogelhauses war zum Schutz gegen die Sonne mit einem Tuch abgedeckt.

Sie saß bedrückt in einer schattigen Ecke, die Arme um die Beine geschlungen und das Kinn auf den Knien, als sie hörte, wie jemand in den Garten kam. Sie rutschte ein Stückchen nach vorn und lugte über die niedrige Brüstung. Ihr Vater hatte sich auf der runden Steinbank niedergelassen; neben ihm stand ein Kasten und er las irgendwelche Papiere. Gerade legte er das letzte von ihnen beiseite und schaute zum Himmel auf, wobei er sich in ihre Richtung umwandte. Rasch zog sie den Kopf zurück. Die Leute behaupteten, sie sähe ihm ähnlich. »Oh, sie ist das Ebenbild ihres Vaters!« Und da er ein gut aussehender Mann war, hatte sie das früher stolz gemacht.

Jetzt hörte sie ihn sagen: »Es sieht also so aus, als hätten wir ein Problem.«

Als Kind hatte Corelia eine merkwürdige Eigenart des Gartens entdeckt. Die Mauern und die Säulen schienen das Geräusch von Stimmen einzufangen und nach oben zu leiten, sodass sogar geflüsterte Laute, im Garten selbst kaum hörbar, hier oben so deutlich vernehmbar waren wie die Reden vom Rostrum am Wahltag. Natürlich hatte das den Zauber ihres Rückzugswinkels noch gesteigert. Das meiste, was sie als Heranwachsende gehört hatte, besaß für sie keinerlei Bedeutung – Verträge, Grenzziehung, Zinssätze –, der Balkon war einfach ein privates Fenster zur Welt der Erwachsenen gewesen. Nicht einmal ihrem Bruder hatte sie davon erzählt, denn erst in den letzten paar Monaten war es ihr gelungen, die geheimnisvolle Sprache der Angelegenheiten ihres Vaters zu entziffern. Und hier hatte sie auch vor ungefähr einem Monat gehört, wie ihr Vater mit Popidius über ihre Zukunft verhandelte; so viel Nachlass bei der Verkündigung ihrer Verlobung, völliger Schuldenerlass, sobald die Ehe vollzogen war, das Zurückfallen des Besitzes im Falle der Kinderlosigkeit, das Erbrecht etwaiger Kinder bei Erreichen der Volljährigkeit …

»Meine kleine Venus«, pflegte er sie zu nennen. »Meine tapfere kleine Diana.«

… eine Prämie, zahlbar in Anbetracht der Jungfräulichkeit, attestiert von dem Arzt Pumponius Magonianus, Zahlung erlassen bei Unterzeichnung des Vertrages innerhalb der festgelegten Frist …

»Ich sage immer«, hatte ihr Vater geflüstert, »und hier spreche ich von Mann zu Mann, Popidius, und ohne den juristischen Kram: Einen guten Fick kann man nicht mit einem Preisschild versehen.«

»Meine kleine Venus …«

»Es sieht so aus, als hätten wir ein Problem …«

Die Stimme eines Mannes – rau, keine, die sie kannte – erwiderte: »Ja, das stimmt – wir haben tatsächlich ein Problem.«

Worauf Ampliatus entgegnete: »Und sein Name ist Marcus Attilius …«

Sie lehnte sich wieder vor, um sich kein Wort entgehen zu lassen.

Africanus wollte keinen Ärger. Africanus war ein

ehrlicher Mann. Attilius schob ihn die Treppe hinunter, hörte seinem Protestgeschwätz nur mit halbem Ohr zu und warf alle paar Schritte einen Blick über die Schulter, um sich zu vergewissern, dass ihnen niemand folgte. »Ich bin ein Beamter im Dienste des Kaisers. Ich muss sehen, wo Exomnius gelebt hat. Und zwar schnell.« Bei der Erwähnung des Kaisers brach aus Africanus eine neue Flut von Beteuerungen heraus. Attilius schüttelte ihn. »Ich habe keine Zeit, mir das alles anzuhören. Führ mich zu seinem Zimmer.«

»Es ist verschlossen.«

»Wo ist der Schlüssel?«

»Unten.«

»Hol ihn.«

Als sie die Straße erreicht hatten, stieß er den Bordellbesitzer in die düstere Diele und ließ ihn nicht aus den Augen, während er seinen Geldkasten aus seinem Versteck holte. Die Hure in dem kurzen grünen Kleid hatte sich wieder auf ihrem Schemel niedergelassen; Smyrina nannte Africanus sie – »Smyrina, welches ist der Schlüssel zu Exomnius' Zimmer?« –, wobei seine Hände so stark zitterten, dass er, als es ihm endlich gelungen war, den Geldkasten zu öffnen und die Schlüssel herauszuholen, das Bund fallen ließ und sie sich bücken musste, um es aufzuheben. Sie suchte einen Schlüssel aus dem Bund heraus und hielt ihn hoch.

»Wovor hast du so viel Angst?«, fragte Attilius. »Warum versuchst du, bei der bloßen Erwähnung eines Namens davonzurennen?«

»Ich will keinen Ärger«, wiederholte Africanus. Er nahm den Schlüssel und führte Attilius in die Schenke nebenan. Es war ein billiges Lokal, kaum mehr als ein roher Steintresen mit hineingeschlagenen Löchern für die Weinkrüge. Sitzplätze gab es nicht. Die meisten Trinker standen, an die Mauer gelehnt, draußen auf dem Gehsteig. Attilius vermutete, dass dies der Ort war, an dem die Kunden des Lupanars warteten, bis sie an die Reihe kamen, und wo sie sich hinterher erfrischten und sich ihrer Männlichkeit rühmten. Hier herrschte derselbe widerliche Geruch wie in dem Bordell und er dachte, dass Exomnius zweifelsohne tief gefallen war, um an einem solchen Ort zu landen – die Korruption musste weit in seine Seele eingedrungen sein.

Africanus war klein und behände und seine Arme und Beine waren behaart wie die eines Affen. Vielleicht hatte er daher seinen Namen – von den afrikanischen Affen auf dem Forum, die am Ende ihrer Ketten Kunststücke zeigten, um ein paar Münzen für ihre Besitzer zu verdienen. Er huschte durch die Schenke und die wackelige Holztreppe hinauf. Auf dem Absatz hielt er mit dem Schlüssel in der Hand inne, legte den Kopf schief und musterte Attilius. »Wer bist du?«, fragte er.

»Schließ auf.«

»Es ist nichts angerührt worden. Ich gebe dir mein Wort darauf.«

»Worauf ich mich bestimmt verlassen kann. Und nun schließ auf.«

Der Bordellbesitzer wandte sich mit ausgestrecktem Schlüssel der Tür zu und gab dann einen verblüfften Ton von sich. Er deutete auf das Schloss, und als Attilius neben ihn trat, sah er, dass es aufgebrochen war. Das Zimmer war dunkel, die Luft stickig von eingefangenen Gerüchen – Bettzeug, Leder, schales Essen. Ein dünnes Gitter aus hellem Licht an der gegenüberliegenden Wand zeigte an, wo sich die geschlossenen Läden befanden. Africanus trat als Erster ein, stolperte in der Dunkelheit über etwas und öffnete die Läden. Die Nachmittagssonne flutete über ein Chaos aus verstreuten Kleidungsstücken und umgestürzten Möbeln. Africanus schaute sich bestürzt um. »Damit habe ich nichts zu tun – ich schwöre es.«

Attilius nahm die ganze Szenerie mit einem raschen Blick auf. Es hatte sich nicht viel in dem Zimmer befunden – ein Bett mit einer dünnen

Matratze, einem Kissen und einer groben braunen Decke, ein Waschkrug, ein Nachttopf, eine Truhe, ein Schemel –, aber nichts war unberührt geblieben. Sogar die Matratze war aufgeschlitzt worden; ihre Rosshaar-Füllung quoll in Büscheln heraus.

»Ich schwöre es«, wiederholte Africanus.

»Schon gut«, sagte Attilius. »Ich glaube dir.« Und das tat er. Da Africanus einen Schlüssel besaß, hätte er kaum das Schloss aufgebrochen und das Zimmer in einem derartigen Chaos hinterlassen. Auf einem kleinen dreibeinigen Tisch lag ein Klumpen aus weißlich grünem Marmor, der sich bei näherem Hinsehen in einen halb gegessenen Laib Brot verwandelte. Daneben lagen ein Messer und ein verfaulter Apfel. In dem Staub zeichneten sich frische Fingerabdrücke ab. Attilius berührte die Tischplatte und betrachtete dann seine geschwärzte Fingerkuppe. Das ist erst vor kurzem passiert, dachte er. Der Staub hatte noch keine Zeit gehabt, sich wieder zu legen. Erklärte das vielleicht, weshalb Ampliatus so versessen darauf gewesen war, ihm sämtliche Details seiner neuen Bäder zu zeigen – um dafür zu sorgen, dass Attilius beschäftigt war, während das Zimmer durchsucht wurde? Was für ein Narr war er doch gewesen, über Tiefland-Pinien und angesengtes Olivenholz zu reden! Er sagte: »Wie lange hat Exomnius in diesem Zimmer gewohnt?«

»Drei Jahre. Vielleicht auch vier.«

»Aber er war nicht ständig hier?«

»Er kam und ging.«

Attilius wurde klar, dass er nicht einmal wusste, wie Exomnius aussah. Er war auf der Spur eines Phantoms. »Er hatte keinen Sklaven?«

»Nein.«

»Wann hast du ihn das letzte Mal gesehen?«

»Exomnius?« Africanus breitete die Hände aus. Wie sollte er sich daran erinnern? So viele Kunden. So viele Gesichter.

»Wann hat er seine Miete bezahlt?«

»Im Voraus. An den Kalenden jedes Monats.«

»Also hast du Anfang August dein Geld bekommen?« Africanus nickte. Damit war eines klar. Was immer mit ihm passiert sein mochte – Exomnius hatte nicht vorgehabt, zu verschwinden. Der Mann war offensichtlich ein Geizhals. Er hätte nie für ein Zimmer bezahlt, das er nicht zu benutzen gedachte. »Lass mich allein«, sagte Attilius. »Ich mache hier Ordnung.«

Africanus schien protestieren zu wollen, aber als Attilius einen Schritt auf ihn zuging, hob er kapitulierend die Hände und zog sich auf den Treppenabsatz zurück. Attilius machte ihm die aufgebrochene Tür vor der Nase zu und hörte ihn dann zur Schenke hinuntergehen.

Er wanderte im Zimmer umher und stellte die Möbel wieder auf, um einen Eindruck davon zu gewinnen, wie es vorher ausgesehen hatte; vielleicht ergab sich dabei irgendein Hinweis auf die Dinge, die es sonst noch enthalten hatte. Er schob die aufgeschlitzte Matratze wieder auf das Bett und platzierte das – gleichfalls aufgeschlitzte – Kissen ans Kopfende. Er faltete die dünne Decke zusammen. Er legte sich hin. Als er den Kopf drehte, sah er ein Muster aus kleinen schwarzen Flecken an der Wand und entdeckte, dass es zerquetschte Insekten waren. Er stellte sich vor, wie Exomnius in der Hitze hier lag und Wanzen totschlug, und fragte sich, warum dieser Mann, wenn er denn Bestechungsgelder von Ampliatus kassierte, sich dazu entschlossen hatte, in derart ärmlichen Verhältnisse zu leben. Hatte er vielleicht sein ganzes Geld für Huren ausgegeben? Aber das schien unmöglich. Ein Stündchen mit einer von Africanus' Frauen konnte nicht mehr als ein paar Kupfermünzen kosten.

Ein Dielenbrett knarrte.

Er setzte sich sehr langsam auf und richtete den Blick auf die Tür. Unter dem dünnen Holz zeichneten sich deutlich die sich bewegenden Schatten von einem Paar Füße ab und einen Augenblick war er sicher, dass es Exomnius war, gekommen, um eine Erklärung von diesem Fremden zu verlangen, der sein Amt übernommen hatte und jetzt in seinem verwüsteten Zimmer auf dem Bett lag. »Wer ist da?«, rief er, und als die Tür langsam geöffnet wurde und er sah, dass es nur Smyrina war, fühlte er sich seltsamerweise enttäuscht. »Ja?«, fragte er. »Was willst du? Ich habe deinem Herrn gesagt, dass ich allein sein will.«

Sie stand auf der Schwelle. Ihr Kleid war geschlitzt, damit man ihre langen Beine sehen konnte. Auf dem Oberschenkel hatte sie einen verblassenden faustgroßen blauen Fleck.

Sie schaute sich im Zimmer um und schlug dann entsetzt die Hände vor den Mund. »Wer das getan?«

»Sag du es mir.«

»Er gesagt, er sich um mich kümmern.«

»Wie bitte?«

Sie trat in das Zimmer. »Er gesagt, wenn er kommt zurück, er sich um mich kümmern.«

»Wer?«

»Aelianus. Er gesagt.«

Attilius brauchte ein paar Sekunden, um zu begreifen, wen sie meinte – Exomnius. Aelianus Exomnius. Sie war der erste Mensch, dem er begegnet war, der den Aquarius beim Vornamen nannte. Das war bezeichnend für ihn. Seine einzige Vertraute – eine Hure. »Ganz offensichtlich«, sagte er grob, »kommt er nicht zurück, um sich um dich zu kümmern. Oder um sonst jemanden.«

Sie bewegte den Handrücken ein paar Mal unter der Nase hin und her und er begriff, dass sie weinte. »Er tot?«

»Vielleicht nicht.« Attilius gab seiner Stimme einen sanfteren Ton. »Niemand weiß etwas Genaues.«

»Mich von Africanus kaufen, er gesagt. Nicht mehr Hure für jeden. Nur für ihn. Verstehen?« Sie berührte ihre Brust und zeigte auf Attilius, dann berührte sie sich abermals.

»Ja, ich verstehe.«

Er betrachtete Smyrina mit neuem Interesse. Was Exomnius geplant hatte, war nicht ungewöhnlich, zumal in diesem Teil Italiens. Wenn die ausländischen Seeleute nach fünfundzwanzig Dienstjahren die Flotte verließen und die römische Staatsbürgerschaft erhielten, war das Erste, was sie mit ihrem Entlassungsgeld taten, dass sie den nächstgelegenen Sklavenmarkt aufsuchten und sich eine Frau kauften. Die Prostituierte hatte sich hingehockt, hob die verstreuten Kleidungsstücke auf, faltete sie zusammen und legte sie in die Truhe. Und vielleicht war das ein Punkt zu Exomnius' Gunsten, dachte er, dass er sich für sie entschieden hatte und nicht für eine Jüngere und Hübschere. Möglicherweise hatte er jedoch auch gelogen und nie die Absicht gehabt, ihretwegen zurückzukommen. Wie auch immer: Die gemeinsame Zukunft mit ihrem Hauptkunden hatte sich mehr oder weniger in Luft aufgelöst.

»Er hatte das Geld, nicht wahr? Genug Geld, um dich zu kaufen? Nur, wenn man dieses Zimmer sieht, kann man es kaum glauben.«

»Nicht *hier.*« Sie setzte sich auf die Hacken und schaute verächtlich zu ihm auf. »*Hier* Geld nicht sicher. Geld versteckt. Viel Geld. Irgendwo. Niemand es finden, er gesagt. Niemand.«

»Jedenfalls sieht es so aus, als hätte jemand es gesucht.«

»Geld nicht hier.«

Sie war sich ihrer Sache sicher und er dachte: Ja, ich wette, du hast das Zimmer oft genug selbst durchsucht, wenn er nicht in der Nähe war. »Er hat dir wohl nicht gesagt, wo er es versteckt hat?«

Sie starrte ihn an. Ihr zinnoberfarbener Mund stand weit offen und plötzlich senkte sie den Kopf. Ihre Schultern bebten. Anfangs dachte er, sie weinte, aber als sie den Kopf hob, sah er, dass ihr Lachtränen in den Augen standen. »Nein!« Sie schaukelte vor und zurück. Ihre Vergnügtheit ließ sie fast mädchenhaft aussehen. Sie klatschte in die Hände. Das war das Komischste, das sie je gehört hatte, und er musste ihr beipflichten: Der Gedanke, dass Exomnius einer von Africanus' Huren anvertraute, wo er sein Geld versteckt hatte – das *war* komisch. Er lachte selbst, dann schwang er die Beine vom Bett. Es hatte keinen Sinn, hier noch mehr Zeit zu vergeuden.

Auf dem Treppenabsatz warf er einen Blick zurück. Sie hockte in ihrem geschlitzten Kleid immer noch auf den Hacken und drückte eine von Exomnius' Tuniken an ihr Gesicht.

Attilius eilte auf dem Weg, den er gekommen war, zurück durch die düstere Nebenstraße und er dachte, das muss Exomnius' gewöhnlicher Weg von dem Bordell zum Castellum aquae gewesen sein. Das muss er gesehen haben, wann immer er hierher kam – die Huren und die Betrunkenen, die Urinpfützen und das zu Krusten gebrannte Erbrochene in der Gosse, die Schmierereien an den Mauern, die kleinen Priapus-Statuen neben den Hauseingängen, mit riesigen Penissen, an deren Enden Glöckchen zur Abwehr des Bösen bimmelten. Und woran dachte Exomnius, als er diesen Weg zum letzten Mal ging? An Smyrina? An

Ampliatus? An die Sicherheit seines versteckten Geldes?

Er hatte das Gefühl, verfolgt zu werden, und schaute über die Schulter zurück, aber niemand schenkte ihm irgendwelche Aufmerksamkeit. Dennoch war Attilius froh, als er die breite Hauptstraße und die Sicherheit ihrer gleißenden Helle erreicht hatte.

Die Stadt war nach wie vor wesentlich stiller, als sie es am Morgen gewesen war, weil die Sonnenhitze die meisten Menschen von den Straßen fern hielt, und er kam auf seinem Weg hinauf zum Vesuvius-Tor schnell voran. Als er sich dem kleinen Platz vor dem Castellum aquae näherte, konnte er die Ochsen und die mit Material und Werkzeug beladenen Karren sehen. Ein paar Männer lagerten vor einer Schenke auf der Erde und lachten über etwas. Das Pferd, das er gemietet hatte, war an einen Pfahl angebunden. Und hier war Polites – der getreue Polites, der vertrauenswürdigste Mann seiner Truppe –, der auf ihn zukam.

»Du warst lange fort, Aquarius.«

Attilius ignorierte den vorwurfsvollen Ton. »Jetzt bin ich jedenfalls hier. Wo ist Musa?«

»Noch nicht gekommen.«

»Was?« Er fluchte und schirmte die Augen mit der Hand ab, um den Sonnenstand zu erkennen.

Es musste vier – nein, sogar fast fünf – Stunden her sein, seit die anderen losgeritten waren. Er hatte damit gerechnet, jetzt eine Nachricht vorzufinden. »Wie viele Männer haben wir?«

»Zwölf.« Polites rieb sich unbehaglich die Hände.

»Was ist los mit dir?«

»Sie sind ein ziemlich rauer Haufen, Aquarius.«

»Tatsächlich? Nun, mir ist es gleich, wie sie sich benehmen. Solange sie anständig arbeiten können.«

»Sie trinken seit einer Stunde.«

»Dann wird es Zeit, dass sie damit aufhören.«

Attilius ging über den Platz zu der Schenke. Ampliatus hatte ihm ein Dutzend seiner kräftigsten Sklaven versprochen und wieder hatte er mehr als sein Wort gehalten. Es sah aus, als hätte er einen Trupp Gladiatoren geliefert. Ein Krug Wein wurde herumgereicht, von einem Paar tätowierter Arme zum nächsten, und um sich die Zeit zu vertreiben, hatten sie Tiro aus dem Castellum geholt und spielten mit ihm. Einer von ihnen hatte dem Wassersklaven die Filzkappe vom Kopf gerissen und jedes Mal, wenn der Blinde sich hilflos in die Richtung drehte, in der er sie vermutete, wurde sie einem anderen zugeworfen.

»Schluss damit«, sagte Attilius. »Lasst den Jungen in Ruhe.« Niemand beachtete ihn. Er hob seine Stimme. »Ich bin Marcus Attilius, der Aquarius der Aqua Augusta, und ihr untersteht jetzt meinem Befehl.« Er griff nach Tiros Kappe und gab sie dem Jungen zurück. »Geh zurück ins Castellum, Tiro.« Und dann, an den Sklaventrupp: »Ihr habt genug getrunken. Wir brechen auf.«

Der Mann, der mit dem Wein an der Reihe war, warf Attilius einen gelangweilten Blick zu. Er hob den Tonkrug an den Mund, legte den Kopf zurück und trank. Wein tröpfelte an seinem Kinn herunter und auf seine Brust. Er wurde mit Beifall bedacht und Attilius spürte, dass er wütend wurde. Eine so schwere Lehrzeit durchzumachen, zu bauen und zu arbeiten, so viel Können und Einfallsreichtum auf die Aquädukte zu verwenden – und das alles nur, um Kerle wie diese mit Wasser zu versorgen! Mitten in einem von Mücken wimmelnden Sumpf wären sie besser aufgehoben. »Wer ist euer Vorgesetzter?«

Der Trinker senkte den Krug. »Unser Vorgesetzter?«, höhnte er. »Wo sind wir denn hier? Bei den Scheißsoldaten?«

»Du bist betrunken«, sagte Attilius ruhig. »Und zweifellos stärker als ich. Aber ich bin nüchtern und ich habe es eilig. Und jetzt beweg dich.« Er holte mit dem Fuß aus, traf den Krug und schlug ihn dem Trinker aus den Händen. Er flog davon und landete auf der Seite, wo er unzerbrochen liegen blieb und sich auf die Steine entleerte. Einen Augenblick lang war das Gluckern des Weins das einzige Geräusch und dann brach hektische Aktivität aus – die Männer sprangen auf und brüllten, der Trinker sprang vor, ganz offensichtlich in der Absicht, seine Zähne in Attilius' Bein zu schlagen. Plötzlich drang durch diesen Aufruhr eine Stimme, die lauter war als alle anderen – »Aufhören!« –, und ein riesiger Mann, über sechs Fuß groß, kam über den Platz gerannt und stellte sich zwischen Attilius und die anderen. Er breitete die Arme aus, um sie zurückzuhalten.

»Ich bin Brebix. Ein Freigelassener.« Er hatte einen groben, schaufelförmig gestutzten Bart. »Wenn irgendjemand ihr Vorgesetzter ist, dann bin ich es.«

»Brebix.« Attilius nickte. An diesen Namen würde er sich erinnern. Der Mann, das sah er, war tatsächlich ein Gladiator, vielmehr ein ehemaliger Gladiator. Er hatte das Brandmal seiner Truppe auf dem Arm, eine bissbereite Schlange. »Du hättest schon vor einer Stunde hier sein sollen. Sag diesen Männern, wenn sie sich über etwas beschweren wollen, sollen sie sich an Ampliatus wenden. Sag ihnen, dass niemand mitzukommen braucht, aber jeder, der hier bleibt, wird sich dafür vor seinem Herrn zu verantworten haben. Und jetzt bringt diese Karren durch das Tor. Ich warte außerhalb der Stadtmauer auf euch.«

Er wandte sich ab und die Männer aus den anderen Schenken, die in der Hoffnung auf eine Schlägerei auf den Platz geströmt waren, traten beiseite, um ihn durchzulassen. Attilius zitterte und musste die Fäuste ballen, damit man es nicht sah. »Polites!«, rief er.

»Ja?« Der Sklave bahnte sich seinen Weg durch die Menschenmenge.

»Hol mir mein Pferd. Wir haben hier genug Zeit vergeudet.«

Polites warf einen ängstlichen Blick auf Brebix, der jetzt den widerstrebenden Trupp zu den Karren führte. »Diese Männer, Aquarius – ich traue ihnen nicht.«

»Ich auch nicht. Aber was können wir tun? Und nun hol mir mein Pferd. Wir werden Musa auf der Straße begegnen.«

Als Polites davoneilte, schaute Attilius den Hügel hinunter. Pompeji war kein Badeort, es glich eher einer Grenzgarnison: eine Stadt der Glücksritter, die Ampliatus nach seinen Vorstellungen wieder aufbaute. Es würde Attilius nichts ausmachen, wenn er sie niemals wiedersähe – von Corelia abgesehen. Er fragte sich, was sie jetzt tun mochte, aber sobald vor seinem inneren Auge das Bild auftauchte, wie sie in dem Schwimmbecken auf ihn zugewatet war, zwang er sich, es zu verbannen. Sieh zu, dass du von hier fortkommst, dass du die Augusta erreichst und das Wasser wieder zum Laufen bringst, und kehre dann nach Misenum zurück, überprüfe die Unterlagen des Aquädukts und versuche herauszufinden, was Exomnius angestellt hat. Das waren seine vorrangigen Aufgaben. An irgendetwas anderes zu denken wäre Torheit.

Tiro hockte im Schatten des Castellum aquae und Attilius war im Begriff, die Hand zu einem Abschiedsgruß zu erheben, bis er diese flackernden, blicklosen Augen sah.

Die öffentliche Sonnenuhr zeigte an, dass die neunte Stunde bereits weit fortgeschritten war, als Attilius durch das lang gestreckte Gewölbe des Vesuvius-Tors ritt. Das Klappern der Hufe hallte so laut auf den Steinen wider, als wäre eine kleine Abteilung Reiterei unterwegs. Der Zöllner reckte den Kopf aus seinem Häuschen, um zu sehen, was vorging, dann gähnte er und wandte sich ab.

Der Wasserbaumeister war nie der geborene Reiter gewesen, aber jetzt war er froh, dass er zu

Pferde saß. Das verlieh ihm Höhe und er war auf jeden Vorteil angewiesen, den er bekommen konnte. Als er zu Brebix und seinen Männern hinübertrabte, waren sie gezwungen, zu ihm aufzuschauen und dabei die Augen gegen das Gleißen der Sonne zusammenzukneifen.

»Wir folgen dem Verlauf des Aquädukts in Richtung Vesuv«, sagte er. Das Pferd schwenkte herum und er musste über die Schulter rufen: »Und keine Trödelei. Ich will, dass wir vor Einbruch der Dunkelheit an Ort und Stelle sind.«

»Und wo ist das?«

»Das weiß ich noch nicht. Wir werden es wissen, sobald wir angekommen sind.«

Diese vage Antwort löste unter den Männern ein unbehagliches Raunen aus – wer konnte ihnen daraus einen Vorwurf machen? Er hätte selbst gern gewusst, wohin sie unterwegs waren. Verdammter Musa! Er brachte sein Pferd wieder unter Kontrolle und richtete es auf das offene Land aus. Einen Moment lang erhob er sich aus dem Sattel, um den Verlauf der Straße jenseits der Nekropole sehen zu können. Sie lief genau auf den Berg zu, durch Felder mit Olivenbäumen und Getreide, die mit niedrigen Steinmauern und Gräben sauber abgegrenzt waren: Es war Land, das Jahrzehnte zuvor entlassenen Legionären zugeteilt worden war.

Auf der gepflasterten Straße herrschte kaum Verkehr – ein oder zwei Karren, ein paar Fußgänger. Keinerlei Anzeichen für eine Staubwolke, wie sie ein galoppierender Reiter aufgeworfen hätte. Verdammt, verdammt …

Brebix sagte: »Einige der Jungs sind nicht scharf darauf, sich nach Einbruch der Dunkelheit in der Nähe des Vesuv aufhalten zu müssen.«

»Weshalb?«

Ein Mann rief: »Die Riesen!«

»Riesen?«

Brebix sagte, fast entschuldigend: »Es sind Riesen gesehen worden, Aquarius, viel größer als jeder Mensch, die Tag und Nacht über die Erde wandern. Manchmal fliegen sie durch die Luft. Ihre Stimmen hören sich an wie Donnerschläge.«

»Nun, vielleicht sind es Donnerschläge«, sagte Attilius. »Hast du daran schon gedacht? Es kann auch ohne Regen donnern.«

»Ja, aber dieses Donnern ist nie in der Luft. Es ist auf der Erde oder sogar darunter.«

»Also das ist der Grund dafür, weshalb ihr trinkt?« Attilius zwang sich zu einem Lachen. »Weil ihr Angst habt, euch nach Einbruch der Dunkelheit außerhalb der Stadtmauern aufzuhalten? Und du warst Gladiator, Brebix? Ich bin nur froh, dass ich nie Geld auf dich gesetzt habe! Oder hat deine Truppe immer nur gegen blinde Jungen gekämpft?« Brebix begann zu fluchen, aber der Wasserbaumeister wandte sich über seinen Kopf hinweg an den Arbeitstrupp. »Ich habe euren Herrn gebeten, mir Männer zu leihen, nicht Frauen! Und jetzt haben wir lange genug diskutiert! Wir müssen vor Anbruch der Dunkelheit fünf Meilen hinter uns bringen. Vielleicht sogar zehn. Und jetzt treibt eure Ochsen an und folgt mir.«

Er bohrte die Hacken in die Flanken des Pferdes und es fiel auf dem Pfad, der zwischen den Grabmälern hindurchführte, in einen langsamen Trab. Zur Feier des Vulkan-Festes waren auf einigen Gräbern Blumen und kleine Speiseopfer abgelegt worden. Im Schatten der Zypressen hielten ein paar Leute ein Picknick ab. Kleine schwarze Echsen huschten über die Steingewölbe; sie erweckten den Anschein sich verbreiternder Risse. Er schaute nicht zurück. Die Männer würden ihm folgen, da war er sich sicher. Er hatte sie dazu angestachelt und außerdem hatten sie Angst vor Ampliatus.

Am Rande des Friedhofs zog er die Zügel an und wartete, bis er das Poltern der Karren hörte, die über die Steine rumpelten. Es waren grob gezimmerte Bauernkarren – die Achsen drehten sich mit den Rädern, die nicht mehr waren als ungefähr einen Fuß dicke Baumscheiben. Ihr Rumpeln war noch in einer Meile Entfernung zu hören. Zuerst passierten ihn die Ochsen mit gesenkten Köpfen; jedes Gespann wurde von einem Mann mit einem Stock geführt. Dann folgten die schwerfälligen Karren und schließlich der Rest des Arbeitstrupps. Er zählte die Männer. Sie waren alle da, einschließlich Brebix. Die Markierungssteine des Aquädukts am Straßenrand, alle hundert Schritte einer, verschwammen in der Ferne. Genau in der Mitte zwischen ihnen befanden sich die runden Steinabdeckungen der Öffnungen, durch die man in den Tunnel einsteigen und ihn inspizieren konnte. Die Regelmäßigkeit und Präzision flößten dem Wasserbaumeister ein flüchtiges Gefühl der Zuversicht ein. Zumindest wusste er, wie das funktionierte.

Er trieb sein Pferd an.

Eine Stunde später, als sich die Nachmittagssonne langsam dem Golf entgegensenkte, hatten sie die Ebene zur Hälfte hinter sich gebracht. Sie waren von schmalen, von der Sonne versengten Feldern und knochentrockenen Gräben umgeben, die ockerfarbenen Mauern und Wachtürme von Pompeji lösten sich im Staub hinter ihren Rücken auf. Unerbittlich lenkte die Linie des Aquädukts sie voran, der blaugrauen Pyramide des Vesuv entgegen, der immer massiger vor ihnen aufragte.

Hora duodecima

[18.47 Uhr]

»Während komprimiertes Gestein extrem stark ist, ist es unter Spannung sehr schwach (mit Stärken von etwa 1,5 × 10^7 Bar). Deshalb kann die Stärke des Gesteins, das eine abkühlende und Blasen bildende Magmamasse abdeckt, schon lange vor der Verfestigung des Magmas übertroffen werden. Sobald das geschieht, kommt es zu einer explosionsartigen Eruption.«

Volcanoes: A Planetary Perspective

Plinius hatte den ganzen Tag über die Häufigkeit der Beben registriert – genauer gesagt, sein Sekretär Alexion hatte es für ihn getan. Der Gelehrte saß am Tisch in der Bibliothek des Befehlshabers, auf der einen Seite die Wasseruhr, auf der anderen den Weinpokal.

Die Tatsache, dass Feiertag war, spielte für Plinius keine Rolle. Er arbeitete ohne Rücksicht auf den jeweiligen Tag. Nur einmal hatte er seine Lektüre und seine Diktate unterbrochen, als er sich am Vormittag von seinen Gästen verabschiedet und darauf bestanden hatte, sie zum Hafen hinunterzubegleiten und sie abfahren zu sehen. Lucius Pomponianus und Livia wollten nach Stabiae am anderen Ufer des Golfs und es war vereinbart worden, dass sie Rectina mitnahmen und bei der Villa Calpurnia in Herculaneum absetzten. Pedius Cascus würde, ohne seine Frau, an Bord einer voll bemannten Liburne zu einer Ratssitzung mit dem Kaiser nach Rom aufbrechen. Alte, liebe Freunde! Plinius hatte sie herzlich umarmt. Gewiss, Pomponianus konnte den Narren spielen, aber sein Vater, der große Pomponius Secundus, war Plinius' Förderer gewesen und er empfand der Familie gegenüber eine Ehrenschuld. Und was Pedius und Rectina anging – ihre Großzügigkeit ihm gegenüber war grenzenlos gewesen. Außerhalb von Rom lebend, wäre es ohne den Zugang zu ihrer Bibliothek fast unmöglich gewesen, die *Historia naturalis* zu vollenden.

Kurz bevor Pedius an Bord ging, hatte er seinen Arm ergriffen. »Ich wollte es vor den anderen nicht erwähnen, Plinius, aber bist du sicher, dass mit dir alles in Ordnung ist?«

»Ich bin zu dick«, schnaufte Plinius, »das ist alles.«

»Was sagen deine Ärzte?«

»Ärzte? Ich lasse keinen dieser griechischen Scharlatane in meine Nähe. Nur Ärzte können einen Mann ungestraft ermorden.«

»Aber sieh dich an, Mann – dein Herz …«

»›Bei Erkrankungen des Herzens besteht die einzige Hoffnung auf Besserung eindeutig in Wein.‹ Du solltest mein Buch lesen. Und das, mein lieber Pedius, ist eine Medizin, die ich mir selbst verabreichen kann.«

Der Senator musterte ihn und sagte grimmig: »Der Kaiser macht sich Sorgen um dich.«

Das versetzte Plinius einen Stich. Er gehörte selbst dem kaiserlichen Rat an. Warum war er nicht zu dieser Sitzung eingeladen worden, zu der Pedius jetzt eilte? »Was willst du damit andeuten? Dass er glaubt, ich wäre zu nichts mehr nütze?«

Pedius sagte nichts – ein Nichts, das alles sagte. Er breitete plötzlich die Arme aus und Plinius beugte sich vor, drückte ihn an sich und klopfte dem Senator mit seiner fleischigen Hand auf den Rücken. »Gib auf dich Acht, alter Freund.«

»Du auch.«

Als sich Plinius aus der Umarmung löste, stellte

er zu seiner Beschämung fest, dass seine Wangen feucht waren. Er blieb auf dem Kai, schaute den Schiffen nach, bis er sie nicht mehr sehen konnte. Das schien alles zu sein, was er in letzter Zeit tat: anderen Leuten nachschauen.

Das Gespräch mit Pedius hatte ihn den ganzen Tag verfolgt, während er auf der Terrasse hin und her watschelte und von Zeit zu Zeit die Bibliothek betrat, um Alexions ordentliche Zahlenkolonnen zu inspizieren. *»Der Kaiser macht sich Sorgen um dich.«* Der Satz verschwand so wenig wie die Schmerzen in seiner Seite.

Er flüchtete sich, wie immer, in seine Beobachtungen. Die Zahl der *harmonischen Episoden*, wie er sie nannte, war ständig gestiegen. Fünf in der ersten Stunde, sieben in der zweiten, acht in der dritten und so weiter. Noch auffälliger war ihre wachsende Dauer gewesen. Zu Beginn des Tages war sie zu kurz, um messbar zu sein, aber als der Nachmittag fortschritt, war Alexion imstande gewesen, sie mithilfe der Wasseruhr abzuschätzen – zuerst ein Zehntel einer Stunde, dann ein Fünftel, bis er schließlich in der ganzen elften Stunde nur ein einziges Beben registriert hatte. Der Wein bewegte sich ununterbrochen.

»Wir müssen unseren Sprachgebrauch ändern«, murmelte Plinius, über seine Schulter gebeugt. »Es geht nicht mehr an, solche Bewegungen *Episoden* zu nennen.«

Was im gleichen Verhältnis wie die Bewegungen der Erde zunahm, als wären Mensch und Natur durch ein unsichtbares Glied miteinander verbunden, waren Berichte über Unruhen in der Stadt: Schlägereien an den öffentlichen Brunnen, wo die erste Stunde der Wasserfreigabe geendet hatte, ohne dass es jedem gelungen war, seinen Krug zu füllen; ein Aufruhr vor den öffentlichen Bädern, als sie nicht wie üblich in der siebenten Stunde geöffnet wurden; eine Frau, die wegen zwei Amphoren Wasser – Wasser! – von einem Betrunkenen vor dem Augustus-Tempel erstochen worden war; und nun hieß es, dass bewaffnete Banden bei den Brunnen herumlungerten und auf eine Gelegenheit zum Kampf warteten.

Plinius war es nie schwer gefallen, Befehle zu erteilen. Das war das Wesen eines Kommandos. Er gab Anweisung, dass das abendliche Opfer an Vulkan ausfallen und dass der Holzhaufen auf dem Forum sofort abgetragen werden sollte. Eine große Menschenmenge im Dunkeln war wie eine Aufforderung zu Unruhen. Und auf jeden Fall war es zu gefährlich, ein derart großes Feuer zu entzünden, inmitten einer Stadt, in der Rohre und Brunnen trocken waren und die Dürre die

Häuser so leicht entflammbar gemacht hatten wie Zunder.

»Den Priestern wird das nicht gefallen«, sagte Antius.

Der Kommandant des Flaggschiffes hatte sich in der Bibliothek zu Plinius gesellt. Julia, Plinius' verwitwete Schwester, die ihm den Haushalt führte, war mit einem Tablett mit Austern und einem Krug Wein hereingekommen.

»Sag den Priestern, dass uns nichts anderes übrig bleibt. Ich bin sicher, dass uns Vulkan in seiner Schmiede dieses eine Mal vergeben wird.« Plinius massierte irritiert seinen Arm. Er fühlte sich taub an. »Sorge dafür, dass alle Männer außer den Wachpatrouillen ab Anbruch der Dunkelheit in ihren Unterkünften bleiben. Ich verlange eine Ausgangssperre für ganz Misenum von Vespera bis Tagesanbruch. Jeder, der auf der Straße angetroffen wird, ist zu verhaften und mit einer Geldbuße zu bestrafen. Verstanden?«

»Ja, Befehlshaber.«

»Haben wir die Schleusen im Reservoir bereits geöffnet?«

»Das dürfte gerade in diesem Moment geschehen, Befehlshaber.«

Plinius dachte nach. Einen weiteren derartigen Tag konnte er nicht riskieren. Alles hing davon ab, wie lange das Wasser vorhielt. Er fasste einen Entschluss. »Ich werde mich selbst überzeugen.«

Julia kam besorgt mit dem Tablett näher. »Ist das wirklich klug, Bruder? Du solltest essen und ruhen …«

»Nörgele nicht, Frau!« Julias Gesicht verriet Betroffenheit und er bedauerte seinen Ton sofort. Das Leben hatte sie ohnehin schon genug gebeutelt – von ihrem liederlichen Mann und seiner gemeinen Mätresse gedemütigt und dann als Witwe zurückgelassen mit einem Jungen, den sie aufziehen musste. Das brachte Plinius auf eine Idee. »Verzeih mir, Julia. Ich war zu grob zu dir. Ich werde Gaius mitnehmen, wenn dich das beruhigt.«

Auf dem Weg nach draußen rief er Alcman, seinem anderen Sekretär, zu: »Ist schon eine Antwort aus Rom gekommen?«

»Nein, Herr.«

»Der Kaiser macht sich Sorgen um dich.« Dieses Schweigen gefiel ihm nicht.

Für eine Sänfte war Plinius zu dick geworden. Er bestieg stattdessen eine Kutsche, einen Zweisitzer, in dem sich Gaius neben ihn zwängte. Neben seinem roten und korpulenten Onkel wirkte er so bleich und körperlos wie ein Gespenst. Plinius drückte liebevoll sein Knie. Er hatte den Jungen zu seinem Erben gemacht und die besten Lehrer in Rom für ihn engagiert – Quintilian für Literatur und Geschichte und Nicetes Sacerdos aus Smyrna für Rhetorik. Das kostete ihn ein Vermögen, aber sie behaupteten, der Junge sei brillant. Allerdings würde er nie einen guten Soldaten abgeben. Ihm stand ein Leben als Anwalt bevor.

Eine Eskorte von behelmten Seesoldaten marschierte beiderseits der Kutsche und bahnte ihr einen Weg durch die engen Straßen. Etliche Leute johlten. Einer spuckte aus.

»Was ist denn nun mit unserem Wasser?«

»Seht euch den fetten Kerl an! Ich wette, der braucht nicht zu dursten!«

Gaius sagte: »Soll ich die Vorhänge zuziehen, Onkel?«

»Nein, Junge. Es darf nie so aussehen, als hättest du Angst.«

Plinius wusste, dass an diesem Abend eine Menge wütender Leute unterwegs sein würde. Nicht nur hier, sondern auch in Neapolis und Nola und all den anderen Städten, zumal an einem öffentlichen Feiertag. Vielleicht bestraft uns Mutter Natur, dachte er, wegen unserer Gier und Selbstsucht. Wir foltern sie Tag und Nacht mit Eisen und Holz, Feuer und Stein. Wir schachten sie aus und kippen sie ins Meer. Wir bohren Stollen in sie hinein und zerren ihre Eingeweide heraus – und das alles nur für einen Edelstein, den jemand an seinem hübschen Finger trägt. Wer kann ihr einen Vorwurf daraus machen, wenn sie gelegentlich vor Wut bebt?

Sie fuhren am Hafen entlang. Am Brunnen hatte sich eine riesige Menschenschlange gebildet. Jeder durfte nur einen Behälter mitbringen und für Plinius war offensichtlich, dass eine Stunde niemals ausreichen würde, wenn alle ihren Anteil bekommen sollten. Diejenigen, die sich am Kopf der Schlange befunden hatten, waren bereits versorgt und eilten davon, ihre Töpfe und Pfannen umklammernd, als wären sie mit Gold gefüllt. »Wir müssen das Wasser heute Abend länger fließen lassen«, sagte er, »und darauf vertrauen, dass dieser junge Aquarius die Reparaturarbeiten wie versprochen ausführt.«

»Und wenn er es nicht tut, Onkel?«

»Dann steht morgen die halbe Stadt in Flammen.«

Sobald sie die Menge hinter sich gelassen hatten und sich auf dem Damm befanden, kam die Kutsche schneller voran. Sie rumpelte über die Holzbrücke und wurde dann wieder langsamer, als sie die Anhöhe zur Piscina mirabilis hinaufrollte. Plinius, der auf dem Sitz herumgeschüttelt wurde, hatte das Gefühl, ohnmächtig zu werden, und vielleicht wurde er es auch. Auf jeden Fall nickte er ein und wurde erst wieder wach, als sie den Hof des Reservoirs erreicht hatten und die geröteten Gesichter von einem halben Dutzend Seesoldaten passierten. Er erwiderte ihren Gruß und stieg, auf Gaius' Arm gestützt, auf unsicheren Beinen aus. Wenn mich der Kaiser von meinem Kommando absetzt, dachte er, werde ich sterben, und zwar so sicher, als wenn er einem Mann aus seiner Prätorianergarde befehlen würde, mir den Kopf abzuschlagen. Ich werde nie wieder ein Buch schreiben. Meine Lebenskraft ist dahin. Ich bin am Ende.

»Ist alles in Ordnung, Onkel?«

»Danke, Gaius, mir fehlt nichts.«

Törichter Mann!, schalt er sich selbst. Dummer, zittriger, leichtgläubiger alter Mann! Eine Bemerkung von Pedius Cascus, eine Routinesitzung des kaiserlichen Rats, zu der du nicht eingeladen worden bist, und du gehst in die Brüche. Er bestand darauf, ohne Hilfe die Stufen zum Reservoir hinunterzugehen. Das Licht verblasste und ein Sklave schritt ihnen mit einer Fackel voraus. Es war Jahre her, seit er zum letzten Mal hier unten gewesen war. Damals hatten sich die Pfeiler fast vollständig unter Wasser befunden und das Rauschen der Augusta hatte jede Unterhaltung unmöglich gemacht. Jetzt hallte es hier wider wie in einem Grabmal. Die Größe des Reservoirs war erstaunlich. Das Wasser unter seinen Füßen war so tief abgesunken, dass er es kaum erkennen konnte, bis der Sklave seine Fackel über die spiegelnde Oberfläche hielt, und dann sah er sein eigenes Gesicht, das zu ihm emporstarrte – kläglich, gebrochen. Auch das Reservoir vibrierte leicht, genau wie der Wein.

»Wie tief ist es?«

»Fünfzehn Fuß, Befehlshaber«, sagte der Sklave.

Plinius betrachtete sein Spiegelbild. »In der Welt hat es nie etwas Bemerkenswerteres gegeben«, murmelte er.

»Was sagtest du, Onkel?«

»›Wenn wir uns vorstellen, welche Wassermengen in öffentliche Gebäude, Bäder, Schwimmbecken, offene Kanäle, Privathäuser, Gärten und Landsitze fließen, und wenn wir an die Entfernungen denken, die das Wasser zurücklegen muss, bevor es uns erreicht, den Bau von Bögen, das Unterqueren von Bergen und das Anlegen ebener Strecken durch tiefe Täler, dann müssen wir zugeben, dass es in der Welt nie etwas Bemerkenswerteres gegeben hat als unsere Aquädukte.‹ Ich zitiere natürlich mich selbst. Wie gewöhnlich.« Er zog den Kopf zurück. »Lass die Hälfte des Wasser heute Abend herausfließen und den Rest am Morgen.«

»Und was dann?«

»Dann, mein lieber Gaius? Dann müssen wir hoffen, dass morgen ein besserer Tag sein wird.«

In Pompeji sollte das Feuer für Vulkan angezündet werden, sobald es dunkel war. Vorher gab es die üblichen Belustigungen auf dem Forum, angeblich von Popidius bezahlt, in Wirklichkeit aber von Ampliatus finanziert – ein Stierkampf, drei Paar miteinander kämpfende Gladiatoren, einige Boxer in griechischem Stil. Nichts Besonderes, nur eine Stunde Unterhaltung für die Wähler, während sie darauf warteten, dass die Nacht hereinbrach, es war die Art von Spektakel, die von einem Ädilen als Gegenleistung für sein Amt erwartet wurde.

Corelia tat so, als wäre sie krank.

Sie lag auf ihrem Bett, sah zu, wie die Lichtstreifen von den geschlossenen Läden langsam an der Wand hochwanderten, als die Sonne unterging, und dachte an das Gespräch, das sie mit angehört hatte, und an den Wasserbaumeister Attilius. Sie hatte bemerkt, wie er sie angesehen hatte, sowohl gestern in Misenum als auch beim Baden heute Morgen. Liebhaber, Rächer, Retter, tragisches Opfer – in ihrer Fantasie stellte sie ihn sich kurz in all diesen Rollen vor, aber stets verdrängten die brutalen Tatsachen diese Traumvorstellungen: Sie hatte ihn in den Dunstkreis ihres Vaters gebracht und jetzt hatte ihr Vater vor, ihn töten zu lassen. Und sie würde an seinem Tod schuld sein.

Sie lauschte den Geräuschen der anderen, die sich zum Aufbruch bereitmachten. Sie hörte, wie ihre Mutter nach ihr rief, und dann ihre Schritte auf der Treppe. Rasch tastete sie nach der Feder, die sie unter ihrem Kopfkissen versteckt hatte. Sie öffnete den Mund, kitzelte ihren Gaumen und erbrach geräuschvoll, und als Celsia eintrat, wischte sie sich die Lippen ab und deutete schwach auf den Inhalt der Schüssel.

Ihre Mutter setzte sich auf die Bettkante und legte Corelia die Hand auf die Stirn. »Oh, mein armes Kind. Du fühlst dich heiß an. Ich sollte nach dem Arzt schicken.«

»Erspar ihm die Mühe.« Ein Besuch von Pomponius Magonianus mit seinen Tränken und Abführmitteln war dazu angetan, jeden krank zu machen. »Ich brauche nur Schlaf. Es war dieses furchtbare, endlose Festmahl. Ich habe zu viel gegessen.«

»Aber, meine Liebe, du hast doch kaum etwas angerührt.«

»Das ist nicht wahr …«

»Still!« Ihre Mutter hob einen warnenden Finger. Jemand anders kam die Treppe herauf, mit einem schwereren Schritt, und Corelia machte sich auf eine Konfrontation mit ihrem Vater gefasst. Der würde nicht so leicht zu täuschen sein. Aber es war nur ihr Bruder, im langen weißen Gewand des Isis-Priesters. Sie konnte den Weihrauch riechen.

»Beeil dich, Corelia. Er ruft nach uns.«

Celsinus brauchte nicht zu sagen, wen er meinte.

»Sie ist krank.«

»Tatsächlich? Sie muss trotzdem mitkommen. Sonst gibt es Ärger.«

Ampliatus brüllte von unten herauf und sie fuhren beide zusammen und warfen einen Blick auf die Tür.

»Ja, kannst du es nicht versuchen, Corelia?«, sagte ihre Mutter. »Seinetwegen?«

Früher hatten die drei eine Allianz gebildet, hatten hinter seinem Rücken über ihn gelacht – seine Launen, seine Wutanfälle, seine Obsessionen. Aber damit war Schluss. Ihr häusliches Triumvirat war unter seiner erbarmunglosen Wut zerbrochen.

Sie mussten ihre Zuflucht in Überlebensstrategien suchen, jeder in seiner eigenen. Corelia hatte mit angesehen, wie sich ihre Mutter zur perfekten römischen Matrone entwickelt hatte, mit einem Schrein für Livia in ihrem Ankleidezimmer, während ihr Bruder in seinem ägyptischen Kult aufgegangen war. Und sie? Was sollte sie tun? Popidius heiraten und sich einem zweiten Herrn unterordnen? In diesem Haushalt mehr zum Sklaven werden, als Ampliatus es je gewesen war?

Sie war zu sehr ihres Vaters Tochter, um sich nicht dagegen aufzulehnen.

»Lauft hinunter, ihr beide«, sagte sie bitter. »Wenn ihr wollt, könnt ihr die Schüssel mit Erbrochenem mitnehmen und sie ihm zeigen. Aber ich gehe nicht zu diesem blöden Spektakel.« Sie drehte sich auf die Seite und mit dem Gesicht zur Wand. Von unten kam ein weiteres Brüllen.

Ihre Mutter stieß den Seufzer einer Märtyrerin aus. »Also gut. Ich werde es ihm sagen.«

Es war genau so, wie Attilius vermutet hatte. Nachdem er sie etliche Meilen direkt auf den Gipfel zugeführt hatte, schwenkte die Abzweigung des Aquädukts plötzlich nach Osten ab, gerade als das Gelände zum Vesuv hin anzusteigen begann. Das Gleiche tat die Straße und sie wandten zum ersten

Mal der See den Rücken zu und zogen landeinwärts, den weit entfernten Ausläufern des Apenninus entgegen.

Die Leitung nach Pompeji entfernte sich jetzt öfter von der Straße, folgte den Gegebenheiten des Terrains und kreuzte immer wieder ihren Weg. Attilius erfreute sich an diesen Feinheiten der Aquädukte. Die großen römischen Straßen durchbrachen die Natur in geraden Linien und duldeten keine Widerstände. Aber die Aquädukte, die ein Gefälle von einer Fingerbreite pro Elle haben mussten – mehr, und der Strom würde die Mauern bersten lassen; weniger, und das Wasser würde stagnieren –, waren gezwungen, den Konturen des Geländes zu folgen. Ihre großartigsten Bauwerke wie die dreigeschossige Bogenbrücke im Süden von Gallien, die höchste der Welt, über die der Aquädukt von Nemausus geleitet wurde, waren oft weit von menschlichen Ansiedlungen entfernt. Manchmal konnten nur die Adler, die in der warmen Luft über einem Gebirge kreisten, die wahre Majestät dessen würdigen, was Menschen vollbracht hatten.

Sie hatten das Gitterwerk der bestellten Felder hinter sich gelassen und kamen jetzt in die Weinberge, die Großgrundbesitzern gehörten. An die Stelle der baufälligen Hütten in der Ebene mit ihren angepflockten Ziegen und ihrem halben Dutzend im Sand scharrender Hühner waren hübsche, über die unteren Hänge des Berges verstreute Bauernhäuser mit rot gedeckten Dächern getreten.

Als Attilius von seinem Pferd aus den Blick über die Weinberge schweifen ließ, fühlte er sich fast benommen angesichts dieser Fülle, dieser erstaunlichen Fruchtbarkeit, selbst inmitten einer Dürre. Er hatte den falschen Beruf gewählt. Er sollte das Wasser aufgeben und zu Wein überwechseln. Die Weinstöcke hatten sich der normalen Kultivierung entzogen und sich an allen erreichbaren Mauern und Bäumen emporgerankt bis hinauf zu den höchsten Ästen und sie in üppigen Kaskaden aus Grün und Purpur überwuchert. Kleine weiße Bacchus-Gesichter, zur Abwehr des Bösen mit offenen Augen und Mündern in Marmor gemeißelt, hingen reglos in der stillen Luft und lugten zwischen den Blättern hervor wie im Hinterhalt liegende, zum Angriff bereite Truppen. Es war Erntezeit und auf den Feldern wimmelte es von Sklaven – Sklaven auf Leitern, Sklaven, die unter dem Gewicht der gefüllten Körbe auf ihrem Rücken fast zusammenbrachen. Aber wie in aller Welt, fragte er sich, konnten sie alles ernten, bevor es verfaulte?

Sie erreichten eine große, auf die Ebene hinausgehende Villa und Brebix fragte, ob sie eine Pause einlegen dürften.

»Meinetwegen. Aber keine lange.«

Attilius stieg ab und streckte seine Beine. Als er sich die Stirn abwischte, färbte der Staub seinen Handrücken grau, und als er zu trinken versuchte, stellte er fest, dass seine Lippen verkrustet waren. Polites hatte zwei Laib Brot und ein paar Würste besorgt und sie aßen hungrig. Die Wirkung von ein paar Bissen Nahrung auf einen leeren Magen war erstaunlich. Er spürte, wie seine Zuversicht mit jedem Mund voll wuchs. An solchen Orten war er immer am liebsten – nicht in irgendeiner schmutzigen Stadt, sondern draußen auf dem Land, bei den verborgenen Adern der Zivilisation unter einem ehrlichen Himmel. Ihm fiel auf, dass Brebix für sich allein dasaß, ging zu ihm, brach einen Laib Brot durch und hielt ihn ihm zusammen mit zwei Würsten hin. Ein Friedensangebot.

Brebix zögerte, dann nickte er und griff zu. Er war bis zur Taille nackt und sein Oberkörper war mit Narben übersät.

»Was für eine Art von Kämpfer warst du?«

»Rate.«

Es war lange her, seit Attilius das letzte Mal bei den Spielen gewesen war. »Kein Retiarius«, sagte er schließlich. »Ich kann mir nicht vorstellen, wie du mit einem Netz und einem Dreizack herumtanzt.«

»Damit hast du Recht.«

»Also ein Thrax. Oder vielleicht ein Murmillo.« Ein Thrax trug einen kleinen Schild und ein kurzes Krummschwert; ein Murmillo war wie ein Fußsoldat mit einem zweischneidigen Schwert und einem großen, rechteckigen Schild ausgerüstet. Die Muskeln von Brebix' linkem Arm – höchstwahrscheinlich seinem Schildarm – zeichneten sich so kraftvoll ab wie die seines rechten. »Ich würde sagen, ein Murmillo.« Brebix nickte. »Wie viele Kämpfe?«

»Dreißig.«

Attilius war beeindruckt. Es gab nicht viele Männer, die dreißig Kämpfe überlebten. »Zu welcher Truppe hast du gehört?«

»Zu der von Alleius Nigidius. Ich habe rings um den Golf herum gekämpft. Meistens in Pompeji, aber auch in Nuceria und Nola. Nachdem ich mir meine Freiheit verdient hatte, ging ich zu Ampliatus.«

»Du bist nicht Ausbilder geworden?«

Brebix sagte leise: »Ich habe genug Töten gesehen, Aquarius. Danke für das Brot.« Er stand behände auf, in einer einzigen, fließenden Bewegung, und trat zu den anderen. Es war nicht schwierig, sich ihn im Staub des Amphitheaters vorzustellen. Attilius konnte sich denken, welchem Fehler seine Gegner aufgesessen waren. Sie hatten vermutlich geglaubt, er wäre massig, langsam, unbeholfen. Aber er war so flink wie eine Katze.

Attilius trank einen weiteren Schluck. Er konnte über den ganzen Golf hinwegschauen, bis zu den Felseninseln vor Misenum – der kleinen Prochyta und dem hohen Berg von Aenaria –, und jetzt fiel ihm zum ersten Mal eine leichte Dünung des Wassers auf. Zwischen den Schiffen, die wie Eisenspäne über die gleißende, metallische See verstreut waren, waren kleine weiße Schaumkronen erschienen. Aber niemand hatte ein Segel gehisst. Das war merkwürdig, dachte er, und kaum vorstellbar, aber es war eine Tatsache: *Es wehte kein Wind.* Wellen, aber kein Wind.

Eine weitere Eigentümlichkeit der Natur, über die Plinius nachdenken mochte.

Die Sonne war gerade dabei, hinter dem Vesuv zu verschwinden. Ein Hasenadler – klein, schwarz, kraftvoll und berühmt dafür, dass er nie einen Schrei ausstößt – kreiste stumm über dem dichten Wald. Bald würden sie den Schatten erreichen, und das war gut, dachte er, denn dort würde es kühler sein, aber auch schlecht, weil es bedeutete, dass die Abenddämmerung nicht mehr fern war.

Er trank sein Wasser aus und rief den Männern zu, dass sie weiter müssten.

Stille auch in dem großen Haus.

Sie spürte immer, wenn ihr Vater es verlassen hatte. Der ganze Bau schien erleichtert aufzuatmen. Sie legte sich ihren Umhang um die Schultern und lauschte noch einmal an den Läden, bevor sie sie öffnete. Ihr Zimmer ging nach Westen hinaus. Der Himmel an der gegenüberliegenden Seite des Hofes war so rot wie das Ziegeldach und der Garten unter ihr lag im Schatten. Das Vogelhaus war noch immer mit einem Tuch abgedeckt und sie zog es herunter, damit die Vögel ein bisschen Luft bekamen. Dann – sie gab einem Impuls nach, denn der Gedanke war ihr bis zu diesem Moment nie gekommen – hob sie den Riegel an und öffnete die Tür an der Seite des Käfigs.

Sie zog sich in ihr Zimmer zurück.

Die Gewohnheiten der Gefangenschaft lassen sich nur schwer abschütteln. Es dauerte eine Weile, bis die Distelfinken die Gelegenheit erkannten. Schließlich rückte einer der Vögel, kühner als die anderen, auf seiner Stange vor und hüpfte auf die Unterkante des Türrahmens. Er legte den kleinen schwarz-roten Kopf schief und ein winziges Auge blinzelte ihr einmal zu, dann schwang er sich in die Luft. Sie hörte das Schlagen seiner Flügel und sah in der Dämmerung etwas Goldenes aufblitzen. Er flatterte über den Garten und landete auf den Firstziegeln des Nachbarhauses. Ein weiterer Vogel flatterte zur Tür und flog davon und dann noch einer. Sie wäre gern geblieben und hätte allen nachgeschaut; stattdessen schloss sie die Läden.

Sie hatte ihrer Sklavin befohlen, mit den anderen aufs Forum zu gehen. Der Gang vor ihrem Zimmer war leer und ebenso die Treppe und der Garten, in dem ihr Vater das geführt hatte, was er für ein heimliches Gespräch hielt. Rasch durchquerte sie ihn, wobei sie sich für den Fall, dass ihr jemand begegnete, dicht bei den Säulen hielt. Sie ging durch das Atrium ihres alten Hauses in Richtung Tablinum, in dem ihr Vater nach wie vor seine Geschäfte abwickelte; Tag für Tag erhob er sich in der Morgendämmerung, um seine Kunden zu begrüßen, die er entweder einzeln oder in Gruppen empfing, bis die Gerichte öffneten, dann eilte er zu weiteren Geschäften auf die Straße hinaus, mit der üblichen Schar ängstlicher Bittsteller im Gefolge. Es war ein Symbol von Ampliatus' Macht, dass der Raum nicht nur die übliche eine, sondern drei Kassetten enthielt, aus dickem Holz angefertigt, mit Messing beschlagen und mit Eisenstäben im Steinfußboden verankert.

Corelia wusste, wo er die Schlüssel aufbewahrte, denn in glücklicheren Tagen – oder war es lediglich eine List gewesen, um seinen Besuchern zu beweisen, was für ein reizender Mensch er war? – war es ihr gestattet gewesen, hereinzukommen und ihm zu Füßen zu sitzen, während er arbeitete. Sie öffnete die Schublade des kleinen Pults und da waren sie.

Der Kasten mit den Papieren befand sich in der zweiten Kassette. Sie hielt sich nicht damit auf, die kleinen Papyri zu entrollen, sondern stopfte sie einfach in die Taschen ihres Umhangs; dann verschloss sie die Kassette und legte die Schlüssel wieder an ihren Platz. Der riskanteste Teil war erledigt und sie gestattete sich ein wenig Entspannung. Für den Fall, dass sie angehalten wurde, hatte sie eine Geschichte parat – es gehe ihr wieder besser und sie habe beschlossen, sich doch ihrer Familie auf dem Forum anzuschließen. Aber niemand begegnete ihr. Sie ging über den Hof, stieg die Treppe hinunter, am Schwimmbecken mit seiner leise plätschernden Fontäne vorbei und dann durch das Speisezimmer, in dem sie dieses grässliche Mahl ertragen hatte, und um die Kolonnaden herum zum rot ausgemalten Wohnzimmer der Popidii. Bald würde sie die Herrin von alledem sein – ein fürchterlicher Gedanke.

Ein Sklave entzündete einen der Messing-Kandelaber, wich aber respektvoll an die Wand zurück, um sie vorbeizulassen. Durch einen Vorhang. Eine weitere, schmalere Treppe. Plötzlich befand sie sich in einer anderen Welt – niedrige Decken, grob verputzte Mauern, Schweißgeruch: die Unterkünfte der Sklaven. Irgendwo konnte sie zwei Männer reden hören, das Klappern von Eisentöpfen und dann, zu ihrer Erleichterung, das Wiehern eines Pferdes.

Die Ställe befanden sich am Ende des Ganges und es war, wie sie vermutet hatte: Ihr Vater hatte sich dafür entschieden, seine Gäste in Sänften auf das Forum zu befördern, und alle Pferde zurückgelassen. Sie streichelte die Nase ihres Lieblings, einer braunen Stute, und flüsterte mit ihr. Sie zu satteln war Sache der Sklaven, aber sie hatte ihnen oft genug zugesehen, um zu wissen, wie man es tat. Als sie den Ledergurt unter dem Bauch des Pferdes stramm zog, bewegte es sich ein wenig und trat gegen die Holzwand der Box. Sie hielt den Atem an, aber niemand kam.

Sie flüsterte: »Ganz ruhig, Mädchen, ich bin's. Alles in Ordnung.«

Die Stalltür öffnete sich auf eine Nebenstraße. Jedes Geräusch kam ihr erschreckend laut vor: das Klirren der Eisenstange, als sie sie anhob, das

Knarren der Angeln, das Klappern der Hufe der Stute, als sie sie auf die Straße hinausführte. Ein Mann eilte auf dem Gehsteig an der anderen Straßenseite vorbei und warf ihr einen Blick zu, blieb aber nicht stehen – vermutlich war er spät dran auf seinem Weg zu dem Opferfest. Aus der Richtung des Forums kamen Musikklänge und dann ein leises Dröhnen, das sich anhörte wie das Brechen einer Welle.

Sie schwang sich auf das Pferd. Kein schicklicher, femininer Damensitz heute Abend. Sie spreizte die Beine und nahm den Sitz eines Mannes ein. Das Gefühl grenzenloser Freiheit hätte sie fast überwältigt. Diese Straße – diese ganz gewöhnliche Straße mit ihren Schuhmacher- und Schneiderläden, die sie so oft entlanggegangen war – war zum Rand der Welt geworden. Sie wusste, wenn sie noch länger zögerte, würde die Panik von ihr Besitz ergreifen. Sie drückte die Knie in die Flanken des Pferdes und zog die Zügel an, um es nach links zu lenken, in die dem Forum entgegengesetzte Richtung. An der ersten Kreuzung bog sie abermals nach links ab. Sie hielt sich ganz bewusst an die leeren Nebenstraßen und erst, als sie glaubte, weit genug von dem Haus entfernt zu sein, um jemandem zu begegnen, den sie kannte, bog sie auf die Hauptstraße ein. Vom Forum kam eine weitere Applauswelle.

Sie ritt hügelauf, vorbei an den menschenleeren Bädern, die ihr Vater baute, vorbei am Castellum aquae und unter dem Bogen des Stadttors hindurch. Sie senkte den Kopf und zog die Kapuze ihres Umhangs weiter herunter, als sie den Zollposten passierte, und dann war sie aus Pompeji heraus und auf der Straße zum Vesuv.

Vespera

[20.00 Uhr]

»Das Eintreffen von Magma in Oberflächennähe lässt die Kammer anschwellen und bläht die Oberfläche auf.«

Encyclopedia of Volcanoes

Attilius und seine Mannschaft erreichten die Matrix, den Hauptstrang der Aqua Augusta, als der Tag zu Ende ging. Einen Moment lang beobachtete der Wasserbaumeister, wie die Sonne hinter dem großen Berg unterging, seine Umrisse scharf von einem roten Himmel abgrenzte und die Bäume aussehen ließ, als stünden sie in Flammen, dann war sie verschwunden. Aus der dunklen Ebene ragte etwas auf, das aussah wie schimmernde Haufen aus hellem Sand. Er schaute genauer hin, dann trieb er sein Pferd an und galoppierte voraus.

Um eine dachlose, ungefähr mannshohe Ziegelsteinmauer waren vier Kiespyramiden aufgetürmt worden. Es war ein Klärbecken. Attilius wusste, dass es an der Augusta mindestens ein Dutzend solcher Becken geben musste – alle drei oder vier Meilen eines, war Vitruvs Empfehlung –, Orte, an denen der Fluss des Wassers absichtlich verlangsamt wurde, damit sich Verunreinigungen absetzen konnten. Massen von kleinen Kieseln, in der Matrix rund und glatt geschliffen, mussten alle paar Wochen herausgeholt und neben dem Aquädukt aufgeschichtet werden; von dort wurden sie dann abgeholt und entweder irgendwo abgekippt oder zum Straßenbau verwendet.

Ein Klärbecken war von jeher eine bevorzugte Stelle für eine Abzweigung gewesen, und als Attilius vom Pferd stieg und näher heranging, sah er, dass das auch hier zutraf. Der Boden unter seinen Füßen fühlte sich schwammig an, die Vegetation war grüner und üppiger, das Erdreich mit Wasser durchtränkt. Wasser quoll über den gesamten Rand des Beckens und überzog das Mauerwerk mit einem schimmernden, durchscheinenden Film. Das letzte Einstiegsloch der Abzweigung nach Pompeji lag direkt vor der Mauer des Beckens.

Er stützte die Hände auf den Rand und schaute

hinein. Das Becken hatte einen Durchmesser von zwanzig Fuß und er schätzte, dass es mindestens fünfzehn Fuß tief war. Da die Sonne untergegangen war, war es zu dunkel, um den Kiesboden zu erkennen, aber er wusste, dass es dort unten drei Tunnelöffnungen geben musste – eine, durch die die Augusta hereinfloss, eine zweite, durch sie hinausfloss, und eine dritte, die Pompeji mit dem System verband. Wasser überspülte seine Finger. Er fragte sich, wann Corvinus und Becco die Schleusen in Abellinum geschlossen hatten. Mit einigem Glück würde der Strom sehr bald versiegen.

Schwere Schritte näherten sich auf dem Gelände hinter ihm. Brebix und zwei der anderen Männer kamen von den Karren herüber.

»Ist das die Stelle, Aquarius?«

»Nein, Brebix. Das ist sie noch nicht. Aber jetzt ist es nicht mehr weit. Siehst du das? Die Art, wie das Wasser heraussprudelt? Das liegt daran, dass der Hauptstrang irgendwo in der Nähe blockiert ist.« Er wischte sich die Hände an seiner Tunika ab. »Wir müssen weiter.«

Für seine Leute war das keine erfreuliche Entscheidung und sie erregte rasch noch mehr Verdruss, als sie feststellten, dass die Karren bis zu den Achsen in den Boden einsanken. Alle fluchten und die Männer brauchten ihre ganze Kraft, um Schultern und Rücken gegen die Karren zu stemmen und einen nach dem anderen auf trockeneres Gelände zu befördern. Ein halbes Dutzend der Männer stürzte hin und dann lagen sie da und dachten nicht daran, sich zu bewegen; Attilius musste herumgehen, ihnen die Hand entgegenstrecken und sie hochziehen. Sie waren erschöpft, abergläubisch, hungrig – schlimmer als eine Herde missgelaunter Maultiere.

Attilius band sein Pferd am hinteren Ende eines der Karren an, und als Brebix fragte, was das sollte, sagte er: »Ich gehe zu Fuß, wie ihr auch.« Er ergriff das Halfter des nächsten Ochsen und zerrte ihn vorwärts. Es war dieselbe Geschichte wie beim Verlassen von Pompeji. Anfangs rührte sich keiner, aber dann trotteten sie widerwillig hinter ihm her. Es ist ein natürlicher Impuls der Menschen, anderen zu folgen, dachte er, und derjenige, der am zielstrebigsten ist, wird immer den Ton angeben. Ampliatus wusste das besser als alle Menschen, denen der Wasserbaumeister je begegnet war.

Sie überquerten eine schmale Ebene zwischen höher gelegenem Gelände. Zu ihrer Linken erhob sich der Vesuv; rechts von ihnen ragten die Felsen des Apenninus wie eine Mauer auf. Die Straße hatte sich abermals vom Aquädukt entfernt und sie folgten einem Pfad, der an der Augusta entlangführte – Markierungsstein, Einstiegsloch, Markierungsstein, Einstiegsloch, immer weiter –, durch Haine mit alten Oliven- und Zitronenbäumen, unter denen es zu dunkeln begann. Außer dem Rumpeln der Karrenräder war nur wenig zu hören, nur gelegentlich klingelten Ziegenglöckchen in der Dämmerung.

Attilius ließ die Linie des Aquädukts keinen Moment aus den Augen. Aus einigen der Einstiegslöcher quoll Wasser und das war ein bedenkliches Zeichen. Wenn die Gewalt des Wassers ausreichte, um die schweren Deckel der Löcher anzuheben, dann musste der Druck gewaltig sein, was wiederum darauf hindeutete, dass das Hindernis in der Matrix ebenso gewaltig sein musste, denn sonst wäre es fortgeschwemmt worden. Wo waren Corax und Musa?

Ein ungeheurer Krach, einem Donnerschlag vergleichbar, kam aus der Richtung des Vesuv. Er schien an ihnen vorbeizurollen und wurde mit einem flachen Dröhnen von der Felswand zurückgeworfen. Die Erde bebte und die Ochsen scheuten. Instinktiv kehrten sie dem Geräusch den Rücken zu und zerrten ihn mit sich. Er bohrte die Fersen in den Pfad und es war ihm gerade halbwegs gelungen, sie zum Stehen zu bringen, als einer der Männer aufschrie und mit dem Finger zeigte. »Die Riesen!« Riesige weiße Geschöpfe, gespenstisch im Zwielicht, schienen vor ihnen aus der Erde zu wachsen, als wäre das Dach des Hades geborsten und die Geister der Toten flögen himmelwärts. Sogar Attilius spürte, wie sich ihm die Nackenhaare sträubten, und schließlich war es Brebix, der lachte und sagte: »Das sind doch nur Vögel, ihr Narren! Schaut hin!«

Vögel – gewaltige Vögel: Waren es Flamingos? – schwangen sich zu hunderten in die Luft wie ein großes weißen Laken, das flatterte, sich senkte und dann davonflog. Flamingos, dachte Attilius, Wasservögel.

In der Ferne sah er zwei Männer, die winkten.

Nero selbst hätte sich, auch wenn er ein Jahr darauf verwendet hätte, keinen schöneren künstlichen See ausdenken können als den, den die Augusta in kaum anderthalb Tagen geschaffen hatte. Eine flache Senke nördlich der Matrix hatte sich drei oder vier Fuß tief mit Wasser gefüllt. Die Oberfläche schimmerte schwach in der Dunkelheit, hier und dort von Inselchen durchbrochen, die aus dem Laub halb untergegangener Olivenbäume bestanden. Zwischen ihnen tummelten sich Wasservögel; am fernen Rand standen Flamingos.

Die Männer von Attilius' Arbeitstrupp hielten sich nicht damit auf, ihn um Erlaubnis zu bitten. Sie rissen sich die Tuniken vom Leib und rannten nackt auf das Wasser zu; ihre von der Sonne verbrannten Körper und ihre tanzenden schneeweißen Hinterteile ließen sie aussehen wie eine Herde von Antilopen, die zum abendlichen Trinken und Baden gekommen waren. Freudenschreie und das Spritzen von Wasser waren bis zu der Stelle zu hören, an der Attilius neben Musa und Corvinus stand. Er unternahm keinen Versuch, ihnen Einhalt zu gebieten. Sollten sie es genießen, solange sie konnten. Außerdem stand er vor einem neuen Geheimnis.

Corax war verschwunden.

Musa zufolge hatten er und der Aufseher den See keine zwei Stunden nach dem Verlassen von Pompeji entdeckt – das musste gegen Mittag gewesen sein – und es war genau so, wie Attilius vorhergesagt hatte: Wie konnte jemand eine Überschwemmung dieses Ausmaßes übersehen? Nach einer kurzen Inspektion des Schadens war Corax wieder auf sein Pferd gestiegen und nach Pompeji zurückgeritten, um, wie vereinbart, Bericht zu erstatten.

Attilius schob den Kiefer vor und blickte grimmig drein. »Aber das muss vor sieben oder acht

Stunden gewesen sein.« Er konnte es einfach nicht glauben. »Also heraus mit der Sprache, Musa – was ist wirklich geschehen?«

»Ich sage die Wahrheit, Aquarius. Ich schwöre es!« Musas Augen waren in scheinbar ehrlicher Bestürzung weit aufgerissen. »Ich dachte, er würde mit dir zurückkommen. Ihm muss irgendetwas passiert sein!«

Neben dem offenen Einstiegsloch hatten Musa und Corvinus ein Feuer entzündet, nicht, um sich zu wärmen – die Luft war immer noch schwülwarm –, sondern um das Böse abzuwehren. Das Holz, das sie gefunden hatten, war so trocken wie Zunder und die Flammen leuchteten hell in der Dunkelheit und spuckten Fontänen aus roten Funken aus, die zusammen mit dem Rauch hochwirbelten. Riesige weiße Falter vermischten sich mit den Ascheflocken.

»Vielleicht haben wir ihn irgendwo auf der Straße verfehlt.«

Attilius schaute zurück in die zunehmende Dunkelheit. Aber bereits während er das sagte, wusste er, dass es nicht stimmen konnte. Ein berittener Mann hätte, selbst wenn er einen anderen Weg eingeschlagen hätte, genügend Zeit gehabt, Pompeji zu erreichen, festzustellen, dass sie aufgebrochen waren, und sie einzuholen. »Das macht keinen Sinn. Außerdem habe ich klar und deutlich gesagt, dass du die Nachricht überbringen sollst, nicht Corax.«

»Das stimmt.«

»Und?«

»Er hat darauf bestanden, dass er dich holt.«

Er ist davongelaufen, dachte Attilius. Das war die naheliegendste Erklärung. Er und sein Freund Exomnius – beide hatten sich aus dem Staub gemacht.

»Dieser Ort«, sagte Musa, sich umschauend. »Ich will ganz ehrlich sein, Marcus Attilius – er ist mir unheimlich. Hast du dieses Geräusch vorhin gehört?«

»Natürlich haben wir es gehört. Das müssen sogar die Leute in Neapolis gehört haben.«

»Und warte nur ab, bis du siehst, was mit der Matrix passiert ist.«

Attilius ging zu einem der Karren und holte eine Fackel, kehrte zurück und hielt sie in die Flammen. Sie fing sofort Feuer. Die drei Männer scharten sich um die Öffnung in der Erde und wieder roch er aus der Dunkelheit aufsteigenden Schwefel. »Hol mir ein Tau«, sagte er zu Musa. »Es liegt beim Werkzeug.« Er sah Corvinus an. »Und wie ist es dir ergangen? Habt ihr die Schleusen geschlossen?«

»Ja, Aquarius. Wir hatten eine kleine Auseinandersetzung mit dem Priester, aber Becco hat ihn überzeugt.«

»Wann habt ihr es getan?«

»Um die siebente Stunde.«

Attilius massierte seine Schläfen und versuchte, sich ein Bild zu machen. In ungefähr zwei Stunden würde der Wasserstand in dem überfluteten Tunnel zu sinken beginnen. Aber wenn er Corvinus nicht sofort nach Abellinum zurückschickte, würde Becco seine Anweisungen befolgen und die Schleusen in der sechsten Nachtwache wieder öffnen. Die Zeitspanne war verdammt knapp. Sie würden es niemals schaffen.

Als Musa zurückkehrte, reichte Attilius ihm die Fackel. Er knotete ein Ende des Taus um seine Taille und setzte sich auf den Rand des offenen Einstiegslochs. Er murmelte: »Theseus im Labyrinth.«

»Wie bitte?«

»Nichts. Die Hauptsache ist, dass du das andere Ende des Taus nicht loslässt.«

Drei Fuß Erde, dachte Attilius, dann zwei Fuß Mauerwerk und sechs Fuß Nichts von der Tunneldecke bis auf den Grund. Elf Fuß insgesamt. Ich muss zusehen, dass ich gut lande. Er drehte sich um und ließ sich in den engen Schacht hinunter; seine Finger umklammerten den Rand des Lochs und einen Augenblick lang blieb er so hängen. Wie oft hatte er das schon getan? Trotzdem war in mehr als einem Jahrzehnt nie das Gefühl von Panik geschwunden, unter der Erde begraben zu sein. Es war seine geheime Angst, die er nie jemandem gestanden hatte, nicht einmal seinem Vater. Vor allem nicht seinem Vater. Er schloss die Augen, ließ sich fallen und beugte beim Landen die Knie, um den Aufprall abzumildern. Einen Augenblick lang blieb er in der Hocke, versuchte, mit dem Schwefelgestank in der Nase, sein Gleichgewicht wiederzufinden, dann tastete er vorsichtig mit den Händen herum. Der Tunnel war nur drei Fuß breit. Trockener Zement unter seinen Fingern. Dunkelheit, als er die Augen öffnete – es war so dunkel, als wenn er sie geschlossen hätte. Er stand auf, schob sich einen Schritt zurück und rief zu Musa hinauf: »Wirf mir die Fackel herunter!«

Die Flamme zuckte, als sie fiel, und einen Augenblick lang fürchtete er, sie wäre erloschen, aber als er sich nach ihrem Griff bückte, flammte sie wieder auf und beleuchtete die Wände. Der untere Teil war mit Kalk verkrustet, den das Wasser im Laufe der Jahre abgelagert hatte. Die raue, unebene Oberfläche glich eher einer Höhlenwand als etwas, das von Menschen geschaffen worden war, und er dachte, wie schnell sich die Natur zurückeroberte, was man ihr genommen hatte – Mauerwerk wurde von Regen und Frost zerkrümelt, Straßen verschwanden unter wucherndem Unkraut, Aquädukte wurden von eben dem Wasser verstopft, das zu leiten sie gebaut worden waren. Die Zivilisation war ein unerbittlicher Krieg, den der Mensch letzten Endes verlieren musste. Er kratzte mit dem Daumennagel an dem Kalk. Hier war ein weiterer Beweis für Exomnius' Faulheit. Der Kalk war fast so dick wie sein Finger. Er hätte alle zwei Jahre abgekratzt werden müssen. An diesem Abschnitt waren seit mindestens einem Jahrzehnt keine Wartungsarbeiten durchgeführt worden.

Mühsam drehte er sich in dem beengten Raum um, hielt die Fackel vor sich und versuchte, in die Dunkelheit hineinzuschauen. Er konnte nichts sehen. Jeden Schritt zählend, setzte er sich in Bewegung, und als er bei achtzehn angekommen war, entfuhr ihm ein Laut der Überraschung. Es war nicht einfach so, dass der Tunnel zur Gänze blockiert war – damit hatte er gerechnet. Vielmehr schien es, als wäre der Grund hochgetrieben worden, als hätte eine unwiderstehliche Kraft von unten auf ihn eingewirkt. Das dicke Fundament, auf dem der Tunnel ruhte, war zerbrochen, und ein Stück von ihm ragte schräg auf. Er hörte Musas gedämpften Ruf: »Kannst du es sehen?«

»Ja, ich sehe es!«

Der Tunnel verengte sich dramatisch. Er musste sich auf Hände und Knie niederlassen und vorwärts kriechen. Das Brechen des Fundaments hatte dazu geführt, dass die Wände nachgaben und die Decke einstürzte. Wasser sickerte durch eine komprimierte Masse aus Ziegelsteinen, Erde und Zementbrocken. Er kratzte mit seiner freien Hand daran, aber hier war der Schwefelgestank am stärksten und die Flamme seiner Fackel begann zu verlöschen. Rasch bewegte er sich wieder rückwärts und brachte die ganze Strecke bis zum Schacht des Einstiegslochs hinter sich. Als er aufschaute, konnte er die Gesichter von Musa und Corvinus erkennen, die sich schwach vor dem Abendhimmel abzeichneten. Er lehnte seine Fackel gegen die Tunnelwand.

»Haltet das Tau fest. Ich komme heraus.« Er löste das Seil von seiner Taille und ruckte scharf daran. Die Gesichter der beiden Männer waren verschwunden. »Fertig?«

»Ja!«

Er versuchte, nicht daran zu denken, was passieren konnte, wenn sie ihn fallen ließen. Zuerst packte er das Tau mit der rechten Hand und zog sich hoch, dann griff er mit der linken zu und zog abermals. Das Tau schwankte stark. Er schaffte es, Kopf und Schultern in den Schacht zu bringen, und einen Moment lang glaubte er, seine Kräfte würden versagen, aber dann brachte ein weiterer Zug mit jeder Hand auch seine Knie in Kontakt mit dem Schacht und er konnte seinen Rücken dagegenstemmen. Er beschloss, dass es einfacher war, wenn er das Tau losließ und sich selbst hinaufarbeitete, indem er seinen Körper mit den Knien und dann mit dem Rücken voranschob, bis seine Arme aus dem Einstiegsloch herausragten und er sich in die frische Abendluft hinauswuchten konnte.

Erschöpft lag er auf der Erde und versuchte, von Musa und Corvinus beobachtet, wieder zu Atem zu kommen. Ein voller Mond ging auf.

»Und?«, fragte Musa. »Was hältst du davon?«

Der Wasserbaumeister schüttelte den Kopf. »So etwas ist mir noch nie begegnet. Ich habe eingestürzte Decken gesehen und Erdrutsche an den Flanken von Bergen. Aber das? Es sieht so aus, als wäre ein Stück des Fundaments regelrecht angehoben worden. Das ist mir neu.«

»Corax hat genau dasselbe gesagt.«

Attilius stand auf und blickte in den Schacht

hinein. Seine Fackel brannte nach wie vor auf dem Grund. »Dieses Land«, sagte er bitter. »Eigentlich sieht es solide aus. Aber es ist nicht fester als Wasser.« Er setzte sich in Bewegung und folgte dem Verlauf der Augusta. Achtzehn Schritte zählte er ab, dann blieb er stehen. Jetzt, da er die Erde genauer betrachtete, sah er, dass sie sich leicht wölbte. Er kratzte mit dem Fuß eine Markierung in den Boden, dann ging er weiter, wieder zählend. Der gewölbte Abschnitt schien nicht sehr lang zu sein. Sechs Ellen vielleicht oder acht, das ließ sich nicht genau sagen. Er brachte eine weitere Markierung an. Links von ihm vergnügten sich Ampliatus' Männer immer noch in dem See.

Plötzlich wogte Zuversicht in ihm auf. Im Grunde war diese Blockade nicht allzu umfangreich. Je mehr er darüber nachdachte, desto unwahrscheinlicher kam es ihm vor, dass dies das Werk eines Erdbebens war, denn das hätte die Decke vermutlich auf einer langen Strecke einstürzen lassen – und *das* wäre eine Katastrophe gewesen. Aber der Schaden hier war eng begrenzt; eher so, als wäre das Land aus irgendeinem unerklärlichen Grund entlang einer schmalen Linie ein oder zwei Ellen hoch angehoben worden.

Er drehte sich im Kreis. Ja, jetzt konnte er es sehen. Die Erde hatte sich bewegt und die Matrix blockiert. Gleichzeitig hatte der Druck dieser Bewegung die Tunnelwand bersten lassen. Das Wasser hatte sich einen Ausweg gesucht und einen See gebildet. Aber wenn sie die Blockierung beseitigten und dafür sorgten, dass sich die Augusta entleerte …

In diesem Augenblick beschloss er, Corvinus nicht nach Abellinum zurückzuschicken. Er würde versuchen, die Reparatur über Nacht auszuführen. Sich dem Unmöglichen stellen: Das war römische Art! Er legte die Hände an den Mund und rief den Männern zu: »So, meine Herren. Die Bäder sind geschlossen! An die Arbeit!«

Frauen waren nur selten allein auf den öffentlichen Straßen von Campania unterwegs, und als Corelia an den ausgetrockneten, schmalen Feldern vorüberritt, auf denen Bauern ihr Tagwerk beendeten, wurde sie überall angestarrt. Selbst eine stämmige Bauersfrau, ebenso breit wie hoch und mit einer Hacke bewaffnet, wäre vermutlich davor zurückgescheut, sich um diese Tageszeit unbewaffnet hinauszuwagen. Aber eine ganz offensichtlich reiche junge Frau? Auf einem prächtigen Pferd? Das war eine verlockende Beute. Zweimal traten Männer auf die Straße und versuchten, die Zügel zu ergreifen, aber beide Male trieb sie ihr Pferd an und nach ein paar hundert Schritten gaben die Angreifer die Verfolgung auf.

Von ihrem Lauschen am Nachmittag wusste sie, welche Route der Aquarius eingeschlagen hatte. Aber was ihr in einem sonnenbeschienenen Garten ganz einfach vorgekommen war – der Leitung nach Pompeji bis zu der Stelle zu folgen, wo sie sich mit der Augusta vereinigte –, war in der Abenddämmerung ein beängstigendes Unterfangen, und als sie die Weinberge in den Ausläufern des Vesuv erreicht hatte, wünschte sie sich, sie hätte sich nicht darauf eingelassen. Es stimmte, was ihr Vater von ihr sagte – starrköpfig war sie, ungehorsam und so töricht, dass sie immer zuerst handelte und erst dann darüber nachdachte. Das waren die vertrauten Anschuldigungen, die er ihr am Vorabend in Misenum an den Kopf geworfen hatte, als sie nach dem Tod des Sklaven an Bord gingen, um nach Pompeji zurückzukehren. Doch jetzt war es zu spät zum Umkehren.

Die Arbeit war für diesen Tag beendet und Reihen von erschöpften, stummen Sklaven, an den Knöcheln aneinander gekettet, schlurften in der Dämmerung am Straßenrand dahin. Das Klirren ihrer Ketten auf den Steinen und das Klatschen der Peitsche des Aufsehers auf ihren Rücken waren die einzigen Geräusche. Corelia hatte von solchen Elenden bereits gehört, die auf den größeren Farmen in Gefängnisblöcke gepfercht wurden und sich in ein oder zwei Jahren zu Tode arbeiteten; aber aus der Nähe hatte sie sie noch nie gesehen. Gelegentlich fand ein Sklave die Kraft, die Augen vom Straßenstaub zu erheben und ihrem Blick zu begegnen; es war, als schaute man in ein Loch zur Hölle.

Dennoch dachte Corelia nicht ans Aufgeben, auch dann nicht, als der Einbruch der Dunkelheit die Straße leerte und der Verlauf des Aquädukts schwerer zu verfolgen war. Der beruhigende Anblick der Villen auf den unteren Hängen des Berges verschwand und an seine Stelle traten vereinzelte, im Dunkeln funkelnde Punkte von Fackel- und Lampenlicht. Ihr Pferd fiel in Schritt und sie schwankte im Einklang mit seinen müden Bewegungen im Sattel.

Es war heiß. Sie hatte Durst. (Natürlich hatte sie vergessen, Wasser mitzunehmen; für dergleichen pflegten die Sklaven zu sorgen.) Sie war wund gerieben, wo ihre Kleider an der verschwitzten Haut scheuerten. Nur der Gedanke an den Aquarius und die Gefahr, in der er sich befand, trieb sie weiter. Vielleicht kam sie zu spät? Vielleicht war er schon ermordet worden? Sie begann sich gerade zu fragen, ob sie ihn jemals einholen würde, als sich die schwere Luft zu verfestigen und um sie herum zu summen schien und einen Augenblick später ein lautes Krachen ertönte, das von tief im Innern des Berges zu ihrer Linken kam. Ihr Pferd stieg, schleuderte sie rückwärts und hätte sie fast abgeworfen; die Zügel glitten durch ihre verschwitzten Finger, ihre feuchten Beine fanden an seinen bebenden Flanken keinen Halt mehr. Als es wieder auf allen vieren stand und im Galopp losstürmte, konnte sie sich nur retten, indem sie die Finger in seine dichte Mähne krallte und sich eisern festhielt.

Das Pferd musste ein oder zwei Meilen galoppiert sein, und als es endlich langsamer wurde und sie imstande war, den Kopf zu heben, stellte sie fest, dass sie die Straße verlassen hatte und sich auf freiem Gelände befand. Irgendwo in der Nähe plätscherte Wasser und das Pferd musste es auch gehört oder gerochen haben, denn es machte eine Wendung und bewegte sich darauf zu. Ihr Gesicht war an den Hals des Pferdes gepresst und ihre Augen geschlossen gewesen, aber jetzt, wo sie den Kopf hob, konnte sie weiße Steinhaufen sehen und eine niedrige Ziegelsteinmauer, die einen gewaltigen Brunnen zu umschließen schien. Das Pferd senkte den Kopf, um zu trinken. Sie flüsterte mit ihm und stieg, um es nicht zu erschrecken, ganz sanft ab. Sie zitterte am ganzen Körper. Ihre Füße versanken in Schlamm. In der Ferne sah sie das Flackern eines Lagerfeuers.

Als Erstes nahm sich Attilius vor, die Trümmer zu beseitigen; keine leichte Aufgabe. Der Tunnel war so eng, dass jeweils nur ein Mann in ihm arbeiten und eine Spitzhacke und eine Schaufel schwingen konnte, und sobald ein Korb gefüllt war, musste er von Hand zu Hand weitergereicht werden, bis er auf dem Grund des Inspektionsschachtes angelangt, mit einem Tau hinaufgezogen, entleert und wieder zurückbefördert worden war; inzwischen war ein zweiter Korb beladen und auf den Weg gebracht worden.

Attilius hatte, wie es seine Art war, als Erster zur Spitzhacke gegriffen. Er riss einen Streifen von seiner Tunika ab und band ihn sich um Mund und Nase, um den Schwefelgestank zu dämpfen. Das Einhacken auf Ziegelsteine und Erde und das Einschaufeln in den Korb waren schon schlimm genug. Aber der Versuch, in dem engen Raum die Hacke zu schwingen und trotzdem die Kraft zu finden, den Zement in handliche Klumpen zu zerschlagen, glich einer Herkulesarbeit. Einige der Brocken waren so groß, dass zwei Männer sie tragen mussten, und es dauerte nicht lange, bis er sich an den Tunnelwänden die Ellbogen aufgescheuert hatte. Und was die Hitze anging, aufgestaut von der drückenden Nachtluft, den schwitzenden Leibern und den brennenden Fackeln – sie war schlimmer als die, die in den Goldminen von Hispania herrschten musste. Dennoch hatte Attilius den Eindruck, dass sie vorankamen, und das verlieh ihm zusätzliche Kraft. Er hatte die Stelle gefunden, an der die Augusta blockiert war. All seine Probleme würden gelöst sein, wenn es ihnen gelang, diese paar Ellen zu räumen.

Nach einer Weile klopfte ihm Brebix auf die Schulter und bot an, ihn abzulösen. Attilius übergab ihm dankbar die Hacke und schaute voller Ehrfurcht zu, wie der große Mann, obwohl seine Masse den Tunnel vollständig ausfüllte, die Hacke so mühelos schwang, als wäre sie ein Spielzeug. Der Wasserbaumeister zwängte sich an seinen Arbeitern vorbei und die anderen wichen zurück, um ihm Platz zu machen. Sie arbeiteten jetzt als Mannschaft, wie ein einziger Körper – auch das die römische Art. Und ob es nun die belebende Wirkung ihres Bades war oder die Erleichterung darüber, dass sie ihre Gedanken auf eine bestimmte Aufgabe richten konnten – auf jeden Fall waren die Männer wie verwandelt. Er kam zu dem Schluss, dass sie vielleicht doch keine so schlechten Kerle waren. Man konnte über Ampliatus sagen, was man wollte, zumindest wusste er, wie man einen Trupp Sklaven ausbildet. Er nahm dem Mann neben ihm – es war derjenige, dem er den Weinkrug aus den Händen geschlagen hatte – den schweren Korb ab und schleppte ihn zum nächsten Mann in der Kette.

Allmählich verlor er jedes Zeitgefühl und seine Welt verengte sich auf die paar Fuß Tunnel, die Schmerzen in seinen Armen und in seinem Rücken, die Schnitte in seinen Händen von scharfen Trümmerbrocken, das Brennen seiner aufgeschürften Ellbogen, die erstickende Hitze. Er war so versunken, dass er zuerst nicht hörte, dass Brebix ihm etwas zurief.

»Aquarius! *Aquarius!*«

»Ja?« Dicht an die Tunnelwand gedrückt, zwängte er sich an den Männern vorbei, wobei er zum ersten Mal wahrnahm, dass ihm das Wasser bis zu den Knöcheln reichte. »Was ist?«

»Sieh selbst!« Attilius nahm dem Mann hinter ihm eine Fackel ab und hielt sie dicht an die Trümmermasse. Auf den ersten Blick sah sie solide genug aus, aber dann sah er, dass überall Wasser hindurchsickerte. Winzige Bäche rannen an der Masse herunter, als wäre sie in Schweiß ausgebrochen. »Siehst du, was ich meine?« Brebix tippte mit der

Hacke darauf. »Wenn dieses Zeug nachgibt, ertrinken wir wie Ratten in einem Abwasserkanal.«

Hinter Attilius war es totenstill geworden. Die Sklaven hatten alle die Arbeit unterbrochen und hörten ihnen zu. Attilius stellte fest, dass sie bereits vier oder fünf Ellen Trümmer weggeräumt hatten. Was also war noch übrig, um dem Druck der Augusta standzuhalten? Ein paar Fuß? Er wollte nicht aufgeben. Aber er wollte auch nicht, dass sie alle ertranken.

»Also gut«, sagte er widerstrebend. »Verlasst den Tunnel.«

Das brauchte er ihnen nicht zweimal zu sagen. Sie lehnten die Fackeln an die Wände, ließen ihr Werkzeug und die Körbe fallen und reihten sich am Tau auf. Kaum war ein Mann hinaufgeklettert und seine Füße im Schacht verschwunden, hatte bereits der nächste das Tau in den Händen und hievte sich in Sicherheit. Attilius folgte Brebix, und als sie das Einstiegsloch erreicht hatten, waren sie die Einzigen, die sich noch unter der Erde befanden.

Brebix bot ihm das Tau an. Attilius aber lehnte es ab. »Nein. Du gehst. Ich bleibe hier und sehe zu, was wir sonst tun können.« Ihm wurde bewusst, dass Brebix ihn anstarrte, als hätte er den Verstand verloren. »Ich binde mir zur Sicherheit das Tau um. Wenn du oben bist, mach es von dem Karren los und lass es so locker, dass ich das Ende des Tunnels erreichen kann. Und halte es fest.«

Brebix zuckte die Achseln. »Deine Entscheidung.«

Als er sich umdrehte, um hinaufzuklettern, ergriff Attilius seinen Arm. »Hast du genügend Kraft, um mich zu halten, Brebix?«

Der Gladiator grinste. »Dich – und deine Mutter obendrein!«

Trotz seines Gewichts kletterte Brebix so behände wie ein Affe an dem Tau empor und dann war Attilius allein. Als er sich das Tau zum zweiten Mal um die Taille knotete, dachte er, dass er vielleicht tatsächlich den Verstand verloren hatte, aber es schien keine Alternative zu geben, denn bevor sich der Tunnel entleert hatte, konnten sie ihn nicht reparieren und er hatte nicht die Zeit zu warten, bis das ganze Wasser durch die Blockade gesickert war. Er ruckte an dem Tau. »Alles in Ordnung, Brebix?«

»Fertig.«

Er griff nach seiner Fackel und machte sich auf den Rückweg durch den Tunnel. Das Wasser reichte ihm jetzt bis über die Knöchel, und als er über das liegen gelassene Werkzeug und die Körbe hinwegstieg, umspülte es seine Schienbeine. Er bewegte sich langsam, damit Brebix genügend Tau nachgeben konnte, und als er die Trümmerstelle erreicht hatte, schwitzte er, woran nicht nur die Hitze, sondern auch seine Nerven schuld waren. Der Druck der Augusta war hier deutlich zu spüren. Er nahm die Fackel in die linke Hand und fing an, mit der rechten am freiliegenden Ende eines Ziegelsteins zu zerren, der sich auf gleicher Höhe wie sein Gesicht befand, bewegte ihn auf und nieder und von einer Seite zur anderen. Was er brauchte, war eine kleine Öffnung: eine kontrollierte Minderung des Drucks relativ weit oben. Anfangs rührte sich der Ziegelstein nicht von der Stelle. Dann quoll Wasser um ihn hervor und plötzlich schoss er Attilius durch die Finger, angetrieben von einem Wasserschwall, der ihn so dicht an seinem Kopf vorbeischießen ließ, dass er sein Ohr streifte.

Er stieß einen Schrei aus und sprang zurück, als sich die Umgebung des Lecks wölbte und dann zerbrach, in dem sie in Form eines V nach außen und unten zerkrümelte – das alles in einem Augenblick und dennoch so langsam, dass er jedes Stadium des Zusammenbruchs registrieren konnte –, bevor eine Wasserwand über ihn hereinbrach, ihn rückwärts schleuderte, ihm die Fackel aus der

Hand riss und ihn in Dunkelheit stürzte. Auf dem Rücken und mit dem Kopf voran schoss er unter Wasser dahin, wurde durch den Tunnel gespült; immer wieder versuchte er, auf dem glatten Verputz der Matrix irgendeinen Halt zu finden, aber da war nichts, das er greifen konnte. Die Strömung brachte ihn zum Rollen, drehte ihn auf den Bauch und er spürte einen scharfen Schmerz, als sich das Tau unter seinen Rippen straffte, ihn zusammenklappte und nach oben riss, sodass sein Rücken an der Decke entlangschrammte. Einen Augenblick glaubte er, er sei gerettet, aber das Tau wurde wieder schlaff und er stürzte erneut hinab auf den Boden des Tunnels. Weiter und weiter trug ihn die Strömung, wie ein Blatt in einer Gosse, immer weiter in die Dunkelheit hinein.

Nocte concubia

[22.07 Uhr]

»Viele Beobachter haben sich über die Tendenz von Vulkanen geäußert, bei Vollmond auszubrechen oder ihren Ausbruch zu verstärken, weil dann die durch die Gezeiten bedingten Spannungen in der Kruste am größten sind.«

Volcanology

Ampliatus hatte sich nie viel aus den Vulcanalia gemacht. Das Fest markierte den Zeitpunkt im Kalender, an dem die Nächte spürbar früher hereinbrachen und die Vormittage bei Kerzenlicht begannen: das Ende der Verheißungen des Sommers und den Anfang des langen, trübseligen Abgleitens in den Winter. Und die Zeremonie selbst war widerwärtig. Vulkan hauste in einer Höhle unter einem Berg und überzog die Erde mit verheerendem Feuer. Alle Geschöpfe hatten Angst vor ihm, nur die Fische nicht, und deshalb musste er, nach dem Prinzip, dass Götter – wie Menschen – am meisten begehren, was für sie unerreichbar ist, durch die Opferung von Fischen besänftigt werden, die man lebend auf einen brennenden Scheiterhaufen warf.

Nicht, dass Ampliatus überhaupt keine religiösen Gefühle hatte. Er schaute immer gern zu, wenn ein wohlgeformtes Tier geopfert wurde – zum Beispiel ein Stier, der gelassen auf den Altar zutrottete, wo er den Priester einen Moment lang verwirrt anstarrte; dann der unerwartete, betäubende Schlag mit dem Hammer des Gehilfen und das Aufblitzen des Messers, mit dem ihm die Kehle durchgeschnitten wurde; die Art, wie er niederstürzte, so steif wie ein Tisch, mit ausgestreckten Beinen; die Lachen von rotem, auf der Erde gerinnendem Blut; und die aus seinem Bauch hervorquellenden gelben Eingeweide, die von den Haruspices begutachtet wurden. Aber zu sehen, wie hunderte kleiner Fische von abergläubischen Leuten, die an dem heiligen Feuer vorbeizogen, in die Flammen geworfen wurden, zu beobachten, wie die silbrigen Leiber sich in der Hitze wanden und hochsprangen – daran konnte er nichts Edles finden.

In diesem Jahr geriet das Fest besonders unschön wegen der Rekordmenge von Menschen, die ein Opfer darbringen wollten. Die endlose Dürre, das Versiegen der Quellen und das Austrocknen von Brunnen, die Erdbeben, die Gespenster, die man auf dem Berg gehört und gesehen hatte: Das alles galt als Werk des Vulkan und in der Stadt herrschte viel Furcht. Ampliatus konnte sie in den geröteten, schwitzenden Gesichtern der Leute sehen, die am Rand des Forums herumschlurften und ins Feuer starrten. Die Angst in der Luft war fast greifbar.

Er hatte keinen sonderlich guten Platz. Wie es die Tradition verlangte, standen die Beherrscher der Stadt auf den Stufen des Jupiter-Tempels – die Magistrate und die Priester in der ersten Reihe, die Angehörigen des Ordo, darunter sein eigener Sohn, gleich dahinter, während Ampliatus als ehemaliger Sklave und ohne offiziellen Rang durch das Protokoll in den Hintergrund verbannt war. Nicht, dass es ihm etwas ausmachte. Im Gegenteil. Er genoss die Tatsache, dass Macht, *wahre* Macht, am besten immer im Verborgenen blühte: eine unsichtbare Gewalt, die den Leuten diese Zeremonien zugestand und dabei ihre Teilnehmer ständig manipulierte, als wären sie Marionetten. Außerdem, und das war das Beste daran, wussten die meisten Leute, dass in Wirklichkeit er, dieser Mann, der als Dritter in der zehnten Reihe stand, die Stadt regierte. Popidius und Cuspius, Holconius und Brittius – sie wussten es und er bildetete sich ein, dass sie selbst jetzt Unbehagen verspürten, wenn die Menge ihnen applaudierte. Und fast alle in der Menge wussten es auch und begegneten ihm demzufolge mit umso mehr Respekt. Er konnte sich vorstellen, wie sie nach seinem Gesicht suchten, sich anstießen und auf ihn zeigten.

»Das ist Ampliatus«, hörte er sie in Gedanken sagen, *»der die Stadt wieder aufgebaut hat, als die anderen davonrannten! Vivat Ampliatus! Vivat Ampliatus! Vivat Ampliatus!«*

Er ging vor dem Ende.

Wieder entschloss er sich, zu Fuß zu gehen, anstatt seine Sänfte zu benutzen. Er stieg die Tempelstufen zwischen den Zuschauerreihen hinab – ein Nicken hier, das leichte Drücken eines Ellbogens dort – und ging an der im Schatten liegenden Seite des Gebäudes entlang, unter dem Triumphbogen des Tiberius hindurch und auf die leere Straße. Seine Sklaven trugen seine Sänfte hinter ihm her und fungierten als Leibwächter, aber Pompeji nach Einbruch der Dunkelheit machte ihm keine Angst. Er kannte jeden Stein der Stadt, jeden Buckel und jede Vertiefung auf den Straßen, jede Häuserfront, jede Gosse. Der riesige Vollmond und hier und dort eine Straßenbeleuchtung – auch eine seiner Neuerungen – wiesen ihm den Heimweg deutlich genug. Aber es waren nicht nur die Gebäude von Pompeji, die er kannte. Es waren auch seine Bewohner und das mysteriöse Wirken seiner Seele, besonders bei Wahlen: In jedem der fünf Bezirke – Forenses, Campanienses, Salinienses, Urbulanenses, Pagani – hatte er einen Agenten; und auch auf die Handwerksgilden – die Wäscher, die Bäcker, die Fischer, die Parfümmischer, die Goldschmiede und alle anderen – hatte er Einfluss. Sogar die Hälfte der Verehrer der Isis konnte er als Stimmenblock aufbieten. Und als Belohnung dafür, dass er irgendeinem von ihm ausgewählten Tölpel den Weg ins Amt geebnet hatte, erhielt er all die Erlaubnisse und Bewilligungen, Baugenehmigungen und für ihn günstigen Urteile in der Basilica, die die unsichtbare Währung der Macht waren.

Er stieg den Hügel hinab zu seinem Haus – seinen *Häusern*, sollte er eigentlich sagen – und blieb einen Augenblick stehen, um die Abendluft zu genießen. Er liebte diese Stadt. Am frühen Morgen konnte sich die Hitze drückend anfühlen, aber in der Regel tauchte schon bald aus Richtung Capri eine dunkelblaue Dünung auf und um die vierte

Stunde wehte eine Meeresbrise über die Stadt und ließ die Blätter rascheln. Für den Rest des Tages roch Pompeji dann so süß wie ein Frühlingstag. Gewiss, wenn es so heiß und windstill war wie heute Abend, beschwerten sich die feineren Leute, dass die Stadt stank. Aber ihm war es fast lieber, wenn die Luft schwerer war – die Pferdeäpfel auf den Straßen, der Urin der Wäschereien, die Fischsoßen-Küchen unten am Hafen, der Schweiß von zwanzigtausend innerhalb der Stadtmauern zusammengepferchten Leibern. Für Ampliatus war das der Geruch des Lebens: von Arbeit, Geld, Profit …

Er ging weiter, und als er seine Haustür erreicht hatte, trat er unter die Laterne und klopfte laut. Es machte ihm immer noch Freude, durch die Tür einzutreten, die ihm als Sklave verboten gewesen war, und er belohnte den Pförtner mit einem Lächeln. Er war so gut gelaunt, dass er sich umdrehte, als er den Vorraum zur Hälfte durchquert hatte, und sagte: »Kennst du das Geheimnis eines glücklichen Lebens, Massavo?«

Der Pförtner schüttelte seinen riesigen Kopf.

»Sterben.« Ampliatus versetzte ihm einen spielerischen Schlag auf den Bauch und zuckte zusammen; es war, als schlüge man auf Holz. »Sterben und dann ins Leben zurückkehren und jeden Tag als Sieg über die Götter feiern.«

Ampliatus fürchtete sich vor nichts und niemandem. Und der Witz war, dass er bei weitem nicht so reich war, wie jedermann annahm. Die Villa in Misenum zum Beispiel – zehn Millionen Sesterzen, aber er hatte sie einfach haben müssen! – hatte er mit geliehenem Geld bezahlt, das er in erster Linie auf dieses Haus aufgenommen hatte, und auch das war mit einer Hypothek auf die Bäder bezahlt worden, welche noch nicht einmal fertig gestellt waren. Dennoch hielt Ampliatus alles irgendwie durch seine Willenskraft am Laufen, durch Gerissenheit und das Vertrauen der Öffentlichkeit, und wenn dieser Narr Lucius Popidius glaubte, er bekäme seinen alten Familiensitz zurück, sobald er Corelia geheiratet hatte – nun, er hätte einen guten Anwalt zurate ziehen sollen, bevor er die Vereinbarung unterschrieb.

Als er das von Fackeln erhellte Schwimmbecken passierte, blieb er stehen und betrachtete den Springbrunnen. Der Sprühnebel des Wassers vermischte sich mit dem Duft der Rosen, aber noch während er hinschaute, hatte er den Eindruck, dass das Wasser seine Kraft zu verlieren begann, und er dachte an den ernsthaften jungen Aquarius, der irgendwo dort draußen in der Dunkelheit versuchte, den Aquädukt zu reparieren. Er würde nicht zurückkehren. Es war ein Jammer. Sie hätten zusammen Geschäfte machen können. Aber er war ehrlich und Ampliatus' Motto war schon immer gewesen: »Mögen uns die Götter vor einem ehrlichen Mann beschützen.« Vielleicht war er sogar schon tot.

Die Schlaffheit der Fontäne begann ihn zu beunruhigen. Er dachte an die silbrigen Fische, die in den Flammen zischten und hochsprangen, und versuchte, sich die Reaktionen der Leute vorzustellen, wenn sie feststellten, dass der Aquädukt versiegte. Natürlich würden sie Vulkan die Schuld daran geben, diese abergläubischen Narren. Das hatte er nicht bedacht. In diesem Fall wäre morgen vielleicht der rechte Zeitpunkt, endlich die Prophezeiung von Biria Onomastia, der Sibylle von Pompeji, bekannt zu machen, die er in weiser Voraussicht früher im Sommer befragt hatte. Sie lebte in einem Haus in der Nähe des Amphitheaters und nachts nahm sie zwischen Rauchschwaden Verbindung mit dem alten Gott Sabazius auf, dem sie auf einem Altar mit zwei magischen Bronzehänden Schlangen opferte – eine widerliche Prozedur. Die Zeremonie hatte ihn schaudern lassen, aber die Sibylle hatte Pompeji eine erstaunliche Zukunft vorhergesagt und es würde nützlich sein, das publik werden zu lassen. Er beschloss, die Magistrate am Morgen zu sich zu bestellen. Doch fürs

Erste, während sich die anderen noch auf dem Forum befanden, hatte er Wichtigeres vor.

Sein Glied begann sich bereits zu versteifen, als er die Treppe zu den Privatgemächern der Popidii emporstieg, ein Weg, den er vor langer Zeit so oft zurückgelegt hatte, als der alte Herr ihn wie einen Hund gebraucht hatte. Welche geheimen, hektischen Paarungen hatten diese Wände im Laufe der Jahre mit angesehen, welche gestammelten Liebesworte mit angehört, als Ampliatus sich den bohrenden Fingern unterworfen und sich dem Herrn des Haushalts dargeboten hatte. Wesentlich jünger als Celsinus war er damals gewesen, sogar noch jünger als Corelia – wer war sie also, um sich über eine Ehe ohne Liebe zu beklagen? Allerdings hatte der Herr immer geflüstert, dass er ihn liebte, und vielleicht hatte er das tatsächlich getan – schließlich hatte er ihm in seinem Testament die Freiheit geschenkt. Alles, was Ampliatus geworden war, hatte seinen Ursprung in dem heißen Samen, der hier oben vergossen worden war. Das hatte er nie vergessen.

Die Schlafzimmertür war unverschlossen und er trat ein, ohne anzuklopfen. Auf dem Ankleidetisch brannte eine schwach leuchtende Öllampe. Durch die offenen Läden fiel das Licht des Mondes herein und in seinem sanften Schein sah er, dass Taedia Secunda flach ausgestreckt auf ihrem Bett lag, wie ein Leichnam auf seiner Bahre. Sie drehte den Kopf, als er erschien. Sie war nackt und mindestens sechzig Jahre alt. Ihre Perücke war über einen Holzkopf neben ihrem Bett gestülpt, einen blicklosen Beobachter dessen, was kommen würde. In früheren Zeiten war sie es gewesen, die die Befehle erteilt hatte – hier, dort, dort –, aber jetzt waren die Rollen vertauscht und er war sich nicht sicher, ob sie es so nicht noch mehr genoss, obwohl sie nie ein Wort von sich gab. Sie drehte sich stumm um, erhob sich auf Hände und Knie und bot ihm ihr knochiges, im Mondlicht bläulich schimmerndes Hinterteil dar, reglos wartend, während ihr einstiger Sklave – jetzt ihr Herr – ihr Bett bestieg.

Nachdem das Tau nachgegeben hatte, gelang es Attilius zweimal, seine Knie und Ellbogen gegen die engen Wände des Tunnels zu stemmen, um sich zwischen ihnen zu verkeilen, und zweimal schaffte er es auch, bis er vom Druck des Wassers wieder losgerissen und weitergetrieben wurde. Seine Gliedmaßen wurden schwächer, seine Lungen brannten und er hatte das Gefühl, nur noch eine Chance zu haben. Er versuchte es noch einmal und dieses Mal saß er fest, ausgebreitet wie ein

Seestern. Sein Kopf durchbrach die Wasseroberfläche und er würgte und spuckte, rang keuchend um Atem.

In der Dunkelheit hatte er keine Ahnung, wo er war oder wie weit er davongetragen worden war. Er konnte nichts hören und sehen und nichts fühlen außer dem harten Zement unter seinen Händen und Knien und dem Druck des Wassers, das ihm bis zum Hals ging und gegen seinen Körper hämmerte. Er hatte keine Ahnung, wie lange er sich anklammerte, aber allmählich wurde ihm bewusst, dass der Druck nachließ und das Wasser fiel. Als er die Luft auf seinen Schultern fühlte, wusste er, dass das Schlimmste vorüber war. Wenig später ragte auch seine Brust aus dem Wasser heraus. Vorsichtig ließ er die Wände los und versuchte, sich hinzustellen. Er schwankte in der langsamen Strömung vor und zurück und dann stand er aufrecht, wie ein Baum, der eine plötzliche Überschwemmung überlebt hat.

Sein Verstand begann wieder zu arbeiten. Das aufgestaute Wasser floss ab, und weil die Schleusen in Abellinum vor zwölf Stunden geschlossen worden waren, war nichts übrig, um es wieder aufzufüllen. Was noch vorhanden war, hatte das kaum wahrnehmbare Gefälle des Aquädukts gezähmt und verringert. Er spürte, wie etwas an seiner Leibesmitte zupfte. Das Tau schwamm hinter ihm. Er tastete in der Dunkelheit herum, zog es ein und wand es in Schlingen um seinen Arm. Als er das Ende erreicht hatte, fuhr er mit den Fingern darüber. Glatt. Nicht ausgefranst oder zerhackt. Brebix musste es einfach losgelassen haben. Warum? Plötzlich geriet er in Panik. Er musste unbedingt hier heraus. Er lehnte sich vor und begann zu waten, aber es war ein Albtraum – seine Hände tasteten sich unsichtbar für ihn in der endlosen Dunkelheit an den Wänden entlang und seine Beine brachten nicht mehr zustande als das Schlurfen eines alten Mannes. Er fühlte sich zweifach eingekerkert, vom Druck des Erdreichs rund um ihn herum und vom Gewicht des Wasser vor ihm. Seine Rippen schmerzten. Seine Schulter fühlte sich an, als wäre sie mit Feuer gebrandmarkt worden.

Plötzlich hörte er ein Platschen und dann sah er in der Ferne einen Funken Licht, der herunterfiel wie eine Sternschnuppe. Schwer atmend hörte er auf zu waten und lauschte. Rufe, ein weiteres Platschen, dann erschien eine zweite Fackel. Sie suchten nach ihm. Er vernahm einen schwachen Ruf – »Aquarius?« – und versuchte zu entscheiden, ob er antworten sollte oder nicht. War seine Angst nur eingebildet? Die Trümmerwand hatte so plötzlich und mit solcher Gewalt nachgegeben, dass kein normaler Mann die Kraft gehabt hätte, ihn zu halten. Aber Brebix verfügte über mehr als normale Kraft, und was passierte, war nicht unerwartet gekommen: Der Gladiator hätte darauf gefasst sein müssen.

»Aquarius!«

Er zögerte. Es gab keinen anderen Ausweg aus dem Tunnel, das stand fest. Er würde weitergehen und ihnen entgegentreten müssen. Aber sein Instinkt befahl ihm, seinen Argwohn nicht laut werden zu lassen. Er rief zurück: »Hier bin ich!« und stapfte durch das sinkende Wasser auf die schwankenden Lichter zu.

Sie begrüßten ihn mit einer Mischung aus Erstaunen und Respekt – alle umdrängten ihn, Brebix, Musa, der junge Polites –, denn sie waren sich sicher gewesen, dass niemand diese Flut hätte überleben können. Brebix behauptete, das Tau sei ihm durch die Finger geglitten wie eine Schlange und zum Beweis zeigte er seine Handflächen. Im Fackellicht war auf beiden eine rote Abschürfung zu sehen. Vielleicht sprach er die Wahrheit. Reuig genug hörte er sich jedenfalls an. Aber jeder Mörder würde betreten dreinschauen, dachte Attilius, wenn sein Opfer ins Leben zurückkehrte. »Soweit ich mich erinnere, Brebix, hast du gesagt, du könntest mich und meine Mutter halten.«

»Stimmt. Aber deine Mutter ist schwerer, als ich dachte.«

»Die Götter sind dir günstig gesinnt, Aquarius«, erklärte Musa. »Sie haben dir ein Geschick bestimmt.«

»Mein Geschick«, sagte Attilius, »ist es, diesen verdammten Aquädukt zu reparieren und dann nach Misenum zurückzukehren.« Er löste das Tau von seinem Bauch, nahm Polites die Fackel aus der Hand, schob sich an den Männern vorbei und richtete das Licht in den Tunnel.

Wie schnell das Wasser abfloss! Es reichte ihm nur noch bis zu den Knien. Er stellte sich vor, wie es auf seinem Weg nach Nola und den anderen Städten an ihm vorbeiwirbelte. Schließlich würde es sich seinen Weg um den ganzen Golf herum suchen, über die Arkaden nördlich von Neapolis und über den großen Bogen bei Cumae, auf dem Rücken der Halbinsel nach Misenum. Bald würde dieser Abschnitt völlig wasserfrei sein. Zurückbleiben würden nur Pfützen auf dem Boden. Was immer geschah – er hatte das Versprechen erfüllt, das er dem Befehlshaber gegeben hatte. Er hatte die Matrix frei gemacht.

An der Stelle, an der der Tunnel blockiert gewesen war, herrschte immer noch Chaos, aber die Gewalt des Wassers hatte ihnen einen großen Teil der Arbeit abgenommen. Jetzt mussten der Rest der Erde und des Gerölls fortgeschafft, ein neues Fundament geschüttet, neue Ziegelsteine gelegt und ein neuer Verputz angebracht werden – nichts Aufwändiges, nur eine provisorische Reparatur, bis sie im Herbst zurückkommen und ordentliche Arbeit leisten konnten. Es war immer noch eine Menge zu tun für eine Nacht, Arbeit, die erledigt sein musste, bevor der erste Schwall frischen Wassers sie erreichte, nachdem Becco in Abellinum die Schleusen geöffnet hatte. Attilius erklärte ihnen, was er brauchte, und Musa machte eigene Vorschläge. Wenn sie die Ziegelsteine gleich hinunterschafften, sagte er, könnten sie sie an den Wänden stapeln, damit sie griffbereit waren, wenn das Wasser abgelaufen war. Oben könnten sie sofort mit dem Anmischen des Zements beginnen. Seit Attilius die Verantwortung für den Aquädukt übernommen hatte, war dies das erste Mal, dass Musa eine Bereitschaft zur Mitarbeit erkennen ließ. Offenbar hatte ihn das Überleben des Wasserbaumeisters tief beeindruckt. Ich sollte öfter von den Toten zurückkehren, dachte Attilius.

Brebix sagte: »Wenigstens ist der Gestank verschwunden.«

Das war Attilius noch nicht aufgefallen. Er schnupperte. Es stimmte. Der durchdringende Schwefelgestank schien mit fortgespült worden zu sein. Er fragte sich, was da vorgegangen war – woher der Geruch ursprünglich gekommen war und weshalb er jetzt verschwunden war –, aber er hatte keine Zeit, lange darüber nachzudenken. Jemand rief nach ihm und er stapfte durch das Wasser zum Inspektionsschacht. Es war die Stimme von Corvinus. »Aquarius!«

»Ja?« Das Gesicht des Sklaven zeichnete sich vor einer roten Glut ab. »Was ist?«

»Ich glaube, du solltest heraufkommen und selbst sehen.« Sein Kopf verschwand wieder.

Was war nun los? Attilius ergriff das Tau und testete es vorsichtig, dann begann er zu klettern. In seinem angeschlagenen und erschöpften Zustand war es Schwerstarbeit. Langsam setzte er eine Hand über die andere, schwang sich in den engen Schacht, zog sich hoch, streckte die Arme über den Rand des Einstiegslochs und hebelte sich hinaus in die warme Abendluft.

Während er sich unter der Erde befunden hatte, war der Mond aufgegangen – riesig, voll und rot. Er glich den Sternen in diesem Teil der Welt: Wie überhaupt alles wirkte er unnatürlich und aufgebläht. Jetzt waren an der Oberfläche Anzeichen reger Betriebsamkeit zu erkennen: Haufen von dem Geröll, das sie aus dem Tunnel herausgeholt hatten, zwei große Feuer, die ihre Funken mondwärts schleuderten, in die Erde gerammte Fackeln, die für zusätzliches Licht sorgten, die herangeholten und weitgehend entladenen Karren. Im Licht des Mondes konnte er einen Schlammrand erkennen, der den flachen, jetzt fast gänzlich entleerten See umgab. Die Sklaven von Ampliatus' Arbeitstrupp lehnten an den Karren und warteten auf Befehle. Sie musterten ihn neugierig, als er sich auf die Füße mühte. Ihm wurde bewusst, dass er einen hübschen Anblick bieten musste – durchnässt und verdreckt. Er rief in den Tunnel hinein und wies Musa an, heraufzukommen und dafür zu sorgen, dass die Männer weiterarbeiteten, dann sah er sich nach Corvinus um. Er stand ungefähr dreißig Schritte entfernt, in der Nähe der Ochsen, mit dem Rücken zu dem Einstiegsloch.

Attilius rief ihn ungeduldig an.

»Was gibt es?«

Corvinus drehte sich um und statt einer Erklärung trat er beiseite und gab den Blick auf eine Gestalt in einem Kapuzenumhang hinter ihm frei. Attilius ging auf sie zu. Erst als er näher herankommen war und die fremde Person ihre Kapuze zurückschlug, erkannte er sie. Er hätte nicht verblüffter sein können, wenn Egeria, die Göttin der Wasserquellen, plötzlich im Mondlicht aufgetaucht wäre. Sein erster Gedanke war, dass sie mit ihrem Vater gekommen sein musste, und er schaute sich nach anderen Reitern, anderen Pferden um. Aber da war nur ein Pferd, das geruhsam das dünne Gras abweidete. Sie war allein, und als er sie erreicht hatte, hob er überrascht die Hände.

»Corelia – was tust du hier?«

»Sie wollte mir nicht sagen, was sie will«, warf Corvinus ein. »Sie hat gesagt, sie will nur mit dir reden.«

»Corelia?«

Sie deutete mit einem argwöhnischen Nicken auf Corvinus, legte einen Finger auf die Lippen und schüttelte den Kopf.

»Siehst du jetzt, was ich meine? Von dem Moment an, als sie gestern aufkreuzte, habe ich gewusst, dass wir durch sie nichts als Ärger bekommen …«

»Schon gut, Corvinus. Das reicht. Geh wieder an die Arbeit.«

»Aber …«

»An die Arbeit!«

Als der Sklave davontrottete, betrachtete Attilius sie genauer. Verschmutztes Gesicht, in Unordnung geratene Haare, Umhang und Kleid mit

Schmutz bespritzt. Aber es waren ihre Augen, unnatürlich groß und funkelnd, die ihn am meisten beunruhigten. Er ergriff ihre Hand. »Das ist kein Ort für dich«, sagte er leise. »Was tust du hier?«

»Ich wollte dir das hier bringen«, flüsterte sie und begann, mehrere kleine Papyrusrollen aus den Taschen ihres Umhangs zu ziehen.

Die Dokumente unterschieden sich in Alter und Zustand. Sechs waren es ingesamt, klein genug, um in die Beuge eines Arms zu passen. Attilius ergriff eine Fackel und entfernte sich zusammen mit Corelia von dem geschäftigen Treiben am Aquädukt, bis sie eine verschwiegene Stelle hinter einem der Karren erreicht hatten und das überflutete Gelände überblicken konnten. Auf dem, was von dem See noch übrig war, lag ein schwankender Streifen Mondlicht, so breit und so gerade wie eine römische Straße. Vom anderen Ende kamen das Rauschen von Flügeln und die Schreie der Wasservögel.

Er zog ihr den Umhang von den Schultern und breitete ihn auf dem Boden aus, damit sie darauf sitzen konnte. Dann rammte er den Griff der Fackel in die Erde und entrollte das älteste der Dokumente. Es war der Plan eines Abschnitts der Augusta – genau dieses Abschnitts: Pompeji, Nola und der Vesuv waren mit Tusche eingezeichnet, die von Schwarz zu Blassgrau verblichen war. Der Plan war mit dem Siegel des Göttlichen Augustus abgestempelt, als wäre er begutachtet und amtlich gutgeheißen worden. Eine Planzeichnung. Original. Mehr als ein Jahrhundert alt. Vielleicht hatte der große Marcus Agrippa sie einmal selbst in den Händen gehalten? Attilius drehte den Plan um. Ein derartiges Dokument konnte nur aus einem von zwei Orten stammen: entweder dem Archiv des Curator Aquarum in Rom oder dem der Piscina mirabilis in Misenum. Er rollte es behutsam wieder auf.

Die nächsten drei Papyri enthielten fast ausschließlich Zahlenkolonnen und er brauchte eine Weile, um einen Sinn darin zu entdecken. Der eine trug die Überschrift *Colonia Veneria Pompeianorum* und war in Jahre unterteilt – DCCCXIV, DCCCXV und so weiter; er umfasste fast zwei Jahrzehnte und war in weitere Aufzeichnungen, Zahlen und Summen unterteilt. Die Summen wuchsen ständig an, bis sie sich in dem Jahr, das am letzten Dezember geendet hatte – dem achthundertdreiunddreißigsten Roms – verdoppelt hatten. Das zweite Dokument schien auf den ersten Blick mit dem ersten identisch zu sein, bis er es genauer betrachtete und erkannte, dass sämtliche Zahlen nur ungefähr halb so groß waren wie die auf dem ersten. So war zum Beispiel die auf dem ersten Papyrus eingetragene Gesamtsumme von dreihundertzweiundfünfzigtausend auf dem zweiten auf einhundertachtundsiebzigtausend geschrumpft.

Das dritte Dokument machte einen weniger amtlichen Eindruck. Es sah aus wie die monatliche Aufzeichnung des Einkommens eines Mannes. Auch dieses enthielt Zahlen aus fast zwei Jahrzehnten und wieder stiegen die Summen allmählich an, bis sie sich nahezu verdoppelt hatten. Und es war ein gutes Einkommen – allein im letzten Jahr an die fünfzigtausend Sesterzen, insgesamt vielleicht eine Drittelmillion.

Corelia saß mit angezogenen Knien neben ihm. »Und? Was haben sie zu bedeuten?«

Attilius ließ sich Zeit mit seiner Antwort. Er fühlte sich beschmutzt: Die Schande eines Mannes war die Schande von ihnen allen. Und wer konnte sagen, wie weit sich die Verderbtheit ausgebreitet hatte? Aber dann dachte er: Nein, bis ganz nach oben, bis nach Rom kann sie nicht gedrungen sein, denn wenn Rom seine Finger im Spiel hätte, wäre Aviola nie auf die Idee gekommen, ihn nach Misenum zu schicken. »Das hier sieht aus wie die Aufzeichnung der Wassermengen, die in Pompeji tatsächlich verbraucht wurden.« Er zeigte ihr den ersten Papyrus. »Dreihundertfünfzigtausend Quinariae im letzten Jahr – das dürfte für eine Stadt von der Größe Pompejis ungefähr zutreffen. Und diese zweite Aufstellung dürfte diejenige sein, die mein Vorgänger Exomnius nach Rom geschickt hat. Dort dürfte der Unterschied nicht aufgefallen sein, zumal nach dem Erdbeben, solange sie niemanden herschickten, der es überprüfte. Und das hier« – er versuchte, sich seine Verachtung nicht anmerken zu lassen, als er das dritte Dokument schwenkte – »ist das, was dein Vater ihm gezahlt hat, damit er den Mund hält.« Sie sah ihn bestürzt an. »Wasser ist teuer«, erklärte er, »vor allem, wenn man die halbe Stadt wieder aufbaut. ›Mindestens so wertvoll wie Geld‹ – das hat dein Vater zu mir gesagt.« Zweifellos hatte es den Unterschied zwischen Profit und Verlust bedeutet. *Salve lucrum.*

Er rollte die Papyri wieder auf. Jemand musste sie aus dem schäbigen Zimmer über der Schenke gestohlen haben. Er fragte sich, warum Exomnius das Risiko eingegangen war, derart belastende Aufzeichnungen in seiner Wohnung aufzubewahren. Aber dann dachte er, dass Belastung genau das gewesen war, was Exomnius im Sinne gehabt hatte. Sie hätten ihm eine Menge Macht über Ampliatus gegeben: *Komm bloß nicht auf die Idee, dich gegen mich zu wenden – mich zum Schweigen zu bringen, mich aus dem Geschäft zu drängen oder mir mit Bloßstellung zu drohen –, denn wenn du mich ruinierst, kann ich dich gleichfalls ruinieren.*

Corelia sagte: »Und was ist mit den beiden anderen?«

Die letzten beiden Dokumente unterschieden sich so stark von den anderen, dass es aussah, als gehörten sie nicht zu ihnen. Zum einen waren sie wesentlich neuer und anstatt mit Zahlen waren sie mit Schrift bedeckt. Das erste war in Griechisch.

Der Gipfel selbst ist überwiegend flach und völlig kahl. Die Erde sieht aus wie Asche und es gibt höhlenartige Gruben im geschwärzten Gestein, die aussehen wie von Feuer genagt. Diese Gegend scheint in der Vergangenheit in Flammen gestanden zu haben, mit Kratern voller Feuer, die aus Mangel an Nahrung allmählich erloschen sind. Zweifellos ist das der Grund für die Fruchtbarkeit der Umgebung, zum Beispiel in Caetana, wo es heißt, dass die mit der Asche des Ätna vermischte Erde das Land besonders für Wein geeignet macht. Die angereicherte Erde enthält sowohl Stoffe, die brennen, als auch solche, die das Wachstum fördern. Wenn sie zu viel von der anreichernden Substanz enthält, kann sie in Brand geraten, wie es bei allen schwefelhaltigen Substanzen der Fall ist, aber wenn der Schwefel verbraucht und das Feuer erloschen ist, dann ist die Erde ascheähnlich geworden und kann für den Anbau verwendet werden.

Attilius musste den Text ins Fackellicht halten und zweimal lesen, bis er sicher war, seinen Sinn verstanden zu haben. Er reichte Corelia den Papyrus. *Der Gipfel?* Welcher Gipfel? Vermutlich der des Vesuv; einen anderen Gipfel gab es in dieser Gegend nicht. Aber hatte Exomnius – der faule, alternde, trunksüchtige, Huren liebende Exomnius – tatsächlich die Energie aufgebracht, bis zum Gipfel des Vesuv hinaufzusteigen, noch dazu während einer Dürre, und seine Eindrücke dann auf Griechisch niedergeschrieben? Das konnte er einfach nicht glauben. Und die Sprache – *»höhlenartige Gruben im geschwärzten Gestein … Fruchtbarkeit der Umgebung«* –, das hörte sich nicht an wie die Sprache eines Wasserbaumeisters. Das war zu literarisch und keineswegs die Ausdrucksweise eines Mannes wie Exomnius, der des Griechischen wahrscheinlich kaum mächtiger war als er selbst. Er musste den Text irgendwo abgeschrieben haben. Oder abgeschrieben haben lassen. Vielleicht von einem der Schreiber in der öffentlichen Bibliothek auf dem Forum.

Der letzte Papyrus war länger und auf Lateinisch. Aber der Inhalt war nicht weniger seltsam.

Lucilius, mein lieber Freund, ich habe gerade gehört, dass Pompeji, die berühmte Stadt in Campania, von einem Erdbeben verheert wurde, das auch seine Umgebung betroffen hat. Auch Teile der Stadt Herculaneum liegen in Trümmern und die Gebäude, die stehen geblieben sind, sind baufällig. Selbst in Neapolis wurden zahlreiche Privathäuser zerstört. Zu diesem Unheil kamen noch weitere: Man erzählt sich, dass eine Herde von hunderten von Schafen getötet wurde, Statuen barsten und einige Leute verloren den Verstand und wanderten herum, unfähig, sich selbst zu helfen.

Ich sagte, dass in der Nähe von Pompeji eine Herde von hunderten von Schafen starb. Es gibt keinen Grund zu der Annahme, dass die Schafe vor Angst starben. Denn man sagt, dass es nach einem Erdbeben oft zu einer Pestilenz kommt, und das ist nicht verwunderlich, denn in der Tiefe liegen viele todbringende Elemente verborgen. Die Atmosphäre dort, die wegen eines Makels in der Erde oder wegen der ewigen Dunkelheit stagniert, ist verhängnisvoll für diejenigen, die sie einatmen. Dass Schafe betroffen waren, überrascht mich nicht. Schafe sind sehr empfindlich, und da sie ihre Köpfe relativ dicht über der Er-

de tragen, waren sie der Ausdünstung der vergifteten Luft in der Nähe des Bodens ausgesetzt. Wenn diese Luft in größeren Mengen ausgetreten wäre, hätte sie auch Menschen getötet; aber das Übermaß an sauberer Luft vertrieb sie, bevor sie so hoch emporsteigen konnte, dass auch Menschen sie einatmeten.

Auch hier wirkte die Sprache zu blumig, um das Werk von Exomnius zu sein, und die Schrift kam Attilius zu professionell vor. Und außerdem – wie hätte Exomnius behaupten können, er hätte von einem Erdbeben *gehört*, das sich vor siebzehn Jahren ereignet hatte? Und wer war Lucilius? Corelia hatte sich an ihn gelehnt, um das Dokument über seine Schulter mitzulesen. Er konnte ihr Parfüm riechen, ihren Atem auf seiner Wange spüren und ihre Brust an seinem Arm fühlen. Er sagte: »Bist du sicher, dass sich diese beiden Papyri bei den anderen befanden? Könnten sie von irgendwo anders gekommen sein?«

»Sie waren in demselben Kasten. Was haben sie zu bedeuten?«

»Und du hast den Mann nicht gesehen, der deinem Vater den Kasten brachte?«

Corelia schüttelte den Kopf. »Ich konnte ihn nur hören. Sie haben über dich gesprochen. Und was sie gesagt haben, hat mich veranlasst, dich zu suchen.« Sie rückte ein wenig näher an ihn heran und senkte die Stimme. »Mein Vater hat gesagt, er will nicht, dass du von dieser Expedition lebend zurückkehrst.«

»Tatsächlich?« Attilius bemühte sich um ein Lachen. »Und was hat der andere Mann gesagt?«

»Er hat gesagt, das dürfte kein Problem sein.«

Schweigen. Er spürte, wie ihre Hand die seine berührte – ihre kühlen Finger strichen über seine offenen Schnittwunden und Abschürfungen –, und dann legte sie ihren Kopf auf seine Brust. Einen Augenblick lang gestattete er sich, zum ersten Mal seit drei Jahren, das Gefühl, die Nähe eines Frauenkörpers zu genießen.

So war es also, wenn man lebendig war. Er hatte es vergessen.

Nach einer Weile schlief sie ein. Vorsichtig, um sie nicht zu wecken, zog er seinen Arm zurück. Er verließ sie und kehrte zum Aquädukt zurück.

Die Reparaturarbeiten waren an ihrem entscheidenden Punkt angelangt. Die Sklaven waren mit dem Herausholen von Schutt fertig und hatten angefangen, Ziegelsteine hinunterzuschaffen. Attilius nickte Brebix und Musa, die dastanden und sich unterhielten, argwöhnisch zu. Beide Männer verstummten, als er herankam, und schauten an ihm vorbei auf die Stelle, an der Corelia lag, aber er nahm ihre Neugierde nicht zur Kenntnis.

Sein Denken war in Aufruhr. Dass Exomnius sich hatte bestechen lassen, war keine Überraschung – damit hatte er sich abgefunden. Und er war davon ausgegangen, dass die Unehrlichkeit seines Vorgängers sein Verschwinden erklärte. Aber diese anderen Dokumente, das griechische und dieser Auszug aus einem Brief, warfen ein völlig neues Licht auf das Geheimnis. Jetzt hatte es den Anschein, als hätte sich Exomnius Sorgen gemacht wegen der Erde, durch die die Augusta verlief – die schwefelhaltige, vergiftete Erde –, und das schon mindestens drei Wochen, bevor der Aquädukt in Mitleidenschaft gezogen worden war. Genügend Sorgen, um sich ein Exemplar des ursprünglichen Plans zu beschaffen und in der öffentlichen Bibliothek von Pompeji zu recherchieren.

Attilius starrte, in Gedanken versunken, in die Tiefe der Matrix. Er erinnerte sich an das Gespräch mit Corax in der Piscina mirabilis am gestrigen Nachmittag – *»Er kannte dieses Wasser besser als jeder andere. Er hätte das hier kommen sehen«* – und an seine eigene, unüberlegte Antwort: »Vielleicht hat er genau das getan und ist deshalb fortgelaufen.« Zum ersten Mal hatte er die Vorahnung von etwas Grauenhaftem. Er konnte sein Gefühl nicht greifbar machen. Aber es passierte zu viel, das ungewöhnlich war – die Beschädigung der Matrix, das Beben der Erde, Quellen, die in den Boden zurückrannen, die Schwefelvergiftung … Auch Exomnius hatte das gespürt.

Im Tunnel leuchtete das Feuer der Fackeln.

»Musa?«

»Ja, Aquarius?«

»Wo stammte Exomnius her?«

»Aus Sizilien, Aquarius.«

»Ja, das weiß ich. Aus welcher Gegend von Sizilien?«

»Ich glaube, aus dem Westen.« Musa runzelte die Stirn. »Aus Caetana. Warum?«

Doch der Wasserbaumeister starrte nur über die mondbeschienene Ebene auf die dunkle Masse des Vesuv und gab keine Antwort.

JUPITER

24. August

Der Tag des Ausbruchs

Hora prima

[06.20 Uhr]

»Irgendwann reagierte heißes Magma mit Grundwasser, das in den Vulkan einsickerte, und löste das erste Ereignis aus, die relativ harmlose Dampferuption, die feinkörnige graue Tephra auf die Ostflanke des Vulkans herabregnen ließ. Das geschah vermutlich in der Nacht zum oder am Morgen des 24. August.«

Volcanoes: A Planetary Perspective

Die ganze stickige Nacht hindurch, während sie bei Fackelschein arbeiteten und die Matrix reparierten, behielt er seine ständig wachsende Besorgnis für sich.

Er half Corvinus und Polites an der Oberfläche beim Anmischen des Zements in Holztrögen. Sie kippten den Ätzkalk hinein, das pulverige Puteolanum und eine winzige Menge Wasser – nicht mehr als einen Becher voll, denn das war das Geheimnis der Herstellung eines guten Zements; je trockener die Mischung, desto härter band sie ab. Dann wies er die Sklaven an, die Masse in Körben in den Tunnel hinunter zu befördern und als neues Fundament zu verstreichen. Er half Brebix beim Zertrümmern des Gerölls, das sie zuvor herausgeholt hatten, und sie betteten mehrere Schichten in das Fundament ein, um es stärker zu machen. Er war beim Zuschneiden der Planken dabei, die sie zum Verschalen der Wände und zum Kriechen über den frischen Zement brauchten. Er reichte Musa Ziegelsteine zu, der sie verlegte. Schließlich stand er beim Auftragen des Verputzes Schulter an Schulter mit Corvinus. (Und das war das zweite Geheimnis eines perfekten Zements: so hart wie möglich darauf einzuschlagen, »ihn zu hacken, als hackte man Holz«, damit auch das letzte Wasser- oder Luftbläschen herausgetrieben wurde, das sich später als Schwachstelle erweisen konnte.)

Als sich der Himmel über dem Einstiegsloch grau zu färben begann, wusste er, dass sie vermutlich genug getan hatten, um die Augusta wieder funktionsfähig zu machen. Attilius würde noch einmal herkommen müssen, um sie ordentlich zu reparieren. Aber mit ein wenig Glück würde sie fürs Erste halten. Er ging mit seiner Fackel bis zum Ende des geflickten Abschnitts und inspizierte ihn Stück für Stück. Der wasserdichte Verputz würde auch dann abbinden, wenn das Wasser wieder floss. Am Ende des ersten Tages würde er hart sein, am Ende des dritten stärker als Fels.

Wenn stärker als Fels noch irgendwelche Bedeutung hat. Aber er behielt den Gedanken für sich.

»Zement, der unter Wasser trocknet«, sagte er zu Musa. »*Das* ist wirklich ein Wunder.«

Er ließ die anderen vor ihm aussteigen. Der anbrechende Tag zeigte ihnen, dass sie ihr Lager auf unebenem, mit Steinen übersätem Weideland aufgeschlagen hatten. Im Osten sahen sie die steilen Hänge des Apenninus und eine Stadt – vermutlich Nola – wurde, fünf oder sechs Meilen entfernt, im Licht der Dämmerung gerade erkennbar. Aber der eigentliche Schock war, wie nahe sie sich beim Vesuv befanden. Er lag westlich von ihnen und nur ein paar hundert Schritte vom Aquädukt entfernt begann das Gelände anzusteigen, und zwar bis zu einem so hoch gelegenen Punkt, dass Attilius den Kopf in den Nacken legen musste, um den Gipfel sehen zu können. Was jetzt jedoch, da sich die Schatten hoben, das Beunruhigendste war, waren die grau-weißen Streifen, die auf einer seiner Flanken sichtbar wurden. Sie zeichneten sich deutlich gegen den umliegenden Wald ab, geformt wie die Spitzen von Pfeilen, die auf den Gipfel zeigten. Wenn nicht August gewesen wäre, hätte er schwören können, dass sie aus Schnee bestanden. Auch die anderen hatten sie gesehen.

»Eis?«, fragte Brebix, auf den Berg starrend. »Eis im August?«

»Hast du so etwas schon einmal gesehen, Aquarius?«, fragte Musa.

Attilius schüttelte den Kopf. Er dachte an die Beschreibung in dem griechischen Papyrus: *»Die mit der Asche des Ätna vermischte Erde macht das Land besonders für Wein geeignet.«*

»Könnte es«, sagte er zögernd, fast zu sich selbst, »könnte es vielleicht Asche sein?«

»Aber wie kann es Asche ohne Feuer geben?«, wandte Musa ein. »Und wenn es im Dunkeln ein Feuer dieser Größe gegeben hätte, dann hätten wir es doch gesehen.«

»Das stimmt.« Attilius betrachtete ihre erschöpften, verängstigten Gesichter. Überall lagen die Beweise ihrer Arbeit herum – Geröllhaufen, leere Amphoren, ausgebrannte Fackeln, geschwärzte Stellen, wo man die Nachtfeuer hatte ausbrennen lassen. Der See war verschwunden und mit ihm, wie er festellte, die Vögel. Er hatte ihr Davonfliegen nicht gehört. Über der dem Vesuv gegenüberliegenden Bergkante ging die Sonne auf. In der Luft lag eine seltsame Stille. Ihm wurde bewusst, dass kein Vogel sang. Kein morgendlicher Chor. Das würde die Auguren in hektische Betriebsamkeit versetzen. »Und du bist sicher, dass das gestern noch nicht da war, als du mit Corax angekommen bist?«

»Ja.« Musa konnte den Blick nicht vom Vesuv abwenden. Er wischte sich die Hände nervös an seiner schmutzigen Tunika ab. »Es muss letzte Nacht passiert sein. Erinnerst du dich an den Krach, der die Erde erbeben ließ? Das muss es gewesen sein. Der Berg ist geborsten und hat es ausgespien.«

Es gab ein allgemeines Murren des Unbehagens und einer der Männer rief: »Das können nur die Riesen gewesen sein!«

Attilius wischte sich den Schweiß aus den Augen. Die Luft fühlte sich schon jetzt heiß an. Ein weiterer sengender Tag stand bevor. Und da war noch etwas mehr als Hitze – eine Anspannung wie ein zu straff gespanntes Trommelfell. Spielten ihm seine Sinne einen Streich oder schien die Erde tatsächlich leicht zu vibrieren? Ein Prickeln von Angst ließ die Haare an seinem Hinterkopf hochstehen. Ätna und Vesuv – er fing an, dieselbe entsetzliche Verbindung zu sehen, die auch Exomnius erkannt haben musste.

»Also«, sagte er munter, »sehen wir zu, dass wir von hier fortkommen.« Er machte sich auf den Weg zu Corelia. »Holt alles aus dem Tunnel heraus«, rief er über seine Schulter. »Und passt auf, dass ihr nichts vergesst! Fürs Erste sind wir fertig.«

Sie schlief noch, zumindest dachte er, sie täte es. Neben dem weiter entfernt stehenden der beiden Karren lag sie auf der Seite, mit angezogenen Beinen, hatte die Hände vor die Augen gehoben und zu Fäusten geballt. Er blickte einen Moment auf sie herab und staunte über die Unvereinbarkeit ihrer Schönheit mit diesem trostlosen Ort – Egeria zwischen den schnöden Gerätschaften seines Berufs.

»Ich bin schon seit Stunden wach.« Sie drehte sich auf den Rücken und öffnete die Augen. »Seid ihr fertig?«

»Fertig genug.« Er kniete nieder und begann, die Papyri einzusammeln. »Die Männer kehren nach Pompeji zurück. Ich möchte, dass du ihnen vorausreitest. Ich werde dir einen Begleiter mitgeben.«

Sie setzte sich rasch auf. »Nein!«

Er hatte gewusst, wie sie reagieren würde. Er hatte die halbe Nacht darüber nachgedacht. Aber welche andere Wahl hatte er? Er sprach schnell. »Du musst diese Dokumente dorthin zurückbringen, wo du sie hergeholt hast. Wenn du sofort aufbrichst, müsstest du lange vor Mittag wieder in Pompeji sein. Mit etwas Glück braucht er nie zu erfahren, dass du sie genommen oder zu mir gebrachst hast.«

»Aber sie beweisen seine Korruption …«

»Nein.« Er hob die Hand, um Corelia zum Schweigen zu bringen. »Nein, das tun sie nicht. Für sich allein genommen haben sie keine Bedeutung. Ein Beweis wäre eine Aussage von Exomnius vor einem Magistrat. Aber Exomnius ist verschwunden. Ich habe weder das Geld, das dein Vater ihm gezahlt hat, noch den geringsten Hinweis darauf, dass er etwas davon ausgegeben hat. Er war sehr vorsichtig. Was die Welt angeht, war Exomnius so ehrlich wie Cato. Außerdem ist das nicht so wichtig. Die Hauptsache ist, dass du von hier fortkommst. Irgendetwas passiert mit dem Berg. Ich weiß nicht, was es ist. Exomnius hat es schon vor Wochen vermutet. Es ist, als …« Er brach ab. Er wusste nicht, wie er es in Worte fassen sollte. »Es ist, als – als würde er *lebendig*. In Pompeji wirst du sicherer sein.«

Sie schüttelte den Kopf. »Und was wirst du tun?«

»Nach Misenum zurückkehren. Dem Befehlshaber Bericht erstatten. Wenn irgendjemand einen Sinn in das hineinbringen kann, was hier passiert, dann er.«

»Sobald du allein bist, werden sie versuchen, dich zu töten.«

»Das glaube ich nicht. Wenn sie das wollten, hätten sie letzte Nacht reichlich Gelegenheit dazu gehabt. Ich werde sogar sicherer sein. Ich habe ein Pferd. Sie sind zu Fuß. Sie könnten mich nicht einholen, selbst wenn sie es versuchen würden.«

»Ich habe auch ein Pferd. Nimm mich mit.«

»Das ist unmöglich.«

»Warum? Ich kann reiten.«

Einen Augenblick lang stand ihm das Bild vor Augen, wie sie zusammen in Misenum ankamen. Die Tochter des Besitzers der Villa Hortensia, die die schäbige Unterkunft bei der Piscina mirabilis mit ihm teilte und die er versteckte, wenn Ampliatus kam, um sie zu suchen. Wie lange würden sie damit durchkommen? Einen Tag oder zwei. Und was dann? Die Gesetze der Gesellschaft waren so unbeugsam wie die Gesetze der Wasserbaukunst.

»Hör mir zu, Corelia.« Er ergriff ihre Hände. »Wenn ich irgendetwas tun könnte, um dir zu helfen, zum Lohn für das, was du für mich getan hast, würde ich es tun. Aber es wäre Wahnsinn, sich deinem Vater zu widersetzen.«

»Du verstehst nicht.« Ihr Griff um seine Finger war verzweifelt. »Ich kann nicht zurückkehren. Zwinge mich nicht dazu. Ich kann es nicht ertragen, ihn wiederzusehen oder diesen Mann zu heiraten …«

»Aber du kennst die Gesetze. Wenn es um eine Eheschließung geht, bist du ebenso das Eigentum deines Vaters wie diese Sklaven da drüben.« Was konnte er sagen? Er verabscheute seine Worte, noch während er sie aussprach. »Vielleicht wird es gar nicht so schlimm, wie du befürchtest.« Sie stöhnte, entzog ihm ihre Hände und schlug sie vors Gesicht. Er redete hilflos weiter. »Wir können unserem Schicksal nicht entfliehen. Und glaub mir, es gibt Schlimmeres, als einen reichen Mann zu heiraten. Du könntest auf den Feldern arbeiten und mit zwanzig sterben. Oder als Hure in den verschwiegenen Gassen von Pompeji leben müssen. Finde dich ab mit dem, was passieren muss. Lebe damit. Du wirst es ertragen, da bin ich ganz sicher.«

Sie warf ihm einen langen Blick zu – lag Verachtung darin oder Hass? »Ich schwöre dir, ich wäre lieber eine Hure.«

»Und ich schwöre, dass das nicht stimmt.« Er

sprach jetzt schärfer. »Du bist noch jung. Was weißt du schon davon, wie Menschen leben?«

»Ich weiß, dass ich nicht jemanden heiraten kann, den ich verachte. Könntest du das? Vielleicht könntest du es.«

Er wandte sich ab. »Lassen wir das, Corelia.«

»Bist du verheiratet?«

»Nein.«

»Aber du warst verheiratet?«

»Ja«, sagte er leise. »Ich war verheiratet. Meine Frau ist tot.«

Das ließ sie einen Augenblick verstummen. »Und hast du sie verachtet?«

»Natürlich nicht.«

»Hat sie dich verachtet?«

»Vielleicht hat sie es getan.«

Wieder schwieg sie einen Moment. »Woran ist sie gestorben?«

Er sprach nie darüber. Er dachte nicht einmal daran. Und wenn sein Verstand, wie er es manchmal tat, vor allem, wenn er vor Tagesanbruch wach lag, auf diese grauenhafte Straße abbog, dann riss er ihn sofort zurück und lenkte ihn in eine andere Richtung. Aber jetzt – Corelia hatte etwas an sich, das ihm unter die Haut gegangen war. Zu seiner Verblüffung erzählte er es ihr.

»Sie sah dir sehr ähnlich. Und sie hatte ein hitziges Temperament, genau wie du.« Er lachte kurz auf. »Wir waren drei Jahre verheiratet.« Es war Wahnsinn, aber er konnte nicht aufhören. »Sie sollte ein Kind gebären. Aber es kam mit den Füßen voran aus ihrem Leib. Wie Agrippa. Das ist es, was der Name Agrippa bedeutet – aegre partus – ›mit Schwierigkeit geboren‹. Wusstest du das? Anfangs dachte ich, es sei ein gutes Omen für einen künftigen Aquarius, so geboren zu werden wie der große Agrippa. Ich war sicher, dass es ein Junge war. Aber der Tag zog sich hin – es war Juni in Rom und heiß, fast so heiß wie hier unten –, und selbst mit einem Arzt und zwei Frauen, die sich um sie kümmerten, wollte das Kind nicht herauskommen. Und dann begann sie zu bluten.« Er schloss die Augen. »Gegen Abend kamen sie zu mir. ›Marcus Attilius, wähle zwischen deiner Frau und deinem Kind.‹ Ich sagte, ich wollte beide. Aber sie meinten, das sei unmöglich, und so sagte ich – natürlich sagte ich: ›Meine Frau.‹ Ich ging in das Zimmer, in dem sie lag. Sie war sehr schwach, aber sie widersprach. Stritt mit mir, selbst da noch! Sie hatten eine Schere – von der Art, wie Gärtner sie benutzen. Und ein Messer. Und einen Haken. Sie schnitten zuerst den einen Fuß ab und dann den anderen und sie benutzten das Messer, um den Körper zu vierteilen, und den Haken, um den

Kopf herauszuziehen. Aber Sabinas Blutung hörte nicht auf und am nächsten Morgen starb auch sie. Also weiß ich es nicht. Vielleicht hat sie mich am Ende verachtet.«

Er schickte Corelia mit Polites nach Pompeji zurück. Nicht, weil der griechische Sklave der kräftigste Begleiter oder der beste Reiter war, aber er war der Einzige, dem Attilius vertraute. Er gab ihm Corvinus' Pferd und befahl ihm, sie nicht aus den Augen zu lassen, bis sie sicher wieder zu Hause angelangt war.

Am Ende fügte sie sich, fast ohne ein weiteres Wort, und er schämte sich dessen, was er gesagt hatte. Er hatte sie zum Schweigen gebracht, aber auf eine feige Art – unmännlich und voller Selbstmitleid. Hatte sich ein salbungsvoller Anwalt vor einem Gericht in Rom je eines billigeren Tricks bedient als dieses grauenhaften Vorführens der Gespenster seiner toten Frau und seines toten Kindes? Sie legte sich den Umhang über die Schultern und warf dann den Kopf zurück, sodass ihr langes dunkles Haar über den Kragen fiel, und diese Geste hatte etwas Beeindruckendes: Sie würde tun, was er verlangte, aber sie würde nicht akzeptieren, dass er Recht hatte. Kein einziger Blick wanderte in seine Richtung, als sie sich mühelos in den Sattel schwang. Sie schnalzte mit der Zunge, nahm die Zügel auf und ritt hinter Polites her.

Es kostete ihn seine ganze Selbstbeherrschung, ihr nicht nachzulaufen. Was er tat, war eine elende Belohnung für all die Risiken, die sie seinetwegen eingegangen war. Aber was sonst hatte sie von ihm erwartet? Und was das Schicksal anging: Er glaubte an das Schicksal. Man war von Geburt an daran gekettet wie an einen fahrenden Karren. Am Ziel der Reise ließ sich nichts ändern, nur an der Art, wie man sie unternahm: ob man sich dafür entschied, aufrecht zu gehen oder sich klagend durch den Staub schleifen zu lassen.

Dennoch war ihm elend zumute, als er ihr nachschaute. Die Sonne schien immer heller auf die Landschaft, während sich der Abstand zwischen ihnen vergrößerte, sodass er sie lange Zeit beobachten konnte, bis die Pferde schließlich in einem Olivenhain verschwanden und sie endgültig fort war.

In Misenum lag Plinius in seinem fensterlosen Schlafzimmer auf der Matratze und erinnerte sich.

Er erinnerte sich an die ebenen, schlammigen Wälder im Norden Germaniens und an die großen Eichen, die an der Küste des Mare Germanicum wuchsen – sofern man in einer Gegend, in der es praktisch keine Grenze zwischen Land und Meer gab, überhaupt von einer Küste sprechen konnte –, an den Regen und den Wind und an die Art, wie sich die Bäume bei Sturm manchmal unter fürchterlichem Splittern aus dem Ufer lösten, mit gewaltigen Inseln aus Erde zwischen den Wurzeln, und aufrecht, die Äste ausgebreitet wie eine Takelage, auf die zerbrechlichen römischen Galeeren zutrieben. In Gedanken konnte er immer noch das Wetterleuchten sehen, den dunklen Himmel und die bleichen Gesichter der Chauken-Krieger zwischen den Bäumen, er konnte den Schlamm und den Regen riechen, das Entsetzen spüren, wenn die Bäume auf die vor Anker liegenden Schiffe stürzten und seine Männer in diesem schmutzigen Barbarenmeer ertranken …

Er schauderte und öffnete in dem schwachen Licht die Augen, setzte sich auf und wollte wissen, wo er war. Sein Sekretär, der mit einer Kerze und erhobenem Griffel neben seinem Lager saß, senkte den Kopf auf sein Wachstäfelchen.

»Wir waren bei Domitius Corbulo, Herr«, sagte Alexion, »als du bei der Reiterei warst und gegen die Chauken gekämpft hast.«

»Auch ja. Stimmt. Die Chauken. Ich erinnere mich.«

Aber woran erinnerte er sich? Der Befehlshaber versuchte seit Monaten, seine Memoiren zu schreiben – sein letztes Buch, da war er sicher –, und die Wiederaufnahme der Arbeit war eine willkommene Ablenkung von der Krise des Aquädukts. Aber das, was er gesehen und getan hatte, und das, was er gelesen hatte oder was ihm erzählt worden war, schienen in letzter Zeit wie ein saumloser Traum miteinander zu verschwimmen. Was er nicht alles erlebt hatte! Die Kaiserinnen – Lollia Paulina zum Beispiel, Caligulas Gemahlin, die bei ihrem Hochzeitsgastmahl wie eine Fontäne im Kerzenschein gefunkelt und das Licht von Perlen und Smaragden im Wert von vierzig Millionen Sesterzen versprüht hatte. Und die Kaiserin Agrippina, mit dem sabbernden Claudius vermählt; er hatte sie in einem Umhang aus purem Gold vorbeigehen sehen. Natürlich hatte er auch gesehen, wie im Norden von Hispania Gold gefördert wurde, als er dort Statthalter gewesen war – die Männer, die den Berg abtrugen, an Seilen hängend, sodass sie aus einiger Entfernung aussahen wie riesige Vögel, die auf das Gestein einhackten. So viel Arbeit, so viel Gefahr – und wozu? Die arme Agrippina: Hier, in dieser Stadt, war sie ermordet worden von Anicetus, seinem Vorgänger als Befehlshaber der Flotte, auf Befehl des Kaisers Nero, der seine Mutter in einem lecken Boot aufs

Meer hinausschickte und sie, als es ihr gelang, das Ufer zu erreichen, von Seesoldaten erstechen ließ. Geschichten! Das war sein Problem. Er kannte zu viele Geschichten, um sie in einem Buch unterbringen zu können.

»Die Chauken …« Wie alt war er damals gewesen? Vierundzwanzig? Es war sein erster Feldzug gewesen. Er setzte wieder an: »Soweit ich mich erinnere, lebten die Chauken auf hohen Plattformen aus Holz, um vor den tückischen Gezeiten dieser Gegend sicher zu sein. Sie sammelten mit den bloßen Händen Schlamm, den sie im eisigen Nordwind gefrieren ließen und dann als Brennstoff benutzten. Sie tranken nur Regenwasser, das sie in Zisternen vor ihren Häusern sammelten – ein eindeutiges Anzeichen für ihren Mangel an Zivilisation. Verdammte, jämmerliche Bastarde, diese Chauken.« Er hielt inne. »Lass den letzten Satz aus.«

Die Tür wurde kurz geöffnet und ein Balken aus grellweißem Licht fiel herein. Er hörte das Rauschen des Mittelmeers, das Gehämmer in den Werften. Also war es bereits Morgen. Er musste schon seit Stunden wach sein. Die Tür wurde wieder geschlossen, ein Sklave näherte sich auf Zehenspitzen dem Sekretär und flüsterte ihm etwas ins Ohr. Plinius rollte seinen unförmigen Körper auf die Seite, um mehr sehen zu können. »Wie spät ist es?«

»Ende der ersten Stunde, Herr.«

»Sind die Schleusen im Reservoir bereits geöffnet worden?«

»Ja, Herr. Wir erhielten die Nachricht, dass der Rest des Wassers abgeflossen ist.«

Plinius stöhnte und ließ sich wieder auf sein Kissen sinken.

»Und es sieht so aus, als sei gerade eine höchst bemerkenswerte Entdeckung gemacht worden.«

Der Arbeitstrupp brach etwa eine halbe Stunde nach Corelia auf. Es gab kein großes Abschiednehmen: Die Angst hatte auch auf Musa und Corvinus übergegriffen und alle wollten so schnell wie möglich in die Sicherheit von Pompeji zurückkehren. Sogar Brebix, der einstige Gladiator, der ungeschlagene Held von dreißig Kämpfen, richtete seine kleinen, dunklen Augen nervös auf den Vesuv. Sie machten im Tunnel Ordnung und verluden das Werkzeug, die unbenutzten Ziegelsteine und die leeren Amphoren auf der Ladefläche der Karren. Schließlich schaufelten zwei der Sklaven Erde über die Überreste der Feuerstellen und deckten die grauen Zementnarben ab. Als sie fertig waren, sah es aus, als wären sie nie hier gewesen.

Attilius stand mit verschränkten Armen neben dem Inspektionsschacht und ließ sie bei ihren Aufbruchsvorbereitungen nicht aus den Augen. Jetzt, wo die Arbeit erledigt war, bestand für ihn die größte Gefahr. Es wäre typisch für Ampliatus gewesen, dass er den Wasserbaumeister bis zum letzten Moment ausnutzte, bevor er sich seiner entledigte. Er war bereit für einen Kampf und würde, wenn es sein musste, sein Leben so teuer wie möglich verkaufen.

Musa hatte das einzige andere Pferd, und als er im Sattel saß, rief er zu Attilius hinunter: »Kommst du mit?«

»Nein. Ich hole euch später ein.«

»Warum kommst du nicht gleich mit?«

»Weil ich vorher auf den Berg hinauf will.«

Musa musterte ihn verblüfft. »Warum?«

Eine gute Frage. *Weil die Antwort auf das, was hier unten passiert ist, da oben liegen muss. Weil es meine Aufgabe ist, das Wasser am Laufen zu halten. Weil ich Angst habe.* Attilius zuckte die Achseln. »Neugier. Mach dir keine Sorgen, ich habe mein Versprechen nicht vergessen, falls es das ist, was dich bekümmert. Hier.« Er warf Musa seinen Lederbeutel zu. »Ihr habt gut gearbeitet. Kauf den Männern Wein und etwas zu essen.«

Musa öffnete den Beutel und betrachtete seinen

Inhalt. »Das ist eine Menge, Aquarius. Das reicht auch noch für eine Frau.«

Attilius lachte. »Gute Heimkehr, Musa. Wir sehen uns bald wieder. Entweder in Pompeji oder in Misenum.«

Musa warf ihm einen weiteren Blick zu und schien im Begriff zu sein, noch etwas zu sagen, überlegte es sich dann aber anders. Er schwenkte herum und ritt den Karren nach und Attilius war allein.

Wieder fiel ihm die eigentümliche Stille des Tages auf. Es war, als hielte die Natur den Atem an. Das Knarren der schweren Holzräder verklang in der Ferne und alles, was er danach noch hören konnte, waren das gelegentliche Läuten einer Ziegenglocke und das ununterbrochene Zirpen der Zikaden. Die Sonne stand inzwischen schon sehr hoch. Er ließ den Blick über die leere Landschaft schweifen, dann legte er sich auf den Bauch und spähte in den Schacht hinein. Die Hitze drückte schwer auf seinen Rücken und seine Schultern. Er dachte an Sabina und Corelia und an das grauenhafte Bild seines toten Sohns. Er weinte. Er versuchte nicht, sich Einhalt zu gebieten, sondern ließ ausnahmsweise seinen Gefühlen freien Lauf, zitterte und erstickte fast vor Kummer, atmete die Tunnelluft, sog den kalten und bitteren Geruch des frischen Zements ein. Er fühlte sich seltsam von sich selbst losgelöst, als wäre er in zwei Personen gespalten, eine, die weinte, und eine zweite, die ihm beim Weinen zuschaute.

Nach einer Weile hörte er auf zu weinen und stand auf, um sich das Gesicht an der Tunika abzuwischen, und erst, als er noch einmal hinabschaute, wurde sein Blick von etwas angezogen – einem Schimmern von reflektiertem Licht in der Dunkelheit. Er zog den Kopf ein Stückchen zurück, damit die Sonne in den Schacht scheinen konnte, und er sah, wenn auch sehr undeutlich, dass der Boden des Aquädukts glänzte. Er rieb sich die Augen und schaute noch einmal hinunter. Noch während er das tat, schien sich die Qualität des Lichts zu verändern und an Substanz zu gewinnen, sich zu bewegen und zu verbreitern, während sich der Tunnel mit Wasser füllte.

Er flüsterte: »Es läuft.«

Als er sich vergewissert hatte, dass es kein Irrtum war und die Augusta in der Tat wieder zu fließen begonnen hatte, rollte er den schweren Deckel herbei. Er senkte ihn langsam über dem Schacht ab und zog im letzten Augenblick die Finger zurück, bevor er ihn die restlichen paar Zoll fallen ließ. Mit einem Dröhnen war der Tunnel verschlossen.

Er band sein Pferd los und schwang sich in den Sattel. Die Markierungssteine sahen im Hitzeglast aus wie eine Reihe von eingegrabenen Felsbrocken. Er nahm die Zügel auf und wandte sich von der Augusta ab und dem Vesuv zu. Er trieb sein Pferd an und sie bewegten sich auf dem Pfad voran, der auf den Berg zuführte, zuerst im Schritt und dann, als das Gelände anzusteigen begann, im Trab.

In der Piscina mirabilis war das letzte Wasser abgeflossen und das große Reservoir war leer – ein seltener Anblick. Das letzte Mal war das vor einem Jahrzehnt der Fall gewesen; damals war das Becken zum Zwecke der Erhaltung entleert worden, damit die Sklaven den abgesetzten Schlamm herausschaufeln und die Wände auf Risse untersuchen konnten. Plinius hörte aufmerksam zu, als ihm der Sklave das Funktionieren des Systems erklärte. An technischen Dingen war er immer interessiert.

»Und wie oft geschieht das?«

»Gewöhnlich alle zehn Jahre, Befehlshaber.«

»Also wäre es bald wieder fällig gewesen?«

»Ja, Befehlshaber.«

Sie standen auf den Stufen des Reservoirs, ungefähr auf halber Höhe – Plinius, sein Neffe, sein Sekretär Alexion und der Wassersklave Dromo.

Plinius hatte befohlen, dass nichts verändert werden sollte, bis er eingetroffen war, und ein Seesoldat stand an der Tür Posten und verwehrte Unbefugten den Zutritt. Aber die Nachricht von der Entdeckung hatte sich verbreitet und auf dem Platz hatte sich die übliche neugierige Menge eingefunden.

Der Boden der Piscina sah aus wie ein schlammiger Strand, nachdem die Flut abgelaufen ist. Hier und dort, wo das Sediment Vertiefungen aufwies, standen kleine Pfützen und alle möglichen Dinge – verrostetes Werkzeug, Steine, Schuhe –, die im Laufe der Jahre ins Wasser gefallen und auf dem Grund gelandet waren, lagen herum oder waren so tief eingesunken, dass von ihnen nichts mehr zu sehen war als kleine Buckel auf der glatten Oberfläche. Das Ruderboot war gestrandet. Mehrere Fußspuren führten vom Ende der Treppe ins Zentrum des Reservoirs, wo ein großer Gegenstand lag, und wieder zurück. Dromo fragte, ob der Befehlshaber wünschte, dass er ihn holte.

»Nein«, sagte Plinius. »Ich möchte selbst sehen, wo er liegt. Sei so gut, Gaius.« Er zeigte auf seine Schuhe und sein Neffe kniete nieder und löste die Riemen, während sich Plinius auf Alexion stützte. Er empfand eine fast kindliche Vorfreude und dieses Gefühl wurde noch stärker, als er die letzten

Stufen hinabstieg und seine Füße in das Sediment absenkte. Schwarzer Schlamm quoll zwischen seinen Zehen hervor, köstlich kühl, und plötzlich war er wieder ein Junge, daheim auf dem Familiensitz in Comum in Gallia Transpadana, spielte am Ufer des Sees und die dazwischen liegenden Jahre – fast ein halbes Jahrhundert – kamen ihm so wenig real vor wie Träume. Wie oft passierte das im Laufe jedes Tages? Früher hatte er das nie erlebt. Aber in letzter Zeit konnte alles das auslösen – eine Berührung, ein Geruch, ein Geräusch, eine Farbe – und Erinnerungen, von denen er gar nicht wusste, dass er sie noch hatte, fluteten zurück, als wäre nichts mehr von ihm übrig als ein schwer atmender Sack voller erinnerter Eindrücke.

Er hob die Falten seiner Toga an und begab sich vorsichtig auf den Weg. Seine Füße sanken in den Schlamm ein und machten jedes Mal, wenn er einen anhob, ein herrlich saugendes Geräusch. Hinter sich hörte er Gaius rufen: »Sei vorsichtig, Onkel!«, aber er schüttelte den Kopf und lachte. Er hielt sich von den Spuren fern, die die anderen hinterlassen hatten. Es machte mehr Spaß, die Kruste zu durchbrechen, wo sie noch unberührt war und sich in der warmen Luft gerade zu verhärten begann. Die anderen folgten ihm in respektvollem Abstand.

Was für ein außerordentlicher Bau, dachte er, dieses unterirdische Gewölbe mit seinen Pfeilern, jeder zehnmal so hoch wie ein Mann! Welche Erfindungsgabe hatte sich das ausgedacht, welcher Wille und welche Kraft hatten den Bau verwirklicht – und das alles, um Wasser zu speichern, das bereits eine Strecke von sechzig Meilen zurückgelegt hatte! Gegen die Vergöttlichung von Kaisern hatte er niemals etwas einzuwenden gehabt – »Ein Gott ist ein Mensch, der Menschen hilft«, das war seine Philosophie – und der Göttliche Augustus verdiente seinen Platz im Pantheon schon deswegen, weil er den Bau des campanischen Aquädukts und der Piscina mirabilis angeordnet hatte. Als er das Zentrum des Reservoirs erreicht hatte, war er kurzatmig von der Anstrengung, die Füße immer wieder aus dem klebrigen Schlamm herauszuziehen. Als Gaius zu ihm trat, stützte er sich an einem Pfeiler ab. Aber er war froh, dass er die Mühe auf sich genommen hatte. Der Wassersklave hatte recht daran getan, nach ihm schicken zu lassen. Dies war tatsächlich etwas, das zu sehen sich lohnte: Ein Geheimnis der Natur war zugleich ein Geheimnis des Menschen.

Der Gegenstand im Schlamm war eine Amphore von der Art, wie sie zum Aufbewahren von Ätzkalk benutzt wurde. Sie stand fast aufrecht und ihr unteres Ende hatte sich in das weiche Bett des Reservoirs eingebohrt. An ihren Griffen war ein langes, dünnes Seil befestigt, das neben ihr im Schlamm lag. Der Deckel, der mit Wachs versiegelt gewesen war, war aufgestemmt worden. Um sie herum lagen, verstreut und im Schlamm glänzend, an die hundert kleine Silbermünzen.

»Es ist nichts angerührt worden, Befehlshaber«, sagte Dromo ängstlich. »Ich habe ihnen gesagt, sie sollen alles so lassen, wie sie es vorgefunden haben.«

Plinius blies die Backen auf. »Wie viel, meinst du, ist da drin?«

Sein Neffe vergrub beide Hände in der Amphore, formte sie zu einem Becher und zeigte sie Plinius. Sie waren randvoll mit silbernen Denarii. »Ein Vermögen, Onkel.«

»Und zwar ein illegal erworbenes, das dürfte feststehen. Es verunglimpft den ehrlichen Schlamm.« Weder auf dem irdenen Gefäß noch auf dem Seil hatte sich viel Sediment abgelagert, was bedeutete, dass es noch nicht lange auf dem Grund des Reservoirs gelegen haben konnte – höchstens einen Monat. Er schaute zu der gewölbten Decke empor. »Jemand muss hierher gerudert sein«, sagte er, »und es über den Bootsrand heruntergelassen haben.«

»Und dann hat er das Seil fallen gelassen?« Gaius musterte ihn verwundert. »Aber wer sollte so etwas getan haben? Wie hätte er hoffen können, es wiederzubekommen? Kein Taucher könnte so tief hinunterschwimmen!«

»Das stimmt.« Plinius holte selbst ein paar Münzen heraus, musterte sie auf seiner dicklichen Handfläche und schob sie mit dem Daumen auseinander. Vespasians vertrautes, mürrisches Gesicht schmückte die eine Seite, die heiligen Gerätschaften der Auguren die andere. Die Inschrift auf dem Rand – IMP CAES VESP AVG COS III – bewies, dass sie während des dritten Konsulats des Kaisers geprägt worden waren, also vor acht Jahren. »Dann müssen wir davon ausgehen, dass ihr Besitzer nicht vorhatte, sie durch Tauchen wiederzubekommen, Gaius, sondern indem er das Reservoir entleerte. Und der einzige Mann, der befugt war, die Piscina zu entleeren, wann immer er es wollte, war unser verschwundener Aquarius Exomnius.«

Hora quarta

[10.37 Uhr]

»In neueren Untersuchungen festgestellte Durchschnittsgeschwindigkeiten des Aufsteigens von Magma deuten darauf hin, dass das Magma in der Kammer des Vesuv ungefähr vier Stunden vor dem Ausbruch, das heißt schätzungsweise um 9 Uhr am Morgen des 24. August, begonnen haben könnte, mit einer Geschwindigkeit von > 0,2 Metern pro Sekunde im Schlot des Vulkans aufzusteigen.«

Burkhard Müller-Ullrich (Hrsg.),
Dynamics of Volcanism

Die Quattuorviri – der Viermänner-Ausschuss, sprich, die gewählten Magistrate von Pompeji – waren zu einer Krisensitzung im Wohngemach des Lucius Popidius zusammengekommen. Die Sklaven hatten für jeden von ihnen einen Stuhl hereingebracht sowie einen kleinen Tisch, um den herum sie saßen und warteten, zumeist schweigend, mit verschränkten Armen. Ampliatus hatte sich, aus Rücksicht darauf, dass er kein Magistrat war, auf einer Liege in der Ecke ausgestreckt, aß eine Feige und beobachtete die vier Männer. Durch die offene Tür konnte er das Schwimmbecken und seinen versiegten Springbrunnen sehen, in einer Ecke des gefliesten Gartens spielte eine Katze mit einem kleinen Vogel. Das Ritual eines hinausgezögerten Todes faszinierte ihn. Bei den Ägyptern galt die Katze als heiliges Tier; von allen Geschöpfen kam sie mit ihrer Intelligenz dem Menschen am nächsten. Und soweit er wusste, waren es in der ganzen Natur nur die Katzen und die Menschen, denen Grausamkeit ein offenkundiges Vergnügen bereitete. Bedeutete das, dass Grausamkeit und Intelligenz stets Hand in Hand gingen? Ein interessanter Gedanke.

Er aß eine weitere Feige. Das schlürfende Geräusch, das er dabei machte, ließ Popidius zusammenzucken. »Ich muss schon sagen, du scheinst überaus zuversichtlich zu sein, Ampliatus.« In seinen Worten schwang eine leichte Gereiztheit mit.

»Ich bin überaus zuversichtlich. Du solltest dich wirklich entspannen.«

»Du hast gut reden. Dein Name steht nicht unter fünfzig Bekanntmachungen in der ganzen Stadt, die jedermann versichern, dass das Wasser am Mittag wieder fließen wird.«

»Verantwortung der Öffentlichkeit gegenüber – der Preis eines Wahlamtes, mein lieber Popidius.« Ampliatus schnippte mit den saftverschmierten Fingern und ein Sklave brachte ihm eine kleine Silberschale. Er tauchte seine Hände hinein und trocknete sie dann an der Tunika des Sklaven ab. »Verlasst euch auf die römische Baukunst, ihr Herren. Alles kommt wieder ins Lot.«

Es war vier Stunden her, seit Pompeji zu einem weiteren heißen und wolkenlosen Tag erwacht war und feststellen musste, dass seine Wasserversorgung ausgefallen war. Ampliatus' instinktive Voraussagen hatten sich als richtig erwiesen. Nachdem sich der größte Teil der Bevölkerung am Vorabend versammelt hatte, um Vulkan ein Opfer zu bringen, fiel es selbst den am wenigsten Abergläubischen schwer, in dieser Tatsache nicht einen weiteren Beweis für den Zorn des Gottes zu sehen. Schon kurz nach Tagesanbruch hatten sich Gruppen von beunruhigten Menschen auf den Straßen zusammengefunden. In den von L. Popidius Secundus unterschriebenen Bekanntmachungen, die auf dem Forum und an den wichtigsten Brunnen angeschlagen worden waren, hieß es, dass Reparaturen am Aquädukt im Gange seien und das Wasser um die siebente Stunde wieder fließen würde. Aber das war kaum eine Beruhigung für Leute, die sich an das entsetzliche Erdbeben vor siebzehn Jahren erinnerten – auch damals war das Wasser versiegt –, und den ganzen Morgen hatte sich in der Stadt ein Gefühl der Unruhe breit gemacht. Einige Läden blieben geschlossen. Ein paar Leute hatten mit ihrer Habe auf Karren die Stadt verlassen, lautstark verkündend, dass Vulkan im Begriff war, Pompeji ein zweites Mal zu zerstören. Und jetzt hatte sich herumgesprochen, dass sich die Quattuorviri im Haus des Popidius versammelt hatten. Auf der Straße vor der Tür hatte sich eine Menschenmenge eingefunden. Gelegentlich war in dem behaglichen Wohngemach das Lärmen der Menge zu hören: ein Knurren, ähnlich dem Geräusch der wilden Tiere in den Tunneln des Amphitheaters, kurz bevor sie für den Kampf mit den Gladiatoren hinausgelassen wurden.

Brittius erschauderte. »Ich habe dir doch gesagt, dass wir uns nie hätten bereitfinden dürfen, diesem Wasserbaumeister zu helfen.«

»Das stimmt«, pflichtete Cuspius ihm bei. »Ich habe es von Anfang an gesagt. Und nun siehst du, was uns das eingebracht hat.«

Aus dem Gesicht eines Mannes kann man so viel ablesen, dachte Ampliatus. Wie sehr er Essen und Trinken genoss, welche Art von Arbeit er tat, seinen Stolz, seine Feigheit, seine Stärken. Popidius zum Beispiel sah gut aus und war schwach; Cuspius war wie sein Vater tapfer, brutal und dumm; Brittius von Zügellosigkeit erschlafft; Holconius essigscharf und gerissen – eindeutig ein Genießer von zu vielen Anchovis und zu viel Fischsoße.

»Unsinn«, sagte Ampliatus verbindlich. »Denkt doch einmal nach. Wenn wir ihm nicht geholfen hätten, wäre er einfach nach Nola weitergereist und hätte dort um Hilfe ersucht und wir hätten trotzdem unser Wasser verloren, nur einen Tag später – und welchen Eindruck hätte das gemacht, wenn Rom davon erfahren hätte? Außerdem wissen wir auf diese Weise genau, wo er sich aufhält. Er befindet sich in unserer Hand.«

Den anderen war es nicht aufgefallen, aber der alte Holconius drehte sich sofort um. »Und weshalb ist es wichtig, dass wir wissen, wo er sich aufhält?«

Einen Augenblick lang war Ampliatus um eine Antwort verlegen. Dann entschied er sich für ein Lachen. »Ist es nicht immer nützlich, so viel wie möglich zu wissen, Holconius? Das ist den Preis von ein paar Sklaven und einem bisschen Holz und Kalk wert. Ist es nicht wesentlich leichter, einen Mann zu beherrschen, wenn er einem etwas schuldet?«

»Ja, das ist es«, sagte Holconius anzüglich und blickte über den Tisch hinweg auf Popidius.

Sogar Popidius war nicht so dumm, dass ihm die Beleidigung entgangen wäre. Er wurde scharlachrot. »Was willst du damit sagen?« Er schob seinen Stuhl zurück.

»Hört mir zu!«, befahl Ampliatus. Er wollte diese Unterhaltung beenden, bevor sie in Streit ausartete. »Ich wollte euch von einer Prophezeiung erzählen, die ich im Sommer eingeholt habe, als die Beben begannen.«

»Eine Prophezeiung?« Popidius setzte sich wieder hin. Sein Interesse war sofort geweckt. Er liebte derartiges Zeug, das wusste Ampliatus: die alte Biria mit ihren zwei magischen Bronzehänden, ihren mystischen Symbolen, ihrem Käfig voller Schlangen, ihren milchweißen Augen, die zwar nicht das Gesicht eines Menschen sehen, wohl aber in die Zukunft schauen konnten. »Du hast die Sibylle befragt? Was hat sie gesagt?«

Ampliatus stellte eine angemessen feierliche Miene zur Schau. »Sie hat Sabazius Schlangen geopfert und sie dann abgehäutet, um ihre Bedeutung zu erkennen. Ich war die ganze Zeit dabei.« Er erinnerte sich an die Flammen auf dem Altar, den Rauch, die glitzernden Hände, den Weihrauch, die zittrige Stimme der Sibylle: Schrill, kaum menschlich war sie gewesen – wie der Fluch dieser alten Frau, deren Sohn er den Muränen vorgeworfen hatte. Der ganze Vorgang hatte ihn wider Willen beeindruckt. »Sie hat eine Stadt gesehen – unsere Stadt –, viele Jahre später. Tausend Jahre später, vielleicht sogar mehr.« Er dämpfte seine Stimme zu einem Flüstern. »Sie hat eine Stadt gesehen, die in der ganzen Welt berühmt ist. Unsere Tempel, unser Amphitheater, unsere Straßen – überall wimmelte es von Menschen jeder Sprache. Das war es, was sie in den Eingeweiden der Schlangen gesehen hat. Was wir hier gebaut haben, wird fortdauern – noch lange nachdem die Caesaren zu Staub zerfallen sind und das Imperium untergegangen ist.«

Er lehnte sich zurück. Fast hatte er sich selbst überzeugt. Popidius stieß den angehaltenen Atem aus. »Biria Onomastia«, sagte er, »irrt sich nie.«

»Und sie wird das alles wiederholen?«, fragte Holconius skeptisch. »Sie wird uns von dieser Prophezeiung Gebrauch machen lassen?«

»Das wird sie«, bestätigte Ampliatus. »Jedenfalls will ich ihr das geraten haben. Ich habe einen Haufen Geld dafür bezahlt.« Ihm war, als hätte er etwas gehört. Er erhob sich von der Liege und trat hinaus in den Sonnenschein des Gartens. Der Springbrunnen, der das Schwimmbecken speiste, hatte die Form einer Nymphe, die einen Krug entleert. Als er näher herankam, hörte er es wieder, ein schwaches Gurgeln, und dann begann Wasser über den Rand des Kruges zu tröpfeln. Das Rinnsal stockte, spritzte, schien wieder zu versiegen, aber dann begann das Wasser kräftiger zu fließen. Plötzlich fühlte sich Ampliatus überwältigt von den mystischen Gewalten, die er freigesetzt hatte. Er winkte die anderen herbei. »Da seht ihr es. Ich habe es auch gesagt. Die Prophezeiung trifft zu!«

Unter den Bekundungen von Freude und Erleichterung brachte sogar Holconius ein dünnes Lächeln zustande. »Das ist gut.«

»Scutarius!«, rief Ampliatus dem Hausverwalter zu. »Bring den Quattuorviri unseren besten Wein: den Cäcuber. Weshalb auch nicht? Und nun, Popidius – soll ich den Leuten die gute Nachricht überbringen oder willst du es tun?«

»Tu du es, Ampliatus. Ich brauche etwas zu trinken.«

Ampliatus eilte durch das Atrium zu der großen Haustür. Er bedeutete Massavo, sie zu öffnen, und trat auf die Schwelle. Auf der Straße drängten sich vielleicht hundert Leute – seine Leute, wie er gern dachte. Er hob die Arme, um ihnen Schweigen zu gebieten. »Ihr alle wisst, wer ich bin«, rief er, als das Stimmengemurmel verstummt war. »Und ihr alle wisst, dass ihr mir vertrauen könnt.«

»Warum sollten wir?«, rief ein Mann im Hintergrund.

Ampliatus ignorierte ihn. »Das Wasser fließt wieder! Wenn ihr mir nicht glaubt – wie dieser unverschämte Bursche hier –, geht zu den Brunnen und seht selbst. Der Aquädukt ist repariert! Und später am Tag wird eine wundervolle Prophezeiung der Sybille Biria Onomastia bekannt gegeben. Um der Kolonie von Pompeji Angst einzujagen, ist mehr erforderlich als ein gelegentliches Beben der Erde und ein heißer Sommer!«

Ein paar Leute applaudierten. Ampliatus strahlte und schwenkte die Hand. »Ich wünsche euch allen einen guten Tag! Geht wieder an die Arbeit. *Salve lucrum! Lucrum gaudium!*« Er steckte den Kopf in die Vorhalle. »Wirf ihnen ein bisschen Geld zu, Scutarius«, zischte er, immer noch die Menge anlächelnd. »Aber nicht zu viel. Genug für etwas Wein für alle.«

Ampliatus verweilte lange genug, um die Auswirkungen seiner Großzügigkeit zu beobachten und zu sehen, wie sich die Menge um die Münzen balgte, dann kehrte er ins Atrium zurück. Er rieb sich vor Freude die Hände. Das Verschwinden von Exomnius hatte seinen Gleichmut erschüttert, das wollte er nicht bestreiten, aber in weniger als einem Tag hatte er das Problem gelöst: Der Springbrunnen sah aus, als liefe das Wasser jetzt normal, und wenn dieser junge Aquarius noch nicht tot war, dann würde er es bald sein. Ein Grund zum Feiern! Aus dem Wohngemach kamen die Geräusche von Lachen und dem Klirren von Kristallgläsern. Er war gerade im Begriff, das Schwimmbecken zu umrunden und sich zu den Magistraten zu gesellen, als er zu seinen Füßen den Kadaver des Vogels sah, dessen Tötung er beobachtet hatte. Er stieß ihn mit dem Zeh an, dann bückte er sich und hob ihn auf. Der winzige Körper war noch warm. Eine rote Kappe, weiße Wangen, schwarz-gelbe Flügel. In einem Auge war ein Tropfen Blut.

Ein Distelfink. Nichts als Flaum und Federn. Einen Moment lang wog er ihn in der Hand, während sich in seinem Hinterkopf ein finsterer Gedanke regte, dann ließ er den Vogel fallen und stieg rasch die Stufen in den Garten seines alten Hauses hinauf, der von Säulen umgeben war. Die Katze sah ihn kommen und schoss hinter einen Strauch, aber Ampliatus lag nichts an einer Verfolgung. Sein Blick streifte den leeren Käfig auf Corelias Balkon und die dunklen, mit Läden verschlossenen Fenster ihres Zimmers. Er schrie: »Celsia!« und seine Frau kam angerannt. »Wo ist Corelia?«

»Ihr war heute unwohl. Ich habe sie schlafen lassen …«

»Hol sie! Sofort!« Er schob Celsia in Richtung Treppe, machte kehrt und eilte in sein Arbeitszimmer.

Es war unmöglich …

Sie würde es nicht wagen …

Im selben Moment, als er die Lampe ergriff und sie zu seinem Pult trug, wusste er, dass etwas nicht stimmte. Es war ein alter Trick, den er von seinem früheren Herrn gelernt hatte – ein Haar in der Schublade, das ihm verriet, ob sich eine neugierige Hand in seine Angelegenheiten gemischt hatte –, aber die List funktionierte recht gut und er hatte allen zu verstehen gegeben, dass er jeden Sklaven, der nicht vertrauenswürdig war, kreuzigen lassen würde.

Da war kein Haar. Und als er die Kassette öffnete und den Kasten mit den Dokumenten herausholte, waren auch keine Papyri darin. Er stand da wie ein Narr, kippte die leere *capsa* um und schüttelte sie wie ein Zauberer, der den Rest seines Tricks vergessen hat. Dann schleuderte er sie quer durchs Zimmer, wo sie an der Wand zersplitterte. Er stürmte hinaus auf den Hof. Seine Frau hatte Corelias Läden geöffnet und stand, die Hände vors Gesicht geschlagen, auf dem Balkon.

Corelia hatte dem Berg den Rücken zugekehrt, als sie durch das Vesuvius-Tor und auf den Platz neben dem Castellum aquae ritt. Die Brunnen liefen wieder, wenn auch noch schwach, und von der Anhöhe aus konnte sie sehen, dass über Pompeji eine Staubwolke hing, aufgeworfen vom Verkehr in den ausgetrockneten Straßen. Die Geräusche von Geschäftigkeit hingen wie ein unbestimmbares Summen über den rot gedeckten Dächern.

Sie hatte sich auf ihrem Heimritt Zeit gelassen und ihr Pferd kein einziges Mal zu einem schnelleren Tempo als Schritt angetrieben, während sie den Vesuv umrundete und die Ebene überquerte. Jetzt hatte sie keinen Grund mehr zur Eile. Als sie, getreulich gefolgt von Polites, zu der großen Straßenkreuzung hinabritt, schienen die kahlen Mauern an beiden Seiten der Straßen sie einzuschließen wie ein Gefängnis. Orte, die sie seit ihrer Kindheit geliebt hatte – die verborgenen Schwimmbecken und die duftenden Blumengärten, die Läden mit ihren Schmucksachen und Stoffen, die Theater und die belebten Bäder –, waren für sie jetzt so tot wie Asche. Sie sah die zornigen, mutlosen Gesichter der Leute, die sich um die Brunnen drängten und versuchten, ihre Töpfe unter das tröpfelnde Wasser zu halten, und wieder musste sie an den Aquarius denken. Sie fragte sich, wo er war und was er tat. Die Geschichte von seiner Frau und seinem Kind war ihr auf dem ganzen Heimweg nicht aus dem Kopf gegangen.

Corelia wusste, dass er Recht hatte. Sie konnte ihrem Schicksal nicht entkommen. Als sie sich dem Haus ihres Vaters näherte, verspürte sie weder Zorn noch Angst; vielmehr hatte sie das Gefühl, tot zu sein – erschöpft, schmutzig, durstig. Vielleicht würde es ihr ganzes restliches Leben so sein, dass ihr Körper die Bewegungen des Alltags ausführte, während ihre Seele anderswo war, stets auf der Hut und von ihr getrennt. Vor ihr auf der Straße sah sie eine Menschenmenge, größer als die gewöhnliche Ansammlung von Bittstellern, die stundenlang auf ein paar Worte mit ihrem Vater warteten. Plötzlich schienen die Leute einen seltsamen rituellen Tanz aufzuführen – sie sprangen mit ausgestreckten Armen in die Luft, dann fielen sie auf die Knie und tasteten auf den Steinen herum. Corelia brauchte einen Augenblick, um zu begreifen, dass ihnen Geld zugeworfen worden war. Das war typisch für ihren Vater, dachte sie – den Provinz-Caesar, der versuchte, sich die Zuneigung der Menge zu erkaufen, und der sich einbildete, wie ein Aristokrat zu handeln, ohne sich seiner aufgeblähten Vulgarität bewusst zu sein.

Ihre Verachtung war plötzlich größer als ihr Hass und das verlieh ihr neuen Mut. Sie ritt zur Rückseite des Hauses, auf die Stallungen zu, und als er den Hufschlag auf dem Pflaster hörte, kam ein ältlicher Pferdeknecht heraus. Er riss vor Überraschung die Augen weit auf, als er bemerkte, wie mitgenommen sie aussah, aber sie kümmerte sich nicht darum. Sie sprang aus dem Sattel und übergab ihm die Zügel. »Danke«, sagte sie zu Polites und dann, zu dem Knecht, »sorge dafür, dass dieser Mann etwas zu essen und zu trinken bekommt.«

Sie trat rasch aus dem Gleißen der Straße in die Düsternis des Hauses und stieg die Treppe hinauf, die von den Sklavenunterkünften wegführte. Dabei zog sie die Papyrusrollen aus ihrem Umhang. Marcus Attilius hatte sie angewiesen, sie ins Arbeitszimmer ihres Vaters zurückzubringen, in der Hoffnung, dass er ihr Fehlen noch nicht bemerkt hatte. Aber das würde sie nicht tun. Sie würde sie ihm selbst aushändigen. Und was noch besser war – sie würde ihm sagen, wo sie gewesen war. Dann würde er wissen, dass sie die Wahrheit herausgefunden hatte, und anschließend konnte er mit ihr tun, was er wollte. Ihr war es gleich. Was konnte schlimmer sein als das Geschick, das er für sie geplant hatte? Tote konnte man nicht bestrafen.

Getragen von dem erregenden Gefühl der Auflehnung ging sie durch den Vorhang ins Haus der Popidii und auf das Schwimmbecken zu, das Herzstück der Villa. Sie hörte Stimmen zu ihrer Rechten und sah im Wohngemach ihren künftigen Ehemann und die anderen Magistrate von Pompeji. Die Männer drehten sich im selben Augenblick zu ihr um, in dem ihr Vater, gefolgt von ihrer Mutter und ihrem Bruder, auf den Stufen zu ihrem alten Haus erschien. Ampliatus bemerkte, was sie in den Händen hielt, und einen gloriosen Moment lang sah sie die Panik in seinem Gesicht. Er schrie sie an – »Corelia!« – und kam auf sie zu, aber sie wich ihm aus, lief in das Wohngemach und verstreute seine Geheimnisse auf dem Tisch und dem Teppich, bevor er sie daran hindern konnte.

Attilius hatte das Gefühl, dass der Vesuv ein Spiel mit ihm trieb und nicht näher kam, so rasch er auch auf ihn zuritt. Nur gelegentlich, wenn er sich umsah und seine Augen gegen die Sonne abschirmte, wurde ihm bewusst, welche Höhe er bereits erreicht hatte. Bald hatte er klare Sicht auf Nola. Die bewässerten Felder im Umkreis der Stadt glichen einem grünen Teppich, nicht größer als das Taschentuch einer Puppe, das man auf der braunen Erde Campanias ausgebreitet hatte. Und Nola selbst, eine alte Samniten-Festung, sah aus wie ein Haufen winziger Spielzeugbausteine, die von der fernen Bergkette heruntergeworfen worden waren. Die Einwohner würden jetzt wieder Wasser haben. Dieser Gedanke verlieh ihm neue Zuversicht.

Er war ganz bewusst auf den nächsten weißgrauen Streifen zugeritten und er erreichte ihn am späten Vormittag an der Stelle an den unteren Hängen, an der das Weideland endete und der Wald begann. Er begegnete keinem Lebewesen, weder Mensch noch Tier. Die wenigen Bauernhäuser neben dem Pfad waren verlassen. Er vermutete, dass alle Leute geflüchtet waren, entweder in der Nacht, als sie die Explosion hörten, oder bei Tagesanbruch, als sie diese gespenstische Aschedecke vorfanden. Sie lag auf der Erde wie Pulverschnee, völlig still, denn es wehte kein Lüftchen, das sie hätte aufwirbeln können. Als er vom Pferd sprang, stäubte er eine Wolke auf, die an seinen verschwitzten Beinen klebte. Er griff eine Hand voll. Die Asche war geruchlos, feinkörnig, warm von der Sonne. Auf den Blättern der weiter entfernten Bäume lag sie wie ein leichter Schneefall.

Er steckte eine kleine Menge davon in seine

Tasche, um sie Plinius mitzubringen, trank etwas Wasser und spülte den Geschmack des Staubes aus seinem Mund. Als er bergab schaute, konnte er einen weiteren Reiter sehen, vielleicht eine Meile entfernt, der sich gleichfalls auf diese Stelle zubewegte; vermutlich wurde er von derselben Neugier geleitet, herauszufinden, was passiert war. Attilius dachte einen Moment daran, auf ihn zu warten, damit sie ihre Ansichten austauschen konnten, entschied sich dann aber dagegen. Er wollte weiter. Er spie das Wasser aus, stieg wieder auf und ritt über die Flanke des Berges zurück, fort von der Asche, um wieder auf den Pfad zu gelangen, der in den Wald hineinführte.

Sobald er sich zwischen den Bäumen befand, verlor er rasch die Orientierung. Es blieb ihm nichts anderes übrig, als dem Jägerpfad zu folgen, der sich zwischen den Bäumen und durch ausgetrocknete Bachbetten zog und sich von einer Seite zur anderen wand, dabei jedoch immer höher hinauf führte. Er saß ab, um Wasser zu lassen. Echsen huschten zwischen dem toten Laub davon. Er sah kleine rote Spinnen und ihre zarten Netze und behaarte Raupen von der Größe seines Zeigefingers. Es gab Sträucher mit roten, süß schmeckenden Beeren. Die Vegetation war normal – Erlen, Brombeeren, Efeu. Torquatus, der Kommandant der Liburne, hatte Recht gehabt, dachte Attilius: Der Vesuv war leichter zu ersteigen, als es den Anschein hatte, und wenn die Bäche Wasser führten, würde es hier oben für ein ganzes Heer genug zu essen und zu trinken geben. Er konnte sich mühelos vorstellen, wie Spartacus, der thrakische Gladiator, vor anderthalb Jahrhunderten seine Gefolgsleute über ebendiesen Pfad geführt hatte, hinauf zu ihrer Zuflucht auf dem Gipfel.

Es kostete Attilius ungefähr eine weitere Stunde, den Wald zu durchqueren. Er hatte fast jedes Zeitgefühl verloren. Die Sonne war meistens von den Bäumen verdeckt und durch das dichte Blätterdach fielen nur einzelne Lichtstrahlen. Der Himmel, durch das Laub in Bruchstücke aufgespalten, bildete ein grelles, sich ständig veränderndes Muster aus Blau. Die Luft war heiß und duftete nach vertrockneten Pinien und Kräutern. Schmetterlinge flatterten zwischen den Bäumen herum. Er hörte kein Geräusch außer dem gelegentlichen Gurren von Ringeltauben. Das Schwanken im Sattel in der Hitze machte ihn schläfrig. Sein Kopf sackte herab. Einmal glaubte er, ein größeres Tier auf dem Pfad hinter sich zu hören, aber als er anhielt, um zu lauschen, war das Geräusch verschwunden. Wenig später wurde der Wald dünner und er gelangte auf eine Lichtung.

Jetzt war es, als hätte sich der Vesuv für ein anderes Spiel entschieden. Nachdem es stundenlang so ausgesehen hatte, als käme er nie näher, ragte plötzlich der Gipfel vor ihm auf – ein wesentlich steilerer Hang, ein paar hundert Fuß hoch, überwiegend blanker Fels ohne genügend Erdreich, um irgendwelcher Vegetation Halt zu bieten, abgesehen von ein paar verkümmerten Sträuchern und Pflanzen mit kleinen gelben Blüten. Und er sah genauso aus, wie ihn der griechische Autor beschrieben hatte: eine schwarze Kappe, als wäre das Land erst kürzlich von Feuer versengt worden. An manchen Stellen wölbte sich der Fels nach außen, fast so, als wäre er aus dem Innern herausgestoßen worden, und Schauer aus kleinen Steinen prasselten den Hang hinab. Ein Stück weiter war es zu größeren Steinschlägen gekommen. Mannsgroße Felsbrocken waren auf die Bäume gestürzt – und zwar, nach ihrem Aussehen zu urteilen, erst vor kurzer Zeit. Attilius erinnerte sich an das Widerstreben der Männer, Pompeji zu verlassen *»Riesen sind durch die Luft geflogen und ihre Stimmen hören sich an wie Donnerschläge …«* Damit könnte ein Rätsel gelöst sein.

Der Aufstieg war zu steil für sein Pferd. Er saß ab und fand eine schattige Stelle, an der er es anbinden konnte. Er hielt Ausschau nach einem

Stock und fand einen, der ungefähr halb so dick war wie sein Handgelenk – glatt, grau, seit langem abgestorben – und mit ihm als Stütze begann er den letzten Teil des Aufstiegs.

Die Sonne hier oben war erbarmungslos und der Himmel so hell, dass er fast weiß aussah. Attilius bewegte sich in der erstickenden Hitze von einem schlackeähnlichen Felsbrocken zum nächsten und die Luft schien ihm die Lungen zu verbrennen; es war eine trockene Hitze, vergleichbar einer Klinge, die man gerade aus dem Feuer gezogen hat. Keine Echsen auf dem Boden, keine Vögel in der Luft – es war ein Anstieg direkt in die Sonne. Er konnte die Hitze durch die Schuhsohlen hindurch fühlen. Ohne zurückzuschauen zwang er sich zum Weiterklettern, bis der Grund nicht mehr anstieg und das, was vor ihm lag, nicht mehr schwarzer Fels war, sondern blauer Himmel. Er kletterte über den Rand und blickte über das Dach der Welt.

Das obere Ende des Vesuv war nicht der scharfe Gipfel, den man vom Fuß des Berges aus zu sehen glaubte, sondern eine raue, runde Ebene von vielleicht zweihundert Schritten Durchmesser, eine Wildnis aus schwarzem Gestein mit ein paar bräunlichen Flecken kränkelnder Vegetation, die seine Ödnis noch unterstrichen. Es sah nicht nur so aus, als hätte es hier in der Vergangenheit gebrannt, wie es in dem griechischen Papyrus geheißen hatte, sondern es schien auch jetzt zu brennen. An mindestens drei Stellen stiegen dünne Säulen aus grauem Dampf auf, flackernd und in der Stille zischend. Es herrschte derselbe saure Schwefelgestank wie in den Rohren der Villa Hortensia. Das ist der Ort, dachte Attilius. Dies ist das Herz des Bösen. Er konnte etwas Riesiges und Bösartiges ahnen. Man konnte es Vulkan nennen oder ihm einen beliebigen anderen Namen geben. Man konnte es als Gott verehren. Aber es war fast mit Händen zu greifen. Er schauderte.

Der Wasserbaumeister hielt sich dicht am Rand des Gipfels und suchte sich seinen Weg um ihn herum, zuerst fasziniert von aus dem Grund hervordringenden Schwefelwolken und dann von dem grandiosen Panorama jenseits des Randes. Zu seiner Rechten erstreckte sich das nackte Gestein bis zum Saum des Waldes und danach kam nichts außer einer welligen grünen Decke. Torquatus hatte gesagt, dass man von hier aus fünfzig Meilen weit sehen könne, aber Attilius war, als breite sich ganz Italien unter ihm aus. Als er sich von Norden nach Westen bewegte, kam der Golf von Neapolis in sein Blickfeld. Er konnte mühelos das Kap Misenum ausmachen, die ihm vorgelagerten Inseln und die kaiserliche Residenz auf Capri; dahinter, so scharf wie ein Schnitt mit dem Rasiermesser, die dünne Linie, wo das Tiefblau der See auf das hellere Blau des Himmels traf. Auf dem Wasser sah er immer noch die Schaumkronen, die ihm am Vorabend aufgefallen waren – eine Dünung auf einem windlosen Meer –, aber jetzt, da er darüber nachdachte, kam vielleicht doch eine leichte Brise auf. Er konnte sie auf seinen Wangen spüren: ein Nordwestwind, der Caurus genannt wurde und in Richtung Pompeji wehte, das jetzt in der Tiefe zum Vorschein kam und nicht mehr zu sein schien als ein Sandfleck oberhalb der Küste. Er stellte sich vor, wie Corelia dort eintraf, jetzt völlig unerreichbar, ein Punkt innerhalb eines Punktes, für ihn für immer verloren.

Ihm wurde schon vom bloßen Hinschauen schwindlig, als wäre er selbst nur ein Pollenkörnchen, das jeden Augenblick von der heißen Luft aufgewirbelt und in das Blau davongetragen werden konnte. Er verspürte einen überwältigenden Drang, sich diesem Wirbel hinzugeben, und plötzlich war sein Verlangen nach diesem vollkommenen blauen Vergessen so stark, dass er sich zwingen musste, den Blick abzuwenden. Ein wenig mitgenommen begann er, sich seinen Weg quer über den Gipfel zu suchen, um zu der Stelle zurückzukehren, an der er aufgebrochen war; immer wieder musste er den Schwefelfontänen ausweichen, die sich um ihn herum zu vermehren schienen. Die Erde bebte, wölbte sich auf. Jetzt wollte er von hier fort, so schnell er konnte. Aber das Gelände war uneben und beiderseits seines Pfades gab es tiefe Senken – *»höhlenartige Gruben im geschwärzten Stein«*, wie der griechische Autor es ausgedrückt hatte – und er musste sehr darauf achten, wohin er seine Füße setzte. Und genau deshalb – weil er den Kopf gesenkt hatte – roch er den Toten, bevor er ihn sah.

Er blieb sofort stehen. Es war ein süßlicher, ekelhafter Gestank, der ihm in Mund und Nase drang und sie wie mit einem Fettfilm überzog. Der Gestank kam aus der großen, staubigen Mulde direkt vor ihm. Sie war vielleicht sechs Fuß tief, hatte einen Durchmesser von dreißig Fuß und kochte im Hitzeglast wie ein Kessel. Und das Grauenhafteste, als er über den Rand lugte, war, dass alles darin tot war: nicht nur der Mann, der eine weiße Tunika trug und dessen Gliedmaßen so schwärzlich purpurn waren, dass Attilius zuerst dachte, er wäre ein Nubier; auch andere Geschöpfe – eine Schlange, ein großer Vogel und etliche kleinere Tiere – lagen in dieser Todesgrube. Sogar die Vegetation war bleich und vergiftet.

Der Tote lag mit ausgestreckten Armen auf der

Seite, direkt außerhalb seiner Reichweite erkannte Attilius eine Kürbisflasche und einen Strohhut; es sah aus, als wäre der Mann gestorben, während er sie zu greifen versuchte. Er musste seit mindestens zwei Wochen hier liegen, in der Hitze verwesend. Erstaunlich war nur, wie viel von ihm noch übrig war. Er war weder von Maden befallen noch von Vögeln und anderen Tieren angefressen worden. Kein Schwarm von Schmeißfliegen summte um dieses halb gar gekochte Fleisch herum. Vielmehr sah es so aus, als hätte es jedes Tier vergiftet, das versucht hatte, an ihm zu fressen.

Attilius schluckte schwer, um zu verhindern, dass er sich übergab. Er wusste sofort, dass das Exomnius sein musste. Sein Vorgänger war vor ungefähr zwei Wochen verschwunden und wer sonst wäre im August hier heraufgestiegen? Aber wie konnte er sicher sein? Er hatte den Mann nie gesehen. Dennoch hielt ihn etwas davon ab, sich in diese Todesgrube hineinzuwagen. Er zwang sich, an ihrem Rand niederzuknien und das geschwärzte Gesicht zu betrachten. Er sah eine Reihe grinsender Zähne, die den Kernen einer geborstenen Frucht glichen; ein trübes, halb geschlossenes Auge, das an dem ausgestreckten Arm entlangzublicken schien. Eine Wunde konnte er nirgends entdecken. Aber schließlich war der ganze Leichnam eine Wunde, verfärbt und schwärend. Was konnte ihn getötet haben? Vielleicht war er der Hitze erlegen. Vielleicht hatte sein Herz versagt. Attilius lehnte sich noch etwas weiter vor und versuchte, ihn mit seinem Stock anzutippen, und sofort spürte er, wie er die Besinnung zu verlieren begann. Grelle Lichter tanzten vor seinen Augen und fast wäre er vornüber gestürzt. Mit beiden Händen griff er in den Staub und schaffte es gerade noch rechtzeitig, sich zurückzuziehen. Er rang nach Atem.

»... der Ausdünstung der vergifteten Luft in der Nähe des Bodens ...«

Sein Kopf hämmerte. Er würgte, erbrach eine bittere, nach Galle schmeckende Flüssigkeit und hustete und spie immer noch Schleim aus, als er hörte, wie vor ihm trockene Vegetation unter einem Schritt knackte. Er schaute benommen auf. Von der anderen Seite der Grube, nicht mehr als fünfzig Schritte entfernt, kam ein Mann auf ihn zu. Zuerst dachte er, es müsste eine von der *vergifteten Luft* heraufbeschworene Vision sein, und er mühte sich auf die Füße, wie ein Betrunkener schwankend, blinzelte den Schweiß aus seinen Augen und versuchte, klar sehen zu können, aber die Gestalt kam trotzdem näher, gerahmt von den zischenden Schwefelfontänen. In der Hand des Mannes glitzerte ein Messer.

Es war Corax.

Attilius war nicht in der Verfassung für einen Kampf. Er wäre davongerannt, aber er konnte kaum die Füße anheben.

Der Aufseher näherte sich der Grube vorsichtig. Geduckt, mit ausgebreiteten Armen, verlagerte er mit jedem Schritt sein Gewicht von einem Fuß auf den anderen und ließ dabei den Wasserbaumeister keine Sekunde aus den Augen, als befürchtete er eine List. Rasch warf er einen Blick auf den Toten, musterte Attilius finster, dann schaute er wieder in die Grube. Er sagte leise: »Und was hat das alles zu bedeuten, hübscher Knabe?« Corax hörte sich fast beleidigt an.

Er hatte seine Attacke sorgfältig geplant und einen langen Weg zurückgelegt, um sie auszuführen. Im Dunkeln hatte er auf das erste Tageslicht gewartet und war seinem Opfer in einiger Entfernung gefolgt – er muss der Reiter gewesen sein, den ich hinter mir gesehen habe, dachte Attilius – und die ganze Zeit hatte er die Aussicht auf Rache genossen. Doch jetzt wurden seine Pläne im letzten Moment vereitelt. Das war nicht fair, besagte seine Miene – ein weiteres in der langen Reihe von Hindernissen, die das Leben Gavius Corax in den Weg geschleudert hatte. »Ich habe dich gefragt: Was hat das alles zu bedeuten?«

Attilius versuchte zu sprechen. Seine Stimme war heiser, seine Zunge schwer. Er wollte sagen, dass Exomnius sich nicht geirrt hatte, dass hier eine entsetzliche Gefahr lauerte, aber er brachte die Worte nicht heraus. Corax starrte auf den Toten und schüttelte den Kopf. »Dieser dämliche alte Kerl, klettert in seinem Alter hier herauf! Macht sich Sorgen wegen dem Berg. Und wozu das alles? Für nichts und wieder nichts! Nichts – außer dass wir nun dich auf dem Hals haben.« Er wendete seine Aufmerksamkeit wieder Attilius zu. »Einen jungen Besserwisser aus Rom, der uns alle unser Handwerk lehren will. Glaubst du immer noch, eine Chance zu haben, hübscher Knabe? Und jetzt fehlen dir die Worte. Wie wär's, wenn ich einen zweiten Mund in dich hineinschneiden würde? Dann können wir sehen, was aus dem herauskommt.«

Er beugte sich vor, warf sein Messer von einer Hand in die andere. Seine Miene war entschlossen, er war zum Töten bereit. Langsam begann er die Grube zu umrunden und alles, was Attilius fertig brachte, war, in die andere Richtung zu stolpern. Wenn der Aufseher stehen blieb, blieb auch Attilius stehen, und wenn er kehrtmachte und in die andere Richtung stapfte, tat Attilius dasselbe. Das ging eine ganze Weile so, aber die Taktik machte Corax offensichtlich wütend – »Du Scheißkerl!«, brüllte er. »Dieses blöde Spiel mache ich nicht mehr mit!« – und plötzlich stürzte er direkt auf sein Opfer zu. Mit rotem Gesicht, in der Hitze keuchend, rannte er die Flanke der Vertiefung hinunter, durchquerte sie und hatte gerade die andere Seite erreicht, als etwas ihn bremste. Überrascht blickte er auf seine Beine. Mit entsetzlicher Langsamkeit versuchte er, vorwärts zu waten, wobei er den Mund öffnete und schloss wie ein gestrandeter Fisch. Er ließ sein Messer fallen und sank auf die Knie, schlug schwach auf die Luft vor sich ein, dann stürzte er vornüber aufs Gesicht.

Attilius konnte nichts anderes tun, als zuzuschauen, wie er in der trockenen Hitze ertrank. Corax unternahm noch ein paar schwächliche Versuche, sich zu bewegen, wieder und wieder schien er nach etwas außerhalb seiner Reichweite greifen zu wollen, wie auch Exomnius es getan haben musste. Dann gab er auf und lag still auf der Seite. Sein Atem wurde flacher und setzte schließlich aus, aber schon lange bevor er endgültig stillstand, hatte Attilius ihn verlassen. Mit taumelnden Schritten überquerte er den aufgewölbten, bebenden Gipfel des Berges, zwischen den sich verdickenden Schwefelfontänen hindurch, die jetzt von dem auffrischenden Wind in Richtung Pompeji abgelenkt wurden.

Unten in der Stadt wurde der leichte Wind, der in der heißesten Zeit des Tages aufkam, als willkommene Erleichterung empfunden. Der Caurus ließ in den Straßen, die sich zur Siesta leerten, winzige Staubwölkchen aufwirbeln, die bunten Markisen der Schenken und Speisehäuser flattern und das Laub der großen Platanen in der Nähe des Amphitheaters rauschen. Im Haus des Popidius kräuselte er die Oberfläche des Schwimmbeckens. Die kleinen Masken von tanzenden Faunen und Bacchanten, die zwischen den Säulen hingen, schaukelten und klirrten. Eine der Papyrusrollen, die auf dem Boden lagen, wurde von einer Bö erfasst und rollte auf den Tisch zu. Holconius streckte den Fuß aus, um sie aufzuhalten.

»Was geht hier vor?«, fragte er.

Ampliatus war versucht, Corelia hier und jetzt zu schlagen, aber er hielt sich zurück, weil er spürte, dass es irgendwie ihr Sieg sein würde, wenn man ihn dabei beobachtete, wie er sie in der Öffentlichkeit züchtigte. Ampliatus dachte schnell. Er wusste alles, was es über Macht zu wissen gab. Er wusste, dass es Zeiten gab, wo es klüger war, seine Geheimnisse für sich zu behalten, über sein Wissen im Geheimen zu verfügen. Er wusste auch, dass es Zeiten gab, wo Geheimnisse, behutsam offenbart, wie Stahlreifen wirken und andere an einen binden konnten. Blitzartig und instinktiv erkannte er, dass dies eine dieser Gelegenheiten war.

»Lest sie«, sagte er. »Vor meinen Freunden habe ich nichts zu verbergen.« Er bückte sich, sammelte die Papyri ein und legte sie auf den Tisch.

»Wir sollten gehen«, sagte Brittius. Er leerte sein Weinglas und begann aufzustehen.

»Lest sie!«, befahl Ampliatus. Brittius setzte sich rasch wieder hin. »Verzeiht mir. Bitte! Ich bestehe darauf.« Er lächelte. »Sie stammen aus dem Zimmer von Exomnius. Es ist an der Zeit, dass ihr Bescheid wisst. Bedient euch mit mehr Wein. Ich bin gleich zurück. Corelia, du kommst mit.« Er packte sie am Ellbogen und steuerte sie auf die Treppe zu. Sie ließ die Füße schleifen, aber er war zu stark für sie. Vage war er sich der Tatsache bewusst, dass seine Frau und sein Sohn ihnen folgten. Sobald sie außer Sicht waren, um die Ecke herum, im Garten ihres alten Hauses, kniff er brutal in das Fleisch zwischen seinen Fingern. »Hast du wirklich geglaubt«, zischte er, »du könntest mich verletzen – ein schwaches Geschöpf wie du?«

»Nein«, sagte sie und wand sich in seinem Griff. »Aber ich dachte, ich könnte es wenigstens versuchen.«

Ihre Gelassenheit verwirrte ihn. »Wirklich?« Er

zog sie näher an sich heran. »Und wie wolltest du das anstellen?«

»Indem ich dem Aquarius die Dokumente zeige. Indem ich sie allen Leuten zeige. Damit alle sehen können, was du bist.«

»Und was ist das?« Ihr Gesicht war seinem sehr nahe.

»Ein Dieb. Ein Mörder. Niedriger als ein *Sklave*.«

Das letzte Wort spie sie heraus und er zog die Hand zurück und hätte sie jetzt bestimmt geschlagen, aber Celsinus ergriff von hinten sein Handgelenk.

»Nein, Vater«, sagte er bestimmt. »Damit ist jetzt Schluss.«

Einen Augenblick war Ampliatus zu verblüfft, um zu sprechen. »Du?«, sagte er. »Du auch?« Er schüttelte seine Hand frei und funkelte seinen Sohn an. »Solltest du dich nicht zu einem deiner heiligen Riten begeben? Und du?« Er fuhr zu seiner Frau herum. »Solltest du nicht zur heiligen Matrone Livia beten und Erleuchtung suchen?« Er spuckte aus. »Geht mir aus dem Weg, ihr beide.« Ampliatus zerrte Corelia auf die Treppe zu. Die anderen beiden rührten sich nicht von der Stelle. Er drehte sich um und stieß Corelia die Stufen hinauf, den Gang entlang und in ihr Zimmer.

Sie fiel rückwärts auf ihr Bett. »Hinterhältiges, undankbares Kind!«

Ampliatus hielt Ausschau nach etwas, womit er sie bestrafen konnte, aber alles, was er sehen konnte, waren harmlose weibliche Besitztümer – ein Elfenbeinkamm, ein Seidenschal, ein Sonnenschirm, Perlenketten – und ein paar alte Spielsachen, die vor ihrer Hochzeit der Venus geopfert werden sollten. In einer Ecke saß eine Holzpuppe mit beweglichen Gliedmaßen, die er ihr vor Jahren zum Geburtstag geschenkt hatte, und ihr Anblick versetzte ihm einen Schlag. Was war aus ihr geworden? Er hatte sie so sehr geliebt – sein kleines Mädchen! Wie hatte daraus Hass werden können? Plötzlich war er verwirrt. Hatte er nicht alles für sie und ihren Bruder getan – so viel erschaffen, sich selbst von unten hochgearbeitet? Er stand da, schwer atmend und besiegt, während sie ihn von ihrem Bett aus anfunkelte. Er wusste nicht, was er sagen sollte. »Du bleibst hier«, erklärte er schließlich lahm, »bis ich entschieden habe, was ich mit dir tun werde.« Er ging und schloss die Tür hinter sich ab.

Seine Frau und sein Sohn hatten den Garten verlassen. Das war bezeichnend für diese schwächlichen Rebellen, dachte er. Sie verschwanden, sobald er ihnen den Rücken zukehrte. Corelia hatte immer mehr Mumm gehabt als die anderen zusammen. Sein kleines Mädchen! Im Wohngemach lehnten sich die Magistrate über den Tisch und unterhielten sich leise. Als Ampliatus sich näherte, verstummten sie und beobachteten, wie er zu der Anrichte ging und sich Wein einschenkte. Der Rand des Kruges klirrte gegen das Glas. Zitterten seine Hände? Er betrachtete sie von beiden Seiten. Er konnte nichts feststellen: Sie sahen ruhig genug aus. Sobald er das Glas geleert hatte, fühlte er sich besser. Er füllte es noch einmal, zwang sich zu einem Lächeln und wandte sich den Magistraten zu.

»Und?«

Es war Holconius, der als Erster sprach. »Wo hast du die her?«

»Corax, der Aufseher der Augusta, hat sie mir gestern Nachmittag gebracht. Er hat sie in Exomnius' Zimmer gefunden.«

»Du meinst, er hat sie gestohlen?«

»Gefunden, gestohlen …« Ampliatus machte eine wegwerfende Handbewegung.

»Das hätte uns sofort zur Kenntnis gebracht werden müssen!«

»Und weshalb, ihr Herren?«

»Liegt das nicht auf der Hand?«, warf Popidius aufgeregt ein. »Exomnius hat geglaubt, es würde ein weiteres Erdbeben geben!«

»Beruhige dich, Popidius. Du denkst seit siebzehn Jahren ständig an Erdbeben. Ich würde dieses Zeug nicht allzu ernst nehmen.«

»Exomnius hat es ernst genommen.«

»Exomnius!« Ampliatus bedachte ihn mit einem verächtlichen Blick. »Exomnius ist immer ein Nervenbündel gewesen.«

»Das mag sein. Aber warum hat er diese Dokumente kopieren lassen? Vor allem das hier. Was hat er deiner Meinung nach damit gewollt?« Er schwenkte eine der Papyrusrollen.

Ampliatus warf einen flüchtigen Blick darauf und trank einen weiteren Schluck Wein. »Das ist Griechisch. Ich kann kein Griechisch. Du vergisst, Popidius: Ich hatte nicht den Vorzug deiner Bildung.«

»Also, ich kann Griechisch und das hier kommt mir bekannt vor. Ich bin ziemlich sicher, dass dieser Text von dem Geografen Strabon stammt, der diese Gegend zur Zeit des Göttlichen Augustus bereiste. Er berichtet hier über einen Gipfel, der flach und kahl ist und in der Vergangenheit in Flammen gestanden hat. Damit kann er nur den Vesuv gemeint haben. Er sagt, der fruchtbare Boden bei Pompeji erinnere ihn an Caetana, wo das Land mit Asche bedeckt ist, die die Flammen des Ätna ausgespien haben.«

»Na und?«

»War Exomnius nicht Sizilier?«, fragte Holconius. »Aus welcher Stadt stammte er?«

Ampliatus schwenkte wegwerfend sein Glas. »Ich glaube, aus Caetana. Spielt das eine Rolle?« Ich muss ein bisschen Griechisch lernen, dachte er. Wenn ein Narr wie Popidius die Sprache beherrscht, dann kann das jeder.

»Und was dieses lateinische Dokument angeht – bei dem bin ich mir ganz sicher«, fuhr Popidius fort. »Es stammt aus einem Buch und ich kenne sowohl den Mann, der es geschrieben hat, als auch den, an den diese Passage gerichtet ist. Sie stammt von Annaeus Seneca, dem Erzieher Neros. Von dem hast du doch sicher schon gehört?«

Ampliatus wurde rot. »Mein Metier ist das Bauen, nicht Bücher.« Weshalb regten sie sich über diesen Kram so auf?

»Der Lucilius, den er anspricht, ist Lucilius Junior, der hier in dieser Stadt geboren wurde. Er hatte ein Haus in der Nähe des Theaters. Er war irgendwo Statthalter – auf Sizilien, wenn ich mich recht erinnere. Seneca beschreibt das große Erdbeben in Campania. Dieser Text stammt aus seinem Buch *Naturwissenschaftliche Untersuchungen*. Ich glaube, wir haben sogar eine Kopie davon in unserer Bibliothek auf dem Forum. Es schildert die Grundlagen der stoischen Philosophie.«

»Der stoischen Philosophie!«, höhnte Ampliatus. »Und was soll Exomnius damit angefangen haben?«

»Auch das«, erklärte Popidius mit wachsender Erbitterung, »dürfte auf der Hand liegen.« Er legte die beiden Dokumente nebeneinander. »Exomnius war überzeugt, dass es einen Zusammenhang gab, begreifst du das nicht?« Er deutete von einem zum anderen. »Ätna und Vesuv. Die Fruchtbarkeit des Bodens bei Caetana und des Bodens bei Pompeji. Das entsetzliche Erdbeben vor siebzehn Jahren – die Vergiftung der Schafe und all die Vorzeichen in diesem Sommer. Er stammte aus Sizilien. Er sah eine kommende Gefahr. *Und jetzt ist er verschwunden.*«

Eine Weile sprach niemand. Die Figuren rings um das Schwimmbecken klirrten in der Brise.

Brittius sagte: »Ich finde, diese Dokumente sollten einer Vollversammlung des Ordo vorgelegt werden. Und zwar so bald wie möglich.«

»Nein«, sagte Ampliatus.

»Aber der Ordo ist die regierende Körperschaft dieser Stadt! Er hat ein Recht darauf, informiert zu werden …«

»Nein!« Ampliatus sprach mit Nachdruck. »Wie viele Bürger gehören dem Ordo an?«

»Fünfundachtzig«, sagte Holconius.

»Da hast du es. Binnen einer Stunde wird es in der ganzen Stadt herum sein. Wollt ihr eine Panik auslösen? Gerade jetzt, wo wir wieder auf die Beine kommen? Wo wir die Prophezeiung der Sibylle haben, die wir ihnen mitteilen können, um sie bei Laune zu halten? Vergesst nicht, wer für euch gestimmt hat, ihr Honoratioren: die Kaufleute. Denen wird es gar nicht gefallen, wenn ihr ihre Kunden verscheucht. Ihr habt gesehen, was heute Morgen passiert ist, nur weil die Brunnen für ein paar Stunden versiegt waren. Außerdem – worauf läuft das alles denn hinaus? Exomnius hat sich also Sorgen wegen eines Erdbebens gemacht? Campania hat also Ascheboden wie Sizilien und stinkende Fumarolen? Na und? Fumarolen gehören seit den Tagen von Romulus zum Alltag am Golf.« Ampliatus konnte sehen, dass seine Worte Eindruck machten. »Und außerdem ist das nicht das eigentliche Problem.«

Holconius sagte: »Und was ist das eigentliche Problem?«

»Die anderen Dokumente – diejenigen, aus denen hervorgeht, wie viel Geld Exomnius dafür erhalten hat, dass er dieser Stadt billiges Wasser gibt.«

Holconius sagte rasch: »Erspar uns das, Ampliatus. Deine kleinen Abmachungen gehen uns nichts an.«

»Meine kleinen Abmachungen!« Ampliatus lachte. »Das ist ein guter Witz!« Er setzte sein Glas ab und hob den Krug, um sich Wein nachzuschenken. Wieder klirrte das schwere Kristall. Er wurde leicht benommen, aber das kümmerte ihn nicht. »Also, ihr Honoratioren, tut nicht so, als hättet ihr von nichts gewusst! Was glaubt ihr, weshalb sich diese Stadt nach dem Erdbeben so schnell erholt hat? Mit meinen ›kleinen Abmachungen‹ habe ich euch ein Vermögen erspart. Ja, und obendrein mir geholfen, eines zu machen – das leugne ich nicht. Aber ohne mich wäret ihr jetzt nicht da, wo ihr seid! Deine kostbaren Bäder, Popidius – wo sich Brittius hier von seinen kleinen Jungen einen blasen lässt –, wie viel bezahlst du für sie? Nichts. Und du, Cuspius, mit deinen Springbrunnen. Und du, Holconius, mit deinem Schwimmbecken. Und all die privaten Bäder und die bewässerten Gärten und das große öffentliche Becken in der Palaestra und die Rohre in den neuen Wohnungen! Diese Stadt hat über ein Jahrzehnt von meinen ›kleinen Abmachungen‹ mit Exomnius profitiert. Und jetzt hat ein hergelaufener Mistkerl von Aquarius davon erfahren. *Das* ist das eigentliche Problem!«

»Eine Frechheit!«, sagte Brittius mit bebender Stimme. »Eine Frechheit – eine solche Rede von diesem hochnäsigen Sklaven.«

»Ich bin also hochnäsig? Ich war gar nicht so hochnäsig, als ich für die Spiele bezahlte, die dir deine Wahl sicherten, Brittius. ›Blanker Stahl, kein Pardon und das Schlachthaus genau in der Mitte, wo alle auf den Tribünen es sehen können‹ – das war es, was du verlangt hast, und das war es, was ich dir gegeben habe.«

Holconius hob die Hände. »Immer mit der Ruhe. Wir wollen uns doch wie zivilisierte Menschen benehmen.«

Cuspius sagte: »Aber wir können doch sicher auch mit dem neuen Aquarius einen Handel abschließen, so wie du es mit dem anderen Mann getan hast.«

»Anscheinend nicht. Ich habe gestern eine Andeutung fallen gelassen, aber er hat mich nur angesehen, als hätte ich meine Hand auf seinen Schwanz gelegt. Ich fühlte mich für meine Großzügigkeit beleidigt. Nein, ich kenne diesen Typ. Er wird diese Sache nach Rom bringen, sie werden die Abrechnungen überprüfen, und noch bevor das Jahr vorüber ist, werden wir eine kaiserliche Kommission hier haben.«

»Aber was können wir denn tun?«, sagte Popidius. »Wenn das herauskommt, sieht es für uns alle schlecht aus.«

Ampliatus lächelte ihn über den Rand seines Glases hinweg an. »Keine Sorge. Ich habe mich bereits darum gekümmert.«

»Wie?«

»Popidius!«, warnte Holconius rasch. »Sei vorsichtig.«

Ampliatus schwieg einen Moment. Sie wollten es nicht wissen. Schließlich waren sie die Magistrate der Stadt. Die Unschuld der Unwissenheit – das war es, wonach sie gierten. Aber warum sollten sie Seelenfrieden haben? Er würde ihre Hände zusammen mit seinen eigenen in Blut tauchen.

»Er wird getötet.« Ampliatus schaute sich um. »Bevor er nach Misenum zurückkehren kann. Ein Unfall draußen auf dem Land. Hat jemand etwas dagegen? Sagt es, wenn das der Fall ist! Popidius? Holconius? Brittius? Cuspius?« Er wartete. Es war eine Scharade. Der Aquarius würde inzwischen tot sein, was immer sie sagten: Corax war ganz wild darauf gewesen, ihm die Kehle durchzuschneiden. »Ich sehe darin eine einstimmige Bestätigung. Wollen wir darauf trinken?«

Er griff nach dem Krug, hielt dann aber mit der Hand in der Luft inne. Jetzt bebte das schwere Kristall nicht nur: Es rutschte auf der polierten

Holzfläche entlang. Ampliatus betrachtete es stirnrunzelnd. Das konnte doch nicht sein! Trotzdem erreichte der Krug den Rand der Anrichte und fiel auf den Boden. Er warf einen Blick auf die Fliesen. Sie vibrierten unter seinen Füßen. Das Vibrieren wurde immer stärker und dann fegte ein Schwall heißer Luft durch das Haus, stark genug, um die Läden zum Klappern zu bringen. Einen Augenblick später kam von weit her – aber sehr deutlich, mit nichts zu vergleichen, das er oder sonst jemand jemals gehört hatte – das Dröhnen eines doppelten Donnerschlags.

Hora sexta

[12.57 Uhr]

»Die Oberfläche des Vulkans barst kurz nach 12 Uhr mittags und ermöglichte eine explosive Dekompression der Haupt-Magmakammer … Die Austrittsgeschwindigkeit des Magmas betrug schätzungsweise 1440 km/h (Mach 1). Konvektionsströme beförderten glühendes Gas und Bimssteintrümmer bis in eine Höhe von 28 km.

Die thermale Energie, die im Verlauf des gesamten Ausbruchs freigesetzt wurde, lässt sich mithilfe folgender Formel berechnen:

Eth = V·d·T·K,

wobei Eth in Joule gemessen wird. V ist das Volumen in Kubikkilometern, d das spezifische Gewicht (1,0), T ist die Temperatur der Auswurfprodukte (500 Grad Celsius) und K eine Konstante, die die spezifische Wärme von Magma und das mechanische Äquivalent von Wärme (8,37 × 10^{14}) ausdrückt.

Danach dürfte die bei dem Ausbruch von 79

n. Chr. freigesetzte thermale Energie ungefähr 2×10^{18} Joule betragen haben – oder etwa das 100 000fache der Atombombe von Hiroshima.«

Dynamics of Volcanism

Wann immer die Überlebenden hinterher ihre Erlebnisse verglichen, staunten sie darüber, wie verschieden sich dieser Moment angehört hatte. In Rom, hundertzwanzig Meilen entfernt, klang es wie ein dumpfer Aufprall, als wäre eine schwere Statue oder ein Baum umgestürzt. Diejenigen, die aus Pompeji entkamen, das fünf Meilen entfernt in Windrichtung lag, schworen immer, sie hätten zwei laute Donnerschläge gehört, während im rund zwanzig Meilen entfernten Capua das Geräusch von Anfang an als ununterbrochenes, lautes Donnergrollen wahrgenommen wurde. Aber in Misenum, näher gelegen als Capua, gab es überhaupt kein Geräusch, sondern es war nur eine schmale Säule aus braunem Geröll zu sehen, die lautlos in den wolkenlosen Himmel aufstieg.

Für Attilius glich der Moment des Ausbruchs einer großen, trockenen Welle, die über seinen Kopf hinwegfegte. Er befand sich ungefähr zwei Meilen vom Gipfel entfernt auf einem alten Jagdpfad, der durch den Wald führte, und ritt rasch die Westflanke des Berges hinunter. Die Auswirkungen der Vergiftung hatten sich auf eine kleine Faust reduziert, die schmerzhaft hinter seinen Augen hämmerte, und er war nicht mehr benommen, im Gegenteil: Seine Sinne kamen ihm unnatürlich scharf und gesteigert vor. Er hatte keinerlei Zweifel daran, was bevorstand. Sein Plan war, die Küstenstraße bei Herculaneum zu erreichen und dann direkt nach Misenum zu reiten, um den Befehlshaber zu warnen. Er schätzte, dass er am späten Nachmittag dort eintreffen würde. Der Golf funkelte im Sonnenschein zwischen den Bäumen hindurch; die See war nahe genug, dass er einzelne Brandungslinien erkennen konnte. Er nahm das glitzernde Muster der Spinnennetze wahr, die lose zwischen den Blättern hingen, und einen Schwarm kleiner Mücken, die unter einem Ast direkt vor ihm herumtanzten und dann plötzlich verschwanden.

Die Schockwelle der Explosion traf ihn von hinten und stieß ihn vorwärts. Heiße Luft, als hätte man die Tür eines Feuerofens geöffnet. Dann schien in seinen Ohren etwas zu knacken und die Welt wurde zu einem lautlosen Ort aus sich beugenden Bäumen und wirbelnden Blättern. Sein Pferd stolperte und wäre fast gestürzt und er klammerte sich an seinem Hals fest, während sie den Pfad hinunterjagten, beide auf dem Kamm der glutheißen Welle reitend, und dann war sie plötzlich verschwunden. Die Bäume richteten sich auf, der Staub legte sich, die Luft wurde wieder atembar. Er versuchte, auf sein Pferd einzureden, aber er hatte keine Stimme, und als er zum Gipfel des Berges zurückschaute, sah er, dass er verschwunden war und an seiner Stelle eine brodelnde Fontäne aus Erde und Gestein himmelwärts schoss.

In Pompeji hatte es den Anschein, als hätte ein kraftvoller brauner Arm den Gipfel durchstoßen, um ein Loch ins Dach des Himmels zu rammen – rumms, rumms, dieser doppelte Donnerschlag –, und dann rollte ein intensives Dröhnen, keinem anderen Geräusch in der Natur vergleichbar, über die Ebene. Ampliatus lief zusammen mit den Magistraten aus dem Haus. Aus der Bäckerei nebenan und allen anderen Häusern der Straße kamen Leute und starrten, ihre Augen abschirmend, auf den Vesuv, wandten ihre Gesichter dieser neuen dunklen Sonne zu, die im Norden auf ihrem donnernden Felssockel aufging. Es gab ein paar Schreie, aber keine allgemeine Panik. Dazu war es noch zu früh, die Sache war zu beeindruckend – zu eigenartig, zu weit weg –, um als unmittelbar bevorstehende Bedrohung wahrgenommen zu werden.

Es hört gleich wieder auf, dachte Ampliatus. Er wollte, dass es so war. *Lass es jetzt aufhören, dann ist die Lage noch unter Kontrolle zu bringen.* Er hatte die Nerven, die Charakterstärke; alles war eine Frage der Handhabung. Er würde sogar diese Situation meistern: »Die Götter haben uns ein Zeichen gegeben, Bürger! Lasst uns ihre Anweisungen befolgen! Lasst uns einen großen Gedenkstein errichten, der diese himmlische Inspiration wiedergibt! Wir leben an einem bevorzugten Ort!« Aber es hörte nicht auf. Die Säule wurde immer höher. Tausend Köpfe wurden gleichzeitig in den Nacken gelegt, um ihre Bahn zu verfolgen, und allmählich wurden immer mehr Schreie laut. Die Säule, schmal an der Basis, breitete sich im Aufsteigen aus und ihr oberes Ende flachte sich ab und dehnte sich über den Himmel aus.

Irgendjemand rief, dass der Wind sie in ihre Richtung wehte.

Das war der Augenblick, in dem er wusste, dass er die Menge verlieren würde. Sie hatte ein paar primitive Instinkte – Habgier, Wollust, Grausamkeit –, mit denen er spielen konnte wie auf den Saiten einer Harfe, weil er zur Menge gehörte und die Menge zu ihm. Aber schrille Angst übertönte alle anderen Noten. Dennoch versuchte er es. Er trat in die Straßenmitte und streckte die Arme weit aus. »Wartet!«, rief er. »Cuspius, Brittius – ihr alle –, fasst euch bei den Händen! Gebt ihnen ein Beispiel!«

Die Feiglinge sahen ihn nicht einmal an. Holconius ergriff als Erster die Flucht und rammte seine knochigen Ellbogen in die Masse der Leiber, um sich seinen Weg hügelabwärts zu bahnen. Brittius folgte ihm und dann Cuspius. Popidius machte kehrt und flüchtete in sein Haus. Vor ihm hatte sich die Menge in eine feste Masse verwandelt, weil immer mehr Leute aus den Nebenstraßen herbeiströmten. Sie wandten dem Berg den Rücken und die Gesichter der See zu und ihr einziger Impuls war, zu flüchten. Ampliatus erhaschte einen letzten Blick auf das weiße Gesicht seiner Frau auf der Schwelle, dann hatte ihn die rasende Menge erfasst und er wurde herumgewirbelt wie eines dieser drehbaren Holzmodelle, die in den Gladiatorenschulen zum Üben benutzt wurden. Er wurde zur Seite geschleudert und wäre unter ihren Füßen verschwunden, wenn Massavo seinen Sturz nicht gesehen und ihn aufgehoben und in Sicherheit gebracht hätte. Er sah, wie eine Mutter ihr Kind fallen ließ, und hörte, wie es schrie, als es niedergetrampelt wurde, sah, wie eine ältliche Matrone mit dem Kopf gegen die Mauer gegenüber prallte, dann ohnmächtig zusammensackte und die Menge rücksichtslos über sie hinwegstürmte. Manche Leute schrien. Andere schluchzten. Aber die meisten waren stumm, weil sie ihre Kräfte für die Schlacht am unteren Ende des Hügels aufsparen wollten, wo sie sich ihren Weg durch das Stabiae-Tor würden erkämpfen müssen.

Als sich Ampliatus gegen den Türrahmen lehnte, spürte er etwas Nasses auf seinem Gesicht, und als er seine Nase mit dem Handrücken abwischte, war sie blutverschmiert. Er schaute über die Köpfe der Menge hinweg auf den Berg, aber der war bereits verschwunden. Eine riesige schwarze Wolkenmauer bewegte sich auf die Stadt zu, so dunkel wie bei einem Gewitter. Aber es war kein Gewitter, erkannte er, und es war auch keine Wolke; es war eine donnernde Kaskade aus Gestein. Rasch schaute er in die andere Richtung. Unten am Hafen lag sein karminrotes und goldenes Boot vor Anker. Sie könnten in See stechen, versuchen, die Villa in Misenum zu erreichen, dort Zuflucht suchen. Aber die Menge der Leiber auf der zum Tor führenden Straße begann sich bereits den Hügel hinauf zu stauen. Es war ausgeschlossen, dass er den Hafen erreichte. Und selbst wenn ihm das gelang, würde auch die Besatzung versuchen, sich selbst zu retten.

Andere hatten ihm die Entscheidung abgenommen. Und so sei es denn, dachte er. Genau so war es vor siebzehn Jahren gewesen. Die Feiglinge waren geflüchtet, er war geblieben und dann waren sie alle wieder gekrochen gekommen! Er spürte, wie seine alte Tatkraft und Zuversicht zurückkehrten. Wieder würde der einstige Sklave seinen Herren eine Lektion in römischer Tapferkeit erteilen. Die Sibylle irrte sich nie. Er warf einen letzten, verächtlichen Blick auf den panischen Fluss, der an ihm vorbeiströmte, trat ins Haus und befahl Massavo, die Tür zu schließen. Zu schließen und zu verriegeln. Sie würden bleiben und sie würden es überstehen.

In Misenum sah es aus wie Rauch. Plinius' Schwester Julia, die mit ihrem Sonnenschirm über die Terrasse wanderte und Rosenblüten für den Esstisch pflückte, hielt es für eines der Buschfeuer, die im ganzen Sommer überall am Golf aufgelodert waren. Aber die Höhe der Wolke, ihre Masse und die Schnelligkeit ihres Aufsteigens glichen nichts, das sie je gesehen hatte. Sie entschied, dass sie gut daran täte, ihren Bruder zu wecken, der über seinen Büchern unten im Garten eingeschlafen war.

Selbst im dichten Schatten der Bäume war sein

Gesicht so rot wie die Blüten in ihrem Korb. Es widerstrebte ihr, ihn zu stören, denn dann würde er sich natürlich sofort aufregen. Er erinnerte sie daran, wie ihr Vater in den Tagen vor seinem Tod gewesen war – dieselbe Korpulenz, dieselbe Kurzatmigkeit, dieselbe uncharakteristische Reizbarkeit. Aber wenn sie ihn schlafen ließ, würde er bestimmt wütend darüber sein, dass ihm dieser eigentümliche Rauch entgangen war, also strich sie ihm übers Haar und flüsterte: »Wach auf, Bruder. Da ist etwas, das du bestimmt sehen möchtest.«

Er schlug sofort die Augen auf. »Das Wasser – läuft es wieder?«

»Nein. Nicht das Wasser. Es sieht aus wie ein großes Feuer am Golf und es kommt vom Vesuv.«

»Vom Vesuv?« Er blinzelte sie an, dann rief er einem Sklaven zu: »Meine Schuhe! Schnell!«

»Überanstrenge dich nicht, Bruder …«

Er wartete nicht einmal auf seine Schuhe, sondern machte sich, zum zweiten Mal an diesem Tag, barfuß auf den Weg über das trockene Gras zur Terrasse. Als er sie erreicht hatte, säumten bereits die meisten der Haussklaven die Balustrade; sie schauten ostwärts über den Golf auf etwas, das aussah wie eine riesige, über die Küste hinweg wachsende und weit ausladende Pinie. Ein dicker brauner Stamm mit schwarzen und weißen Flecken erhob sich meilenweit in die Luft und von der Krone zweigte ein Büschel von gefiederten Ästen ab. Diese breiten Abzweigungen schienen sich an den Unterkanten aufzulösen und ließen einen feinen, sandfarbenen Nebel auf die Erde herabregnen.

Es war einer der Grundsätze des Befehlshabers, den er immer wieder äußerte, dass er, je länger er die Natur beobachtete, umso weniger dazu neigte, Aussagen über sie für unmöglich zu halten. Aber das hier war eindeutig unmöglich. Nichts, was er je gelesen hatte – und er hatte alles gelesen –, passte auch nur entfernt zu diesem Anblick. Gewährte ihm die Natur etwa den Vorzug, Augenzeuge von etwas zu werden, was noch nie zuvor aufgezeichnet worden war? Diese langen Jahre des Sammelns von Fakten, die Anrufung, mit der er die *Historia naturalis* beendet hatte: »Sei mir gegrüßt, Natur, du Mutter aller Dinge, und nimm es gütig auf, dass unter den Bürgern Roms ich allein es bin, der dich in allen deinen Werken verherrlicht hat« – wurde er jetzt endlich dafür belohnt? Wenn er nicht so dick gewesen wäre, wäre er niedergekniet. »Danke«, flüsterte er. »Danke.«

Er musste sofort mit der Arbeit beginnen. *Pinie … hoher Stamm – gefiederte Äste …* Er musste das alles für die Nachwelt festhalten, solange die Bilder in seinem Kopf noch frisch waren. Er rief Alexion zu, Griffel und Wachstafel zur Hand zu nehmen, und bat seine Schwester, Gaius zu holen.

»Er ist drinnen und arbeitet an der Übersetzung, die du ihm aufgegeben hast.«

»Bitte ihn trotzdem, sofort hierher zu kommen. Das wird er sich nicht entgehen lassen wollen.« Es kann kein Rauch sein, dachte er. Dazu war es zu dicht. Außerdem war an seiner Basis kein Feuer zu entdecken. Aber wenn kein Rauch, was dann? »Seid still, verdammt noch mal!« Er bedeutete den Sklaven, mit ihrem Geschwätz aufzuhören. Als er angestrengt lauschte, konnte er gerade eben ein dumpfes, andauerndes Grollen hören, das über den Golf drang. Wenn es sich in einer Entfernung von fünfzehn Meilen so anhörte – wie musste es dann in der Nähe sein?

Er winkte Alcman herbei. »Schicke einen Läufer hinunter ins Ausbildungslager. Er soll den Kommandanten des Flaggschiffes ausfindig machen und ihm sagen, dass er sofort eine Liburne für mich startklar machen soll.«

»Bruder – nein!«

»Julia!« Plinius hob die Hand. »Ich weiß, du meinst es gut, aber spar dir deine Worte. Dieses Phänomen, was immer es sein mag, ist ein Zeichen der Natur. Das ist *meine* Sache.«

Corelia hatte die Läden aufgestoßen und stand auf ihrem Balkon. Rechts von ihr, über dem flachen Dach des Atriums, näherte sich eine riesige Wolke, so schwarz wie Tusche. Sie sah aus wie ein schwerer Vorhang, der vor den Himmel gezogen wird. Donner ließ die Luft beben. Von der Straße drangen Schreie herauf. Im Hof rannten Sklaven ziellos hin und her. Sie erinnerten sie an Haselmäuse in einem Glas, bevor sie zum Verzehr herausgefischt wurden. Sie fühlte sich seltsam losgelöst von dem Geschehen – eine Zuschauerin in einer Loge im Hintergrund des Theaters, die sich eine Vorstellung anschaut. Jeden Augenblick würde ein Gott aus den Kulissen herabgesenkt werden und sie in Sicherheit bringen. Sie rief hinunter. »Was geht da vor?«, aber niemand schenkte ihr auch nur die geringste Aufmerksamkeit. Noch einmal versuchte sie es, dann wurde ihr klar, dass man sie vergessen hatte.

Das Dröhnen der Wolke wurde lauter. Sie lief zur Tür und versuchte, sie zu öffnen, aber das Schloss war zu kräftig, als dass sie es aufbrechen konnte. Sie eilte zurück auf den Balkon, der für einen Sprung jedoch zu hoch oben war. Unten, zu ihrer Linken, sah sie Popidius die Stufen in seinem Teil des Hauses heraufkommen; er schob seine ältliche Mutter Taedia Secunda vor sich her. Ihnen folgten zwei mit Säcken beladene Sklaven. Corelia rief hinunter: »Popidius!« Als er seinen Namen hörte, blieb er stehen und sah sich um. Sie winkte ihm zu. »Hilf mir! Er hat mich eingesperrt!«

Er schüttelte verzweifelt den Kopf. »Er versucht, uns alle einzusperren! Er hat den Verstand verloren!«

»Bitte – komm herauf und schließ die Tür auf!«

Er zögerte. Er wollte ihr helfen. Und er hätte es auch getan. Aber noch bevor er einen halben Schritt getan hatte, landete etwas auf dem Ziegeldach hinter ihm, prallte ab und fiel in den Garten. Ein leichter Stein, ungefähr so groß wie eine Kinderfaust. Popidius sah, wie er landete. Ein weiterer traf die Pergola. Und plötzlich war es dunkel und die Luft war voller Geschosse. Mehrfach wurde er auf Kopf und Schultern getroffen. Die Stücke sahen schaumig aus, wie weißliche, versteinerte Schwämme. Sie waren nicht schwer, aber sie schmerzten trotzdem. Es war, als wäre man in einen plötzlichen Hagelschauer geraten – einen warmen, dunklen Hagelschauer, wenn man sich so etwas vorstellen konnte. Um Schutz zu suchen, lief Popidius, seine Mutter vor sich herschiebend, ins Atrium, ohne sich um Corelias Rufe zu kümmern. Die Tür vor ihm – der Eingang zu Ampliatus' altem Haus – stand offen und er stolperte auf die Straße hinaus.

Corelia sah nicht, wie er fortlief. Um dem Steinhagel zu entgehen, zog sie sich in ihr Zimmer zurück. Sie hatte noch einen letzten Eindruck von der Welt draußen, schattenhaft im Staub, und dann gab es nichts mehr als pechschwarze Dunkelheit, nicht einmal einen Schrei, nur noch das dröhnende Prasseln von Gestein.

In Herculaneum war das Leben seltsam normal. Die Sonne schien, Himmel und See waren strahlend blau. Als Attilius die Küstenstraße erreicht hatte, konnte er sogar Fischer draußen in ihren Booten erkennen, die ihre Netze auswarfen. Es war wie ein Trick des Sommerwetters, der die eine Hälfte der Bucht mit einem heftigen Gewitter dem Blick entzog, während die andere Hälfte ihr Glück segnete und fortfuhr, den Tag zu genießen. Sogar das vom Berg kommende Geräusch hatte nichts Bedrohliches an sich – ein Hintergrundgrollen, das mit einem Schuttschleier auf die Halbinsel Surrentum zudriftete.

Vor den Stadttoren von Herculaneum hatte sich eine kleine Menge versammelt, um die Vorgänge zu beobachten, ein paar geschäftstüchtige Händler hatten Stände aufgebaut und verkauften Gebäck und Wein. Schon jetzt schleppten sich staubbedeckte Reisende die Straße entlang, die meisten zu Fuß und mit Gepäck beladen, andere mit Karren, auf die sie ihre Habe getürmt hatten. Kinder rannten hinter ihnen her und genossen das Abenteuer, aber die Gesichter ihrer Eltern waren starr vor Angst. Attilius kam sich vor wie in einem Traum. Ein dicker Mann saß mit einem Mund voller Kuchen auf einem Meilenstein und erkundigte sich fröhlich, wie es denn dahinten aussähe.

»So schwarz wie Mitternacht in Oplontum«, antwortete jemand. »Und in Pompeji muss es noch schlimmer sein.«

»Pompeji?«, fragte Attilius scharf. Plötzlich war er hellwach. »Was ist in Pompeji passiert?«

Der Reisende schüttelte den Kopf und fuhr sich mit dem Finger über die Kehle und Attilius erschrak und dachte an Corelia. Als er sie gezwungen hatte, den Aquädukt zu verlassen, hatte er geglaubt, er schickte sie aus dem Gefahrenbereich fort. Aber jetzt, wo sein Auge dem Verlauf der Straße nach Pompeji folgte, bis dahin, wo sie in der Düsternis verschwand, wurde ihm klar, dass er genau das Gegenteil getan hatte. Der Ausstoß des Vesuv wurde vom Wind direkt auf die Stadt zugetragen.

»Geh nicht in diese Richtung, Bürger«, warnte der Mann. »Da ist kein Durchkommen.«

Aber Attilius wendete sein Pferd bereits dem Strom der Flüchtlinge entgegen.

Je weiter er kam, desto stärker war die Straße verstopft und umso jämmerlicher war der Zustand der Flüchtenden. Die meisten waren mit einer dicken grauen Staubschicht bedeckt; ihre Gesichter glichen blutbespritzten Totenmasken. Einige hielten noch immer brennende Fackeln in den Händen: ein geschlagenes Heer von weißhaarigen alten Männern, von Gespenstern, die, selbst zum Sprechen zu erschöpft, nach einer verheerenden Niederlage dahintrotteten. Ihre Haustiere – Ochsen, Esel, Pferde, Hunde und Katzen – glichen Alabasterfiguren, die knarrend zum Leben erwacht waren. Auf der Straße hinter ihnen zeichnete sich in der Asche eine Bahn aus Rad- und Fußspuren ab.

Auf der einen Seite hörte Attilius vereinzeltes Krachen aus den Olivenhainen. Auf der anderen Seite schien die See, Myriaden von winzigen Fontänen aufwerfend, ins Kochen zu geraten. Steine prasselten auf die Straße vor ihm. Sein Pferd blieb stehen, senkte den Kopf und weigerte sich weiterzugehen. Plötzlich schien der Rand der Wolke, der noch fast eine halbe Meile entfernt gewesen war, auf sie zuzukommen. Der Himmel war dunkel und von wirbelnden Geschossen erfüllt und binnen Sekunden wechselte der Tag von Nachmittagssonne in Zwielicht und er geriet unter Beschuss. Keine harten Brocken, sondern weiße Schlacke, kleine Klumpen aus verfestigter Asche, die aus unvorstellbarer Höhe herabfielen und von seinem Kopf und seinen Schultern abprallten. Menschen und Karren tauchten aus dem Zwielicht auf. Frauen schrien. Das Licht der Fackeln verglomm in der Dunkelheit. Sein Pferd scheute und machte kehrt. Attilius hörte auf, ein Retter zu sein, und wurde zu einem Teil des in Panik geratenen Stroms von Flüchtlingen, die verzweifelt versuchten, dem niederprasselnden Geröll zu entkommen. Sein Pferd rutschte von der Straße in einen Graben und galoppierte in ihm entlang. Dann wurde die Luft heller, nahm eine bräunliche Farbe an und plötzlich waren sie ins Sonnenlicht zurückgekehrt.

Alle Menschen hatten es jetzt sehr eilig, vorangetrieben von der Bedrohung in ihrem Rücken. Attilius wurde klar, dass nicht nur die Straße nach Pompeji unpassierbar war, sondern eine leichte Drehung des Windes die Gefahr westwärts um den Golf herum beförderte. Ein ältliches Paar saß weinend am Straßenrand, zu erschöpft, um noch weiter zu laufen. Ein Karren war umgestürzt und ein Mann versuchte, ihn wieder aufzurichten, während seine Frau einen Säugling beruhigte und ein kleines Mädchen sich an ihre Röcke klammerte. Die flüchtende Menschenmasse strömte um sie herum und Attilius wurde von ihr mitgerissen und auf die Straße nach Herculaneum zurückgedrängt.

Dass die Mauer aus herabstürzendem Gestein ihre Position veränderte, war an den Stadttoren bemerkt worden, und als er die Händler erreichte, packten sie gerade hastig ihre Waren ein. Die Menge löste sich auf; etliche Menschen suchten Schutz in der Stadt, andere strömten aus ihr heraus und schlossen sich dem Flüchtlingsstrom auf der Straße an. Jenseits der rot gedeckten Dächer waren noch immer die Boote der Fischer zu erkennen, die auf dem Golf ihrem Tagwerk nachgingen, und weiter draußen die großen Getreideschiffe aus Ägypten, welche den Hafen von Puteoli ansteuerten. *Die See*, dachte Attilius, wenn er irgendwo ein Boot auftreiben könnte, war es vielleicht möglich, dem Steinhagel zu entkommen und Pompeji von Süden her zu erreichen – *übers Wasser*. Wahrscheinlich war es sinnlos, sich in Herculaneum einen Weg zum Ufer hinab bahnen zu wollen, aber ihm war die große Villa direkt außerhalb der Stadt eingefallen, das Heim des Senators Pedius Cascus und seiner Philosophenschar;

dort gab es vielleicht ein Boot, das er benutzen konnte.

Er ritt auf der überfüllten Straße noch ein Stück weiter, bis er zwei hohe Torpfosten erreichte, die zur Villa Calpurnia gehören mussten. An einem Geländer im Hof band er sein Pferd fest und sah sich nach irgendwelchen Lebenszeichen um, aber der riesige Palast wirkte verlassen. Er ging durch die offene Tür in das große Atrium und dann an der Seite eines ummauerten Gartens entlang. Menschen riefen, auf dem Marmorfußboden wurden Schritte laut, dann bog ein Sklave um eine Ecke, der eine hoch mit Papyrusrollen beladene Schubkarre schob. Er ignorierte Attilius' Ruf und strebte durch eine breite Pforte in das helle Nachmittagslicht hinaus; gleichzeitig eilte ein weiterer Sklave, gleichfalls mit einer Schubkarre – die jedoch leer war –, durch den Eingang ins Haus.

Attilius trat ihm in den Weg.

»Wo ist der Senator?«

»Er ist in Rom.« Der Sklave war jung, furchtsam, verschwitzt.

»Und deine Herrin?«

»Am Schwimmbecken. Bitte – lass mich durch.«

Attilius trat beiseite, um ihm Platz zu machen, und stürmte in die Sonne hinaus. Neben der Terrasse lag das riesige Schwimmbecken, das er auf seiner Fahrt nach Pompeji von der Liburne aus gesehen hatte, und unzählige Menschen wuselten darum herum: Dutzende von Sklaven und weiß gewandeten Philosophen, die alle die Arme voller Papyri hatten und sie in Kästen am Rande des Beckens verstauten, während eine Gruppe von Frauen in der Nähe stand und die Küste entlang auf den fernen Sturm schaute, der von hier aus einem riesigen braunen Seenebel glich. Die Boote vor der Küste vor Herculaneum nahmen sich vor ihm wie winzige Zweige aus. Mittlerweile fischte niemand mehr. Die Wellen wurden höher. Attilius konnte hören, wie sie in rascher Folge gegen die Küste brandeten; kaum war eine gebrochen, türmte sich die nächste darauf. Einige der Frauen jammerten, aber die ältliche Matrone in der Mitte der Gruppe, die ein dunkelblaues Kleid trug, wirkte gefasst, als er sich ihr näherte. Jetzt erinnerte er sich wieder an sie – es war die Frau mit der Kette aus riesigen Perlen.

»Bist du die Gemahlin von Pedius Cascus?«

Sie nickte.

»Marcus Attilius, kaiserlicher Wasserbaumeister. Ich habe deinen Gemahl vorgestern Abend in der Villa des Befehlshabers kennen gelernt.«

Sie sah ihn erfreut an. »Hat Plinius dich geschickt?«

»Nein. Ich bin gekommen, um dich um einen Gefallen zu bitten. Ich brauche ein Boot.«

Ihr Gesicht verriet Bestürzung. »Glaubst du, ich stünde noch hier, wenn ich ein Boot hätte? Mein Mann ist gestern damit nach Rom aufgebrochen.«

Attilius schaute sich in dem riesigen Palast um, betrachtete seine Statuen und Gärten, die Kunstschätze und die Bücher, die auf dem Rasen aufgetürmt wurden. Er wandte sich zum Gehen.

»Warte!«, rief sie ihm nach. »Du musst uns helfen.«

»Es gibt nichts, was ich tun könnte. Du musst dein Glück wie alle anderen auf der Straße versuchen.«

»Um mich selbst habe ich keine Angst. Aber die Bibliothek – wir müssen die Bibliothek retten. Es sind zu viele Bücher, als dass wir sie auf der Straße transportieren könnten.«

»Mir geht es um Menschen, nicht um Bücher.«

»Menschen vergehen. Bücher sind unsterblich.«

»Wenn Bücher unsterblich sind, werden sie auch ohne meine Hilfe überleben.«

Er begann, den Pfad hinaufzugehen, der ins Haus zurückführte.

»Warte!« Sie raffte ihre Röcke zusammen und lief ihm nach. »Wo willst du hin?«

»Ein Boot suchen.«

»Plinius hat Boote. Er befehligt die größte Flotte der Welt.«

»Plinius befindet sich auf der anderen Seite des Golfs.«

»Schau hinaus aufs Meer! Ein ganzer Berg droht auf uns herabzustürzen! Glaubst du, ein einzelner Mann in einem kleinen Boot könnte etwas ausrichten? Wir brauchen eine Flotte. Komm mit!«

Das musste er der Gemahlin von Pedius Cascus zugestehen: Sie konnte es an Willenskraft mit jedem Mann aufnehmen. Er folgte ihr auf den von Säulen gesäumten Gang, der um das Schwimmbecken herumführte, und eine Treppe hinauf in die Bibliothek. Die meisten Fächer waren bereits leer. Zwei Sklaven luden die restlichen Bücher in eine Schubkarre und die Marmorhäupter früherer Philosophen blickten fassungslos auf das, was da vorging.

»Hier bewahren wir die Werke auf, die meine Vorfahren aus Griechenland mitgebracht haben. Allein hundertzwanzig Dramen von Sophokles. Sämtliche Werke des Aristoteles, einige in seiner eigenen Handschrift. Sie sind unersetzlich. Wir haben sie nie kopieren lassen.« Sie packte ihn am Arm. »Jede Stunde werden tausende von Menschen geboren oder sterben. Was haben wir schon zu bedeuten? Diese großen Werke werden alles sein, was von uns übrig bleibt. Plinius wird das verstehen.« Sie ließ sich an einem Tischchen nieder, griff zu einer Feder und tauchte sie in ein kleines Tintenfass aus Messing. Neben ihr flackerte eine rote Kerze. »Bring ihm diesen Brief. Er kennt die Bibliothek. Sage ihm, Rectina bittet ihn, sie zu retten.«

Hinter ihr, jenseits der Terrasse, konnte Attilius sehen, wie sich die drohende Dunkelheit stetig um den Golf herum bewegte, dem Schatten auf einer Sonnenuhr vergleichbar. Er hatte gehofft, dass sie kleiner werden würde, aber sie schien noch an Kraft zu gewinnen. Rectina hatte Recht. Gegen einen Feind dieses Ausmaßes würden nur große Schiffe – Kampfschiffe – etwas ausrichten können. Sie rollte ihren Brief zusammen, versiegelte ihn mithilfe der tropfenden Kerze und drückte ihren Ring in das weiche Wachs. »Hast du ein Pferd?«

»Mit einem frischen würde ich schneller vorankommen.«

»Du sollst es haben.« Sie rief einen der Sklaven herbei. »Bring Marcus Attilius zu den Stallungen und sattle ihm das schnellste Pferd, das wir haben.« Sie gab ihm den Brief, und als er ihn entgegennahm, umklammerten ihre trockenen, knochigen Finger sein Handgelenk. »Lass mich nicht im Stich, Wasserbaumeister!«

Er befreite seine Hand und lief hinter dem Sklaven her.

Hora nona

[15.32 Uhr]

»Die Auswirkungen der plötzlichen Freisetzung gewaltiger Magmamassen können die Geometrie der Wasseradern verändern, die flache Kammer destabilisieren und einen strukturellen Zusammenbruch bewirken. Eine derartige Situation verstärkt häufig die Heftigkeit eines Ausbruchs und es kommt zu einem Kontakt zwischen phreatischen Flüssigkeiten und Magma ebenso wie zu einer explosiven Dekompression des hydrothermalen Systems in der flachen Kammer.«

Encyclopedia of Volcanoes

Es kostete Attilius knapp zwei Stunden schnellen Reitens, um Misenum zu erreichen. Die Straße wand sich an der Küste entlang, manchmal direkt am Ufer, gelegentlich aber auch höher landeinwärts, vorbei an den riesigen Villen der römischen Elite. Überall ritt er an kleinen Gruppen von Leuten vorbei, die sich am Straßenrand versammelt hatten, um das ferne Spektakel zu beobachten. Die meiste Zeit wandte er dem Berg den Rücken zu, aber als er das Nordende des Golfs umrundete und mit dem Abstieg nach Neapolis begann, konnte er ihn wieder sehen, zu seiner Linken – jetzt ein Anblick von außerordentlicher Schönheit. Ein zarter Schleier aus weißem Nebel umhüllte die zentrale Säule und stieg in Form eines perfekten, durchscheinenden Zylinders Meile um Meile höher empor, bis an die Unterkante der pilzförmigen Wolke, die auf den Golf stürzte.

In Neapolis, selbst in den besten Zeiten ein verschlafener Ort, war keinerlei Panik zu spüren. Er hatte die erschöpften, schwer beladenen Flüchtlinge weit hinter sich gelassen und bisher war die Nachricht von der Katastrophe in Pompeji noch nicht bis zu der Stadt vorgedrungen. Die der See zugewandten weißen Tempel und Theater im griechischen Stil funkelten in der Nachmittagssonne. Besucher ergingen sich in den Gärten. Auf den Hügeln hinter der Stadt konnte er die aus roten Ziegeln erbaute Arkade der Aqua Augusta sehen, die hier oberirdisch verlief. Er fragte sich, ob das Wasser bereits wieder floss, wagte es aber nicht, anzuhalten und sich zu erkundigen. Außerdem war es ihm gleichgültig. Das, was er bisher für die wichtigste Sache der Welt gehalten hatte, war zu einem Nichts geschrumpft. Was waren Exomnius und Corax jetzt außer Staub? Nicht einmal Staub; kaum noch eine Erinnerung. Er fragte sich, was aus den anderen Männern geworden war. Aber das Bild, das er einfach nicht abschütteln konnte, war das von Corelia – die Art, wie sie ihr Haar zurückgeworfen hatte, als sie auf ihr Pferd stieg, und die Art, wie sie in der Ferne immer kleiner geworden war, dem Pfad folgend, auf den er sie geschickt hatte – dem Los entgegen, das er, nicht das Schicksal, ihr bestimmte.

Er durchquerte Neapolis und danach wieder offenes Gelände und gelangte in den gewaltigen Straßentunnel, den Agrippa durch das Vorgebirge von Pausilypon hatte bohren lassen – und in dem, wie Seneca bemerkt hatte, die Fackeln der Straßensklaven die Dunkelheit weniger durchdrangen als offenkundig machten –, vorbei an den riesigen Getreidesilos im Hafen von Puteoli – ein weiteres von Agrippas Projekten –, vorbei an den Ausläufern von Cumae – wo, wie es hieß, die Sibylle in einer hängenden Flasche hockte und den Tod herbeisehnte –, vorbei an den Austernbänken des Averner Sees, vorbei an den großen, terrassenförmig angelegten Bädern von Baiae, vorbei an den Betrunkenen am Strand und den Andenkenläden mit ihren bunt bemalten Glaswaren, an Kindern, die Drachen steigen ließen, und Fischern, die am Ufer ihre Netze flickten, sowie Männern, die im Schatten der Oleanderbäume würfelten, vorbei an einer Centurie Seesoldaten, die in voller Ausrüstung im Eilschritt zum Kriegshafen hinuntermarschierten; vorbei am ganzen wimmelnden Leben der Supermacht Rom, während an der gegenüberliegenden Seite des Golfs der Vesuv einen weiteren rollenden Donnerschlag von sich gab, woraufhin sich die Farbe der Gesteinsfontäne von Grau in Schwarz verwandelte und sie sogar noch höher emporschoss.

Plinius' größte Besorgnis war, dass alles vorbei sein könnte, bevor er es erreichte. Immer wieder watschelte er aus seiner Bibliothek heraus, um die Bewegung der Säule zu überprüfen, und jedes Mal war er erleichtert. Sie schien sogar noch zu wachsen. Eine genaue Schätzung ihrer Höhe war unmöglich. Posidonius war der Ansicht, dass Nebel, Winde und Wolken sich nicht höher als fünf Meilen über die Erde erhoben, aber die meisten Fachleute – und Plinius war derselben Meinung wie die Mehrheit – gingen von hundertelf Meilen aus.

Doch wie auch immer, das Ding – die Säule, »die Manifestation«, wie es zu nennen er beschlossen hatte –, war riesig.

Um so genaue Beobachtungen wie möglich zu machen, hatte er angeordnet, dass seine Wasseruhr zum Hafen hinuntergebracht und auf dem Achterdeck der Liburne aufgestellt wurde. Während dies geschah und das Schiff zum Auslaufen bereitgemacht wurde, suchte er in seiner Bibliothek nach Hinweisen auf den Vesuv. Bisher hatte er dem Berg nie viel Aufmerksamkeit geschenkt. Er war so riesig, so unübersehbar, so unausweichlich vorhanden, dass Plinius es vorgezogen hatte, sich mit den esoterischeren Aspekten der Natur zu beschäftigen. Aber gleich im ersten Werk, in dem er nachschlug, Strabons *Geographika*, wurde er fündig. *»Diese Gegend scheint in der Vergangenheit in Flammen gestanden zu haben, mit Kratern voller Feuer …«* Warum war ihm das früher nie aufgefallen? Er rief Gaius herbei.

»Siehst du? Er vergleicht den Berg mit dem Ätna. Doch wie kann das sein? Der Ätna hat einen Krater von zwei Meilen Durchmesser. Ich habe mit meinen eigenen Augen gesehen, wie er in der Nacht glühte. Und diese Feuer speienden Inseln – Strongyle, regiert von Aeolus, dem Gott der Winde, Lipara und Hiera Thermessa, die Heilige Insel, von der es heißt, dass Vulkan auf ihr lebt –, man kann sie alle brennen sehen. Niemand hat je über Glut auf dem Vesuv berichtet.«

»Er sagt, dass die flammenden Krater *›aus Mangel an Nahrung allmählich erloschen sind‹*«, erklärte sein Neffe. »Das könnte bedeuten, dass der Berg jetzt irgendeine frische Nahrungsquelle angezapft hat und dadurch wieder zum Leben erwacht ist.« Gaius schaute aufgeregt auf. »Könnte das den Schwefel im Wasser des Aquädukts erklären?«

Plinius betrachtete ihn mit neuem Respekt. Ja. Der Junge hatte Recht. Schwefel war die Nahrung, die all diesen Phänomenen gemeinsam war – dem Flammenknäuel an der Spitze des Berges Kophantus in Baktrien, dem brennenden Feld von der Größe eines Fischteichs auf der babylonischen Ebene, dem Sternenfeld auf dem Berg Hesperius in Äthiopien. Aber die Schlussfolgerungen waren beängstigend: Lipara und die Heilige Insel hatten einst mitten in der See tagelang gebrannt, bis eine Abordnung des Senats zu ihnen gesegelt war und eine Versöhnungs-Zeremonie veranstaltet hatte. Ein ähnlich explosives Feuer auf dem italienischen Festland, wo unzählige Menschen lebten, konnte eine Katastrophe bedeuten.

Er stemmte sich auf die Füße. »Ich muss hinunter zu meinem Schiff. Alexion!« Er rief nach seinem Sklaven. »Gaius, willst du nicht mitkommen? Vergiss deine Übersetzung.« Er streckte die Hand aus und lächelte. »Ich erlasse dir deine Lektion.«

»Wirklich, Onkel?« Gaius starrte über den Golf und kaute auf seiner Unterlippe. Ganz offensichtlich war auch ihm bewusst geworden, was ein zweiter Ätna am Golf bedeutete. »Das ist nett von dir, aber um ehrlich zu sein – ich bin gerade an einer schwierigen Passage angekommen. Natürlich, wenn du darauf bestehst …«

Plinius konnte sehen, dass er Angst hatte. Er verspürte selbst einen Anflug von Furcht und dabei war er ein alter Soldat. Der Gedanke schoss ihm durch den Kopf, dass er dem Jungen befehlen könnte, ihn zu begleiten – kein Römer sollte je der Angst nachgeben: Was war aus den strengen Wertmaßstäben seiner Jugend geworden? –, aber dann dachte er an Julia. War es fair, ihren einzigen Sohn unnötig der Gefahr auszusetzen? »Nein, nein«, sagte er, »ich bestehe nicht darauf. Die See sieht rau aus. Dir würde nur schlecht werden. Du bleibst hier und kümmerst dich um deine Mutter.«

Er kniff seinen Neffen in die pickelige Wange und fuhr ihm durch das fettige Haar. »Aus dir wird ein guter Anwalt werden, Gaius Plinius. Vielleicht sogar ein großer. Ich kann dich eines Tages sogar im Senat sitzen sehen. Du bist mein Erbe. Meine Bücher werden deine sein. Der Name Plinius wird in dir weiterleben …« Er brach ab. Das hörte sich zu sehr nach einem Abschied an. Grob fügte er hinzu: »Mach dich wieder an deine Studien. Und sag deiner Mutter, dass ich am Abend zurück sein werde.«

Auf den Arm seines Sekretärs gestützt und ohne einen Blick zurück, schlurfte der Befehlshaber aus seiner Bibliothek.

Attilius war an der Piscina mirabilis vorbeigeritten, über den Damm in den Hafen und war gerade im Begriff, die steile Straße zur Villa des Befehlshabers in Angriff zu nehmen, als er vor sich eine Abteilung Seesoldaten sah, die Plinius' Kutsche einen Weg bahnten. Er hatte gerade noch Zeit, abzusteigen und sich dem Geleit in den Weg zu stellen, bevor es ihn erreicht hatte.

»Befehlshaber!«

Plinius, der geradeaus gestarrt hatte, drehte sich unsicher in seine Richtung. Er sah eine Gestalt, die er nicht erkannte, mit Staub bedeckt und in einer zerrissenen Tunika; auf Gesicht, Armen und Beinen des Mannes waren Streifen getrockneten Blutes. Die Erscheinung sprach abermals.

»Befehlshaber! Ich bin's, Marcus Attilius!«

»Der Wasserbaumeister?« Plinius ließ die Kutsche anhalten. »Was ist mit dir passiert?«

»Es ist eine Katastrophe, Befehlshaber. Der Berg explodiert und es regnet Felsbrocken.« Attilius leckte über seine aufgesprungenen Lippen. »Hunderte von Menschen sind auf der Küstenstraße auf der Flucht nach Osten. Oplontum und Pompeji werden verschüttet. Ich komme aus Herculaneum. Ich habe eine Botschaft für dich …« – er wühlte in seiner Tasche – »von der Gemahlin des Pedius Cascus.«

»Rectina?« Plinius nahm den Brief entgegen und brach das Siegel auf. Er las ihn zweimal, seine Miene verfinsterte sich und plötzlich wirkte er krank. Er lehnte sich in der Kutsche zur Seite und zeigte Attilius den hastig hingeworfenen Text: *Plinius, teuerster Freund, die Bibliothek ist in Gefahr. Ich bin allein. Ich flehe dich an, wenn du diese alten Bücher und deine getreue alte Rectina immer noch liebst, dann komm über die See – und zwar so rasch wie möglich.* »Ist das wirklich wahr?«, fragte Plinius. »Der Villa Calpurnia droht Gefahr?«

»Der ganzen Küste droht Gefahr, Befehlshaber.« Was war mit dem alten Mann los? Hatten Wein und Alter seinen Verstand benebelt? Oder dachte er, das alles wäre nur ein Schauspiel – eine eigens für ihn gegebene Vorstellung im Amphitheater? »Die Gefahr folgt dem Wind und der dreht sich wie eine Wetterfahne. Vielleicht ist nicht einmal Misenum sicher.«

»Vielleicht ist nicht einmal Misenum sicher«, wiederholte Plinius. »Und Rectina ist allein.« Seine Augen wurden feucht. Er rollte den Brief zusammen und winkte seinen Sekretär herbei, der mit den Seesoldaten neben der Kutsche hergelaufen war. »Wo ist Antius?«

»Am Kai, Herr.«

»Wir müssen uns beeilen. Steig zu mir ein, Attilius.« Er klopfte mit seinem Ring an die Seitenwand der Kutsche. »Vorwärts!« Attilius zwängte sich neben ihn und die Kutsche rollte die Anhöhe hinunter. »Und nun berichte mir alles, was du gesehen hast.«

Attilius versuchte, Ordnung in seine Gedanken zu bringen, aber es fiel ihm schwer, zusammenhängend zu sprechen. Dennoch versuchte er, die Wucht dessen zu beschreiben, was er erlebt hatte, als der Gipfel des Berges in die Luft flog. Und die Explosion des Gipfels, sagte er, war nur der Schlusspunkt einer ganzen Reihe anderer Phänomene – dem Schwefel in der Erde, den Becken voller giftiger Gase, den Erdbeben, der Aufwölbung des Bodens, die den Aquädukt beschädigt hatte, dem Verschwinden von Quellen in der Umgebung. All diese Dinge standen miteinander im Zusammenhang.

»Und keiner von uns hat es erkannt«, sagte Plinius kopfschüttelnd. »Wir waren so blind wie der alte Pomponianus, der es für das Werk Jupiters hielt.«

»Das stimmt nicht ganz, Befehlshaber. Ein Mann hat es erkannt – ein Mann, der aus der Gegend um den Ätna stammt: mein Vorgänger Exomnius.«

»Exomnius?«, sagte Plinius scharf. »Der eine Viertelmillion Sesterzen auf dem Grund seines eigenen Reservoirs versteckt hat?« Er bemerkte die Verblüffung auf dem Gesicht des Wasserbaumeisters. »Sie wurden heute früh entdeckt, nachdem der Rest des Wassers abgeflossen war. Warum? Weißt du, wie er dazu gekommen ist?«

Sie erreichten die Kaianlagen. Attilius bot sich ein vertrauter Anblick – die *Minerva* lag mit aufgerichtetem Hauptmast auslaufbereit im Wasser – und er dachte, wie seltsam die Kette von Ereignissen und Umständen war, die ihn zu dieser Zeit an diesen Ort gebracht hatte. Wenn Exomnius kein Sizilier gewesen wäre, wäre er nie auf den Vesuv hinaufgestiegen und dort verschwunden, Attilius wäre nie von Rom ausgeschickt worden, wäre nie nach Pompeji gekommen, hätte weder Corelia noch Ampliatus noch Corax kennen gelernt. Einen kurzen Moment lang wurde ihm die außerordentliche Logik von alledem bewusst, von vergifteten Fischen bis zu verstecktem Silber, und er versuchte sich zu überlegen, wie er das dem Befehlshaber am besten beschreiben konnte. Aber er hatte kaum begonnen, als Plinius ihm mit einer Handbewegung Schweigen gebot.

»Die Niedertracht und Habgier von Menschen!«, rief er ungeduldig. »Das allein würde für ein Buch ausreichen. Aber was spielt das jetzt noch für eine Rolle? Schreib alles auf und lege mir den Bericht bei meiner Rückkehr vor. Was ist mit dem Aquädukt?«

»Repariert, Befehlshaber. Jedenfalls war er in Ordnung, als ich ihn heute Morgen verließ.«

»Dann hast du gute Arbeit geleistet, Wasserbaumeister. Ich verspreche dir, dass man in Rom davon erfahren wird. Und jetzt kehr in deine Unterkunft zurück und ruhe dich aus.«

Der Wind ließ die Taue gegen den Mast der *Minerva* klatschen. Torquatus stand auf der hinteren Laufplanke und sprach mit Antius, dem Kommandanten des Flaggschiffes, und einer Gruppe von sieben Offizieren. Sie nahmen Haltung an, als Plinius' Kutsche eintraf.

»Wenn du gestattest, Befehlshaber, würde ich lieber mitkommen.«

Plinius musterte ihn überrascht, dann lächelte er und schlug mit seiner fleischigen Hand auf Attilius' Knie. »Ein Wissenschaftler! Du bist genau wie ich! Ich habe es in dem Augenblick gewusst, in dem ich dich gesehen habe! Wir werden heute große Dinge vollbringen, Marcus Attilius.« Er schnaufte seine Befehle heraus, noch während ihm sein Sekretär aus der Kutsche half. »Torquatus – wir legen sofort ab. Der Wasserbaumeister kommt mit. Antius – lass den Alarmzustand ausrufen. Und lass in meinem Namen ein Signal nach Rom übermitteln: ›Vesuv kurz vor der siebenten Stunde ausgebrochen. Die Anwohner des Golfs sind in Gefahr. Ich schicke die ganze Flotte zur Rettung Überlebender aus.‹«

Antius starrte ihn an. »Die *ganze* Flotte?«

»Alles, was schwimmen kann. Was hast du da draußen?« Plinius richtete die kurzsichtigen Augen auf den Außenhafen, wo die Kampfschiffe vor Anker lagen und in der zunehmenden Dünung schaukelten. »Ist das die *Concordia*, die ich da sehe? Die *Libertas*. *Justitia*. Und die da drüben – die *Pietas*? Die *Europa*.« Er schwenkte die Hand. »Sie alle. Und jedes Schiff im inneren Hafen, das nicht im Trockendock liegt. Neulich abends hast du dich noch beklagt, Antius, dass die mächtigste Flotte der Welt nie in die Schlacht zieht. Nun, hier ist eine Schlacht für dich.«

»Aber zu einer Schlacht gehört ein Feind, Befehlshaber.«

»Dort ist dein Feind.« Er deutete auf die schwarze Wolke, die in der Ferne immer größer wurde. »Ein gefährlicherer Feind als jedes Heer, dem Caesar je gegenüberstand.«

Einen Augenblick lang bewegte Antius sich nicht und Attilius fragte sich, ob er vielleicht daran dachte, den Befehl zu verweigern, aber dann trat ein Funkeln in seine Augen und er wandte sich an die Offiziere. »Ihr habt eure Befehle gehört. Informiert den Kaiser und ordnet Generalalarm an. Und lasst alle wissen, dass ich dem Kapitän, der nicht binnen einer halben Stunde auf See ist, die Eier abschneiden werde.«

Nach der Wasseruhr des Befehlshabers war es um die Mitte der neunten Stunde, als sich die *Minerva* vom Kai löste und langsam Kurs auf die offene See nahm. Attilius bezog seine alte Position an der Reling und nickte Torquatus zu. Der Kommandant der Liburne reagierte mit einem leichten Kopfschütteln, als wollte er sagen, dass er dieses Unternehmen für Wahnsinn hielt.

»Notiere die Zeit«, befahl Plinius und Alexion, der neben ihm hockte, tauchte die Feder in die Tinte und kritzelte eine Zahl.

Für Plinius war auf dem Oberdeck ein bequemer Stuhl mit Armstützen und einer hohen Rückenlehne aufgestellt worden; von dieser erhöhten Position aus überblickte er die Szene, die sich ihm bot. Seit mehr als zwei Jahren hatte er davon geträumt, die Flotte in einer Schlacht zu befehligen – dieses gewaltige Schwert aus der Scheide zu ziehen –, obwohl er wusste, dass Vespasian ihn nur als Verwalter in Friedenszeiten berufen hatte, um dafür zu sorgen, dass die Klinge nicht rostete. Aber jetzt war Schluss mit dem Exerzieren. Jetzt endlich würde er erleben, wie es in einer Schlacht wirklich zuging: die durchdringenden Töne der Trompeten, die die Männer aus allen Ecken Misenums herbeiriefen, die Ruderboote, die die ersten Seeleute zu den riesigen Quadriremen hinausbeförderten, die Vorhut, die sich bereits an Bord der Kampfschiffe befand und auf den Decks herumeilte, die hohen Masten, die aufgerichtet, und die Ruder, die eingelegt wurden. Antius hatte versprochen, sofort zwanzig Schiffe seeklar zu machen. Das waren viertausend Mann – eine Legion!

Als die *Minerva* auf Ostkurs gegangen war, wurden die beiden Reihen Ruder ins Wasser getaucht, die Trommel unter Deck begann zu schlagen und das Schiff nahm Fahrt auf. Plinius hörte, wie der Wind seine persönliche Standarte mit dem Kaiseradler am Achtersteven hinter ihm knattern ließ. Der Wind wehte ihm ins Gesicht. Er spürte, wie sich sein Magen verkrampfte. Die ganze Stadt war erschienen, um ihnen nachzuschauen. Er sah, wie sie die Straßen säumten, sich aus Fenstern lehnten, auf den Dächern standen. Schwacher Applaus drang über den Hafen. Er suchte die Anhöhe nach seiner eigenen Villa ab, sah Gaius und Julia auf der Terrasse und hob die Hand. Ein weiterer Applaus begleitete die Geste.

»Siehst du, wie unberechenbar die Menge ist?«, rief er Attilius zu. »Gestern Abend hat man mich auf der Straße angespuckt. Heute bin ich ein Held. Alles, wofür sie leben, ist ein Spektakel.« Er winkte abermals.

»Ja – und warte ab, wie sie morgen reagieren werden«, murmelte Torquatus. »Wenn sie erfahren, dass die Hälfte ihrer Männer tot ist.«

Attilius war bestürzt. Er sagte leise: »Glaubst du, dass die Gefahr so groß ist?«

»Diese Schiffe wirken kraftvoll, Aquarius, aber sie werden von Tauen zusammengehalten. Ich kämpfe gern gegen jeden sterblichen Feind. Aber nur Narren lassen sich auf einen Kampf mit der Natur ein.«

Der Lotse am Bug stieß einen Warnruf aus und der hinter dem Befehlshaber stehende Rudergänger warf das Ruder herum. Die *Minerva* suchte sich ihren Weg zwischen den vor Anker liegenden Kampfschiffen hindurch und kam ihnen dabei so nahe, dass Attilius die Gesichter der Männer auf den Decks sehen konnte, dann machte sie noch einen Schwenk und passierte die natürliche Felswand des Hafens, der sich so langsam zu öffnen schien wie die Rolltür eines großen Tempels. Jetzt hatten sie zum ersten Mal freien Blick auf das, was jenseits des Golfs vor sich ging.

Plinius umklammerte die Armlehnen seines Stuhls, zu überwältigt, um etwas zu sagen. Doch dann erinnerte er sich an seine Pflicht gegenüber der Wissenschaft. »›Jenseits von Pausilypon‹«, diktierte er zögernd, »›sind der gesamte Vesuv und die ihn umgebende Küste vollständig von einer driftenden Wolke verhüllt, weißlich grau und von schwarzen Streifen durchzogen!‹« Aber das war zu nichtssagend, dachte er; er musste einen Eindruck von Ehrfurcht erwecken. »›Darüber hinausragend, sich wölbend und entrollend, als würden die heißen Eingeweide der Erde herausgezerrt und himmelwärts gezogen, erhebt sich die zentrale Säule der Manifestation.‹« Das war besser. »›Sie wächst‹«, fuhr er fort, »›als würde sie von einer ununterbrochenen Explosion angetrieben. Aber in ihrem oberen Teil wird das Gewicht der ausgestoßenen Materie zu groß; sie sinkt ab und dehnt sich seitwärts aus.‹ Ist das auch deine Meinung, Aquarius?«, rief er. »Ist es das Gewicht, dass die Verbreiterung bewirkt?«

»Das Gewicht, Befehlshaber«, rief er zurück. »Oder der Wind.«

»Ja, das leuchtet ein. Füg das hinzu, Alexion. ›In größerer Höhe scheint der Wind stärker zu sein und er treibt die Manifestation nach Südosten.‹« Er wandte sich an Torquatus. »Wir sollten uns diesen Wind zunutze machen! Lass das Segel setzen!«

»Wahnsinn«, sagte Torquatus leise zu Attilius. »Welcher Kapitän segelt in einen Sturm hinein?« Aber er rief seinen Offizieren zu: »Setzt das Großsegel!«

Die Querstange, an der das Segel befestigt war, wurde aus ihrer Halterung in der Mitte des Rumpfes herausgehoben und Attilius musste sich ans Heck zurückziehen, als die Seeleute beiderseits der Stange die Taue ergriffen und sie am Mast emporzogen. Das Segel war nach wie vor gerefft, und als es seine Position unter dem Carchesium, dem »Trinkgeschirr«, wie der Ausguck genannt wurde, erreicht hatte, kletterte ein nicht mehr als zehn Jahre alter Junge am Mast hinauf, um es zu lösen. Er rutschte auf der Rahnock entlang und knotete die Befestigungen auf, und als die letzte gelöst war, rauschte das schwere Segel herunter, füllte sich auf der Stelle und straffte sich unter der Gewalt des Windes. Die *Minerva* knarrte und wurde schneller, jagte durch die Wellen, warf zu beiden Seiten ihres spitzen Bugs weiße Gischt auf, einem Meißel vergleichbar, der in weiches Holz einschneidet.

Plinius war zumute, als füllte sich sein Wesen mit dem Segel. Er zeigte nach links. »Dort ist unser Ziel, Kommandant. Herculaneum! Lass direkt auf die Küste zusteuern – auf die Villa Calpurnia!«

»Ja, Befehlshaber! Rudergänger – Kurs Ost!«

Das Segel knallte und das Schiff krängte über. Eine Gischtwoge durchnässte Attilius – ein grandioses Gefühl. Er wischte sich den Staub aus dem Gesicht und fuhr mit den Fingern durch sein schmutziges Haar. Unter Deck wurde die Trommel in einem wahnwitzigen Tempo geschlagen und die Ruder waren in den heranbrandenden Wellen und der Gischt kaum noch zu erkennen. Plinius' Sekretär musste die Arme über seine Papiere legen, damit sie nicht davongeweht wurden. Attilius schaute zu dem Befehlshaber hinauf. Plinius beugte sich auf seinem Stuhl nach vorn. Seine Wangen glänzten von der Gischt, die Augen funkelten vor Aufregung und er lächelte breit; alle Spuren der früheren Erschöpfung waren verschwunden. Er war wieder ein Reitersmann auf seinem Pferd, der mit dem Spieß in der Hand über die Ebenen Germaniens prescht, um sich auf die Barbaren zu stürzen.

»Wir werden Rectina und die Bibliothek retten und in Sicherheit bringen und dann schließen wir uns Antius und dem Rest der Flotte an und nehmen so viele Menschen wie möglich auf. Wie klingt das in deinen Ohren, Kommandant?«

»Wie der Befehlshaber wünscht«, erklärte Torquatus steif. »Darf ich fragen, welche Stunde deine Uhr anzeigt?«

»Den Beginn der zehnten Stunde«, sagte Alexion.

Torquatus hob die Brauen. »Dann bleiben uns also nur noch drei Stunden Tageslicht.«

Er ließ die Bemerkung in der Luft hängen, aber Plinius tat sie mit einer Handbewegung ab. »Schau dir die Fahrt an, die wir machen, Torquatus! Bald sind wir an der Küste.«

»Ja, und der Wind, der uns vorantreibt, wird es uns schwer genug machen, von dort wieder fortzukommen.«

»Seeleute!«, spottete Plinius im Tosen der Wellen. »Hast du das gehört, Aquarius? Wenn es ums Wetter geht, sind sie schlimmer als die Bauern. Sie stöhnen, wenn kein Wind weht, und wenn einer da ist, beschweren sie sich noch lauter.«

»Befehlshaber!« Torquatus salutierte. »Bitte entschuldige mich!« Er wendete sich mit zusammengebissenen Zähnen ab und machte sich schwankend auf den Weg zum Bug.

»Beobachtungen in der zehnten Stunde«, sagte Plinius. »Bist du bereit, Alexion?« Er legte die Fingerspitzen zusammen und runzelte die Stirn. Es war eine gewaltige Herausforderung, ein Phänomen zu beschreiben, für das bisher noch keine Sprache erfunden war. Nach einer Weile schienen Metaphern wie Säulen, Baumstämme, Fontänen und dergleichen mehr zu verschleiern als zu erhellen, weil sie außerstande waren, die unterschwelligen Kräfte dessen einzufangen, was er beobachtete. Er hätte einen Dichter mitbringen sollen – der wäre von größerem Nutzen gewesen als der übervorsichtige Kommandant. »›Aus größerer Nähe‹«, begann er, »›macht die Manifestation den Eindruck einer schweren, gigantischen Regenwolke, die sich zunehmend schwarz färbt. Wie bei einem noch mehrere Meilen entfernten Gewitter kann man einzelne Regenschwaden ausmachen, die wie Rauch über die dunkle Oberfläche driften. Und dennoch handelt es sich, dem Wasserbaumeister Marcus Attilius zufolge, nicht um Regen, der herabstürzt, sondern um Gestein.‹« Er rief zum Achterdeck. »Komm herauf, Aquarius. Beschreibe uns noch einmal, was du gesehen hast. Für die Aufzeichnungen.«

Attilius stieg die kurze Leiter zum Oberdeck hinauf. Die Art, auf die Plinius sich eingerichtet hatte – mit seinem Sklaven, seinem thronähnlichen Stuhl, seiner Wasseruhr – hatte, vor dem Hintergrund der Gewalten, in die sie hineinsegelten, etwas Absurdes. Obwohl er den Wind im Rücken hatte, konnte Attilius bereits das Donnern des Berges hören und die hoch aufragende Gesteinskaskade war jetzt viel näher und ihr Schiff so zerbrechlich wie ein Blatt am unteren Ende eines Wasserfalls. Er versuchte, seinen Bericht zu wiederholen, und dann zuckte ein Blitz durch die wirbelnde Wolkenmasse – nicht weiß, sondern ein greller, gezackter Streifen Rot. Er hing in der Luft wie eine Ader voller Blut und Alexion begann, mit der Zunge zu schnalzen, womit die Abergläubischen Blitzschläge verehren.

»Füge das der Liste der Phänomene hinzu«, befahl Plinius. »›Blitze: ein Unheil drohendes Omen.‹«

Torquatus rief. »Wir kommen zu nahe heran!«

Über die Schulter des Befehlshabers sah Attilius die Quadriremen der Flotte von Misenum, die, noch im Sonnenlicht, den Hafen in V-Formation wie ein Schwarm fliegender Gänse verließen. Aber dann wurde er sich bewusst, dass der Himmel sich verdunkelte. Zu ihrer Rechten prasselte ein Steinhagel auf die See und kam rasch näher. Die Rammsporne und die Segel der Quadriremen verschwammen, und als sich die Luft mit wirbelndem Gestein füllte, lösten sie sich in Geisterschiffe auf.

In dem Inferno war Torquatus überall und brüllte Befehle. Männer rannten in der Düsternis auf dem Deck herum. Die Taue, die die Rahnock hielten, wurden gelöst und das Segel gesenkt. Der Rudergänger schwenkte hart nach Steuerbord. Eine Sekunde später kam ein Feuerball vom Himmel, berührte die Spitze des Mastes, glitt an ihm herunter und dann an der Rahnock entlang. Attilius sah Plinius mit eingezogenem Kopf und in den Nacken gedrückten Händen und sein Sekretär beugte sich vor, um seine Papiere zu schützen. Der Feuerball schoss von der Rahnock herunter und stürzte, gefolgt von Schwefeldünsten, in die See. Er erlosch mit einem gewaltigen Zischen und mit ihm sein Licht. Hätte sich das Segel noch am Mast befunden, wäre es in Flammen aufgegangen. Attilius spürte das Trommeln der Steine auf seinen Schultern und hörte sie auf das Deck fallen. Die *Minerva* musste sich am Rand der Wolke befinden und Torquatus versuchte, sie aus ihr herausrudern zu lassen; plötzlich gelang es ihm. Es gab eine letzte Ladung Geschosse, dann waren sie ins Sonnenlicht zurückgekehrt.

Er hörte Plinius husten, und als er die Augen öffnete, sah er, dass der Befehlshaber aufgestanden war und das Geröll aus den Falten seiner Toga schüttelte. Er hatte eine Hand voll Steine ergriffen, und als er wieder auf seinen Stuhl gesunken war, betrachtete er sie auf seiner Handfläche. Überall auf dem Schiff schüttelten Männer ihre Kleidung aus und untersuchten ihre Gliedmaßen auf Schnittwunden. Noch immer steuerte die *Minerva* auf Herculaneum zu, das jetzt kaum noch eine Meile entfernt und deutlich zu sehen war, aber der Wind nahm an Stärke zu und die Wellen wurden höher. Der Rudergänger hatte Mühe, sie auf Kurs zu halten, weil die Wellen gegen die Backbordseite des Schiffes brandeten.

»›Begegnung mit der Manifestation‹«, sagte Plinius gelassen. Er wischte sich das Gesicht mit dem Ärmel ab und hustete abermals. »Hast du das? Wie spät ist es?«

Alexion kippte die Steine von seinen Papieren und blies den Staub herunter. Dann beugte er sich zu der Uhr. »Der Mechanismus ist zerbrochen, Herr.« Seine Stimme zitterte. Er war den Tränen nahe.

»Macht nichts. Sagen wir, die elfte Stunde.« Plinius hielt einen der Steine hoch und betrachtete ihn aus der Nähe. »›Das Material ist schaumiger, blasenreicher Bimsstein. Weißlich grau. Er ist leicht wie Asche und zerfällt in Bruchstücke, die nicht größer sind als mein Daumen.‹« Er hielt einen Moment inne, dann sagte er sanft: »Nimm deine Feder, Alexion. Wenn ich eines nicht ausstehen kann, dann ist es Feigheit.«

Die Hand des Sekretärs zitterte. Wegen des Stampfens und Schlingerns des Schiffes konnte er kaum schreiben. Seine Feder glitt in einem unleserlichen Gekritzel über die Oberfläche des Papyrus. Plinius' Stuhl rutschte über das Deck und Attilius suchte ihn schnell zu packen. Er sagte: »Du solltest unter Deck gehen.« Im selben Moment stolperte Torquatus barhäuptig auf Plinius zu.

»Nimm meinen Helm, Befehlshaber.«

»Danke, Kommandant, aber mein alter Schädel bietet genügend Schutz.«

»Befehlshaber – ich flehe dich an – dieser Wind trägt uns direkt in den Sturm – wir müssen umkehren!«

Plinius ignorierte ihn. »›Der Bimsstein gleicht

weniger Gestein als vielmehr Brocken einer gefrorenen Wolke.‹« Er reckte den Hals, um über die Seite des Schiffes blicken zu können. »Es schwimmt auf der Wasseroberfläche wie Eisschollen. Siehst du das? Höchst merkwürdig.«

Attilius war es noch nicht aufgefallen. Das Wasser war mit einem Steinteppich bedeckt. Die Ruder fegten ihn mit jedem Schlag beiseite, aber sofort wurde weiteres Gestein herangeschwemmt und trat an seine Stelle. Torquatus lief zur Reling. Sie waren eingeschlossen.

Eine Welle aus Bimsstein brach über die Vorderkante des Decks herein.

»Befehlshaber …«

»Das Glück ist mit den Tapferen, Torquatus. Lass auf die Küste zusteuern!«

Eine kurze Weile kamen sie noch voran, aber das Tempo der Ruderschläge wurde schwächer, besiegt nicht vom Wind oder den Wellen, sondern vom hemmenden Gewicht des Bimssteins auf dem Wasser. Er nahm zu, je näher sie der Küste kamen, wurde zwei oder drei Fuß dick – eine weite Fläche rasselnder, trockener Brandung. Die Ruder glitten hilflos darüber hinweg, ohne irgendeinen Druck ausüben zu können, und das Schiff begann, mit dem Wind auf das herabregnende Gestein zuzudriften. Die Villa Calpurnia war quälend nahe.

Attilius erkannte die Stelle, an der er mit Rectina gestanden hatte. Er konnte Gestalten an der Küste entlangrennen sehen, die Bücherstapel, die flatternden weißen Gewänder der epikureischen Philosophen.

Plinius hatte aufgehört zu diktieren und mit Attilius' Hilfe stemmte er sich auf die Füße. Rings um sie herum knarrte das Holz, weil der Bimsstein gegen den Rumpf drückte. Attilius spürte, wie Plinius ein wenig zusammensackte, als würde ihm jetzt zum ersten Mal bewusst, dass sie geschlagen waren. Er streckte die Hand in Richtung Küste aus. »Rectina«, murmelte er.

Der Rest der Flotte begann sich zu zerstreuen, die V-Formation löste sich auf, weil jedes Schiff versuchte, sich zu retten. Und dann war es wieder düster und das vertraute Prasseln des Bimssteins löschte alle anderen Geräusche aus. Torquatus schrie: »Wir haben die Kontrolle über das Schiff verloren! Alles unter Deck! Aquarius – hilf mir, ihn hinunterzuschaffen.«

»Meine Aufzeichnungen«, protestierte Plinius.

»Alexion hat deine Aufzeichnungen, Befehlshaber.« Attilius ergriff einen Arm und Torquatus den anderen. Plinius war ungeheuer schwer. Auf der letzten Stufe stolperte er und wäre beinahe kopfüber hinuntergestürzt, aber es gelang ihnen, ihn zu halten und über das Deck zu der offenen Luke zu zerren, die in den Bereich der Ruderer hinabführte. Die Luft verwandelte sich in Gestein. »Platz für den Befehlshaber!«, keuchte Torquatus und dann warfen sie ihn beinahe die Leiter hinunter. Alexion folgte ihm mit den kostbaren Papieren, Plinius fast auf die Schultern tretend, dann sprang Attilius in einem Bimsstein-Schauer hinunter und als Letzter Torquatus, der die Luke hinter ihnen zuschlug.

Vespera

[20.02 Uhr]

»Während der ersten Phase hatte der Schlot einen Durchmesser von vermutlich 100 Metern. Im weiteren Verlauf der Eruption ermöglichte die unvermeidliche Verbreiterung des Schlotes den Ausstoß von immer größeren Massen. Am Abend des 24. war die Höhe der Säule gewachsen. Zunehmend tiefere Schichten der Magmakammer wurden angezapft, bis nach ungefähr sieben Stunden der stärker mafische Bimsstein erreicht war. Davon wurden etwa 1,5 Millionen Tonnen pro Sekunde herausgeschleudert und von Konvektionsströmen bis in eine Maximalhöhe von schätzungsweise 33 Kilometern befördert.«

Volcanoes: A Planetary Perspective

Sie duckten sich in der stickigen Hitze und der fast völligen Dunkelheit unter dem Deck der *Minerva* und lauschten dem Trommeln der Steine über ihren Köpfen. Die Luft stank nach Schweiß und dem Atem von zweihundert Seesoldaten. Gelegentlich jammerte jemand in einer unverständlichen Sprache, wurde aber mit einem groben Befehl von einem der Offiziere rasch zum Schweigen gebracht. Ein Mann neben Attilius erklärte mehrfach auf Lateinisch, dies sei das Ende der Welt – und so kam es dem Wasserbaumeister auch vor. Die Natur hatte sich umgekehrt, sodass sie mitten auf der See in Gestein ertranken und am helllichten Tage in tiefer Dunkelheit dahintrieben. Das Schiff schaukelte heftig, aber keiner der Riemen bewegte sich. Jede Aktivität war sinnlos, denn sie hatten keine Ahnung, in welche Richtung sie getrieben wurden. Es blieb ihnen nichts anderes übrig, als es zu ertragen, und jeder Mann war in seine eigenen Gedanken versunken.

Attilius vermochte nicht zu sagen, wie lange das dauerte. Vielleicht eine Stunde, vielleicht auch zwei. Er wusste nicht einmal, wo er sich befand. Er wusste nur, dass er sich an einem schmalen Balken festhielt, der durch das gesamte Schiff zu verlaufen schien und an den sich rechts und links die beiden engen Ruderbänke anschlossen. Irgendwo in der Nähe konnte er hören, wie Plinius schnaufte und Alexion wie ein Kind schnüffelte. Von Torquatus kam kein Laut. Das unaufhörliche Hämmern des herabstürzenden Bimssteins, anfangs scharf, solange er auf die Planken des Decks aufschlug, wurde immer dumpfer, weil Bimsstein auf Bimsstein traf und sie von der Welt abschnitt. Und das war für ihn das Schlimmste – das Gefühl, dass sich diese Masse über ihnen ansammelte und sie lebendig begrub. Während die Zeit verging, begann er sich zu fragen, wie lange die Decksplanken noch halten und ob das Gewicht dessen, was über ihnen war, sie unter Wasser drücken würde. Er versuchte, sich mit dem Gedanken zu trösten, dass Bimsstein leicht war. Wenn die Baumeister in Rom eine große Kuppel errichteten, mischten sie ihn manchmal anstelle von Gesteins- und Ziegelbrocken in den Zement. Dennoch wurde sich Attilius allmählich der Tatsache bewusst, dass das Schiff eine leichte Schlagseite hatte, und wenig später schrien einige der Ruderer rechts von ihm in panischer Angst, dass Wasser durch die Riemenöffnungen hereinströmte.

Torquatus befahl ihnen grob, still zu sein, dann rief er Plinius zu, dass er mit ein paar Männern an Deck müsse, um das Gestein über Bord zu schaufeln.

»Tu, was getan werden muss, Kommandant«, entgegnete der Befehlshaber. Seine Stimme klang gelassen. »Hier spricht Plinius!«, brüllte er plötzlich gegen das Tosen des Sturms an. »Ich erwarte von jedem Mann, dass er sich wie ein römischer Soldat verhält. Und wenn wir nach Misenum zurückkehren, werde ich veranlassen, dass ihr belohnt werdet. Das verspreche ich euch.«

Aus der Dunkelheit kamen einige höhnische Rufe.

»Du meinst wohl, falls wir zurückkehren!«

»Du warst es, der uns in diese Lage gebracht hast!«

»Ruhe!«, brüllte Torquatus. »Aquarius, willst du mir helfen?« Er war die kurze Leiter zur Luke emporgestiegen und versuchte, sie aufzustoßen, aber das Gewicht des Bimssteins war zu groß. Attilius tastete sich an dem Balken entlang und trat zu ihm auf die Leiter, hielt sich mit einer Hand fest und drückte mit der anderen gegen die Holzplatte über seinem Kopf. Gemeinsam hoben sie sie langsam an und Gesteinstrümmer prasselten auf ihre Köpfe und landeten auf dem Holz unter ihnen. »Ich brauche zwanzig Mann!«, befahl Torquatus. »Die ersten fünf Ruderbänke – folgt mir.«

Attilius kletterte hinter ihm hinaus in den Wirbel aus fliegendem Bimsstein. Es herrschte eine seltsame, beinahe bräunliche Beleuchtung, wie während eines Sandsturms, und als er sich aufrichtete, ergriff Torquatus seinen Arm und zeigte auf etwas. Es dauerte einen Moment, bis Attilius begriff, was er meinte, aber dann entdeckte er es auch: Durch die Düsternis glomm schwach eine Reihe flackernder Lichter. Pompeji, dachte er – Corelia!

»Wir sind unter dem Schlimmsten hindurchgesegelt und liegen jetzt dicht vor der Küste«, rief Torquatus. »Nur die Götter wissen, an welcher Stelle! Wir werden versuchen, die *Minerva* auf Grund zu setzen. Hilf mir am Ruder!« Er drehte sich um und stieß den ihm am nächsten stehenden Mann in Richtung Luke. »Steig wieder hinunter und sag den anderen, sie sollen rudern – um ihr Leben rudern! Ihr anderen – hisst das Segel!«

Er lief an der Seite des Schiffes entlang zum Heck und Attilius folgte ihm mit gesenktem Kopf; seine Füße versanken in der schweren Schicht aus weißem Bimsstein, der das Deck wie Schnee bedeckte. Das Schiff lag so tief im Wasser, dass er das Gefühl hatte, auf den Gesteinsteppich hinuntertreten und ans Ufer steigen zu können. Er stieg aufs Achterdeck und ergriff zusammen mit Torquatus das schwere Ruder, mit dem die Liburne gesteuert wurde. Aber selbst die beiden Männer schafften es nicht, das Ruder in der schwimmenden Masse zu bewegen.

Undeutlich sah er, wie die Umrisse des Segels vor ihnen erschienen. Er hörte das Knallen, als es sich mit Wind füllte, und gleichzeitig nahm er eine schwache Bewegung an den Ruderbänken wahr. Das Steuerruder bebte leicht unter seinen Händen. Torquatus schob und er zog, versuchte mit den Füßen in dem lockeren Gestein einen festen Halt zu finden, und allmählich spürten sie, wie sich der Holzschaft zu bewegen begann. Eine Weile schien die Liburne mit ihrer Schlagseite regungslos im Wasser zu liegen, dann trieb eine Windbö sie vorwärts. Er hörte, wie unten wieder die Trommel geschlagen wurde, die Ruder zu ihrem stetigen Rhythmus zurückkehrten, und sah, dass die Küste in der Düsternis vor ihnen Gestalt anzunehmen begann – ein Wellenbrecher, ein Sandstrand, eine Reihe von Villen mit Fackeln auf den Terrassen, Leute, die sich am Rande der See, wo die Wellen gegen das Ufer brandeten, entlangbewegten, die Boote aus dem seichten Wasser hoben und aufs Trockene zogen. Enttäuscht begriff er: Um welchen Ort es sich auch handelte – es war nicht Pompeji.

Plötzlich ruckte das Steuerruder und bewegte sich so frei, dass er zuerst dachte, es wäre gebrochen, und Torquatus schwang es herum und steuerte das Schiff auf den Strand zu. Sie hatten die Bimssteindecke durchbrochen und befanden sich jetzt dicht vor der Brandung; die Gewalt der See und der Wind beförderten sie direkt auf die Küste zu. Er sah, wie die Menschen am Strand, die alle versuchten, ihre Habseligkeiten in die Boote zu laden, sie verwundert beobachteten und die Flucht ergriffen, als die Liburne auf sie zurauschte. Torquatus rief: »Festhalten!« und einen Augenblick später schrammte der Rumpf über Felsen und Atilius stürzte hinunter aufs Hauptdeck, doch die fußdicke Steinmatratze dämpfte seinen Fall.

Er blieb einen Moment liegen, um wieder zu Atem zu kommen, und drückte die Wange in den warmen, trockenen Bimsstein. Das Schiff rollte unter ihm. Er hörte die Schreie der Seesoldaten, die auf das Deck heraufkamen, und das Aufspritzen des Wassers, als sie in die Brandung sprangen. Als er sich aufrichtete, sah er, wie das Segel eingeholt und der Anker über Bord geworfen wurde. Männer mit Tauen liefen am Strand entlang und suchten nach Stellen, an denen sie das Schiff festmachen konnten. Es herrschte Zwielicht – nicht das von der Eruption verursachte Zwielicht, das sie offenbar zur Gänze durchquert hatten, sondern das natürliche Zwielicht der Abenddämmerung.

Der Steinhagel war leicht und fiel nur gelegentlich und die Geräusche, die sie beim Laufen über das Deck und den Sprung ins Wasser machten, gingen im Rauschen der Brandung und dem Heulen des Windes unter. Plinius war durch die Luke gekommen und bewegte sich, von Alexion gestützt, vorsichtig durch den Bimsstein – eine massige und würdevolle Gestalt inmitten der Panik, die rings um ihn herum herrschte. Wenn er Angst hatte, ließ er es sich nicht anmerken, und als Attilius sich näherte, hob er fast fröhlich den Arm.

»Da haben wir aber Glück gehabt, Aquarius. Weißt du, wo wir sind? Ich kenne diesen Ort gut. Es ist Stabiae – ein angenehmes Städtchen, in dem man gut einen Abend verbringen kann. Torquatus!« Er winkte den Kommandanten heran. »Ich schlage vor, dass wir hier übernachten.«

Torquatus betrachtete ihn, als hätte er den Verstand verloren. »Es bleibt uns gar nichts anderes übrig, Befehlshaber. Gegen diesen Wind kann kein Schiff in See stechen. Die Frage ist nur: Wie bald wird er diese Mauer aus Steinen hierher befördern?«

»Vielleicht tut er es nicht«, sagte Plinius. Er schaute über die Brandung hinweg auf die Lichter der kleinen Stadt, die sich an der Flanke einer leichten Anhöhe hinaufzog. Vom Strand war sie durch die Küstenstraße getrennt, die um den ganzen Golf herumführte und jetzt mit den Massen erschöpfter Flüchtlinge verstopft war, denen Attilius früher am Tag bei Herculaneum begegnet war. Am Strand hatten sich etwa hundert Menschen mit ihrer Habe versammelt, in der Hoffnung, über die See entkommen zu können; aber sie konnten nichts tun, als hilflos auf die tosenden Wellen zu starren. Ein beleibter ältlicher Mann stand, von seinen Sklaven umgeben, ein wenig abseits und warf gelegentlich verzweifelt die Hände hoch; Attilius kam der Mann bekannt vor. Auch Plinius war er aufgefallen. »Das ist mein Freund Pomponianus. Der arme alte Narr«, sagte er. »Selbst in normalen Zeiten ein Nervenbündel. Wir müssen ihn trösten. Wir müssen unser tapferstes Gesicht aufsetzen. Helft mir ans Ufer.«

Attilius sprang ins Wasser, gefolgt von Torquatus. In einem Augenblick reichte es ihm bis zur Taille, im nächsten strudelte es ihm um den Hals. Es war keine einfache Aufgabe, einen Mann von Plinius' Gewicht und Verfassung an Land zu bringen. Schließlich legte sich Plinius mithilfe von Alexion auf den Rücken und rutschte vorwärts, und als sie seine Arme ergriffen, glitt er ins Wasser. Sie schafften es, seinen Kopf über die Oberfläche zu halten, und dann schüttelte er, mit einer beeindruckenden Geste von Selbstständigkeit, ihre stützenden Arme ab und watete ans Ufer.

»Ein dickköpfiger alter Narr«, sagte Torquatus, als sie zuschauten, wie er den Strand hinaufmarschierte und Pomponianus umarmte. »Ein großartiger, mutiger, dickköpfiger alter Narr. Zweimal hat er uns fast umgebracht und ich bin sicher, bevor er am Ende ist, wird er es noch einmal versuchen.«

Attilius schaute an der Küste entlang auf den Vesuv, aber in der hereinbrechenden Dunkelheit konnte er kaum mehr sehen als die leuchtenden weißen Linien der auf die Küste zulaufenden Wellen und dahinter die Pechschwärze des fallenden Gesteins. Ein weiterer roter Blitz zuckte über den Himmel. Er fragte: »Wie weit ist es von hier nach Pompeji?«

»Drei Meilen«, antwortete Torquatus. »Vielleicht etwas weniger. Es sieht so aus, als bekämen die armen Leute dort das Schlimmste ab. Dieser Wind – die Männer sollten zusehen, dass sie irgendwo Schutz finden.«

Er watete auf die Küste zu und ließ Attilius allein.

Wenn Stabiae drei Meilen von Pompeji entfernt lag und der Vesuv fünf Meilen entfernt an der anderen Seite der Stadt aufragte, dann musste diese gigantische Wolke acht Meilen lang sein. Acht Meilen lang und – angesichts der Tatsache, wie weit sie auf die See hinausragte – mindestens fünf Meilen breit. Wenn Corelia nicht schon sehr früh geflüchtet war, hatte sie keine Chance gehabt, ihr zu entkommen.

Er stand eine Weile so da, von den Wellen gepeitscht, bis er schließlich hörte, wie Plinius nach ihm rief. Hilflos drehte er sich um und suchte seinen Weg durch das aufgewühlte Wasser, den Strand hinauf zu den anderen.

Pomponianus besaß eine Villa am Ufer, nur einen kurzen Spaziergang von der Straße entfernt, und Plinius schlug vor, dass sie sich alle dorthin begeben sollten. Als Attilius näher kam, konnte er sie diskutieren hören. Pomponianus, noch immer in Panik, wandte mit seiner hohen Stimme ein, wenn sie den Strand verließen, würden sie ihre Chance auf einen Platz in einem Boot verlieren. Aber Plinius tat das mit einer Handbewegung ab. »Es hat keinen Sinn, hier zu warten«, sagte er eindringlich. »Außerdem könnt ihr mit uns fahren, wenn der Wind und die See es zulassen. Komm, Livia, nimm meinen Arm.« Und mit Pomponianus' Frau auf der einen Seite, Alexion auf der anderen und gefolgt von den Sklaven des Haushalts, die Marmorbüsten, Teppiche, Truhen und Kandelaber schleppten, führte er sie auf die Straße hinauf.

Plinius beeilte sich, so sehr er konnte; seine Wangen waren aufgebläht und Attilius dachte, er weiß es – er weiß aus seinen Beobachtungen, was uns bevorsteht. Und in der Tat hatten sie kaum die Tore der Villa erreicht, als es auch schon wie ein Sommergewitter über sie hereinbrach – zuerst ein paar schwere Tropfen, dann explodierte die Luft über den Myrtensträuchern und dem gepflasterten Hof. Attilius spürte, wie sich ein Körper von hinten an ihn presste, er stieß gegen den Mann vor ihm und gemeinsam stolperten sie durch die Tür und in die dunkle, verlassene Villa hinein. Leute jammerten und stießen blind gegen Möbelstücke. Er hörte den Schrei einer Frau und ein lautes Poltern. Das körperlose Gesicht eines Sklaven tauchte auf, von einer Öllampe von unten beleuchtet, und dann verschwand das Gesicht und er hörte das vertraute Geräusch, das eine Fackel beim Anzünden macht. Sie drängten sich im Trost des Lichts zusammen, Herren und Sklaven, während der Bimsstein auf das Terrakottadach der Villa prasselte und den Ziergarten draußen verwüstete. Jemand verschwand mit der Öllampe, um weitere Fackeln und ein paar Kerzen zu holen, und die Sklaven zündeten mehr und mehr daran an, auch als sie bereits genügend Licht hatten, als bedeutete mehr Helligkeit auch mehr Sicherheit. Der volle Empfangsraum machte einen fast festlichen Eindruck und nun erklärte Plinius, der einen Arm um die Schultern des zitternden Pomponianus gelegt hatte, dass er jetzt gern essen würde.

Der Befehlshaber glaubte nicht an ein Leben nach dem Tod: »Weder Körper noch Geist haben nach dem Tod mehr Empfindungen, als sie vor der Geburt hatten.« Dennoch bot er während der folgenden paar Stunden ein Bild der Tapferkeit, die niemand, der den Abend überlebte, je vergessen würde. Plinius hatte schon vor langer Zeit entschieden, wenn der Tod zu ihm käme, würde er versuchen, ihm im Geiste von Marcus Sergius entgegenzutreten, den er in der *Historia naturalis* als den tapfersten Mann gepriesen hatte, den es je gab – im Verlauf seiner Feldzüge dreiundzwanzigmal verwundet, zum Krüppel geworden, zweimal von Hannibal gefangen genommen und zwanzig Monate lang in Ketten gelegt. Sergius war mit einer Hand aus Eisen, als Ersatz für die, die er verloren hatte, in seine letzte Schlacht geritten. Er war nicht so erfolgreich gewesen wie Scipio oder Caesar, aber welche Rolle spielte das? »Alle anderen

Feldherren haben über Menschen gesiegt«, hatte Plinius geschrieben, »aber Sergius hat auch über das Schicksal gesiegt.«

Über das Schicksal siegen – das war es, wonach ein Mann streben sollte. Und dementsprechend teilte er dem verblüfften Pomponianus mit, während die Sklaven seine Mahlzeit zubereiteten, würde er gern ein Bad nehmen, und watschelte, von Alexion begleitet, davon, um in eine Wanne mit kaltem Wasser zu steigen. Er entledigte sich seiner schmutzigen Kleidung, ließ sich in das klare Wasser sinken und tauchte vollständig unter, bis sich sein Kopf in einer stummen Welt befand. Als er wieder zum Vorschein kam, wünschte er einige weitere Beobachtungen zu diktieren – wie Attilius schätzte er die Ausmaße der Manifestation auf ungefähr acht mal sechs Meilen –, dann ließ er sich von einem von Pomponianus' Leibsklaven abtrocknen, mit Safranöl salben und legte schließlich eine saubere Toga seines Freundes an.

Fünf Menschen ließen sich zum Essen nieder: Plinius, Pomponianus, Livia, Torquatus und Attilius; nach der Etikette war das keine ideale Zahl und das Prasseln des Bimssteins auf das Dach machte die Unterhaltung schwierig. Zumindest bedeutete es, dass Plinius eine Liege für sich allein hatte und sich ausstrecken konnte. Der Tisch und die

Liegen waren aus dem Speisezimmer hereingetragen und in der hell erleuchteten Diele aufgestellt worden. Zwar war das Essen nichts Besonderes – die Feuer waren erloschen und das Beste, was die Küche zu bieten hatte, waren kaltes Fleisch, Geflügel und Fisch –, aber auf Plinius' sanftes Drängen hin machte Pomponianus es zumindest mit dem Wein wett. Er präsentierte einen Falerner, zweihundert Jahre alt; einen Wein aus der Zeit, in der Lucius Opimius Konsul war. Es war sein letzter Krug. (»Weshalb sollten wir ihn jetzt noch aufheben«, bemerkte er düster.)

Im Kerzenschein hatte die Flüssigkeit die Farbe von rohem Honig, und nachdem sie dekantiert, aber bevor sie mit einem jüngeren Wein vermischt worden war – denn sie war zu bitter, um unverdünnt trinkbar zu sein –, nahm Plinius die Karaffe von dem Sklaven entgegen und atmete tief sein muffiges Aroma ein, den Hauch der alten Republik: von Männern wie Cato und Sergius; von einer Stadt, die darum ringt, ein Imperium zu werden; vom Staub des Marsfeldes; vom Kampf gegen Eisen und Feuer.

Es war fast ausschließlich der Befehlshaber, der redete, und er versuchte, die Unterhaltung leicht zu halten; sorgfältig vermied er jede Erwähnung von Rectina und der kostbaren Bibliothek in der

Villa Calpurnia oder des Schicksals der Flotte, die vermutlich inzwischen auseinander gebrochen und über die Küste verstreut war. (Plinius war bewusst, dass das allein schon ausreichen könnte, ihn zum Selbstmord zu zwingen: Er hatte sie in See stechen lassen, ohne auf kaiserliche Ermächtigung zu warten; es war durchaus möglich, dass der Kaiser ihm das nicht verzieh.) Stattdessen redete er über Wein. Er wusste eine Menge über Wein. Julia hatte ihn einen »Wein-Langweiler« genannt. Aber was machte das schon? Zu langweilen war das Privileg von Alter und Rang. Ohne Wein hätte sein Herz schon vor Jahren aufgehört zu schlagen.

»Aus den Aufzeichnungen geht hervor, dass der Sommer des Konsulats von Opimius diesem sehr ähnlich war. Lange, heiße Tage mit endlosem Sonnenschein – ›reif‹, wie die Winzer das nennen.« Plinius ließ den Wein in seinem Glas kreisen und roch daran. »Wer weiß? Vielleicht trinken in zweihundert Jahren Männer einen Wein dieses, unseres Jahrgangs und fragen sich, was für Menschen wir waren. Unsere Fähigkeiten. Unser Mut.« Das Donnern der Kanonade schien lauter zu werden. Irgendwo splitterte Holz und man hörte das Brechen von Ziegeln. Plinius schaute um den Tisch herum und betrachtete seine Mit-Speisenden – Pomponianus, der verängstigt zum Dach emporschaute und die Hand seiner Frau umklammerte; Livia, die es schaffte, ihn beruhigend anzulächeln; Torquatus, der mit finsterer Miene zu Boden schaute; und schließlich Attilius, der während der ganzen Mahlzeit kein Wort gesprochen hatte. Er empfand Zuneigung zu dem Aquarius: Er war ein Mann der Wissenschaft, ganz nach seinem Herzen, der ihn auf der Suche nach Erkenntnissen begleitet hatte.

»Lasst uns einen Trinkspruch ausbringen«, schlug er vor. »Auf die Genialität römischer Baukunst – auf die Aqua Augusta, die uns gewarnt hat vor dem, was passieren würde, wenn wir nur genügend Verstand gehabt hätten, die Warnzeichen zu erkennen.« Er hob sein Glas Attilius entgegen. »Auf die Aqua Augusta!«

»Auf die Aqua Augusta!«

Sie tranken mit einem unterschiedlichen Ausmaß an Begeisterung. Und es ist ein guter Wein, dachte Plinius, eine ideale Mischung aus Altem und Jungem. Wie er selbst und der Wasserbaumeister. Und wenn sich herausstellte, dass es sein letzter guter Tropfen war? Auch gut: Es war ein angemessener Wein für das Ende.

Als er verkündete, dass er jetzt zu Bett ginge, konnte er sehen, dass alle das für einen Scherz hielten. Aber nein, versicherte er ihnen, es war ihm völlig ernst damit. Er hatte sich die Fähigkeit beigebracht, jederzeit einschlafen zu können, sogar aufrecht, im Sattel, in einem eiskalten Wald in Germanien. Das hier dagegen? Das war gar nichts. »Deinen Arm, Aquarius, wenn du so freundlich sein willst.« Plinius wünschte allen eine gute Nacht.

Attilius hielt eine Fackel mit der einen Hand in die Höhe, mit der anderen stützte er den Befehlshaber. Zusammen traten sie hinaus in den zentralen Innenhof. Plinius hatte im Laufe der Jahre oft hier übernachtet. Es war einer seiner Lieblingsorte: das durchbrochene Licht auf den rosa Steinen, der Blütenduft, das Gurren der Tauben in ihrem in die Mauer über der Veranda eingelassenen Schlag. Aber jetzt war der Garten stockfinster und bebte unter dem Prasseln der Steine. Bimsstein war in den überdachten Gang eingedrungen und aus dem trockenen und spröden Gestein aufsteigende Staubwolken verschlimmerten sein Keuchen. Er blieb vor der Tür seines üblichen Zimmers stehen und wartete darauf, dass Attilius das Geröll wegräumte, damit sie sich öffnen ließ. Was wohl aus den Vögeln geworden war? Waren sie davongeflogen, bevor die Manifestation begann, und hatten damit ein Vorzeichen geliefert, sofern ein Augur zur Hand gewesen wäre, der es deutete? Oder waren sie irgendwo da draußen in der finsteren Nacht, zerschmettert oder zusammengekauert? »Hast du Angst, Marcus Attilius?«

»Ja.«

»Das ist gut. Um tapfer sein zu können, muss man zuerst Angst haben.« Er legte dem Wasserbaumeister die Hand auf die Schulter, während er seine Schuhe abstreifte. »Die Natur ist eine gnädige Gottheit«, sagte er. »Ihre Wut dauert nie ewig. Das Feuer erlischt. Der Sturm bläst sich selber aus. Die Fluten weichen zurück. Und auch das hier wird enden. Du wirst es erleben. Sieh zu, dass du etwas Ruhe bekommst.«

Er schlurfte in den fensterlosen Raum. Attilius machte die Tür hinter ihm zu.

Der Wasserbaumeister blieb, wo er war. Er lehnte sich an die Mauer und beobachtete den Bimssteinhagel. Nach einer Weile drang lautes Schnarchen durch die Schlafzimmertür. Erstaunlich, dachte er. Entweder tat Plinius nur so, als schliefe er – was er bezweifelte –, oder der alte Mann war tatsächlich eingenickt. Er warf einen Blick zum Himmel. Vermutlich hatte Plinius Recht und die »Manifestation«, wie er das Geschehen nach wie vor nannte, würde allmählich nachlassen. Aber noch war es nicht so weit. Im Gegenteil: Der Hagel schien eher noch heftiger zu werden. Das herabstürzende Gestein erzeugte jetzt ein andersartiges, härteres Geräusch und der Boden unter seinen Füßen bebte, wie er es in Pompeji getan hatte. Er tat einen vorsichtigen Schritt unter der Überdachung hervor, wobei er die Fackel auf den Boden richtete, und verspürte sofort einen so heftigen Schlag auf den Arm, dass er die Fackel beinahe fallen gelassen hätte. Er hob einen der Brocken des frisch gefallenen Gesteins auf. Dann drückte er sich wieder gegen die Wand und betrachtete den Stein im Licht der Fackel.

Er war grauer als der frühere Bimsstein – dichter, größer, als wären mehrere Stücke zusammengeschweißt worden – und er prasselte mit größerer Gewalt auf den Boden. Der Schauer aus schaumigem weißem Gestein war unangenehm und beängstigend gewesen, aber nicht sonderlich schmerzhaft. Ein Brocken wie dieser hier war dagegen imstande, einen Menschen bewusstlos zu schlagen. Wie lange ging das schon so?

Er trug den Brocken in die Diele und zeigte ihn Torquatus. »Es wird schlimmer«, sagte er. »Während wir beim Essen saßen, sind die Steine schwerer geworden.« Und dann, zu Pomponianus: »Was für Dächer habt ihr hier? Flache oder steile?«

»Flache«, sagte Pomponianus. »Sie bilden Terrassen – wegen der Aussicht über den Golf.«

Ach ja, dachte Attilius – die berühmte Aussicht. Wenn sie weniger Zeit damit verbracht hätten, auf die See hinauszuschauen, und den Blick stattdessen öfter auf den Berg hinter ihnen gerichtet hätten, wären sie vielleicht besser vorbereitet gewesen. »Und wie alt ist dieses Haus?«

»Es ist schon seit Generationen im Besitz meiner Familie«, sagte Pomponianus stolz. »Warum?«

»Es ist nicht sicher. Die Steine, die jetzt fallen – und noch dazu auf altes Holz – sind so schwer, dass die Balken früher oder später nachgeben werden. Wir müssen ins Freie.«

Torquatus wog den Brocken in seiner Hand. »Ins Freie? In das hinein?«

Einen Moment schwiegen alle. Dann begann Pomponianus zu jammern, dass das ihr Ende bedeutete, dass sie Jupiter ein Opfer hätten bringen sollen, wie er von Anfang an vorgeschlagen hatte, aber auf ihn hörte ja nie jemand.

»Halt den Mund«, sagte seine Frau. »Schließlich haben wir Kissen und Bettlaken. Wir können uns vor den Steinen schützen.«

Torquatus fragte: »Wo ist der Befehlshaber?«

»Er schläft.«

»Er hat sich mit dem Tod abgefunden, stimmt's?

All dieses Geschwafel über Wein! Aber ich will noch nicht sterben. Du etwa?«

»Nein.« Attilius war von der Festigkeit seiner Antwort überrascht. Nach Sabinas Tod war er erstarrt, und wenn ihm damals jemand gesagt hätte, das Ende seines Lebens stünde bevor, dann wäre ihm das völlig gleichgültig gewesen. Aber jetzt war das nicht mehr der Fall.

»Dann lasst uns an den Strand zurückkehren.«

Livia befahl den Sklaven, Kissen und Laken zu holen, und Attilius eilte hinaus auf den Hof. Er konnte Plinius noch immer schnarchen hören. Er hämmerte gegen die Tür und versuchte sie zu öffnen, aber in der kurzen Zeit seiner Abwesenheit hatte sich neues Geröll angesammelt. Attilius musste niederknien, um es beiseite zu räumen, dann riss er die Tür auf und lief mit seiner Fackel hinein. Er schüttelte die rundliche Schulter des Befehlshabers und der alte Mann stöhnte und blinzelte in das Licht.

»Lass mich in Ruhe.«

Er versuchte, sich wieder auf die Seite zu drehen. Doch Attilius ließ sich auf keine Diskussion ein. Er schob den Ellbogen in Plinius' Achselhöhle und zog ihn hoch. Unter dem Gewicht taumelnd, schob er den protestierenden Befehlshaber zur Tür und sie waren kaum über die Schwelle, als er hörte, wie einer der Deckenbalken hinter ihnen barst und ein Teil des Daches einstürzte.

Sie legten die Kissen so auf den Kopf, dass sie ihre Ohren bedeckten, und befestigten sie mit Streifen, die sie von den Laken abgerissen hatten und nun fest unter dem Kinn verknoteten. Mit ihren aufgeblähten weißen Köpfen sahen sie aus wie blinde, unterirdisch lebende Insekten. Jeder ergriff eine Fackel oder eine Lampe und dann machten sie sich mit jeweils einer Hand auf der Schulter des Vordermanns – abgesehen von Torquatus, der die Führung übernommen hatte und anstelle eines Kissens seinen Helm trug – auf den Spießrutenlauf zum Strand.

Um sie herum wütete Lärm – das Tosen der See, der Gesteinshagel, das Poltern einstürzender Dächer. Gelegentlich spürte Attilius den dumpfen Aufprall eines Geschosses auf seinem Kopf und seine Ohren dröhnten, wie sie es nicht mehr getan hatten, seit er als Kind von seinen Lehrern geschlagen worden war. Es war, als würde man von einer aufgebrachten Menge gesteinigt – als hätten die Götter Vulkan einen Triumph zugestanden und er hätte sich dafür entschieden, seine Gefangenen zu demütigen, indem er sie ihrer Menschenwürde beraubte und sie zu dieser schmerzhaften Prozession zwang. Langsam mühten sie sich voran, bis zu den Knien in dem lockeren Bimsstein versinkend, außerstande, sich schneller zu bewegen als Plinius, dessen Husten und Keuchen sich bei jedem Schritt, den er tat, zu verschlimmern schien. Er klammerte sich an Alexion und wurde von Attilius gestützt; ihnen folgten Livia und hinter ihr Pomponianus sowie die eine Fackelreihe bildenden Sklaven.

Die Wucht des Steinhagels hatte die Straße von Flüchtlingen geräumt, aber unten am Strand flackerte ein Licht und auf das führte Torquatus sie jetzt zu. Einige Einwohner von Stabiae und etliche der Männer von der *Minerva* hatten eines der nutzlosen Boote zerschlagen und in Brand gesteckt. Mit Tauen, dem schweren Segel der Liburne und einem Dutzend Rudern hatten sie neben dem Feuer ein großes Dach gebaut. Leute, die an der Küste entlanggeflüchtet waren, hatten die Straße verlassen und bettelten um Schutz und mehrere Hundert von ihnen drängten sich unter dem Dach zusammen. Sie wollten die abstoßend aussehenden Neuankömmlinge nicht in ihr provisorisches Zelt hineinlassen und an seinem Eingang gab es Spottrufe und einiges Gerangel, bis Torquatus rief, er hätte den Befehlshaber Plinius bei sich und würde jeden Seesoldaten kreuzigen lassen, der sich weigerte, seinen Befehlen Folge zu leisten.

Widerstrebend wurde Platz gemacht und Alexion und Attilius legten Plinius auf den Sand unmittelbar neben dem Eingang. Er bat schwach um etwas Wasser und Alexion nahm einem der Sklaven seine Kürbisflasche ab und hielt sie ihm an die Lippen. Er schluckte ein paar Tropfen, hustete und drehte sich auf die Seite. Alexion machte sanft das Kissen los und legte es unter seinen Kopf. Dann schaute er Attilius an, aber der zuckte nur die Achseln. Er wusste nicht, was er sagen sollte. Er hielt es für unwahrscheinlich, dass der alte Mann noch viel mehr von alledem überleben konnte.

Attilius wandte sich ab und schaute ins Innere des Zeltes. Die Leute waren zusammengekeilt und kaum imstande, sich zu bewegen. Das Gewicht des Bimssteins ließ die Plane einsacken und von Zeit zu Zeit befreiten ein paar Seesoldaten sie davon, indem sie sie mit den Enden ihrer Ruder anhoben und das Gestein herunterkippten. Kinder weinten. Ein Junge schluchzte nach seiner Mutter. Davon abgesehen sprach oder rief niemand. Attilius versuchte auszurechnen, wie spät es war – er vermutete, mitten in der Nacht, aber selbst wenn es bereits dämmern sollte, ließ sich das unmöglich feststellen –, und fragte sich, wie lange sie das durchstehen konnten. Früher oder später würden Hunger oder Durst oder der Druck des sich zu beiden Seiten ihres Zeltes anhäufenden Bimssteins sie zwingen, den Strand zu verlassen. Und was dann? Langsames Ersticken in Gestein? Ein länger hinausgezögerter und ausgeklügelterer Tod als alles, was sich Menschen je in der Arena hatten einfallen lassen? So viel zu Plinius' Überzeugung, dass die Natur eine gnädige Gottheit war!

Er löste das Kissen von seinem schwitzenden Kopf, und erst als seine Ohren wieder frei waren, hörte er, wie jemand seinen Namen krächzte. In der überfüllten Fast-Dunkelheit konnte er anfangs nicht erkennen, wer es war, und selbst als der Mann sich seinen Weg zu ihm bahnte, erkannte er ihn nicht, weil er aus Stein zu bestehen schien. Sein Gesicht war kalkweiß von Staub, sein Haar stand wie das eines Medusenhaupts steif vom Kopf ab. Erst als er seinen Namen nannte – »Ich bin's, Lucius Popidius« –, begriff er, dass er einen der Ädile von Pompeji vor sich hatte.

Attilius ergriff seinen Arm. »Corelia? Ist sie bei dir?«

»Meine Mutter – sie ist auf der Straße zusammengebrochen.« Popidius weinte. »Ich konnte sie nicht länger tragen. Ich musste sie verlassen.«

Attilius schüttelte ihn. »Wo ist Corelia?«

Popidius' Augen waren schwarze Löcher in der Maske seines Gesichts. Er sah aus wie eines der Porträts seiner Vorfahren an der Wand seines Hauses. Er schluckte schwer.

»Du Feigling«, sagte Attilius.

»Ich habe versucht, sie mitzunehmen«, winselte Popidius. »Aber dieser Wahnsinnige hatte sie in ihrem Zimmer eingeperrt.«

»Also hast du sie im Stich gelassen?«

»Was hätte ich sonst tun sollen? Er wollte uns alle einsperren!« Popidius krallte die Finger in Attilius' Tunika. »Nimm mich mit. Das ist doch Plinius da drüben, nicht wahr? Und ihr habt ein Schiff? Hab Erbarmen – allein komme ich nicht weiter ...«

Attilius stieß ihn beiseite und bahnte sich einen Weg zum Eingang des Zelts. Der Gesteinshagel hatte das Feuer gelöscht und jetzt, da es verschwunden war, war die Dunkelheit am Strand nicht einmal die der Nacht, sondern die eines geschlossenen Raumes. Er versuchte, in Richtung Pompeji zu schauen. Wer konnte sagen, ob nicht die ganze Welt zugrunde ging? Dass nicht genau die Kraft, die das Universum zusammenhielt – der *logos*, wie die Philosophen ihn nannten –, in die Brüche ging? Er fiel auf die Knie, vergrub seine

Hände im Sand und wusste in diesem Moment, noch während die Körner durch seine Finger rieselten, dass alles ausgelöscht werden würde – er selbst, Plinius, Corelia, die Bibliothek in Herculaneum, die Flotte, die Städte rings um den Golf, der Aquädukt, Rom, Caesar, alles, was je gelebt hatte oder gebaut worden war. Von alledem würde nichts übrig bleiben als Unmengen von Gestein und eine endlos hämmernde See. Keiner von ihnen würde auch nur einen Fußabdruck hinterlassen; sie würden nicht einmal eine Erinnerung hinterlassen. Er würde wie die anderen hier am Strand sterben und ihre Knochen würden zu Staub zermalmt.

Aber der Berg war noch nicht fertig mit ihnen. Er hörte eine Frau schreien und hob den Blick. Schwach und wie ein Wunder, weit weg und dennoch an Intensität zunehmend, sah er einen Feuerkranz am Himmel.

VENUS

25. August

Der letzte Tag des Ausbruchs

Inclinatio

[0.12 Uhr]

»Es kommt ein Zeitpunkt, wo so viel Magma so schnell ausgestoßen wird, dass die Dichte der Eruptionssäule zu groß wird und eine stabile Konvektion nicht mehr möglich ist. Wenn das geschieht, bricht die Säule in sich zusammen und es bildet sich eine Glutlawine, die wesentlich tödlicher ist als der Tephra-Regen.«

Volcanoes: A Planetary Perspective

Das Licht wanderte von rechts nach links langsam abwärts. Eine leuchtende Wolkensichel – so beschrieb Plinius das Phänomen –, eine leuchtende Wolkensichel, die an der Westflanke des Vesuv herabfloss und auf ihrer Rückseite ein Mosaik aus Bränden hinterließ. Einige davon waren glimmende, isolierte Stecknadelköpfe – Bauernhäuser und Villen, die in Brand geraten waren. An anderen Stellen jedoch brannten ganze Waldstreifen. Grelle Areale aus lodernden roten und orangefarbenen Flammen rissen ausgezackte Löcher in die Dunkelheit. Die Sichel bewegte sich unerbittlich weiter, jedenfalls so lange, wie man brauchen würde, um bis hundert zu zählen, dann flackerte sie kurz noch einmal auf und verschwand.

»›Die Manifestation‹«, diktierte Plinius, »›ist in eine neue Phase eingetreten.‹«

Attilius empfand diese stumme, sich bewegende Erscheinung, ihr mysteriöses Auftauchen, ihren rätselhaften Tod als etwas undefinierbar Unheildrohendes. Im zerrissenen Gipfel des Berges geboren, musste sie herabgerollt und dann in der See ertrunken sein. Er dachte an die Weinberge, die schweren Trauben, die Sklaven mit ihren Fußfesseln. In diesem Jahr würde es keine Ernte geben, ob die Trauben nun reif waren oder nicht.

»Von hier aus lässt es sich nur schwer beurteilen«, sagte Torquatus, »aber ihrer Position nach halte ich es für möglich, dass diese Flammenwolke gerade Herculaneum überrollt hat.«

»Aber es scheint nicht zu brennen«, entgegnete Attilius. »Dieser Teil der Küste ist völlig dunkel. Es sieht so aus, als wäre die Stadt verschwunden.«

Sie schauten auf die unteren Ausläufer des

Berges und suchten nach irgendwelchen Lichtpunkten, konnten aber keine entdecken.

Für die Menschen am Strand von Stabiae verlagerte sich der Schwerpunkt des Grauens erst in die eine Richtung, dann in die andere. Bald konnten sie die Brände im Wind riechen, einen durchdringenden, beißenden Gestank nach Schwefel und Schlacke. Jemand schrie, dass sie alle bei lebendigem Leibe verbrennen würden. Leute schluchzten, keiner lauter als Lucius Popidius, der nach seiner Mutter rief, und dann verkündete ein anderer – es war einer der Seesoldaten, der das Dach mit seinem Ruder angehoben hatte –, dass das schwere Segeltuch nicht mehr einsackte. Das erstickte die Panik.

Attilius streckte einen Arm vorsichtig aus dem Schutz des Zeltes heraus, mit der Handfläche nach oben, als wollte er feststellen, ob es regnete. Der Soldat hatte Recht. Die Luft war nach wie vor von kleinen Geschossen erfüllt, aber der Gesteinshagel war nicht mehr so stark wie zuvor. Es war, als hätte der Berg für seine verheerenden Kräfte ein anderes Ventil gefunden, in einer herabstürzenden Glutlawine anstatt im stetigen Beschuss mit Steinen. In diesem Augenblick fasste er seinen Entschluss. Es war besser, bei irgendeinem Tun zu sterben – besser, am Rand der Küstenstraße zusammenzubrechen und in irgendeinem namenlosen Grab zu liegen –, als sich unter diesem erbärmlichen Schutz zu verkriechen und sich alle möglichen beängstigenden Dinge vorzustellen, ein Zuschauer zu sein, der auf das Ende wartet. Er griff nach seinem abgelegten Kissen und legte es sich auf den Kopf, dann tastete er im Sand nach dem Bettlakenstreifen. Torquatus fragte ihn leise, was er vorhabe.

»Ich gehe.«

»Du gehst?« Plinius, der, umgeben von seinen mit Bimssteinhäufchen beschwerten Notizen, auf dem Sand lag, schaute überrascht auf. »Du wirst nichts dergleichen tun. Ich verweigere dir ganz entschieden die Erlaubnis, uns zu verlassen.«

»Mit dem größten Respekt, Befehlshaber, ich empfange meine Befehle von Rom, nicht von dir.« Es wunderte Attilius, dass nicht auch einige der Sklaven das Weite gesucht hatten. Warum hatten sie es nicht getan? Gewohnheit, vermutete er. Außerdem – wohin sollten sie flüchten?

»Aber ich brauche dich hier.« In Plinius' heiserer Stimme lag ein bittender Ton. »Was ist, wenn mir etwas zustoßen sollte? Jemand muss dafür sorgen, dass meine Beobachtungen der Nachwelt überliefert werden.«

»Es gibt andere, die das tun können, Befehlshaber. Ich ziehe es vor, mein Glück auf der Straße zu versuchen.«

»Aber du bist ein Mann der Wissenschaft, Wasserbaumeister. Daran habe ich keinen Zweifel. Nur deshalb bist du mitgekommen. Hier bist du für mich wesentlich wertvoller. Torquatus – halte ihn auf.«

Der Kommandant zögerte, dann löste er seinen Kinnriemen und nahm seinen Helm ab. »Nimm den«, sagte er. »Metall ist ein besserer Schutz als Federn.« Attilius wollte protestieren, aber Torquatus legte ihn in seine Hände. »Nimm ihn – und viel Glück.«

»Danke.« Attilius ergriff seine Hand. »Auch dir viel Glück.«

Der Helm passte recht gut. Er hatte noch nie zuvor einen Helm getragen. Attilius stand auf und griff nach einer Fackel. Er kam sich vor wie ein Gladiator, der im Begriff ist, die Arena zu betreten.

»Aber wo willst du denn hin?«, protestierte Plinius.

Attilius trat in den Sturm hinaus. Die leichten Steine prallten von dem Helm ab. Abgesehen von den wenigen Fackeln, die um das Zelt herum in den Sand gesteckt waren, und dem fernen, glimmenden Scheiterhaufen des Vesuv, war es stockfinster.

»Nach Pompeji.«

Torquatus hatte die Entfernung zwischen Stabiae und Pompeji auf drei Meilen geschätzt – an einem schönen Tag und auf einer guten Straße ein einstündiger Spaziergang. Aber der Berg hatte die Gesetze von Raum und Zeit verändert und Attilius hatte das Gefühl, überhaupt nicht voranzukommen.

Vom Strand auf die Küstenstraße zu gelangen war nicht sonderlich schwierig und es war ein Vorteil, dass er freien Blick auf den Vesuv hatte, denn das Feuer gab ihm eine Zielmarke. Er wusste, solange er direkt darauf zuhielt, musste er irgendwann nach Pompeji kommen. Aber er musste gegen den Wind ankämpfen, und obwohl er den Kopf senkte und nichts mehr wahrnahm als seine bleichen Beine und den kleinen Flecken Gestein, durch den er gerade watete, schlug ihm der Bimssteinregen ins Gesicht und verstopfte ihm Mund und Nase mit Staub. Bei jedem Schritt versank er bis zu den Knien in Bimsstein; das Gehen glich dem Versuch, einen Geröllhügel zu erklimmen oder eine Scheune voller Getreide – einen endlosen Hang ohne irgendwelche Merkmale, der an seiner Haut scheuerte und an den Muskeln zerrte. Alle paar hundert Schritte blieb er schwankend stehen, zog mit der Fackel in der Hand erst den einen und dann den anderen Fuß aus dem hemmenden Bimsstein und schüttelte die Steine aus seinen Schuhen.

Die Versuchung, sich hinzulegen und auszuruhen, war überwältigend, doch er wusste, dass er ihr widerstehen musste, denn gelegentlich stolperte er über die Leichen von Leuten, die bereits aufgegeben hatten. Seine Fackel zeigte ihm weiche Formen, bloße Umrisse von Menschen; hier und da ragte ein Fuß heraus oder eine Hand griff in die Luft. Und es waren nicht nur Menschen, die auf der Straße gestorben waren. Er stieß auf ein in den Gesteinsmassen stecken gebliebenes Ochsengespann und auf ein Pferd, das zwischen den Deichselstangen eines aufgegebenen, zu schwer beladenen Karrens zusammengebrochen war – ein Steinpferd, das einen Steinkarren zog. All diese Dinge waren nur flüchtige Erscheinungen im flackernden Lichtkreis seiner Fackel. Es musste noch viel mehr geben, dessen Anblick ihm gnädigerweise erspart blieb. Manchmal tauchten neben den Toten auch Lebende in der Dunkelheit auf – ein Mann, der eine Katze trug; eine nackte und völlig verwirrte Frau; ein Ehepaar mit einem hohen Messing-Kandelaber auf den Schultern, der Mann vorn und die Frau hinten. Sie wanderten in die Richtung, aus der er kam. Von beiden Seiten der Straße vernahm er vereinzelte, kaum noch menschliche Klagelaute, wie man sie, vermutete er, nach dem Ende der Kämpfe auf einem Schlachtfeld hört. Er hielt nicht an, ausgenommen einmal, als er ein Kind nach seinen Eltern weinen hörte. Er lauschte, stolperte eine Weile herum, versuchte herauszufinden, woher das Weinen kam, und rief, aber das Kind war verstummt, vielleicht aus Angst vor einem Fremden, und nach einer Weile gab er die Suche auf.

All das dauerte mehrere Stunden.

Irgendwann kam die Lichtsichel auf dem Gipfel des Vesuv wieder zum Vorschein und rollte, weitgehend derselben Bahn folgend wie zuvor, den Abhang hinunter. Jetzt glühte sie heller, und als sie die Küste erreichte – oder das, was er für die Küste hielt –, erlosch sie nicht sofort, sondern rollte auf die See hinaus, bevor sie in der Dunkelheit verschwand. Auch diesmal ließ der Steinregen nach. Aber die Feuer an den Flanken des Berges schienen jetzt eher gelöscht als neu entfacht zu werden. Wenig später begann seine Fackel zu flackern. Der größte Teil des Pechs war verbrannt. Mit aus Angst gewonnener neuer Energie quälte er sich weiter: Er wusste, wenn die Fackel erlosch, würde er hilflos in der Dunkelheit umherirren. Und als dieser Moment kam, war er in der Tat grauenhaft – entsetzlicher, als er es sich vorgestellt hatte. Seine Beine waren verschwunden und er konnte nichts sehen, nicht einmal seine Hand, wenn er sie dicht vor die Augen hielt.

Auch die Feuer an der Flanke des Vesuv waren zu einer gelegentlichen winzigen Fontäne aus orangeroten Funken geschrumpft. Rote Blitze ließen die Unterseite der schwarzen Wolke rosa aufleuchten. Attilius wusste nicht mehr, in welche Richtung er sich bewegte. Er war körperlos, völlig allein, bis fast zu den Oberschenkeln in Stein begraben, während die Welt um ihn herum wirbelte und donnerte. Er warf die Fackel fort und ließ sich vorwärts sinken. Er streckte die Hände aus und dann lag er da, spürte, wie sich der Mantel aus Bimsstein langsam um seine Schultern legte, und es war seltsam tröstlich, fast so, als würde man als Kind zu Bett gebracht. Er legte seine Wange auf das warme Gestein und spürte, wie er sich entspannte. Ein grandioses Gefühl der Ruhe durchströmte ihn. Wenn dies der Tod war, dann war er nicht allzu schlimm; das konnte er akzeptieren – sogar willkommen heißen wie eine wohlverdiente Ruhe nach einem Tag schwerer Arbeit auf den Arkaden des Aquädukts.

In seinen Träumen schmolz der Boden unter ihm und er fiel, in einer Kaskade von Gestein taumelnd, dem Mittelpunkt der Erde entgegen.

Was ihn weckte, waren Hitze und Brandgeruch. Attilius wusste nicht, wie lange er geschlafen hatte. Jedenfalls lange genug, um fast vollständig begraben zu sein. Er lag in seinem Grab. Voller Panik stieß er mit den Armen dagegen und spürte, wie die Last auf seinen Schultern allmählich nachgab und aufbrach. Er setzte sich auf, spie den Staub aus seinem Mund und blinzelte, nach wie vor bis zum Gürtel begraben.

Der Bimssteinregen – das vertraute Warnzeichen – hatte fast völlig aufgehört und in der Ferne, direkt vor ihm und tief am Himmel, sah er wieder die glühende Wolkensichel. Aber anstatt sich wie ein Komet von rechts nach links zu bewegen, breitete sie sich seitwärts aus und kam rasch den Berg herab auf ihn zu. Unmittelbar dahinter lag eine dunkle Zone, die ein paar Augenblicke später in Brand geriet, weil die Hitze an der Südflanke des Berges neue Nahrung fand; ihr voraus ging, von dem Glutwind getragen, ein Geräusch, das rollendem Donner vergleichbar war. Wenn er Plinius gewesen wäre, hätte er seine Metapher geändert und nicht mehr von einer Wolke, sondern von einer Welle gesprochen – einer brodelnden Welle aus glutheißem Dampf, die sein Gesicht ausdörrte und seine Augen tränen ließ. Er roch sein angesengtes Haar.

Während die schweflige Morgendämmerung über den Himmel auf ihn zuraste, versuchte Attilius, sich vom Bimsstein zu befreien. Im Zentrum des rötlichen Schimmers kam etwas Dunkles zum Vorschein, das aus der Erde aufragte, und ihm wurde bewusst, dass das karminrote Licht eine kaum eine halbe Meile entfernte Stadt umriss. Das Bild wurde klarer. Er erkannte Stadtmauern und Wachtürme, die Säulen eines dachlosen Tempels, eine Reihe zerstörter, blinder Fenster – und *Menschen*, die Schatten von *Menschen*, die panisch auf den Mauern umherliefen. Dieser Anblick war nur eine kurze Zeit scharf, gerade lange genug, um zu erkennen, dass es sich um Pompeji handelte, dann verblasste das Glühen hinter ihr allmählich und die Stadt versank wieder in Dunkelheit.

Diluculum

[06.00 Uhr]

»Es ist gefährlich, zu glauben, dass nach der anfänglichen explosiven Phase das Schlimmste vorüber ist. Das Ende einer Eruption ist sogar noch schwieriger vorauszusagen als ihr Beginn.«

Encyclopedia of Volcanoes

Attilius nahm den Helm vom Kopf und benutzte ihn als Eimer; wieder und wieder tauchte er ihn in den Bimsstein und entleerte ihn über seine Schulter. Während er arbeitete, wurde er sich allmählich der blassweißen Formen seiner Arme bewusst. Er hielt inne und streckte sie staunend aus. Eine so banale Sache, dass man imstande ist, seine Hände zu sehen, und doch hätte er vor Erleichterung weinen können. Der Morgen nahte. Ein neuer Tag bemühte sich, geboren zu werden. Und er war noch am Leben.

Schließlich befreite er seine Beine und schaffte es, auf die Füße zu kommen. Die wieder aufgeloderten Feuer hoch oben auf dem Vesuv wiesen ihm die Richtung. Wahrscheinlich war es nur Einbildung, aber er glaubte sogar den Schatten der Stadt zu sehen. Um ihn herum breitete sich eine Ebene aus Bimsstein aus, vage in der Dunkelheit, eine gespenstische, sanft wogende Landschaft. Er machte sich auf den Weg nach Pompeji, wieder bis zu den Knien versinkend, schwitzend, durstig und mit dem beißenden Brandgeruch in Nase und Kehle. Weil die Stadtmauern so nahe waren, vermutete er, dass er jetzt fast den Hafen erreicht hatte, und wenn das stimmte, musste irgendwo ein Fluss sein. Doch der Bimsstein hatte den Sarnus unter einer Steinwüste verschwinden lassen. Durch den Staub hindurch hatte er den vagen Eindruck von niedrigen Mauern, die sich beiderseits von ihm erhoben, aber als er weiterstolperte, erkannte er, dass es keine Einfriedungen waren, sondern Gebäude, verschüttete Gebäude, und dass er sich eine Straße in Dachhöhe entlangmühte. Die Bimssteindecke musste mindestens sieben oder acht Fuß hoch sein.

Es schien unmöglich, dass Menschen einen derartigen Steinhagel überlebt hatten. Und dennoch war es so. Er hatte nicht nur ihre Schemen gesehen, die sich auf den Stadtmauern bewegten, jetzt konnte er auch sie selbst erkennen, wie sie aus Löchern in der Erde kamen, aus den Katakomben ihrer Häuser – Einzelpersonen, Paare, die sich gegenseitig stützten, ganze Familien, sogar eine Mutter mit einem Säugling auf dem Arm. Da standen sie in dem körnigen braunen Zwielicht, wischten sich den Staub von den Kleidern, blickten zum Himmel empor. Abgesehen vom gelegentlichen Aufprall kleinerer Geschosse hatte der Gesteinsregen aufgehört. Aber er würde wieder einsetzen, daran hatte Attilius keinen Zweifel. Es gab ein Muster. Je größer die Gewalt der brennenden Luft war, die die Flanken des Berges herabkam, desto mehr Energie schien sie aus dem Gesteinshagel herauszusaugen und desto länger dauerte die Pause, bis er von neuem einsetzte. Und es gab auch keinerlei Zweifel daran, dass die Feuerschwaden an Stärke zunahmen. Die erste schien Herculaneum getroffen zu haben, die zweite war darüber hinausgeschossen, hinaus auf die See, die dritte schien fast bis nach Pompeji vorgedrungen zu sein. Es war durchaus möglich, dass die nächste über die Stadt hinwegfegte. Attilius quälte sich weiter.

Der Hafen war verschwunden. Ein paar Masten ragten aus dem Bimssteinmeer heraus, ein zerbrochener Achtersteven und der undeutliche Umriss eines Rumpfes waren die einzigen Anzeichen dafür, dass es ihn je gegeben hatte. Er konnte die See hören, aber es klang, als wäre sie weit weg. Die Form der Küste hatte sich verändert. Gelegentlich bebte die Erde und dann kam aus der Ferne das Geräusch brechender Mauern, berstender Balken und einstürzender Dächer. Ein Kugelblitz raste über die Landschaft und traf die Säulen des Venus-Tempels. Ein Feuer brach aus. Das Vorankommen wurde immer schwieriger. Er hatte das Gefühl, einen Abhang hinaufzuklettern, und er versuchte sich zu erinnern, wie der Hafen ausgesehen hatte, die rampenähnliche Straße, die von den Kaianlagen zum Stadttor hinaufführte. In der dunstigen Luft tauchten Fackeln auf und glitten an ihm vorbei. Er hatte damit gerechnet, auf Massen von Überlebenden zu treffen, die die Gelegenheit nutzten, aus der Stadt zu flüchten, aber sie bewegten sich in der entgegengesetzten Richtung. Menschen kehrten nach Pompeji zurück. Warum? Vermutlich, um nach anderen zu suchen, von denen sie getrennt worden waren. Um zu sehen, was sie aus ihren Häusern retten konnten. Um zu plündern. Er hätte ihnen gern gesagt, dass sie flüchten sollten, solange sie noch Gelegenheit dazu hatten, aber dafür hatte er nicht genügend Atem. Ein Mann stieß ihn aus dem Weg und überholte ihn.

Wie eine Marionette taumelte er von einer Seite zur anderen durch das Geröll.

Attilius erreichte das obere Ende der Rampe. Er suchte seinen Weg durch das staubige Zwielicht, bis er eine Ecke aus dickem Mauerwerk fand und sich um sie herumtastete, in den niedrigen Tunnel hinein, der alles war, was von dem großen Zugang zur Stadt übrig geblieben war. Er hätte die Arme ausstrecken und die gewölbte Decke berühren können. Jemand näherte sich ihm von hinten und ergriff seinen Arm. »Hast du meine Frau gesehen?«

Er trug eine kleine Öllampe, die er mit der Hand abschirmte – ein junger Mann, gut aussehend und seltsamerweise makellos gekleidet, als machte er einen Morgenspaziergang. Attilius sah, dass seine Finger, die die Lampe umfassten, manikürt waren.

»Tut mir Leid …«

»Julia Felix? Du musst sie kennen. Jeder kennt sie.« Die Stimme des Mannes zitterte. Er rief: »Hat irgendjemand Julia Felix gesehen?«

Etwas geriet in Bewegung und Attilius begriff, dass sich ein Dutzend oder mehr Menschen hier zusammendrängten und unter dem Torbogen Schutz suchten.

»Hier ist sie nicht vorbeigekommen«, murmelte jemand.

Der junge Mann stöhnte und stolperte in Richtung Stadt. »Julia! Julia!« Seine Stimme wurde schwächer und seine flackernde Lampe verschwand in der Dunkelheit. »Julia!«

Attilius fragte laut: »Welches Tor ist das?«

Derselbe Mann antwortete. »Das Stabiae-Tor.«

»Also ist das die Straße, die zum Vesuvius-Tor hinaufführt?«

»Sag es ihm nicht«, zischte eine Stimme. »Er ist ein Fremder, der uns ausrauben will!«

Andere Männer mit Fackeln bahnten sich ihren Weg die Rampe hinauf.

»Diebe!«, kreischte eine Frau. »Unsere Häuser sind alle unbewacht! Diebe!«

Fäuste flogen, jemand fluchte und plötzlich war der schmale Eingang ein Wirrwarr aus Schatten und geschwenkten Fackeln. Attilius behielt die Hand auf der Mauer und stolperte vorwärts, wobei er immer wieder auf Körper trat. Ein Mann fluchte, Finger schlossen sich um seinen Knöchel. Attilius befreite sein Bein mit einem Ruck. Er erreichte das Ende des Tors und warf gerade noch rechtzeitig einen Blick zurück, um zu sehen, wie einer Frau mit einer Fackel ins Gesicht geschlagen wurde und ihr Haar Feuer fing. Ihre Schreie verfolgten ihn, als er sich wieder umdrehte und zu laufen versuchte, verzweifelt bemüht, der Schlägerei zu entkommen, die jetzt Leute aus den Seitenstraßen anzuziehen schien, Männer und Frauen, die aus der Dunkelheit auftauchten, Schatten aus den Schatten, die ausglitten und den Abhang hinunterrutschten, um sich in das Getümmel zu stürzen.

Wahnsinn: Eine ganze Stadt war verrückt geworden.

Er stapfte die Anhöhe hinauf und versuchte sich zu orientieren. Ganz gewiss war dies der Weg zum Vesuvius-Tor – er konnte die orangefarbenen Feuersäume sehen, die sich ihren Weg auf dem Berg vor ihm bahnten –, was bedeutete, dass er nicht mehr weit vom Haus der Popidii entfernt sein konnte, das an dieser Straße liegen musste. Zu seiner Linken befand sich ein großes Gebäude, dessen Dach verschwunden war. Irgendwo in seinem Inneren loderte ein Brand und erhellte hinter den Fenstern das riesige, bärtige Gesicht des Gottes Bacchus – war es ein Theater? Rechts von ihm lagen die Umrisse von Häusern wie eine Reihe abgenutzter Zähne; nur ein paar Fuß Mauer waren noch zu sehen. Fackeln bewegten sich. Ein paar Feuer waren angezündet worden. Leute gruben hektisch, einige mit Planken, andere mit bloßen Händen. Wieder andere riefen Namen, zerrten Kästen, Teppiche und zerbrochene Möbelstücke heraus. Eine alte Frau kreischte hysterisch. Zwei Männer kämpften um etwas – Attilius konnte nicht sehen, was es war –, ein anderer versuchte mit einer Marmorbüste in den Armen zu flüchten.

Er sah ein Gespann Pferde, im Galopp erstarrt, aus der Düsternis über seinem Kopf aufragen und einen Moment lang starrte er sie verständnislos an, bis ihm klar wurde, dass es das Denkmal an der großen Straßenkreuzung war.

Er ging wieder ein Stück die Straße hinunter, an dem vorbei, was seiner Erinnerung nach eine Bäckerei war, und endlich, sehr schwach und in Kniehöhe an einer Mauer, fand er eine Inschrift: SEINE NACHBARN EMPFEHLEN DIE WAHL VON LUCIUS POPIDIUS SECUNDUS ZUM ÄDILEN: ER WIRD SICH ALS WÜRDIG ERWEISEN.

Er schaffte es, sich an einer der Nebenstraßen durch ein Fenster zu zwängen, und bahnte sich, Corelias Namen rufend, seinen Weg durch das Geröll. Nirgends war ein Lebenszeichen zu entdecken.

Anhand der Mauern der Obergeschosse war es immer noch möglich, sich die Räumlichkeiten der beiden Häuser vorzustellen. Das Dach des Atriums war eingestürzt, aber die ebene Fläche daneben musste die Stelle sein, an der sich das Schwimmbecken befunden hatte, und dort drüben musste ein zweiter Hof gewesen sein. Er steckte den Kopf in einige der Räume, die einst im Obergeschoss gelegen haben mussten. Undeutlich konnte er zerbrochene Möbelstücke, Geschirrscherben, Fetzen von Vorhängen erkennen. Selbst dort, wo die Dächer schräg gewesen waren, hatten sie unter der Gewalt des Steinregens nachgegeben. Bimssteinwehen vermischten sich mit Terrakotta-Ziegeln, Mauerwerk und zersplitterten Balken. Er fand einen leeren Vogelkäfig auf etwas, das einmal ein Balkon gewesen sein musste, und betrat ein zum Himmel hin offenes Schlafzimmer. Allem Anschein nach war es das Zimmer einer jungen Frau gewesen: Hier lagen Schmuckstücke, ein Kamm, ein zerbrochener Spiegel. Eine in den Überresten des Daches halb vergrabene Puppe sah in dem staubigen Zwielicht aus wie ein totes Kind. Etwas, das er für eine Decke hielt, lag auf dem Bett, und als er es aufhob, sah er, dass es ein Umhang war. Er versuchte die Tür zu öffnen – sie war verschlossen –, dann setzte er sich auf das Bett und betrachtete den Umhang genauer.

Er hatte nie einen Blick für das gehabt, was Frauen tragen. Sabina pflegte zu sagen, dass sie sich in Lumpen kleiden könnte, ohne dass es ihm aufgefallen wäre. Aber dieser Umhang, da war er ganz sicher, gehörte Corelia. Popidius hatte gesagt, sie sei in ihrem Zimmer eingesperrt gewesen, und dies war das Zimmer einer Frau. Außerdem hatte er keine Leiche gefunden, weder hier drinnen noch draußen. Zum ersten Mal wagte er zu hoffen, dass sie hatte entkommen können. Aber wann? Und wohin?

Er strich mit den Händen über den Umhang und versuchte sich vorzustellen, was Ampliatus getan haben könnte. *»Er wollte uns alle einsperren«* – das hatte Popidius behauptet. Wahrscheinlich hatte er die Ausgänge verriegelt und allen befohlen auszuharren. Aber dann musste ein Zeitpunkt gekommen sein, gegen Abend, als die Dächer einzustürzen begannen, wo sogar Ampliatus begriffen hatte, dass das alte Haus eine Todesfalle war. Er war kein Mensch, der tatenlos herumsaß und einfach aufgab. Aber er würde nicht aus der Stadt geflüchtet sein; das hätte nicht zu ihm gepasst und außerdem wäre es zu diesem Zeitpunkt bereits unmöglich gewesen, weit zu kommen. Nein, er musste versucht haben, seine Familie an einen sicheren Ort zu bringen.

Attilius hob Corelias Umhang an sein Gesicht und atmete den Duft ihres Parfüms ein. Vielleicht hatte sie versucht, von ihrem Vater fortzukommen. Sie hasste ihn. Aber er hätte sie nie gehen lassen. Vielleicht hatte ja auch Ampliatus eine Prozession arrangiert, wie die Gruppe um Plinius, als sie Pomponianus' Villa in Stabiae verlassen hatten. Mit um den Kopf gebundenen Kissen oder Decken. Fackeln, die ein wenig Licht gaben. Hinaus in den Gesteinshagel. Und dann – wohin? Wo war Sicherheit? Attilius versuchte, als Baumeister zu denken. Welche Art von Dach war kräftig genug, um der Last von acht Fuß Bimsstein zu widerstehen? Nichts Flaches, da war er sicher. Etwas, das nach modernen Methoden erbaut worden war. Eine Kuppel wäre ideal. Aber wo gab es in Pompeji eine moderne Kuppel?

Er ließ den Umhang fallen und stolperte wieder hinaus auf den Balkon.

Jetzt waren hunderte von Menschen auf den Straßen. Sie wimmelten in der Düsternis auf Dachhöhe herum wie Ameisen, deren Nest man zertreten hat. Manche taten es ziellos – verwirrt, bestürzt, vor Kummer von Sinnen. Er sah einen Mann, der gelassen seine Kleider auszog und sie zusammenfaltete, als wollte er ein Bad nehmen. Andere wirkten entschiedener und verfolgten ihre eigenen Such- oder Fluchtpläne. Diebe – aber vielleicht waren es auch die rechtmäßigen Eigentümer, wer vermochte das zu sagen – verschwanden mit allem, was sie tragen konnten, in engen Gassen. Am schlimmsten waren die Namen, die jammervoll in die Dunkelheit hineingerufen wurden. Hatte irgendjemand Felicio oder Pherusa, Verus oder Apuleja, die Frau des Narcissus, gesehen oder Specula oder den Anwalt Terentius Neo? Eltern waren von ihren Kindern getrennt worden. Kleine Mädchen und Jungen standen weinend vor den Häuserruinen. Fackeln wurden Attilius vor das Gesicht gehalten in der Hoffung, er könnte ein anderer sein – ein Vater, ein Ehemann, ein Bruder. Er winkte sie davon, tat ihre Fragen mit einem Achselzucken ab; ihm ging es nur darum, die Häuserblocks zu zählen, die er auf seinem Weg hügelaufwärts, dem Vesuvius-Tor entgegen, hinter sich brachte – ein, zwei, drei: Jeder schien eine Ewigkeit lang nicht enden zu wollen und er konnte nur hoffen, dass seine Erinnerung ihn nicht im Stich ließ.

Jetzt brannten mindestens hundert Feuer an der Südseite des Berges, ein komplexes Sternbild tief am Himmel. Attilius hatte mittlerweile gelernt, die Flammen des Vesuv zu unterscheiden. Diese waren ungefährlich – Nachwirkungen eines Schreckens, der vorüber war. Es war die Erwartung, dass über ihnen, auf dem Gipfel des Berges, eine weitere Glutwolke erscheinen würde, die ihn mit Angst und Schrecken erfüllte und ihn dazu trieb, immer weiter durch die zerstörte Stadt zu stapfen, auf schmerzenden Beinen, weit über den Punkt der Erschöpfung hinaus.

Am Ende des vierten Häuserblocks fand er die Reihe von Läden, zu drei Vierteln verschüttet, und kletterte den Bimssteinabhang hinauf auf das niedrige Dach. Er duckte sich hinter dem First. Sein Umriss war scharf. Dahinter musste ein Feuer brennen. Langsam hob er den Kopf. Jenseits der flachen Oberfläche des Bauplatzes sah er die neun hohen Fenster von Ampliatus' Bädern, alle hell erleuchtet von Fackeln und Dutzenden von Öllampen. Er konnte einige der gemalten Götter an den Wänden sehen und die Gestalten von Männern, die sich vor ihnen bewegten. Alles, was fehlte, war Musik – dann hätte es so ausgesehen, als würde hier ein Fest gefeiert.

Attilius rutschte in den Hof hinunter und begann ihn zu überqueren. Die Beleuchtung war dermaßen hell, dass er einen Schatten warf. Als er näher kam, sah er, dass die Gestalten Sklaven waren und dass sie den Bimsstein entfernten, der in die drei hohen Räume hineingeprasselt war – den Umkleideraum, das Tepidarium und das Caldarium; dort, wo er am höchsten war, beförderten sie ihn wie Schnee mit Holzschaufeln hinaus, an anderen Stellen konnte man ihn mit Besen wegfegen. Hinter ihnen marschierte Ampliatus herum, schrie, dass sie härter arbeiten sollten. Gelegentlich ergriff er selbst eine Schaufel oder einen Besen und zeigte ihnen, wie es getan werden sollte, dann kehrte er zu seinem zwanghaften Umherwandern zurück. Ein paar Augenblicke beobachtete ihn Attilius im Schutz der Dunkelheit, dann begann er vorsichtig zum mittleren Raum – dem Tepidarium – hinaufzusteigen, an dessen Rückseite er den Eingang zum Kuppelbau des Schwitzbades sehen konnte.

Er hatte keine Chance, ungesehen in das Gebäude zu gelangen, also ging er schließlich einfach hinein – watete durch den Bimsstein und durch eines der offenen Fenster, wo seine Füße auf dem Fliesenboden knirschten und die Sklaven ihn verblüfft anstarrten. Er hatte bereits die Hälfte des Weges zum Schwitzbad zurückgelegt, als Ampliatus ihn entdeckte – »Aquarius!« – und ihm entgegeneilte. Er lächelte mit weit ausgestreckten Händen. »Aquarius! Ich habe dich erwartet!«

Ampliatus hatte eine Schnittwunde an der Schläfe und die Haare an seiner linken Kopfseite waren steif vor Blut. Sein Gesicht war zerkratzt, Blut war durch die Staubschicht gesickert und hatte rote Furchen in das Weiß gegraben. Der Mund war an den Winkeln hochgezogen: eine Maske der Komödie. Das helle Licht spiegelte sich in seinen weit aufgerissenen Augen. Bevor Attilius etwas sagen konnte, redete er weiter: »Wir müssen den Aquädukt sofort wieder zum Laufen bringen. Wie du siehst, ist alles bereit. Nichts ist beschädigt. Wir könnten morgen eröffnen, sofern wir nur das Wasser anschließen können.« Ampliatus redete sehr schnell, seine Worte überstürzten sich und er beendete kaum einen Satz, bevor er zum nächsten überging. Er hatte so viel im Kopf, dem er Ausdruck verleihen musste! Er sah alles vor sich! »Die Leute brauchen einen Ort in der Stadt, der funktioniert. Sie müssen baden – es wird schmutzige Arbeit sein, alles wieder in Ordnung zu bringen. Aber es ist nicht nur das. Es wird ein Symbol sein, um das sie sich scharen können. Wenn sie sehen, dass die Bäder funktionieren, dann verleiht ihnen das Zuversicht. Zuversicht ist der Schlüssel zu allem. Der Schlüssel zur Zuversicht ist Wasser. Wasser ist alles, verstehst du? Ich brauche dich, Aquarius. Halbe-halbe? Was hältst du von diesem Vorschlag?«

»Wo ist Corelia?«

»Corelia?« Ampliatus' Augen funkelten – er witterte einen Handel. »Du willst Corelia? Im Austausch für das Wasser?«

»Vielleicht.«

»Eine Heirat? Ich bin bereit, das in Erwägung zu ziehen.« Er streckte den Daumen aus. »Sie ist da drin. Aber ich verlange, dass mein Anwalt den Vertrag aufsetzt.«

Attilius drehte sich um und ging durch den schmalen Eingang ins Laconium. Auf Bänken unter der Kuppel des kleinen Schwitzbades, erhellt von Fackeln, die in Wandhalterungen steckten, saßen Corelia, ihre Mutter und ihr Bruder, ihnen gegenüber der Hausverwalter Scutarius und der riesige Pförtner Massavo. Ein zweiter Ausgang führte ins Caldarium. Als Attilius hereinkam, schaute Corelia auf.

»Wir müssen fort«, sagte er. »Beeilt euch, alle.«

Hinter ihm versperrte Ampliatus den Ausgang. »O nein«, sagte er. »Niemand geht von hier fort. Wir haben das Schlimmste überstanden. Das ist nicht der rechte Zeitpunkt zum Davonlaufen. Denkt an die Prophezeiung der Sibylle.«

Attilius ignorierte ihn und richtete seine Worte an Corelia. Sie wirkte wie gelähmt. »Hör zu. Das herabstürzende Gestein ist nicht die Hauptgefahr. Jedes Mal, wenn der Steinregen aufhört, rasen Feuerwinde den Berg hinunter. Ich habe sie gesehen. Alles in ihrer Bahn wird zerstört.«

»Nein, nein. Hier sind wir sicherer als irgendwo sonst«, beharrte Ampliatus. »Glaub mir. Die Mauern sind drei Fuß dick.«

»Vor Hitze sicher in einem Schwitzbad?« Attilius flehte sie alle an. »Hört nicht auf ihn. Wenn die heiße Wolke kommt, werdet ihr hier wie in einem Ofen geröstet. Corelia.« Er streckte ihr die Hand entgegen. Sie warf einen raschen Blick auf Massavo. Attilius begriff: Sie alle standen unter Bewachung. Das Laconium war ihre Gefängniszelle.

»Niemand geht fort«, wiederholte Ampliatus. »Massavo!«

Attilius ergriff Corelias Handgelenk und versuchte, sie zum Caldarium zu zerren, bevor Massavo Zeit hatte, ihm Einhalt zu gebieten, aber der massige Mann war zu schnell. Er lief los, um den Ausgang zu blockieren, und als Attilius versuchte, ihn beiseite zu schieben, packte ihn Massavo mit dem Unterarm bei der Kehle und zerrte ihn in den Raum zurück. Attilius ließ Corelia los und versuchte, sich von dem Griff um seine Luftröhre zu befreien. Normalerweise konnte er in einem Kampf seinen Mann stehen, aber nicht bei einem Gegner dieser Größe, nicht wenn sein Körper erschöpft war. Er hörte, wie Ampliatus Massavo befahl, ihm den Hals zu brechen – »Brich ihn, er ist bloß ein armseliges Huhn!« –, und dann hörte er das Zischen einer Flamme dicht neben seinem

Ohr und einen Schmerzensschrei von Massavo. Der Arm gab ihn frei. Er sah Corelia mit einer Fackel in beiden Händen und Massavo auf den Knien. Ampliatus rief ihren Namen und in der Art, wie er ihn rief, war fast etwas Flehendes und er streckte ihr die Hände entgegen. Corelia fuhr herum und schleuderte die Fackel auf ihren Vater und dann war sie durch die Tür und im Caldarium und rief Attilius zu, er solle ihr folgen.

Er eilte hinter ihr her, den Tunnel entlang und in die Helligkeit des warmen Raums, über den makellos sauber gefegten Boden, an den Sklaven vorbei und durch das Fenster hinaus in die Düsternis und das Versinken in Stein. Als sie den Hof zur Hälfte überquert hatten, schaute er zurück und dachte, vielleicht hat ihr Vater aufgegeben – aber das hatte Ampliatus in seinem Wahnsinn natürlich nicht getan; das würde er nie tun. Die unverwechselbare Gestalt von Massavo erschien mit seinem Herrn dahinter am Fenster und das Licht zerbrach rasch in Fragmente, als den Sklaven Fackeln ausgehändigt wurden. Ein Dutzend mit Schaufeln und Besen bewaffneter Männer sprang aus dem Caldarium und begann, auf dem Gelände auszuschwärmen.

Sie schienen eine Ewigkeit lang zu rutschen und zu schlittern, bis sie auf der Umfassungsmauer angekommen waren und auf die Straße hinunterspringen konnten. Eine Sekunde lang mussten sie auf dem Dach deutlich zu sehen gewesen sein – jedenfalls lange genug, dass einer der Sklaven sie entdeckte und einen Warnruf ausstieß. Beim Landen spürte Attilius einen scharfen Schmerz in seinem Knöchel. Er ergriff Corelias Arm und hinkte ein Stück weiter die Anhöhe hinauf, und als die Fackeln von Ampliatus' Männern auf der Straße hinter ihnen erschienen, wichen sie in den Mauerschatten zurück. Ihr Fluchtweg zum Stabiae-Tor war abgeschnitten.

In diesem Augenblick dachte Attilius, es sei hoffnunglos. Sie saßen zwischen zwei Arten von Feuer in der Falle – den Flammen der Fackeln und den Flammen des Vesuv –, und noch während er hektisch von dem einen Feuer zu dem anderen schaute, entdeckte er, wie sich hoch oben auf dem Berg, an derselben Stelle, von der auch die früheren Glutlawinen gekommen waren, ein schwaches Glühen zu bilden begann. In seiner Verzweiflung kam ihm eine Idee – zuerst tat er sie als absurd ab, aber sie wollte nicht wieder verschwinden und plötzlich fragte er sich, ob er sie nicht schon die ganze Zeit im Hinterkopf gehabt hatte. Denn was hatte er schließlich anderes getan, als auf das Vesuvius-Tor zuzuhalten, während alle anderen Leute entweder geblieben waren, wo sie sich gerade befanden, oder flüchteten – zuerst auf der Küstenstraße von Stabiae nach Pompeji und dann vom Süden der Stadt hügelaufwärts in ihren Norden? Vielleicht hatte es von Anfang an auf ihn gewartet: sein Schicksal.

Er schaute wieder zum Berg empor. Es gab keinerlei Zweifel. Der Lichtwurm wuchs. Er flüsterte Corelia zu: »Kannst du laufen?«

»Ja.«

»Dann lauf, wie du noch nie zuvor gelaufen bist.«

Sie verließen die Deckung der Mauer. Ampliatus' Männer kehrten ihnen den Rücken zu und starrten in die Düsternis Richtung Stabiae-Tor. Er hörte, wie Ampliatus weitere Befehle brüllte: »Ihr beide nehmt die Nebenstraße, ihr drei den Hügel hinunter!« und dann blieb ihnen nichts anderes übrig, als sich wieder ihren Weg durch den Bimsstein zu bahnen. Sein Bein tat so weh, dass er die Zähne zusammenbeißen musste, und Corelia war schneller als er, genau wie damals, als sie die Anhöhe in Misenum emporgerannt war; mit einer Hand hatte sie ihre Röcke um die Oberschenkel gerafft, ihre langen, bleichen Beine leuchteten in der Dunkelheit. Er stolperte hinter ihr her, hörte weitere Rufe von Ampliatus – »Dort sind sie! Folgt ihnen!« –, aber als sie das Ende des Häuserblocks erreicht hatten und er einen Blick über die Schulter riskierte, konnte er nur eine einzige Fackel hinter ihnen herschwanken sehen. »Feiglinge!«, kreischte Ampliatus. »Wovor habt ihr Angst?«

Aber es war offensichtlich, was die Verfolger zur Meuterei trieb. Die Feuerwelle rollte jetzt unausweichlich den Vesuv hinunter und sie wuchs von Sekunde zu Sekunde, nicht in die Höhe, sondern in die Breite – donnernd, gasförmig, heißer als Flammen: weiß glühend – und nur ein Irrer würde auf sie zulaufen. Selbst Massavo mochte seinem Herrn jetzt nicht mehr folgen. Menschen gaben ihre fruchtlosen Versuche, ihre Habe auszugraben, auf und taumelten die Anhöhe hinab, um ihr zu entkommen. Attilius spürte die Hitze auf seinem Gesicht. Der sengende Wind wirbelte Asche und Geröll auf. Corelia wandte sich zu ihm um, aber er drängte sie voran – gegen jeden Instinkt, gegen jede Vernunft, auf den Berg zu. Sie hatten einen weiteren Häuserblock hinter sich gebracht. Nur noch einer. Vor ihnen zeichnete sich das Vesuvius-Tor vor dem glühenden Himmel ab.

»Warte!«, brüllte Ampliatus. »Corelia!« Aber seine Stimme war schwächer, er fiel zurück.

Attilius erreichte die Ecke des Castellum aquae mit gesenktem Kopf, vom Staub halb geblendet, und zerrte Corelia hinter sich her die schmale Gasse entlang. Der Bimsstein hatte die Tür fast vollständig verschüttet. Nur noch ein kleines Holzdreieck war zu sehen. Er trat mit aller Kaft dagegen, und beim dritten Versuch brach das Schloss und Bimsstein ergoss sich durch die Öffnung. Er stieß sie hinein und glitt nach ihr in die pechschwarze Dunkelheit. Er konnte das Wasser hören, tastete sich darauf zu, er fühlte den Rand der Zisterne und kletterte darüber hinweg und stand bis zur Taille im Wasser. Er zog Corelia hinter sich her, tastete den Rand der Abdeckung nach den Riegeln ab, fand sie und hob das Gitter heraus. Schließlich steuerte er Corelia in die Mündung des Tunnels und zwängte sich hinter ihr hinein.

»Beweg dich! So weit hinein, wie du kannst.«

Ein Donnern wie von einer Lawine. Sie konnte ihn nicht gehört haben. Er konnte sich selbst nicht hören. Aber sie kroch instinktiv vorwärts. Attilius folgte, legte seine Hände auf ihre Hüften und drückte sie mit aller Kraft auf die Knie, um dafür zu sorgen, dass sich möglichst viel von ihrem Körper unter Wasser befand. Dann warf er sich über sie. Sie klammerten sich im Wasser aneinander. Und dann waren da nur noch sengende Hitze und Schwefelgestank in der Dunkelheit des Aquädukts, direkt unter der Stadtmauer.

Hora altera

[07.57 Ihr]

»Temperaturen über 200 Grad Celsius kann der menschliche Körper nicht länger als ein paar Sekunden ertragen, zumal im schnellen Strom einer Glutlawine. Der Versuch, in der dichten Wolke aus heißer Asche ohne Sauerstoff Luft zu holen, führt nach ein paar Atemzügen zu Bewusstlosigkeit und bewirkt außerdem starke Verbrennungen in den Atemwegen … Andererseits ist in manchen Abschnitten einer Glutlawine Überleben möglich, sofern etwas vorhanden ist, das Schutz vor ihr und ihren hohen Temperaturen ebenso bietet wie vor den Geschossen (Gestein, Baumaterialien), die die sich schnell bewegende Materiewolke mitreißt.«

Encyclopedia of Volcanoes

Ein glühender Sandsturm raste den Berg hinab auf Ampliatus zu. Frei liegende Mauern stürzten, Dächer explodierten, Dachziegel, Steine, Balken und Körper flogen auf ihn zu, aber so langsam, wie es ihm in dem langen Augenblick vor seinem Tod vorkam, dass er ihr Wirbeln sehen konnte. Und dann traf ihn die Glut, ließ seine Trommelfelle platzen, setzte sein Haar in Brand, riss ihm Kleider und Schuhe vom Leibe, wirbelte ihn kopfüber herum und ließ ihn gegen die Mauer eines Gebäudes prallen.

Er starb in dem Augenblick, den die Lawine brauchte, um die Bäder zu erreichen, durch die offenen Fenster zu schießen und seine Frau zu ersticken, die, bis zuletzt gehorsam, an ihrem Platz im Schwitzraum geblieben war. Sie erreichte seinen Sohn, der die Flucht ergriffen hatte und den Isis-Tempel zu erreichen versuchte, und riss ihn von den Füßen. Dann überrollte sie den Hausverwalter und den Pförtner Massavo, die die Straße hinunter auf das Stabiae-Tor zurannten. Sie erreichte das Bordell, in das sein Besitzer Africanus zurückgekehrt war, um seine Einnahmen in Sicherheit zu bringen, und in dem Smyrina sich unter Exomnius' Bett versteckt hatte. Sie tötete Brebix, der zu Beginn des Ausbruchs in die Gladiatorenschule gegangen war, um bei seinen früheren

Kameraden zu sein, und Musa und Corvinus, die beschlossen hatten, sich ihm anzuschließen, weil sie glaubten, er könne sie mit seiner Ortskenntnis schützen. Sie tötete sogar den getreuen Polites, der im Hafen Schutz gesucht hatte und in die Stadt zurückgekehrt war, um zu sehen, ob er Corelia helfen konnte. Sie tötete mehr als zweitausend Menschen in weniger als einer halben Minute und hinterließ die Leichen in zahlreichen grotesken Positionen, in denen die Nachwelt sie bis heute begaffen kann.

Denn obwohl ihr Haar und ihre Kleider brannten, erloschen diese Feuer wegen des Mangels an Sauerstoff sehr rasch und danach ergoss sich eine direkt auf die Glutlawine folgende, sechs Fuß dicke Ascheflut über die Stadt, verhüllte die Landschaft und formte jedes Detail ihrer Opfer ab. Die Asche verhärtete sich. Weiterer Bimsstein regnete herab. In ihren verborgenen Höhlen verwesten die Körper und mit ihnen verschwand im Laufe der Jahrhunderte die Erinnerung daran, dass es an dieser Stelle jemals eine Stadt gegeben hatte. Pompeji wurde ein Ort mit perfekt abgeformten hohlen Bürgern – zusammengeschart oder einzeln, mit abgerissenen oder über den Kopf gestülpten Kleidern, verzweifelt nach ihren Lieblingsbesitztümern greifend oder mit nichts in den Händen –, tausende von Hohlräumen, die auf der Höhe ihrer Dächer mitten in der Luft hingen.

In Stabiae erfasste der Wind, der die Glutwelle begleitete, das provisorische Zelt aus dem Segel der *Minerva* und hob es vom Strand ab. Die jetzt schutzlosen Menschen konnten sehen, wie die glühende Wolke Pompeji überrollte und direkt auf sie zukam.

Alle ergriffen die Flucht, Pomponianus und Popidius als Erste.

Sie hätten Plinius mitgenommen. Torquatus und Alexion hatten seine Arme ergriffen und ihn hochgezogen. Aber der Befehlshaber wollte nicht mehr weiter, und als er ihnen barsch befahl, sie sollten ihn hier liegen lassen und sich selbst in Sicherheit bringen, wussten sie, dass er es ernst meinte. Alexion raffte seine Notizen zusammen und wiederholte sein Versprechen, sie dem Neffen des alten Mannes auszuhändigen. Torquatus salutierte. Und dann war Plinius allein.

Er hatte alles getan, was er konnte. Er hatte die Manifestation in all ihren Stadien festgehalten. Er hatte ihre Phasen beschrieben – Säule, Wolke, Sturm, Feuer – und dabei seinen Wortschatz erschöpft. Er hatte ein langes Leben gelebt, hatte viele Dinge gesehen und nun hatte ihm dic Natur diesen letzten Einblick in ihre Kräfte gewährt. In diesen letzten Momenten seiner Existenz beobachtete er genauso scharf, wie er es in seiner Jugend getan hatte – und welche größere Gnade als das konnte ein Mann verlangen?

Die Linie aus Licht war überaus hell und dennoch von flackernden Schatten durchzogen. Was hatten sie zu bedeuten? Er war noch immer neugierig.

Die Menschen verwechselten Messungen mit Verstehen. Und sie mussten sich immer in den Mittelpunkt allen Geschehens stellen. Das war ihr größter Dünkel. Die Erde erwärmt sich – es muss unsere Schuld sein! Der Berg vernichtet uns – wir haben die Götter nicht besänftigt! Es regnet zu viel, es regnet zu wenig – es ist tröstlich, zu glauben, dass diese Dinge irgendwie mit unserem Verhalten zusammenhängen, dass, wenn wir nur ein bisschen besser, ein bisschen bescheidener lebten, unsere Tugenden belohnt würden. Aber hier war die Natur, sie raste auf ihn zu – unergründlich, alles erobernd, gleichgültig – und er sah in ihrem Feuer die Vergeblichkeit menschlichen Strebens.

Es fiel ihm schwer, zu atmen oder auch nur im Wind zu stehen. Die Luft war erfüllt von Asche und Sand und einem entsetzlichen Gleißen. Er war am Ersticken, die Schmerzen in seiner Brust waren ein Band aus Eisen. Er taumelte rückwärts.

Ertrag es, gib nicht auf.

Ertrag es wie ein Römer.

Die Woge verschlang ihn.

Den ganzen Rest des Tages ging der Ausbruch weiter, mit frischen Glutlawinen und lauten Explosionen, die die Erde erschütterten. Gegen Abend ließ seine Gewalt nach und es begann zu regnen. Das Wasser löschte die Brände, wusch die Asche aus der Luft und durchnässte die schwebende graue Landschaft aus flachen Dünen und Senken, unter der die fruchtbare Ebene von Pompeji und die malerische Küste von Herculaneum bis Stabiae verschwunden waren. Er füllte die Brunnen, ließ die Quellen wieder sprudeln und neue Flüsse entstehen, die sich ihren Weg zur See hinunter bahnten. Der Sarnus nahm einen völlig anderen Verlauf.

Als sich die Luft klärte, kam der Vesuv wieder zum Vorschein, aber seine Form hatte sich grundlegend geändert. Er hatte keinen Gipfel mehr, sondern stattdessen einen Krater; es sah aus, als hätte ein Riese einen gewaltigen Brocken vom Gipfel abgebissen. Eine großer, vom Staub rot gefärbter Mond ging über dieser veränderten Welt auf.

Plinius' Leiche wurde vom Strand geborgen – seinem Neffen zufolge sah er »weniger tot als schlafend« aus – und nach Misenum zurückgebracht, zusammen mit seinen Aufzeichnungen. Diese erwiesen sich später als so exakt, dass ein neues Wort Eingang in die Wissenschaft fand: »Plinianisch« nennt man »einen Vulkanausbruch, bei dem aus einem zentralen Schlot eine schmale Gassäule mit großer Wucht etliche Meilen hoch emporgeschleudert wird, bevor sie sich seitlich ausdehnt.«

Die Aqua Augusta floss weiter, wie es sie auch in künftigen Jahrhunderten tun sollte.

Leute, die am Ostrand des Berges aus ihren Häusern geflüchtet waren, wagten sich noch vor Einbruch der Nacht dorthin zurück und zahlreich waren die Geschichten und Gerüchte, die in den folgenden Tagen die Runde machten. Von einer Frau hieß es, sie habe ein Kind aus Stein geboren, und außerdem wurde verkündet, dass Steine zum Leben erwacht wären und menschliche Gestalt angenommen hätten. Eine Baumplantage, die an einer Seite der Straße nach Nola gestanden hatte, war auf die andere Straßenseite gewandert und trug mysteriöse grüne Früchte, die angeblich jedes Leiden von Würmern bis zu Blindheit heilten.

Erstaunlicherweise gab es sogar Überlebensgeschichten. Ein blinder Sklave war angeblich aus

Pompeji entkommen und hatte sich auf der Straße nach Stabiae im Bauch eines toten Pferdes verkrochen und war so der Hitze und den Steinen entgangen. Zwei wunderschöne blonde Kinder – Zwillinge – wurden aufgefunden, umherwandernd, unverletzt, in goldenen Gewändern, ohne einen Kratzer am Leibe und dennoch nicht imstande zu sprechen; sie wurden nach Rom gebracht und in den kaiserlichen Haushalt aufgenommen.

Am hartnäckigsten von allen hielt sich die Legende von einem Mann und einer Frau, die in der Abenddämmerung des Tages, an dem der Ausbruch endete, direkt aus der Erde zum Vorschein gekommen waren. Es hieß, sie hätten sich wie Maulwürfe mehrere Meilen weit vorangegraben, die ganze Strecke von Pompeji, und waren dort aufgetaucht, wo der Boden sauber war, durchnässt vom Leben spendenden Wasser eines unterirdischen Flusses, der ihnen seinen heiligen Schutz gewährt hatte. Angeblich hatte man sie gesehen, als sie gemeinsam auf die Küste zuwanderten, während die Sonne noch auf den zerschmetterten Umriss des Vesuv fiel und die gewohnte Abendbrise von Capri die rollenden Aschedünen aufwirbelte.

Aber diese spezielle Geschichte wurde allgemein als weit hergeholt betrachtet und von allen vernünftigen Leuten als Aberglaube abgetan.

Dank

»Ich habe diesen Büchern die Namen meiner Quellen vorangestellt. Das habe ich getan, weil es, meiner Meinung nach, eine erfreuliche Sache ist und eine, die eine ehrenhafte Bescheidenheit beweist, weil man denjenigen seinen Respekt zollt, die den Weg zur eigenen Leistung geebnet haben.«

Plinius, Historia naturalis, Vorwort

Leider kann ich nicht wie Plinius behaupten, bei meinen Recherchen zweitausend Bücher zurate gezogen zu haben. Dennoch hätte dieser Roman ohne die Gelehrsamkeit vieler anderer nicht geschrieben werden können und wie Plinius glaube ich, dass es »eine erfreuliche Sache« wäre – jedenfalls für mich, wenn auch nicht unbedingt für Sie –, wenn ich einige meiner Quellen nennen würde.

Außer den im Text zitierten Werken über Vulkanologie bin ich folgenden Autoren und ihren

Arbeiten zu Dank verpflichtet: Jean-Pierre Adam *(Roman Building)*, Carlin A. Barton *(Roman Honor)*, Mary Beagon *(Roman Nature)*,

Marcel Brion *(Pompeii and Herculaneum)*, Lionel Casson *(The Ancient Mariners)*, John D'Arms *(Romans on the Bay of Naples)*, Joseph Jay Deiss *(Herculaneum)*, George Hauck *(The Aqueduct of Nemausus)*, John F. Healey *(Pliny the Elder on Science and Technology)*, James Higginbotham *(Piscinae)*, A. Trevor Hodge *(Roman Aqueducts & Water Supply)*, Wilhelmina Feemster Jashemski *(The Gardens of Pompeii)*, Willem Jongman *(The Economy and Society of Pompeii)*, Ray Laurence *(Roman Pompeii)*, Amedeo Maiuri *(Pompeii)*, August Mau *(Pompeii: Its Life and Art)*, David Moore *(The Roman Pantheon)*, Salvatore Nappo *(Pompeii: Guide to the Lost City)*, L. Richardson jr. *(Pompeii: An Architectural History)*, Chester G. Starr *(The Roman Imperial Navy)*, Antonio Varone *(Pompei: I misteri di una città sepolta)*, Andrew Wallace-Hadrill *(Houses and Society in Pompeii and Herculaneum)* und Paul Zanker *(Pompeii: Public and Private Life)*.

Die Übersetzungen von Plinius, Strabon und Seneca basieren auf den in der Loeb Classical Library erschienenen Ausgaben ihrer Werke. Von großem Nutzen war mir die von Ingrid D. Rowland und Thomas Noble Howe besorgte Ausgabe von Vitruvs *Zehn Büchern über Architektur*. Der *Barrington Atlas of the Greek and Roman World*, herausgegeben von Richard J. A. Talbert, half mir, Kampanien zum Leben zu erwecken. Besonders wertvoll war die Analyse des Vulkanausbruchs durch Haraldur Sigurdsson, Stanford Cashdollar und Stephen R. J. Sparks in *The American Journal of Archeology* (86: 39–51).

Ich hatte das große Vergnügen, mich mit John D'Arms kurz vor seinem Tod bei einem Essen mit seiner Familie in einem angemessen glutheißen englischen Garten über die Römer am Golf von Neapel zu unterhalten. Ich werde mich immer an seine Freundlichkeit und seine Ermutigungen erinnern. Professor A. Trevor Hodge, dessen Pionierarbeit über die römischen Aquädukte mir bei der Schilderung der Aqua Augusta eine unschätzbare Hilfe waren, hat mir viele Fragen beantwortet. Dr. Jasper Griffin verschaffte mir Zugang zur Bibliothek des Ashmolean Museums in Oxford. Dr. Mary Beard, Fellow of Newnham College in Cambridge, las das Manuskript vor der Veröffentlichung und machte viele wertvolle Vorschläge.

All diesen Wissenschaftlern möchte ich meinen Dank aussprechen und außerdem nicht auf die übliche Formel verzichten: Für die Irrtümer, Fehlinterpretationen und Freiheiten bei den im

Text enthaltenen Fakten ist ausschließlich der Autor verantwortlich.

Robert Harris, Kintbury, Juni 2003

Nachweise

Tom Wolfe, *Hooking Up* (Seite 9) nach: ... *und wie er die Welt sah*, Goldmann, München 2003, übersetzt von Benjamin Schwarz

Plinius, *Historia naturalis* (Seite 9) nach: *Historia naturalis*, Greno, Nördlingen 1987, übersetzt von G.C. Wittstein (1881)

Vitruv nach: Albert Neuburger, *Technik des Altertums*, Voigtländer, Leipzig 1919

Der Autor

Robert Harris wurde 1957 in Nottingham geboren und studierte in Cambridge. Er war Reporter bei der BBC, Redakteur beim *Observer* und Kolumnist bei der *Sunday Times* und dem *Daily Telegraph*. 2003 wurde er als bester Kolumnist mit dem »British Press Award« ausgezeichnet. Er schrieb mehrere Sachbücher und seine Romane *Vaterland Enigma* und *Aurora* wurden allesamt Bestseller. Robert Harris lebt mit seiner Frau und seinen Kindern in Berkshire.